Juan Gómez Bárcena

Nem mesmo os mortos

Tradução

Silvia Massimini Felix

NI SIQUIERA LOS MUERTOS by Juan Gómez Bárcena.
Copyright © 2020 by Juan Gómez Bárcena
Através de acordo entre The Ella Sher Literary Agency
e LVB&Co. Agência Literária
© 2024 DBA Editora

1ª edição

PREPARAÇÃO
Diogo Cardoso

REVISÃO
Laura Castanho
Laura Folgueira

ASSISTENTE EDITORIAL
Nataly Callai

DIAGRAMAÇÃO
Letícia Pestana

CAPA
Daniel Benneworth-Gray

Impresso no Brasil/Printed in Brazil

Todos os direitos reservados à DBA Editora.
Alameda Franca, 1185, cj 31
01422-005 — São Paulo — SP
www.dbaeditora.com.br

Dados Internacionais de Catalogação na Publicação (cip)
(Câmara Brasileira do Livro, sp, Brasil)
―――――――――
Bárcena, Juan Gómez
Nem mesmo os mortos / Juan Gómez Bárcena ;
[tradução Silvia Massimini Felix]. -- 1. ed.
São Paulo : Dba Editora, 2024.
Título original: Ni siquiera los muertos.
ISBN 978-65-5826-088-2
1. Ficção espanhola I. Título.
CDD-863   24-217231
―――――――――
Índices para catálogo sistemático:
1. Ficção : Literatura espanhola 863
Tábata Alves da Silva - Bibliotecária - CRB-8/9253

Para Marta Jiménez Serrano, que me acompanha dentro e fora das páginas deste romance.

O Messias vem não apenas como Redentor, mas também como vencedor do Anticristo. Somente o historiador perpassado pela convicção de que nem mesmo os mortos estarão a salvo do inimigo, caso este vença, tem o direito de acender no passado a centelha da esperança. E esse inimigo não cessou de vencer.
Walter Benjamin

O mundo é um lugar feroz e impiedoso. Pensamos que somos civilizados, mas na verdade o mundo é cruel e as pessoas, desalmadas; elas lhe mostram um rosto gentil, mas na realidade querem acabar com você. É preciso saber se defender. As pessoas são más e desagradáveis, e vão tentar machucá-lo para passar o tempo. Os leões da selva só matam em busca de alimento, mas os humanos fazem isso por diversão. Até seus amigos querem destruí-lo: querem seu emprego, sua casa, seu dinheiro, sua esposa e até seu cachorro. E esses são seus amigos; seus inimigos são ainda piores!
Donald Trump

Nicān mihtoa in tlahtlaquetzalli in quēnin Juan quihuāltoca in Juan, onēhuah īnāhuac in Puebla īhuān ōmpa huih Tlacetilīlli Tlahtohcāyōtl Ixachitlān, ce nehnemiliztli in mani cenzontli īpan yēpōhualli on caxtōlli omēyi netlalōlli caxtiltēcatl īhuān zan cuecuēl achīc.

Aqui se conta a história de como Juan persegue Juan, desde as imediações de Puebla até a fronteira dos Estados Unidos da América, numa viagem que dura quatrocentas e setenta e cinco léguas castelhanas e outros tantos anos.

I

O melhor entre os piores — Uma taberna à meia-noite
O que o vice-rei queria,
se é que o vice-rei quer alguma coisa
Vidas de cão — Certa ideia de lar
O silêncio de um galo
Uma cabeça, no fundo de um saco
Falácia do homem de palha
Primeiro último olhar

Primeiro pensam no capitão Diego de Villegas, com vasta experiência em circunstâncias tão delicadas, mas o capitão Villegas morreu. Alguém diz o nome de certo Suárez de Plasencia, que é conhecido por mais de quinze expedições sem mácula, mas acontece que Suárez também morreu. Ninguém menciona Nicolás de Obregón, pois foi flechado pelos selvagens purépechas, nem Antonio de Oña, que, depois de cometer inúmeras crueldades contra os índios pagãos, foi ordenado sacerdote para proteger os índios pagãos. Por alguns instantes surge certo entusiasmo em torno do nome de Pedro Gómez de Carandía, mas alguém se lembra que Pedro finalmente recebeu uma *encomienda*[1] no ano

---

1. A *encomienda* foi uma das formas de exploração da mão de obra indígena durante a colonização espanhola da América. As terras conquistadas eram entregues a fidalgos espanhóis (*encomenderos*) que as administravam, podendo usar a comunidade indígena como força de trabalho na exploração de minérios e no cultivo das terras. O *encomendero*, em contrapartida, era obrigado a oferecer a catequização dos indígenas pelos quais era responsável, não lhe sendo permitido tomar as terras das comunidades indígenas. Apesar disso, o sistema foi marcado pelo abuso e intensa exploração das populações nativas. [N. T.]

passado e com ela embainhou a espada e tomou o açoite. Pablo de Herrera está preso por ordem do governador, como resultado de certos dízimos nunca recolhidos ou recolhidos duas vezes, de acordo com as versões; Luis Velasco enlouqueceu sonhando com o ouro das Sete Cidades; Domingo de Cóbreces ficou sem índios para matar e voltou à sua primeira ocupação, a criação de porcos. Alonso Bernardo de Quirós tentou de tudo para conseguir o favor do vice-rei nos campos de batalha de Nova Galiza, Gran Chichimeca e Florida, e depois apareceu pendurado em sua casa, com uma última carta para o vice-rei engarfada na mão direita. Ninguém duvida da habilidade e do empenho de Diego Ruiloba, porém tampouco da morosidade de sua fé, razão suficiente para afastá-lo do comando das armas nesta ocasião sensível. Para chegar ao nome apropriado, ainda têm de descer muito na pilha de pergaminhos e comprometer-se com muitas debilidades e fraquezas humanas, passando de capitães a sargentos de cavalaria e de sargentos de cavalaria a meros soldados da fortuna; um caminho pavimentado de homens velhos demais, homens que voltaram a Castela, homens mutilados, homens criados em rebelião, homens examinados pelo Santo Ofício, homens desfigurados pela sífilis, homens mortos. Até que, de repente, talvez para se poupar o esforço de continuar desempoeirando arquivos e expedientes, um dos escrivães se lembra de trazer à tona o nome de certo Juan de Toñanes, ex-soldado de Sua Majestade o Rei, velho garimpeiro, velho quase tudo, que ele não conheceu pessoalmente, mas do qual se conta que zomba da miséria perseguindo índios fugidos das *encomiendas* de Puebla. Um homem humilde e a bem da verdade indigno da empresa que os ocupa, mas de quem por outro lado se diz que é complacente e bom cristão, com uma capacidade quase milagrosa de voltar sempre com o índio que é indicado, agrilhoado e num só pedaço. E que me parta um raio, continua o escriba, se esse trabalho não é quase igual à empresa para a qual Suas Excelências procuram autor; uma missão que, guardando as evidentes distâncias, consiste justamente em topar com determinado índio e trazê-lo de volta, esteja ele vivo ou morto. O escriba fica em silêncio, e o vice-rei, que também começou a ficar impaciente, ordena-lhe que procure em seus papéis notícias de Juan de Toñanes. O que aparece nada mais é do que um expediente imundo e muito curto, do qual parece inferir-se que, em seus tempos de soldado, o tal Juan não era nem o melhor, nem o pior dos seus; que sangrou em muitas pequenas escaramuças sem se distinguir em nenhuma, nem por ser covarde, nem por ser galhardo; que durante anos enviou cartas ao vice-rei solicitando – sem sucesso – a concessão de uma *encomienda*; que então implorou – colhendo cortesias negativas – o cargo de sargento da expedição de Coronado a Quivira; que finalmente implorou – sem receber resposta – por um posto em Castela muito abaixo de seus méritos. Um homem claramente vulgar, mas de uma vulgaridade muito incomum, que em todos esses anos se esforçou para não entrar em heresias, não se envolver em duelos, não participar de querelas ou escândalos, não amaldiçoar nem Deus, nem Sua Majestade o Rei, não macular a reputação das donzelas, não receber prisão ou opróbrio. E assim, antes mesmo de terminar a leitura de sua folha de serviço, o vice-rei já decidiu suspender as investigações e chamar aquele tal Juan, de habilidades e talentos desconhecidos, mas de quem cabe esperar, como de todo soldado espanhol, certa experiência com a espada e uma disposição mediana para a aventura.

*

Os golpes da aldraba acordam o cachorro e os latidos do cachorro acordam a mulher, que estava cochilando junto ao fogo. Num canto da taberna ainda permanecem quatro homens, vacilantes e enevoados pelo álcool. Continuam a jogar cartas em silêncio, à luz de velas, indiferentes às batidas da aldraba e às marteladas da chuva no telhado e às cinco goteiras que de vez em quando fazem repicar o fundo de cinco caldeirões de lata. Um dos caldeirões já está transbordando e deixou formar uma poça que o chão de terra não é capaz de engolir. Deveria ter sido esvaziado horas atrás. A mulher talvez tenha tempo para pensar nisso enquanto acende o candeeiro e vai atender a porta.

São dois homens que esperam no alpendre, encolhidos sob suas capas e chapéus. Assim que a mulher destranca os ferrolhos, eles invadem a taberna, pisando na soleira com as botas encharcadas. Um deles murmura uma praga, que não se sabe se é dirigida à tempestade, à noite que os surpreendeu naquele canto remoto do mundo ou à mulher de pele trigueira que os ajuda a livrar-se das roupas molhadas. As capas parecem enceradas pela água e, quando tiram os chapéus, derramam no chão alguns últimos restos de chuva. E é então, ao pendurar os chapéus e as capas, que a mulher tem tempo de ver à luz do candeeiro os homens que se ocultam por baixo das vestes. Vê seus olhos e a pele branca e as barbas vermelhas, vê as boas camisas que vestem, os correames feitos de selaria fina, e vê, acima de tudo, suas mãos muito brancas, suas mãos limpas e certamente também macias, mãos feitas para roçar o pergaminho ou a seda, mas de modo algum para a lavoura da terra. Os estranhos não retribuem o olhar da mulher, nem sequer a notam ou, se o fazem, a evitam, como evitam as atenções do cão, que veio farejar suas calças de montaria e suas botas de couro.

No fundo da taberna, os quatro jogadores olham por cima de suas cartas de baralho e seus copos de pulque. A alvura da pele dos recém-chegados é tão extraordinária que eles também se voltam por um instante, tomados de surpresa. São sem dúvida espanhóis, talvez até homens da corte, sabe-se lá se por acaso escribas ou oficiais do vice-rei, e, uma vez livres de seus chapéus e de suas capas, andam por ali com lentidão e desenvoltura.

Por fim, escolhem uma mesa que é, talvez, a mais limpa da taberna e, de todo modo, a mulher corre para esfregá-la com um pano úmido. Enquanto isso, recita a lista de pratos com que seria uma honra agasalhar vossas mercês. O pão da casa que Suas Excelências deveriam provar. Os dois quartos arrumados e bem ventilados em que, se desejarem, suas ilustríssimas pessoas podem pernoitar. Ela os chama assim, indistintamente, vossas mercês, Ilustríssimos, Suas Excelências, confiando que algum desses tratamentos caiba na dignidade dos forasteiros. Mas os forasteiros não querem pousada nem jantar. Só bebida. Apenas duas taças de vinho. A mulher gagueja ao dizer que, infelizmente, não há mais vinho. Pedem aguardente, e isso também não há. Um deles se volta para apontar os jogadores de cartas:

— O que eles estão bebendo?

— Pulque, Sua Excelência... Nesta humilde taberna só servimos pulque, Ilustríssimo... uma bebida que não é digna do paladar de vossa mercê...

— Que seja pulque — sentencia o outro.

Enquanto esperam, os forasteiros se voltam para observar em silêncio o espaço que os rodeia. Olham para a mulher, evidentemente índia, que se enfronha na cozinha para encher seus jarros de pulque. Olham para os jogadores que esperam na mesa ao lado, sem dúvida índios também. Observam suas mãos calejadas e sujas, sua pele morena, suas roupas esfarrapadas, até que os índios em questão, incapazes de sustentar seu olhar por mais tempo, voltam acovardados ao jogo. Não parecem se lembrar de quem desferiu a última jogada e os forasteiros se comprazem com sua perturbação. Olham depois para os caldeirões espalhados aleatoriamente pelo chão. O fogo da lareira. O teto mal coberto do qual pendem uma fiada de pimentas e dois perus depenados, bastante esquálidos. Um barril serrado ao meio que serve de cadeira e uma porta sem dobradiças que faz as vezes de mesa. Sobre ela está disposta uma fileira de jarros sujos e na parede oposta uma simples cruz de madeira, pendurada sabe-se lá se por convicção ou medo, como os judeus penduram presuntos nas vitrines de suas lojas. Em alguns lugares, o chão está adornado com uma quadrícula de pedriscos brancos, mas, assim que se caminha para o fundo, os pedriscos começam a rarear até se desfazerem num humilde chão de terra pisada, como se alguém tivesse trabalhado duro para limpar a taberna, mas em algum momento tivesse ficado sem ouro ou esperança. Em seu canto, o cachorro suspira dolorosamente, no meio de um sono não isento de pesadelos.

 A mulher volta com dois jarros de pulque e um prato de tortilhas de milho que ninguém pediu. Na borda de um dos jarros, pode-se apreciar com nitidez a marca branca de algum lábio. Os homens olham fixo para aquela mácula, como se quisessem apagá-la.

Antes de se retirar, a mulher se curva para fazer uma reverência complicada, mas um dos forasteiros a toma pelo pulso. Não há violência em seu gesto. Apenas uma autoridade incensurável, diante da qual ela se abandona com resignação.

— Também estamos à procura de um homem — diz ele, e a mulher se prepara para escutar.

Estão à procura do dono da taberna, e o dono da taberna finalmente aparece, ao pé da escada que leva aos quartos. Ao vê-lo chegar, os forasteiros não se mexem. Não se levantam para recebê-lo. Não apertam a mão dele. Não fazem nem dizem nada. Permanecem sentados na cadeira e, a essa distância, julgam o homem que se dirige hesitante a eles, mal se esquivando dos caldeirões em que a chuva respinga. Deve ter cerca de quarenta ou quarenta e cinco anos e ainda todos ou quase todos os dentes na boca. Olham para o cabelo e a barba revolta. Os olhos injetados. A camisa mal abotoada. É, talvez, alguém que acaba de sair da cama, impelido pelo chamado da mulher; alguém que já chegou a essa idade em que os homens preferem dormir cedo. É, talvez, apenas um homem bêbado. Preferem acreditar nessa última hipótese, porque o álcool sempre andou ao lado das empresas difíceis. Pelo menos com certo tipo de empresas e certo tipo de homens.

Arrimada à mesa está uma cadeira vazia. Um dos forasteiros aponta para aquela cadeira, sem dizer palavra. É a mesma mão imperiosa que segurava o pulso da mulher e agora arrasta o recém-chegado para o assento, sem necessidade de tocá-lo.

— Sois Juan de Toñanes — diz em seguida, acompanhando seu próprio gesto.

Não soa como uma pergunta, mas como uma afirmação, e leva algum tempo para o homem responder. Nesse tempo, ele passa a pensar muitas coisas. Olha para as tortilhas intactas e os jarros de pulque cheios até a borda, e atrás destes os dois desconhecidos que não se dignaram a dar um único gole ou uma única mordida. Aquele que falou sustenta o olhar, como se esperasse ler em seus olhos a resposta. O outro nem se dá ao trabalho de levantar a vista. Tirou um punhal minúsculo do cinto: uma adaga com uma empunhadura de ouro que não parece feita para o exercício da guerra, e sim para abrir lacres ou rasgar páginas não cortadas. Com esse punhal ele se esforça para modelar as unhas, que aliás já estão bem aparadas e muito limpas.

— Sim, sou Juan de Toñanes — diz Juan de Toñanes.

E depois, com algo que quer ser altivez:

— Do que sou acusado?

— Como dizeis?

— Não é por isso que vossas mercês estão aqui? Para me prender?

O homem ri demoradamente. Ri tanto que seu companheiro tem tempo para terminar as unhas da mão esquerda e se concentrar na direita. Ah, não o acusam de nada em absoluto, continua, quando se cansa de rir. Pelo contrário: lá em cima estão muito satisfeitos com ele. Deveria estar no palácio com eles, ouvindo os escribas e o governador e até o próprio vice-rei falarem de suas façanhas. É justamente por isso que estão lá: para agradecê-lo pelos serviços prestados à Coroa, tão notórios e reconhecidos por todos. E talvez até abusar de sua generosidade e solicitar sua ajuda de novo. É por isso que eles vêm de tão longe.

E não foi, pode acreditar, uma tarefa fácil encontrá-lo. Se ele soubesse quantas estradas empoeiradas, quantas aldeias grandes e pequenas, quantas léguas tiveram de se afastar do caminho real até encontrarem essa taberna esquecida por Deus.

— Minha ajuda? — Juan pergunta, como se fosse implausível acreditar que suas mãos murchas e curtidas de cicatrizes poderiam ser úteis a qualquer um. — Lamento dizer a vossas mercês que faz muito tempo que não embarco em aventuras ou empresas.

O homem ri de novo. Aponta para os jarros de pulque intactos.

— Certamente não viemos pelo seu vinho.

— Vossas mercês nos desculpem. Não são muitos os espanhóis que vêm aqui que sabem apreciar um bom vinho...

Ele faz um gesto vago com as mãos, que abrange toda a taberna. A mulher que está ocupada na cozinha e os quatro jogadores que parecem continuar seu jogo, sem perder de vista os forasteiros.

— Isso pode mudar. Os espanhóis, sabei, não vão aonde há vinho, mas aonde há ouro para comprá-lo.

Enquanto fala, desata do cinto um odre, perolado com gotas de chuva. Ele o estende com camaradagem. Juan o segura nas mãos por um instante, sem se decidir se bebe dele ou devolve-o às mãos do forasteiro.

— Vamos, bebei. Vós, sim, sois espanhol. Vós, sim, sabeis apreciar um bom vinho, correto?

Por fim, Juan dá um trago longo e completo. É um vinho delicioso, que não parece tirado das vinhas desmedradas da América, mas das vinícolas distantes de Castela. Quando termina de beber, esfrega a manga da camisa contra a barba e oferece o odre ao segundo forasteiro, talvez por achar que deve estar com sede ou para resgatá-lo de sua ausência. Ele nem sequer parece perceber a oferta. Continua a brincar com o punhalzinho, alheio a tudo que se faz ou se diz naquela mesa.

— Bem, e o que o vice-rei quer que eu faça? — ousa dizer Juan, incentivado pela bebida.

O homem toma um gole. A adaga interrompe seu movimento por um instante, como se alguém tivesse feito ou dito uma descortesia. O outro se adianta para responder, tentando apagar suas palavras. Quem disse isso? Ele disse, ou seu companheiro porventura disse, que o próprio vice-rei está lhe pedindo algo, que precisa dele para qualquer coisa? Está insinuando que o vice-rei é um mendigo que solicita a caridade de seus súditos? O vice-rei, ele deve saber, não lhe pede nada. Absolutamente nada. Só o que estão fazendo é transmitir um convite a Juan. Poderia ser chamado de missão, não fosse o fato de que essa missão não aparece em nenhum arquivo ou memória, nem há ninguém que a ordene ou a custeie. Então não é uma missão: isso deve ficar bem claro. Embora, por outro lado, o vice-rei vá cobri-lo de ouro se ele a cumprir. Então, reparando bem, realmente é ou se parece muito com uma missão. Pode-se dizer que é uma missão se ele a cumprir e não é uma missão se, Deus o livre, ele falhar. Embora mesmo assim não se pudesse falar de uma missão em sentido estrito, porque, uma vez concluídas, as missões são geralmente vangloriadas em tabernas e em portos e nos corredores de palácios e fortalezas, e ele não poderia falar desses assuntos por muitos e variados fossem os homens que lhe perguntassem. Nem mesmo no confessionário.

Porque, se Deus já sabe tudo que fazemos, por que repetir a ele, e, se não sabe, por que chamá-lo Deus, não acha? Juan assente. Ele diz que sim, que acha, sem saber a que está assentindo com a cabeça nem o que acha. Essa resposta parece satisfazer os forasteiros. O primeiro continua falando, mais calmo, e o outro voltou a se concentrar nas unhas. À luz do fogo, a lâmina de sua adaga brilha entre os dedos, como se segurasse um sol minúsculo. Enfim, seu companheiro está dizendo, esclarecidas essas questões; sabendo que o assunto está perfeitamente entendido, eles podem, por uma questão de simplificação e didática, chamar a missão de missão. E podem até dizer que é o vice-rei quem a ordena, mesmo que seja uma forma de exagerar e até de mentir. E o que o vice-rei quer, se o vice-rei quer alguma coisa, é algo muito simples, diz ele rindo de novo. Algo tão simples para um homem de sua experiência que quase proporciona isto, riso. Ele só precisa encontrar certo índio, em algum lugar da Gran Chichimeca. Encontrá-lo e acabar com seu mandato, porque é forçoso reconhecer que nos últimos tempos esse índio, explica, alcançou certa hegemonia entre os selvagens. Eles sabem que a Gran Chichimeca é exatamente isto, um lugar selvagem, e também muito grande, como o próprio nome sugere. Sabem que é uma terra feroz e talvez capaz de fazer tremer a espada de homens menos valorosos e corajosos: um lugar que os próprios astecas, tão sanguinários, temiam – talvez não escape a um homem com os conhecimentos de Juan que, na língua náuatle, *chichimeca* significa "cão sujo e incivilizado", explica. Mas sabem também que alguém que, sendo apenas menino, participou do cerco do México-Tenochtitlán; alguém que uniu sua espada a Cristóbal de Olid nas Hibueras e a Nuño de Guzmán na conquista da Nova Galiza; alguém que fez tantos e tão bons escravos índios nas terras de guerra não se assusta com isso nem com nada.

Juan demora a responder. Ele ouve todas essas coisas em silêncio e a certa distância, como se elas não correspondessem a eventos de sua vida ou pertencessem ao passado de outra pessoa. De certa forma é assim: tudo que o estranho conta parece ter acontecido com outro homem. É difícil ver em Juan um soldado, imaginá-lo com seu capacete e seu arcabuz, com seu próprio cavalo e seus despojos de guerra. Parece que ele sempre esteve lá, servindo doses de pulque e tortilhas de milho numa taberna que está apodrecendo lentamente no fim do mundo.

— Esse índio... é um chichimeca? — ele pergunta, com uma voz que talvez queira se assemelhar à voz de um soldado.

— Não. É daqui. Acho que um tlaxcalteca.

Juan inclina a cabeça. Põe a mão à frente para pegar um pedaço de tortilha fria e enfiá-lo na boca, como se a menção à guerra tivesse restaurado seu apetite ou sua ousadia.

— Então já deram o trabalho feito.

— O que quereis dizer?

— Só há uma coisa que os chichimecas odeiam mais do que um cristão. Um índio tlaxcalteca. Assim, podem contar que seu índio já está morto.

De repente, o segundo forasteiro levanta a vista de suas mãos e do punhal. Tem olhos azuis e estão mortos, ou pelo menos são a coisa mais próxima que Juan se lembra da morte. São olhos que não estão acostumados a contemplar o horror a não ser quando esse horror já foi transformado em cifras, em memoriais, em fólios. Olhos que não viram mais sangue derramado do que o que vem de uma barba malfeita, e talvez por isso seu proprietário tenha se cansado de exigir o sangue dos outros por trás de sua escrivaninha, sem entender o que exige.

— Não esse índio — diz ele, e sua voz é tão dura e tão aprumada que basta como prova.

Durante algum tempo, ninguém fala nada. O forasteiro voltou a concentrar-se na adaga e em suas unhas imaculadas e o outro olha fixo para Juan, como se estivesse à espera de algo. Só se escuta, às suas costas, o choque das cartas contra a madeira e da água contra a água. O barulho de louça e vasilhas que a mulher faz na cozinha, onde por outro lado não há nada para limpar.

— O que esse índio fez que tanto importa a vossas mercês? Violou uma donzela? Incendiou uma igreja? Tentou cortar a garganta do próprio vice-rei?

O primeiro forasteiro nega com a cabeça, sem apagar completamente o sorriso do rosto. Diz que os motivos não importam. Diz que eles não vão lhe dar essas razões, mas que têm, em vez disso, mil razões de ouro para quem o encontrar, e em cada uma dessas razões a efígie cunhada de Sua Majestade Carlos, que Deus o tenha. Diz que o ouro vem de cima e que as ordens também vêm de cima e que os de cima nunca se equivocam, ou, se o fazem, eles, os de baixo, nunca descobrem. Então, se ele quiser aceitar a missão, aquela missão que em sentido estrito não é missão e que ninguém lhe ordena, terá de esquecer as explicações e se contentar com o ouro. E o ouro, acrescenta, encorajado pela atenção renovada com que Juan o olha, é capaz de coisas em que muitos homens não acreditariam. Dobrões suficientes podem transformar a taberna mais arruinada numa taberna próspera; talvez do mesmo lado do caminho real; talvez com cavalos de provisões e vinho em abundância e clientela cristã; sem goteiras no teto e sem criadas índias atrás do balcão, mas boas moças castelhanas para servir a alguém as bebidas sem vergonha ou opróbrio.

Juan mira por alguns instantes a boca que deixou escapar aquelas palavras.

— Essa mulher não é uma criada — diz. — É minha esposa.

Uma pausa, cheia de esforço.

— E eu já disse a vossas mercês que faz muito tempo que não me dedico a caçar índios.

Quer ser uma voz que exige respeito, mas é só uma voz que pede desculpas.

— Eu entendo — diz o segundo forasteiro, embainhando sua adaga.

Os homens lentamente se levantam, como se quisessem dar a Juan tempo de se arrepender. Mas Juan não se arrepende e, se o faz, não se atreve a dizê-lo. Ele também se levanta. Faz isso lenta e laboriosamente, talvez porque imite seus movimentos; talvez porque tantos anos de experiência com a espada não tenham passado em vão.

Antes de se dirigir para a porta, o segundo forasteiro volta seus olhos azuis para Juan. Eles ficarão na aldeia por três dias, diz ele. Nem uma hora mais. Ele tem até lá para mudar de ideia. É o que diz enquanto vasculha sua algibeira. Parece que vai estender a mão, mas não estende. O que ele faz é pegar uma moeda e jogá-la numa curva desdenhosa. Uma moeda que é apenas um lampejo de ouro perfurando o ar até desaparecer no jarro de pulque, com um respingo branco.

A mulher os alcança na porta. Ela os ajuda a vestir suas capas e seus chapéus, já secos ou quase secos pelo calor do fogo. Juan parece distinguir um brilho especial na maneira como eles olham para sua esposa. Um olhar um pouco reminiscente da forma como olharam pela primeira vez para os jarros de pulque. As tortilhas de milho. As cinco goteiras, fazendo repicar o fundo dos cinco caldeirões de estanho.

Juan sentado de novo à mesma mesa. Os jogadores de cartas que deixam uma moeda de *vellón*[2] antes de sair e Juan que já está terminando o primeiro dos jarros de pulque. A esposa que apaga as velas e acende o candeeiro e vai até o quarto, e Juan que acaba de começar o segundo jarro. Antes de desaparecer, a esposa lhe dedica um olhar da escada, o candeeiro na mão. Esse olhar é um convite que Juan finge não entender. Por fim, ela vai embora. A esposa que desaparece sem dizer nada e Juan que fica lá embaixo. Juan e um jarro vazio de pulque e outro pela metade. Juan e o fogo da lareira ainda sustentando uma luz póstuma; Juan e o cão que dorme e o vento que assobia por entre as vigas do teto. Juan rodeado de caldeirões sobre os quais a noite sem chuva ainda chove.

A esposa que não disse nada antes de ir para a cama e Juan que não diz nada quando fica.

São muitas as coisas que Juan não diz. É um taberneiro silencioso e prudente, e talvez por isso um taberneiro estranho. Jamais faz perguntas. Serve as bebidas e tortilhas em

---

2. Liga de metal nobre (ouro ou prata) com outro metal precioso (cobre ou zinco). [N. T.]

silêncio, sem perguntar aos viajantes de onde vêm ou para onde vão. Se há algo no mundo que lhe interessa, é difícil dizer. Não quer saber de notícias da capital ou do outro lado do oceano. Não se importa com a saúde dos reis e papas nem com suas campanhas de guerra. Quando questionado, sempre responde com o mínimo de palavras possível, como se cada uma delas custasse o ouro que ele não tem. Não é assim, claro. As palavras são gratuitas e as bebidas servidas naquela taberna são quase gratuitas também, porque a clientela é escassa e pobre, e ele não pode dar-se ao luxo de perdê-la. Às vezes, ele aluga alguns quartos úmidos e sombrios, que apenas os viajantes mais desesperados aceitam, e também aqueles dois quartos semelhantes a cabines de navio ou caixões ou adegas são baratos. Quase todos os hóspedes são índios. Só de vez em quando um peregrino espanhol vem à taberna, por acaso ou negligência; alguém que se perdeu nas montanhas ou se afastou do caminho real ou foi assaltado por bandidos ou todas as coisas ao mesmo tempo.

Toda vez que vê um desses espanhóis pisando no umbral, Juan não sabe se deve se alegrar ou ficar triste. As perguntas desses homens são sempre mais diretas, mais inquisitivas. Não admitem escapatória. Querem saber, por exemplo, se por acaso Juan não participou da luta contra os astecas. Sim, participei, responde Juan, esperando que essas duas palavras sejam suficientes, e quando descobre que elas não bastam, resigna-se a acrescentar o que os viajantes vieram ouvir: uma narração tantas vezes repetida que já não parece sua. Talvez nunca tenha sido. Fala dos teocais onde os astecas perpetravam seus cultos diabólicos; das pirâmides de crânios humanos que viu erguidas aos pés daqueles templos, em número incrível; fala de seus machados de batalha e seus gritos de guerra e suas cabeças emplumadas e terríveis. O que não conta, o que nunca contará, é que ele também viu aquelas mesmas cabeças decepadas e espetadas em espadas espanholas; que viu seus corpos crivados de balas por arcabuzes ou atravessados por lanças ou roídos até o osso pelos cães, com uma sanha de que memoriais e crônicas de guerra não dão conta.

Se lhe perguntam sobre Nuño de Guzmán, ele responde que foi um bom guerreiro, o melhor dos que andaram por esta terra, pois qualquer outra resposta seria um ultraje à memória de suas muitas façanhas. Não conta como na Nova Galiza o viu assassinar mulheres e crianças nem como torturou seus caudilhos durante dias, exigindo deles o paradeiro de tesouros improváveis.

Se, surpresos ao vê-lo fazer as contas de seu negócio, os viajantes lhe perguntam se sabe ler e escrever, ele responde que sabe a duras penas. Não diz que em sua infância, numa aldeia distante nas montanhas de Castela, havia certo pároco que, apesar de sua humildade, o tinha em alta estima ou confiança suficiente para lhe ensinar gramática e até certas noções de latim e teologia, na esperança de que fizesse carreira. Não diz que houve um tempo em que, na verdade, tudo era esperança.

Se tiverem interesse pelo pagamento que recebeu por seus muitos serviços à Coroa, ele responde que seus despojos de guerra lhe permitiram uma boa vida durante os anos seguintes. Não diz que teve de mendigar e implorar na porta das igrejas; nem que passou fome a ponto de roer o couro de sua couraça; nem que criou porcos, cavou valas ou limpou as botas de homens que nunca haviam disparado uma besta ou dormido numa tenda de campanha. Não fala, para quê?, do ano que deixou passar no campo de Veracruz, enfrentando por ordem do vice-rei a praga de cães que infestava as montanhas; filhos e netos e até bisnetos desses mesmos cães que anos antes os ajudaram na conquista da Nova Espanha. Não conta como durante esse ano se dedicou a caçá-los, a degolá-los, a enfiar sua cabeça em sacos e apresentá-los aos aguazis, à razão de um real por cabeça; três refeições quentes para cada vida canina. Não conta como em sua última incursão foi confrontado por um cão muito velho e mesmo assim terrível, que ainda usava a coleira de ferro que seu último dono havia colocado nele; um cachorro que talvez tivesse viajado para a América no porão de seu mesmo navio; que talvez tivesse sofrido com ele os rigores da fome, da guerra e do esquecimento. E, acima de tudo, não conta o que fez com seu corpo: como nem por um segundo a ideia de desmembrá-lo para enfiar sua cabeça num saco lhe atravessou a imaginação. Como cavou para ele uma sepultura separada, uma sepultura digna, uma sepultura que muitos camaradas de armas teriam desejado para si, e o enterrou lá dentro, um cadáver que era o último representante de sua linhagem e também a última esperança de três refeições quentes, todo coberto por um monte de terra e por um cobertor de folhas secas e até mesmo por suas lágrimas, pois o fato vergonhoso é que ele chorou, que se ajoelhou diante do túmulo daquele cachorro e chorou até que a dor acabasse ou ele se cansasse; chorou pelo cachorro, chorou por si mesmo e chorou pelo estômago que mais uma noite ficaria vazio.

Se por acaso alguém ouviu dizer que por um tempo se dedicou a perseguir índios fugidos das *encomiendas* de Puebla e lhe pergunta por que abandonou o ofício, ele responde que a paga era ruim. Ou que envelheceu para certas coisas. Ou que herdou esta taberna e preferiu o correr do álcool ao correr do sangue. Não conta que em sua última missão – naqueles tempos em que as missões ainda eram chamadas de missões – conseguiu trazer catorze índios prófugos agrilhoados; nem como, ao recolher os dobrões que lhe eram devidos, ele já começava a ouvir os gritos proferidos por aqueles catorze índios enquanto os chicoteavam e flagelavam e marcavam seus corpos como gado. Não fala do cheiro de pele queimada. Também não conta que esta taberna não é fruto de qualquer herança ou golpe de sorte, mas de uma compra infeliz; porque lhe disseram que o caminho real ia passar por essas paragens, é algo feito e cozinhado e até já comido no palácio do vice-rei, explicaram-lhe, mas no palácio acabaram por arranjar outra coisa e no fim, como sempre em sua vida, escolheu novamente a via errada.

Se lhe perguntam se é casado, ele responde que sim e depois vai fazer outra coisa: limpar as tigelas, varrer a taberna, virar o peru que está sendo assado no espeto, esperando que não lhe perguntem se talvez sua mulher não é aquela índia que se ajoelha para esfregar o chão.

Juan não faz perguntas e não responde a perguntas, ou o faz com o mínimo de palavras possível. Isso significa que ele está, de alguma forma, sempre sozinho. Portanto, esta noite em que ele bebe sozinho, esta noite em que se senta sozinho no meio da taberna vazia, não é uma noite mais solitária do que qualquer outra noite nos últimos cinco anos.

Ele termina o último trago do último jarro como alguém tentando engolir um pensamento. É quando ele o vê: um

clarão dourado que brilha nos fundos do jarro de pulque.
É a moeda do forasteiro, e nela está inscrito o rosto de Sua
Majestade Carlos, que Deus o tenha. Juan que nada diz e a cara
do soberano que também não diz nada. O que um rei falaria,
se os reis falassem? Em que consistiriam suas lamentações?
De que coisas um rei se lembra e sobre quais ele cala? Juan
resgata a moeda com os dedos viscosos; ele a sopesa por um
momento no ar. Um escudo de ouro. O suficiente para pagar
aquela rodada de pulque e até cinquenta rodadas. O suficiente
para pagar um tonel de bom vinho castelhano. É isso que ele
pensa. E então, em meio a esse pensamento, uma decisão inesperada que pega o próprio Juan de surpresa: o gesto de levantar
no ar aquela moeda levíssima e preciosa – cinquenta rodadas
de pulque, que um homem pode sustentar usando um único
dedo – para lançá-la ao fogo, num momento repentino de clarividência. Os troncos que chiam por um momento e depois
nada. A moeda que não queima e o rei que não queima e Juan
que queima ou que parece queimar. Pelo menos seu olhar. Pelo
menos seu rosto. As chamas da lareira incendiando seus olhos
e aqueles olhos que pouco a pouco foram se enchendo de lampejos dourados.

Sobe as escadas no escuro, ainda cambaleando por causa do
álcool. Topa contra um móvel ou um canto que naquela mesma
manhã não parecia estar lá. Os degraus de madeira rangem
e tremem sob seus pés e a porta do quarto range com um
lamento descontente e toda a casa em seu conjunto protesta
com ruídos unânimes, como se resistisse a ser habitada. Pelo
menos como se resistisse a que seja ele a habitá-la. Ele habita

aquela casa? Essa casa foi alguma vez sua casa? Ele odeia suas paredes lascadas e odeia o teto que parece desmoronar a cada tempestade e odeia a taverna quando está cheia e também quando está vazia. Odeia o abrigo que ela fornece, como o soldado odeia a tenda que o protege da noite. Só que, ao mesmo tempo que amaldiçoa, o soldado sonha com o lar ou com uma certa ideia de lar. Qual seria seu lar, se esse lar existisse?

Continua pensando sobre a questão enquanto desliza para a cama e acomoda seu corpo ao corpo de sua esposa. Um lar, ele pensa então, poderia ser ou se parecer com isso. Um lar, ele se repete – e sente imensa vergonha quando o faz –, pode não ser um lugar, mas um toque. Por exemplo este: o toque do corpo de sua esposa. Sua temperatura: o calor que ela guarda para ele todas as noites. Um cheiro: o cheiro de seu cabelo espalhado no travesseiro. Como confessar que, às vezes, naquela mesma cama, sob o mesmo teto dilapidado, ele acreditou por um momento ser o mais feliz dos homens? Como explicar a outro castelhano que em certos momentos de certas noites ele chegou a sentir o que muitos homens não conseguem sentir a não ser por uma mulher branca? Não pode. Não pode e talvez não queira. Não é essa a forma de raciocínio de uma mulher? Será que ele talvez seja uma mulherzinha, que consegue amolecer com algumas carícias e ternura? Não: ele não é mulher, diz a si mesmo, como se tivesse acabado de decidir. Não é mulher e tem vergonha de sentir o tipo de coisas que sente e pensar as coisas que pensa.

A maioria de seus clientes acredita que Juan se casou com ela porque não havia castelhanas casamenteiras suficientes na colônia, e as que havia foram distribuídas rapidamente, como primeiro se distribuíram os privilégios, as *encomiendas* e os senhorios. É o que eles pensam. Talvez seja o que pensa sua própria esposa. Afinal, a palavra "amor" nunca foi proferida entre eles. Não foi pronunciada na época e não é pronunciada agora. Mas são muitas, em geral, as palavras que Juan se recusa a proferir. Muitas coisas ele prefere não contar. Não conta, por exemplo, o que sentiu na primeira vez que a viu, inclinada sobre uma pedra de moagem de milho. Como no momento de tocá-la por um instante lhe ocorreu pensar que a pele que cobre os corpos de homens e mulheres, mais escura ou mais branca, poderia ser apenas isso, um invólucro. Aquela bobagem ele pensou, e aquela bobagem ele ainda pensa às vezes, no momento de se refugiar no regaço da esposa, contrariando as teses de tantos doutores ilustres e homens de ciência. Então acontece com ele a mesma coisa que está acontecendo agora: que na escuridão de seu quarto ele abraça a sombra sem cor e sem raça que é sua esposa e lhe pede perdão em silêncio; perdão por desejar com todas as suas forças que os clientes espanhóis não lhe perguntem se por acaso aquela criada índia não é sua esposa. Mas esses também são pensamentos de mulher, e ele não é uma donzela que suspira e desmaia diante dos sentimentos próprios e alheios. Então os empurra para longe de sua cabeça com um tapa de raiva, como se afasta um enxame de moscas.

    Fecha os olhos, mas não dorme. Em seu lado da cama, os pensamentos se sucedem tão rápido que ele fica surpreso que ao seu lado a esposa consiga até fechar os olhos. Vê sua esposa, cinco ou seis anos mais jovem, inclinada de novo sobre a pedra de moer milho, e vê o túmulo de um cachorro e vê Nuño de Guzmán rindo mais alto do que gritam os caudilhos indígenas em seus tormentos. Vê catorze índios dispostos numa longa fila e agrilhoados. Vê os dois forasteiros sentados à mesa, esperando uma resposta, e um saco em que cabem mil escudos de ouro, e vê um índio, um único índio, que não tem rosto e se esconde na vegetação rasteira e pesa o mesmo que o saco. Então vê a lua. Uma lua que não está em suas lembranças, mas na janela, iluminando o quarto com seu rubor lívido e arrancando sombras e claros-escuros de todas as coisas. Vê o vulto imóvel que é sua esposa adormecida. Sua esposa adormecida que não está dormindo. O feixe de luz leitosa que de repente incide precisamente em seus olhos abertos. Esses olhos que estão brilhando com uma luz estranha. Uma luz, pensa Juan, pela qual a lua não é inteiramente responsável. Sua esposa parece prestes a perguntar algo, e, muito antes de ela abrir a boca, Juan já sabe qual é a pergunta. A esposa que necessita, que exige saber quem eram esses forasteiros e o que eles queriam: qual é a proposta que lhe fizeram e o que ele respondeu à sua oferta. É precisamente isso que ela está prestes a perguntar e Juan sabe, e naqueles últimos momentos que se interpõem entre o silêncio e as palavras ele tenta decidir o que vai lhe responder.

    A esposa abre e fecha a boca várias vezes, como se não se decidisse a perguntar o que vai perguntar. Por fim, fala:

— Lembraste de passar a tranca?

Um silêncio.

— Sim — responde.

Levantar-se como todas as manhãs. Com o canto do galo, como se costuma dizer, embora não tenham galo que cante. Descer os degraus de madeira, arrancando da casa desde tão cedo seus primeiros lamentos. A esposa que varre o chão de terra. A esposa que esvazia os caldeirões de estanho e os posiciona de novo. A esposa que vai e vem do poço. A esposa que lava as tigelas sujas num alguidar de latão e limpa as mesas e leva os restos para o porco enquanto canta entre dentes uma canção sombria, com um certo sabor pagão. E Juan que a observa. Juan sentado numa cadeira, observando cada um de seus gestos e movimentos. Juan que brinca de despi-la em sua imaginação: sua esposa sem o saiote de índia, sua esposa sem as roupas humildes e os brincos baratos. Sua esposa coberta de roupas cada vez mais caras, xales e gorjeiras, crinolinas e saias longas, modas que vêm de longe para esconder um pouco mais o corpo da mulher, a pele da mulher; sua mulher que por baixo de todas aquelas sedas e linhos poderia ser, por que não, uma mulher branca. Sua mulher que já não alimenta o porco nem lava as panelas ou dispõe os caldeirões no chão, para quê?; acima de sua cabeça, o telhado recém-coberto e em torno dele dois criados, três criados, talvez cinco criados que estão ocupados em atender a uma multidão de hóspedes. E lá fora, do outro lado da janela, sua parcelinha que cresce até onde a vista alcança, tão vasta que só pode ser percorrida a cavalo, e para isso um cavalo, dois cavalos, os estábulos desmantelados postos de novo de pé e neles um cavalo para ele e outro cavalo para ela; uma dúzia de cavalos para seus servos e feitores. As fileiras de espigas inchando até estourar de grãos e sua esposa inchando também, o corpo da esposa que parecia seco como a terra mas não, nem a mulher, nem a terra estavam desertas, floresce sua colheita e floresce a clientela da taberna e floresce também seu filho; algo para ver crescer diante da vida que se detém. Vê isto: a vida, que se detém. Seu filho bem-apessoado, com seu próprio cavalo e seus próprios motivos, dando ordens aqui e ali a cem, talvez duzentos capatazes. E sentados atrás do vidro da janela ela e ele, ainda ela e ele, velhos mas não, os olhos jovens e satisfeitos em ver crescer o mundo que construíram com suas mãos.

Tudo isso ele vê, enquanto a esposa se dirige à lareira apagada para acender o fogo que vai aquecer o café da manhã deles.

— Vou cuidar do fogo — diz Juan.

Antes de atear fogo aos lenhos, põe as mãos nas cinzas paradas. Não demora muito para encontrá-la: a moeda ainda está brilhando com a mesma intensidade, como uma esperança que nada nem ninguém pode apagar.

Sabíamos que mudaríeis de ideia, diz o primeiro dos sicários do vice-rei. Não nos pergunteis como, mas sabíamos. Dissemos ou não dissemos?, pergunta, virando-se para o companheiro. Sim: disseram. É coisa, talvez, dos muitos anos que levam dedicados a este ofício. Aprende-se a olhar os homens nos olhos e saber o que eles têm dentro de si. A distinguir os fanfarrões e grosseiros dos autênticos soldados. E eles sabiam bem que ele era precisamente isto: um soldado. Um homem bravo, determinado e corajoso. Eles souberam assim que lhe puseram os olhos. O fato de ele ter tirado aquele dia inteiro para sopesar e meditar sobre a proposta só confirma o que eles já sabiam: que é um homem de palavra e espada reta, não um daqueles valentões de taberna que morrem pela boca. E por falar em bocas, Juan, por acaso não quereis um bom vinho? Porque nesta pousada há um vinho de primeira classe, um vinho digno de regar a mesa de senhores e príncipes... Ah! Não esperavam menos. Ele é, portanto, um homem determinado, que quer tomar suas próprias decisões com o entendimento claro, sem que seu juízo seja enevoado pelo álcool. Eles também celebram isso. Será melhor então ir direto ao ponto, como vulgarmente se diz. E esse ponto é, não pode ser de outra forma, o índio Juan. Pois é assim que se chama o homem que ele persegue de hoje em diante: também Juan. Se a coincidência do nome é uma questão de acaso ou vontade divina, eles não são ninguém para dizer. O caso é que Juan está aqui, ouvindo essas palavras, e o índio Juan, bem, sabe Deus onde está o índio Juan. Os últimos relatos o situavam, como já lhe disseram, em algum lugar da Gran Chichimeca. Isso é tudo que eles sabem, até onde seu conhecimento e seus olhos alcançaram: doravante, seus olhos serão os olhos de Juan. E agora certamente gostaríeis de saber qual é a aparência do índio Juan, mas infelizmente eles não podem ajudá-lo com isso. "Sabeis vós por acaso como é o índio Juan?", pergunta, levantando teatralmente as mãos. Bem, pois eles tampouco. Ninguém sabe exatamente como é sua aparência. Ou melhor: há quem saiba. Conseguiram encontrar alguns que o conheciam um pouco e até um ou dois que o conheceram bastante. Refere-se aos mestres do Colégio de Santa Cruz de Tlatelolco, onde o índio Juan estudou. Pois vede, o índio que deveis procurar é, afinal, um homem instruído: quem sabe por quê, depois de experiências semelhantes, ainda há aqueles que insistem em educar os índios. Mas isso não vem ao caso agora. O importante é que antes de chegar à Gran Chichimeca ireis parar em Tlatelolco. Visitareis seus antigos mestres e tereis vossos ouvidos e olhos bem abertos. Da infância do índio Juan, o que viveu antes de chegar àquela escola, pouco ou nada se sabe. Conta-se que ele foi uma das crianças recolhidas pelo monastério franciscano de São Francisco Cuitlixco, na cidade vizinha de Ocotelulco, mas

quem sabe se isso é realidade ou lenda? Com ele indo para
Tlatelolco, eles têm mais do que o suficiente. Como? Também
quereis visitar o monastério de Cuitlixco, caso encontreis algo
útil? À minha fé que sois um homem minucioso e complacente.
Agora eles compreendem que o vice-rei não exagerava nem um
pouco quando cantava suas muitas façanhas. A verdade é que
duvidam muito que depois de tanto tempo ainda haja em
Cuitlixco quem se lembre dele ou mesmo que o convento ainda
esteja de pé. Mas, se esse é seu desejo, eles vão guiá-lo também
até ali. Porventura Juan sabe ler? *Pardiez!* Parece que também
sois um homem instruído, exclama o homem do vice-rei, sem
qualquer expressão de alívio no rosto. Um soldado gramático:
isso é de fato uma surpresa. Nesse caso, consignarão por escrito
tudo quanto ele necessita saber. A rota que seguirá e as pessoas
às quais deve se dirigir. Depois, só estarão Juan e Juan. Bem: os
chichimecas e Juan e Juan. Melhor: os chichimecas e Juan e Juan
e também Deus, claro. A propósito, Juan por acaso, além de
instruído, é um homem religioso? Perguntam porque não
querem santarrões ou iluminados para levar a cabo uma missão
tão delicada. Se Juan souber deixar de lado tudo que acha que
sabe sobre Cristo, Nosso Senhor, e seus ensinamentos, tanto
melhor. Não estão contratando um teólogo. Estão contratando
um soldado. Juan quer ser esse soldado? Então, sem mais palavras. Por outro lado, Juan pode ter certeza de que será atendido
em tudo que for material. De quanto acha que vai precisar para
concluir sua empresa? Duzentos e cinquenta escudos de ouro?
Bem, aí estão esses escudos. Com eles Juan pode fazer o que
quiser. Talvez, chegando à Gran Chichimeca, lhe pareça apropriado contratar uma dúzia de mercenários para acompanhá-lo,

porque, como ele bem deve saber, os chichimecas não são homens amigos de receber convidados em seus domínios. Talvez nem sequer sejam homens: pelo menos no sentido mais estrito da palavra. Sobre isso, é claro, também haveria muito a dizer. Mas eles não vão dizer. Só vão fazer o seguinte: dar-lhe um saco com os duzentos e cinquenta escudos e um cavalo para viajar o mais rápido que puder. Os mil escudos prometidos que ele terá em seu regresso. Ele tem sua palavra de soldados. E a palavra de um bom soldado, ele certamente sabe bem, vale muito. Não é a palavra de Deus, mas é muito parecido. E por falar em Deus e em suas palavras, talvez Juan esteja ciente das últimas e preocupantes notícias que estão chegando da capital. Aparentemente, uma epidemia eclodiu entre os nativos desta terra. Quer dizer, entre os índios. Um mal que só atinge os índios e respeita os castelhanos, como se Deus tivesse desígnios diferentes para cada povo. Os sintomas, dizem, são terríveis. Em dois dias, os doentes já clamam em desespero para que seus parentes os matem. Depois de cinco ou seis dias, geralmente tudo acabou. O que Deus quer dizer através desses sinais?, pergunta o sicário, erguendo os olhos para o teto. Eles, Juan acredite ou não, se perguntaram. Por acaso Deus castiga todos os índios por causa de um único índio, assim como Herodes sacrificou uma geração inteira para sacrificar uma única criança? Ninguém, a não ser Deus, sabe como responder a essa pergunta. A única coisa que ele pode lhe dizer é que a epidemia devastou certos lugares do vice-reinado. Que há *encomiendas* que suspenderam seus trabalhos, de tantos mortos que se acumulam na terra. Eles viram alguns desses enfermos e podem garantir que não é um espetáculo bonito. É sumamente desagradável. Desagradável, confessa, embora talvez proveitoso, em último caso. Porque talvez a epidemia acabe alcançando o índio Juan antes do próprio Juan, e aí todos ficarão tão contentes. Porém, se isso não acontecer, esclarece, é para isso que estais vós. Como dizeis? Matar o índio Juan? Não: eles não sugeriram de forma alguma tal coisa. Acaso ele, ou talvez seu companheiro, tão quieto, disse algo semelhante? Ousariam pedir a Juan nada menos do que substituir a ação da justiça? Não, de jeito nenhum: eles não pediriam. Não vos pediríamos, repete, e ele não deveria obedecê-los mesmo que lhe pedissem. O índio Juan não deve ser morto. Repetem-no, caso seja difícil de ouvir: o índio Juan não deve ser morto. As instruções são claras: é preciso trazê-lo de volta à autoridade competente. Qual é a autoridade competente? Ah! Sobre isso, pondera o homem, também haveria muito o que discutir. De certa forma, o que os levou a esse assunto espinhoso é uma matéria de ordem espiritual, portanto nesse caso a autoridade competente é ou deveria ser o inquisidor apostólico. Mas o senhor saberá que, desde a infeliz execução do índio Carlos Ometochtzin, o Santo Ofício anda, digamos, relutante em levar os índios para o queimadouro, então depois de tudo pode ser que o inquisidor não seja a pessoa adequada. Que ele o leve perante o provedor. Ou melhor ainda: não o leve para o provedor. É preciso pensar grande. Pensemos nisso, o homem resolve, como uma questão civil. Os índios também são civis, não é? Ele pode, então, levá-lo para quem quiser. Leve-o para o cabildo da primeira cidade cristã em que ele pisar. Ao secretário do Conselho das Índias. O governador-geral da Real Audiência da Nova Galiza é uma opção tão boa como qualquer outra, embora seja possível que o governador-geral não saiba do que estão falando Juan e seu índio e mande os dois para o vice-rei. Bem, que vão os dois, então, para o vice-rei. Claro: deveis vos lembrar de que o vice-rei não vos confiou nenhuma missão e talvez nem se recorde de quem sois. Um imbróglio diabólico, o da autoridade competente, sobre o qual Juan terá de meditar e que terá de resolver enquanto medita e resolve o problema mais urgente de encontrar e agrilhoar seu índio, que pensando bem também não será uma tarefa fácil. Porque se sabe, reconhece o sicário do vice-rei com um suspiro, que alguns homens se zangam quando vão ser presos e não consentem que se lhes ponham em cima os grilhões, sobretudo quando têm boas razões para supor que o que os espera do outro lado da viagem é o fio de uma corda. Não é preciso muita imaginação, portanto, para supor que talvez o índio Juan seja tentado a resistir à sua prisão, muito antes de que chegue o difícil dilema de elucidar qual autoridade é competente para julgá-lo. Pois bem, em caso de resistência, e somente nesse caso, seria compreensível que Juan fosse forçado a empunhar a espada. Ou, no decorrer da longa jornada de volta, é possível que seu prisioneiro seja tentado a escapar, e então nada deve impedir Juan de levantar sua espada novamente. Há coisas que um homem não pode consentir, e se o índio Juan faz ou pretende fazer alguma dessas coisas, quem poderia culpar Juan? Não seria Juan, nesse pequeno número de casos, e somente nesse pequeno número de casos, a autoridade competente que o próprio Juan está tentando encontrar? Bem: se tal coisa acontece – embora queira Deus que não aconteça –, a verdade é que tudo se simplifica. Bastaria a cabeça. Uma cabeça num saco não dá tanto problema quanto um homem com seus dois braços e suas duas pernas. E não seria preciso apresentá-la a qualquer vice-rei ou provedor ou inquisidor-geral; que obséquio tão embaraçoso para homens tão respeitáveis. Eles mesmos, que estão dizendo essas palavras a ele, seriam tão bons juízes quanto qualquer outro para determinar se a missão foi cumprida. Talvez chegado a esse ponto Juan esteja se perguntando como farão eles, que nunca viram o índio Juan, para saber se ele lhes traz a cabeça certa. Ah! À minha fé, dom Juan de Toñanes, que sois um homem com juízo na moleira. Como se reconhece alguém que nunca se viu antes? A pergunta é diabólica e a resposta, no entanto, simples. Parece, pelo menos assim chegou aos seus ouvidos, que o índio Juan tem em sua posse certo livro que Suas Excelências querem recuperar. Um livro tão notório que não se pode esperar que o índio Juan tenha se desligado dele, assim como é de se supor que ele não terá consentido em se separar de sua própria cabeça. Bem, isso é tudo de que eles precisam como prova: a cabeça do índio Juan e o livro em questão, ambos bem embaralhados no fundo do saco. Ou o índio Juan caminhando com seu próprio pé e carregado de grilhões, com o livro debaixo do braço. Até aí vão as instruções: agora Juan deve fazer o que seu bom senso e a consciência lhe ditam. Que ele volte com a cabeça ou com o homem intacto costurado àquela cabeça, mas de uma forma ou de outra ele volte. Alguma pergunta? Então ide com a ajuda de Deus. Com a ajuda de Deus e com duzentos e cinquenta escudos. Com a ajuda de Deus e com duzentos e cinquenta escudos e também com um cavalo puro-sangue, caso a ajuda de Deus não seja suficiente.

*

A palavra "amor" não foi pronunciada entre eles. Tampouco a palavra "ausência", a palavra "viagem", a palavra "despedida". No entanto, estão lá, cravados à porta da taberna, congelados em algo que parece o gesto de uma despedida. Ele confere os aprestos de seu cavalo. Ela entra e sai para lhe fornecer um odre de água e uma porção de toucinho e um pacote de tortilhas. O cão vaga de um lado para o outro, farejando alternadamente o esposo e a esposa, como se não acreditasse que ambos os cheiros estão prestes a se separar.

O próprio Juan não parece totalmente convencido. Todos os preparativos para a partida têm algo de tênue irrealidade, de um sonho de juventude, de aventura de brinquedo. Passou a véspera lubrificando e limpando a ferrugem de sua espada, exumada de algum canto do celeiro. Então se dispôs a ensaiar, nesse mesmo celeiro, algumas posturas de combate. Com punhados de palha, um feixe de varas e um saco furado, ergueu um espantalho, que parecia como crucificado no travessão. Em seguida, deu algumas voltas em torno dele, com a espada ainda embainhada. Foi traçando círculos de ódio, como se mastigasse uma afronta. Olhou nos olhos do espantalho; o amontoado de palha onde deveriam estar os olhos. Tentava odiá-lo: odiava aquele espantalho. Gritou algumas palavras que os padres condenam. Maldito seja Deus. Pelas entranhas da Virgem que haveis de me pagar. Em guarda. Sacou a espada com uma falta de jeito que só ficava um pouco desculpada pela pressa. De repente, era uma arma muito pesada: vergava-lhe na mão como um animal vivo que tivesse vontade própria e propósitos próprios. Abrigada atrás da paliçada do celeiro, a esposa seguiu seus movimentos com seca resignação. Viu-o suar, bufar, amaldiçoar e depois embainhar a espada de novo, com o espantalho não completamente desgrenhado, ainda sorrindo em seu crucifixo de madeira.

    Agora essa mesma espada está cingida. Ele se prepara para subir em seu cavalo. Pode ser uma aventura de brinquedo, um sonho de juventude, um propósito que tem algo de tênue irrealidade, mas é, de qualquer forma, uma aventura, um sonho, uma fantasia que mal começou. Antes já abraçou a esposa. Antes se esforçou em explicar, talvez, o quanto pode ser explicado a uma mulher sobre empresas semelhantes. Ele não pronuncia a palavra "amor" nem as palavras "ausência", "viagem", "despedida". Mas pronuncia a palavra "missão". A palavra "recompensa". Três vezes a palavra "ouro" e até cinco vezes a palavra "regresso". Logo, muito em breve, o regresso. A esposa escuta em silêncio as palavras que ele diz e também as palavras que não diz, sem deixar que o gesto o descomponha. Não responde nada. Não lhe recorda a idade nem a doença que o manteve acamado por um mês inteiro no inverno passado. Não fala de seus pregressos dias de glória sem glória. Só se limita a estender sua mão indígena para ajudar o marido a voltar, cinco anos depois, ao lombo de um cavalo. Ele consegue, na terceira tentativa. E então, quando parece que já se disseram tudo que precisava ser dito e Juan se prepara para esporear sua montaria, ela retém o bridão por um momento.

    — O que esse homem fez para que sejam tão generosos contigo? Violou uma donzela? Incendiou uma igreja? Tentou cortar a garganta do próprio vice-rei?

    Juan desvia o olhar.

    — Não sei. Me esqueci de perguntar.

O sonho, a aventura, a fantasia que começa. Juan que balança desajeitadamente em seu cavalo. Juan que sente uma vertigem em que se mesclam a excitação e o pesar. Quando chega à encruzilhada, se vira por um momento para olhar para a casa que se afasta. Vê a casa que se afasta e, em frente a ela, a esposa que se afasta também. Sua boca está ligeiramente entreaberta, como que petrificada num ríctus de pavor: um gesto em que não há surpresa, mas apenas a constatação de algo que já se sabe e nem por isso é menos intolerável. Ela está olhando para ele. Dentro dele. Quem sabe através dele. Olha de uma maneira terrível, como se olham as coisas terríveis que aconteceram e as coisas ainda mais terríveis que estão prestes a acontecer; olhos dos quais toda a vontade e toda a beleza evaporaram, que viram o horror e estão cheios dele e, portanto, são insuportáveis de olhar, ou que talvez tenham visto o horror e por isso mesmo estejam vazios e esse vazio seja ainda mais insuportável. Olhos que já não refletem nada, que são o que resta da compaixão quando a fé é apagada; da liberdade quando a justiça é subtraída; da vontade quando carece de mãos e voz. A esperança menos a esperança.

    Juan esporeia seu cavalo. Ele sente o peso daquele olhar enquanto se afasta, trotando primeiro e cavalgando depois, mais rápido, cada vez mais rápido, e continua a sentir esse peso ainda muito mais tarde, quando numa curva da estrada a esposa, e com ela seu olhar, desaparecem.

II

O velho mundo e o velho mundo — Duas semanas
Um lugar apropriado e um tempo equivocado
No início era o fogo — Crianças entre crianças
O ninho do cuco
Primeira manifestação de Cristo
Trinta moedas de prata — Um breve regresso à casa

Houve um tempo em que ele era habitante dos caminhos e das pousadas que cresciam naqueles caminhos. Agora não sabe o que fazer com essas recordações. De seu cavalo vê coisas que já tinha visto e que agora, tantos anos depois, parecem novas. Vê pinheirais e ravinas e terras lavradias e colinas que ainda levam seus nomes pagãos, e nelas agora se alçam campanários e aldeias de Castela. Vê, revelados à luz do ocaso, os picos nevados dos vulcões Popocatépetl e Iztaccíhuatl, que na memória dos índios eram dois amantes mortos e agora são apenas dois vulcões extintos. Vê campos de milho, mas também vinhas e eiras de trigo e glebas em que pastam rebanhos de ovelhas e vacas, também vindos do outro lado do Mar Oceano. De vez em quando, um povoadinho ou um rio que leva um nome cristão, como se procurasse evocar algum tipo de nostalgia. Mas basta pronunciar o nome daquele povoado, daquele rio, daquela montanhazinha, para se sentir mais longe de casa.

Castela é sua casa? É sua casa por acaso aquela taberna arruinada que ele vai deixando para trás? É seu lar a mulher que espera naquela taberna, talvez ainda cravada à porta, talvez com os olhos ainda fixos no caminho por onde viu seu esposo desaparecer?

Juan tolera essas perguntas, mas não suas respostas. Ele só tem olhos para o mundo que o rodeia. Um mendigo que espera à beira da estrada, com o vazio da mão estendido aos transeuntes. Um punhado de índios para carregar os corpos de três atingidos pela epidemia, enfiados em suas mortalhas. De ambos os lados, miseráveis ranchos e restos de teocais derrubados e devorados pela hera. Por toda parte se estendem cultivos e plantações, e nelas uns poucos homens que mandam e muitos outros que obedecem. Tropéis de índios martelam a terra com seus enxadões e paus, como que para mostrar que também nesta parte do mundo se cumpre a mesma lei universal: a saber, que todas as coisas cobiçadas têm dono, e mesmo as sobras dessas coisas devem ser recolhidas com esforço. Talvez seja porque todas as terras são parecidas. Ou porque os espanhóis já tiveram tempo de transformar o Novo Mundo numa extensão do Velho. Juan olha para todas essas coisas em silêncio, como se olha para a serragem que fica no chão depois de entalhar por muito tempo uma esperança.

Duas semanas. Faz muito tempo que é assim: sempre faltam duas semanas para quase tudo. As coisas que ele não quer fazer ou as coisas que ele quer, mas suspeita que nunca acontecerão, são configuradas para um tempo conjectural que sempre dura duas semanas. Duas semanas era o que levaria para que o vice--rei aprovasse seu pedido de *encomienda* e para que a Audiência lhe concedesse uma certa pensão vitalícia e duas semanas para aquele golpe de sorte que mudaria tudo. Em duas semanas terminaria de pavimentar o chão da taberna. Também na hora de partir, quando sua esposa lhe perguntou quanto tempo levaria para voltar, Juan não hesitou em responder. Duas semanas, ele respondeu, mesmo que seja de fato impossível; embora, apenas para chegar à terra dos chichimecas, se necessite muito mais do que duas semanas, sem contar o tempo para encontrar o índio Juan, o tempo para pegá-lo, o tempo para cobrar a recompensa, o tempo para voltar à casa. Duas semanas, disse ele, olhando nos olhos de sua esposa, e ela lhe deu a resposta que sempre reservava para os cálculos do marido: aprovou com a cabeça e fez um esforço para sorrir.

Duas semanas, Juan pensa no lombo de seu cavalo, os olhos perdidos no horizonte sem limites.

Só mais duas semanas, repete.

Chega a Ocotelulco no meio da manhã de um certo dia, não importa qual. Na praça principal e nas ruas circundantes, não se vê vivalma. Por toda parte, portas fechadas e ferrolhos passados e postigos que parecem cravados em seus vãos. De algum lugar vem o toque de um sino tangendo os mortos. Na esquina da rua, uma taberna sem taberneiro e sem clientes, as mesas vazias e desoladas, a cozinha apagada, nenhum cavalo amarrado na soleira. Juan lembra-se de outra taberna e da mulher que certamente agora está regendo sua solidão; também ela com postigos fechados e as mesas vazias e os restos de pulque que ninguém bebe estragando em seus jarros. Esse pensamento dura em sua cabeça tanto quanto Juan permite, ou seja, muito pouco.

Na margem do rio Zahuapan deveria se erguer o monastério de São Francisco Cuitlixco, e ao lado dele as dependências do colégio franciscano. Pelo menos é o que dizem seus papéis. Depois de muito vagar por ruas desertas, ele encontra algo semelhante a um monastério abandonado e, junto a ele, alguns muros desmoronados, que poderiam ser os de um colégio. Não há ninguém no que era o pórtico do convento e ninguém em seu átrio. No alto resiste um pequeno campanário, e nesse campanário nenhum sino. Juan olha por muito tempo para seus papéis, e depois para as paredes de adobe desgastadas e as bancadas de madeira apodrecidas na nave assolada, e depois para seus papéis novamente. Livre da atenção de seu dono, o cavalo se dedica a vagar pelos corredores do átrio, farejando os tufos de grama que crescem entre os ladrilhos. Seus cascos ecoam no pavimento como o galope de uma cavalaria fantasma.

É então que ele o vê. A princípio, não parece um frade, mas a alma de um frade morto. Está prostrado na capela, de frente para o canto vazio onde alguma vez houve um altar, com o capuz cobrindo sua cabeça. Ao escutar os passos de Juan, ele interrompe sua oração e senta-se com muito esforço. Também ereto parece o fantasma de um frade. Seu corpo é magro e desajeitado, e o hábito fica muito grande nele, como se cingisse o ar.

— Sois vós, frei Bernardo? — pergunta.
— Não. Eu só...
— Achei que éreis o frei Bernardo.

E então, fazendo um gesto apático com a mão, acrescenta:
— Acercai-vos para a luz, onde eu possa vos ver.

Juan dá um, dois, três passos em direção ao ancião. Porque é um ancião: basta se aproximar para comprovar. Emergindo sob sua pele amarelada e exangue, já começou a ser revelado o crânio no qual ele deverá se converter. Seus olhos estão velados por uma bruma opaca, mas ainda há algum tipo de luz neles; algum tipo de inteligência que o observa na penumbra.

— Sois um soldado — ele diz lentamente, e não se sabe se ele está perguntando ou afirmando; se há aprovação ou condenação ou simples curiosidade em sua voz.

— Sou só um homem em busca de informação, padre.

— E o que estais procurando?

Juan está procurando o convento de São Francisco Cuitlixco e o colégio anexo a esse convento, e ocorre-lhe que talvez sua reverenda senhoria possa dizer-lhe onde se encontra. O frade se põe a rir. A pergunta não é onde, responde, mas quando. Procurais o convento e seu colégio e, em certo sentido, estais muito perto. Poder-se-ia dizer, se muito é o empenho de Juan, que ele já chegou. Parabéns. Mas, por outro lado, é forçoso reconhecer que ainda está muito longe. Haveis chegado ao convento com quinze anos de atraso, diz. Quinze anos atrás, este mesmo lugar teria sido o fim de vossa busca. Mas agora, reflete, agora não está muito claro o que significa ter chegado até aqui. Talvez nada. Às vezes ele mesmo, em dias como este, passeia por suas ruínas. Pensando bem, é incrível o que a Natureza pode fazer com algumas paredes em quinze anos, mesmo que essas paredes sejam as paredes da casa de Deus. Pois bem, ele passeia por aquelas ruínas e finge que, passo a passo, refez aqueles quinze anos e voltou aos dias em que o monastério era, como se diz, recém-plantado na terra. Antes de trasladarem sua congregação para a recém-construída catedral de Tlaxcala, que Juan poderia ver, ele explica, apenas circundando aquela colina. Mas esses tempos não voltarão, é claro: o antigo monastério está desabando dia após dia e ele não pode deixar de vir rezar de vez em quando na antiga capela. Ele ora, como estava fazendo agora, pelas coisas que caducam. Pelas almas que se perdem e pelos corpos que se desgastam e morrem. Talvez

Juan já tenha ouvido falar dos surtos de uma peste misteriosa, que só grassa sobre os índios e que nenhum médico consegue explicar. Talvez ele tenha visto algum de seus apestados e saiba o terrível destino que eles têm; a maneira como suas narinas se esvaem em sangue e sua língua escurece e sua bexiga se enche de uma urina escura como o alcatrão. Pois bem: era por eles que rezava. Por eles e pelo monastério e seu velho colégio, que à sua maneira também morrem.

Agita a mão, como que para desviar o rumo que seus pensamentos tomaram. Volta a olhar para Juan com a nuvem cega de seus olhos.

— O que esperáveis encontrar nessas ruínas?
— Procuro alguém que me dê sinais de um homem.

O frade demora muito em responder. Olha para o pomo de sua espada e depois para o rosto de Juan mais uma vez. Sorri lentamente. Uma nova luz foi acesa no vazio de seus olhos, como o fogo pode se alimentar de uma coisa morta.

— Eu vos falarei desse homem — diz.

Falar-lhe do índio Juan. Poderia fazer isso por horas. Não conhecestes o índio Juan, está dizendo o frade, e é por isso que talvez não entendais minhas palavras. Não: como Juan poderia compreendê-las? Como explicar-lhe que mesmo agora, depois de tantos anos, ele guarda memória de tudo que aquele índio disse ou fez? Aquele índio que não passava de uma criança de sete ou oito anos. No entanto, vede só, ele se lembra. Muitas vezes volta sem esforço àquela época: àquele tempo em que esta terra estava ou parecia estar cheia de milagres, entre os quais a existência do pequeno Juan não foi o menos assombroso de todos. O ano ao qual se refere foi um ano como outro qualquer, diz o frade. Porque ele ao menos não faz mais conta disto, do tempo que passa. O que são alguns anos comparados à salvação de um povo ou à eternidade de uma alma? A única coisa que ele pode dizer é que o que ele vai contar aconteceu muito antes, quase no início de tudo. No início do quê?, Juan pode estar se perguntando. O que vai ser: o início de sua Obra. Conhece aquilo de: a safra é muita, mas os obreiros são poucos. Implora, pois, ao proprietário da safra que envie obreiros para sua safra? Não é preciso ser um erudito para entendê-lo. A safra são os índios. O proprietário da safra, é claro, é Deus. E eles, os frades, são seus obreiros. Cruzaram o oceano para cultivar as safras do Senhor, para ganhar do Demônio mais almas do que ele lhes roubara com seus turcos na Europa e seus luteranos na Alemanha. Não perseguiam outra jornada além de algumas tortilhas, uns tamales e uns goles d'água. Nem sapatos eles tinham. Talvez Juan tenha ouvido falar, se é que não viu com seus próprios olhos: que fizeram o caminho de Veracruz à Cidade do México com os pés descalços. Viram que os índios andavam descalços e tiraram as sandálias para andar descalços como eles. Viram que não tinham o que comer e padeceram de fome com eles. Viram que quase não tinham roupa e dormiam no chão, por isso se cobriram de hábitos de pano de saco ásperos e dormiram no chão, com um pau ou um monte de ervas como cabeceira. Os índios se aglomeravam na beira do caminho para vê-los passar, doendo-se de tão miseráveis e indefesos que pareciam. Talvez por isso tenham conquistado sua estima tão cedo. Porque eram pobres como eles e sentavam-se à sua mesa e não tinham ganância por ouro ou prata. Apenas uma matéria ambicionavam: aquela de que suas almas eram feitas. Foi o que fizeram, ocupar-se do espírito dos índios; não de sua carne, pois está escrito que a carne é como a erva que murcha e toda a glória do homem, como flor dessa erva; que o ouro e a prata mofarão e apodrecerão e seu mofo testemunhará contra nós. No começo não foi fácil, pois eles ainda não falavam a língua deles e tinham de pregar por desenhos ou por sinais. Era quase risível. Se a empresa que o Senhor lhes atribuíra não fosse um assunto tão sério, eles certamente teriam feito isto, dariam risada; vagando pelos mercados sem saber o que fazer ou o que dizer, apontando para o céu para significar Deus e apontando para a terra para aludir ao Demônio. Quando diziam Demônio, encurvavam-se como vermes e improvisavam caretas assustadoras, e para representar a graça de Deus simulavam arrebatamentos beatíficos da melhor forma que podiam. Os índios, claro, achavam que eles estavam loucos. Loucos ou embriagados. Mas eles perseveravam, empregando alguns métodos assombrosos e também alguns outros que não são agradáveis de lembrar. Conheceu, por exemplo, um certo frei Luis de Caldera, que arrastava pelas aldeias uma gaiola cheia de gatos e uma espécie de forno sobre padiolas e ia clamando e agitando um sininho para convocar o maior número possível de índios. Só então ele consentia em acender o fogo do forno e jogava os gatos ali dentro. Os desafortunados animais chiavam e uivavam terrivelmente durante todo o tempo que levavam para morrer, o que, dependendo de quão quente o forno estava, poderia se tornar um longo tempo. Isto é o inferno, dizia. Os índios, ainda mais horrorizados, olhavam para o frei Luis sem entender nada. Isto, ele voltava a dizer, é o inferno. E com isso ele queria dizer que, se aqueles animais mal tinham sido capazes de tolerar por um momento os tormentos do fogo, o que dizer das penas do inferno, que são fogo eterno? Ele repetia essa experiência aldeia após aldeia, e é uma questão de se perguntar, medita o frade, se de tantos troncos acesos e tantos gatos mortos algo de proveitoso foi tirado. Se os índios aprenderam com esse sofrimento alguma lição sobre a natureza de Deus. Talvez não, mas desse tal Caldera ninguém pode dizer que não fizesse tudo que estava ao seu alcance. Porque aqui nas Índias, no princípio, não era o Verbo, como queria o apóstolo, mas o silêncio mudo. No princípio era o fogo. No princípio, era o bramido desesperado dos gatos, que morriam para dar testemunho: substituir com seus guinchos as palavras que uns e outros não sabiam pronunciar.

Mas estou divagando outra vez, diz o frade, enquanto agita a mão diante dos olhos. Sentaram-se sob as abóbadas em cruzaria do transepto, onde os nervos de madeira se entrelaçam e confundem, e de lá veem o sol descer lentamente e as sombras dos pilares se alongarem. Logo acima da cabeça deles alguém pintou, com ingenuidade infantil, algumas passagens da vida de Cristo. As pinturas são malfeitas e desalinhadas, mas a umidade fez crescer mofo e rachaduras que conferem às figuras uma certa solenidade pré-histórica. O frade olha para aquelas estampas rupestres, ou parece olhar para elas. Os dois contemplam as pinturas e o cavalo contempla os dois com a mesma atenção, como se também fossem sombras desenhadas na parede, não de todo reais e tampouco muito importantes. Mais uma vez estou divagando, repete, mais uma vez estou pensando no tempo em que ainda não havíamos aprendido a língua dos índios, quando deveria estar falando justamente do momento em que a aprendemos. Porque com o tempo, graças à clemência do Senhor, aprendemos. Assim diz o frade, teatralmente erguendo os olhos para o céu, como se voltasse a pregar com gestos aos seus fiéis. Graças à clemência do Senhor e graças às crianças, é claro. Foi assim, brincando com paus e pedras entre eles, sendo crianças ao lado deles, que aos poucos foram aprendendo algumas palavras e depois frases completas. Foram seus mestres. Pensando bem, esse sempre foi o estilo de nosso onipotentíssimo Deus: engrandecer as coisas humildes e abater as elevadas. As misericórdias que, por Sua infinita bondade, quis mostrar aos homens, Ele sempre as trabalhou por meio de instrumentos baixos e de pouca estima. É possível pensar, sem ir mais longe, em Seu próprio Filho. O que foi mais desprezado e tido em pouca conta no mundo do que a sagrada humanidade de nosso redentor Jesus Cristo, escoiceada, esbofeteada, cuspida e de mil maneiras escarnecida?, pergunta o frade; e, no entanto, com que simplicidade Ele a escolheu para operar a redenção do gênero humano, a coisa mais grandiosa e apreciada que foi feita no mundo. E assim foi, também, nos anos posteriores, em que conseguiu a conversão de reis, imperadores e grandes senhores a partir de uns pobres e desocupados pescadores, homens sem letras, sem poder nem valor ou outro favor humano. Não nos deve surpreender que Ele também quisesse realizar a conversão deste novo mundo – que em número de pessoas foi maior do que a feita pelos apóstolos, acrescenta orgulhoso – tendo as crianças como instrumento. Porque aqui, explica, as crianças eram as mestras de seus evangelizadores. Para sermos mestres, diz o frade, primeiro tivemos de ser discípulos. Para falar como homens, tivemos de falar primeiro como crianças: ser crianças entre crianças. Tornamo-nos crianças com as crianças e índios com os índios, fleumáticos e pacientes como eles, pobres e nus, mansos e humildes e pequenos, sobretudo pequenos. E, a seu ver, nada disso poderia ser estranho a Deus, pois estava escrito: em verdade vos digo que, se não vos converterdes e não vos tornardes como crianças, não entrareis no Reino dos Céus. O resto, diz o frade deixando cair os braços e suavizando a voz inflamada, vós mesmo podeis imaginar. O menino Juan era, claro, um desses pequeninos. Sua boca e suas mãos foram instrumentos através dos quais Deus operou o milagre. Se tivésseis estado lá, diz. Se houvésseis chegado a conhecê-lo. Então não teríeis nada a me perguntar. Saberíeis e entenderíeis tudo. Assim diz o frade, com uma nova mansidão na voz; com os olhos como que encalhados na contemplação de uma imagem divina. Porque se as crianças eram, não cabe dúvida, pequenas; se mais uma vez Deus se valeu do insignificante, do diminuto e até do ridículo para transmitir Sua palavra, então o que dizer do menino Juan, que era insignificante entre os insignificantes? Era, sim, miúdo de proporções, não avultava mais de uma vara castelhana, mas o frade não se refere a isso. Pelo menos não só a isso. Ele era, de todas as crianças que os frequentavam, o único que provinha dos *macehuales*, ou seja, da classe mais simples e miserável dos índios. No entanto, lá recebeu doutrina; naquele monastério reservado aos filhos dos nobres e ilustres. Eles devem esse pequeno milagre aos próprios índios, e ao seu amor pelo embuste e pela mentira. Pois naquela época haviam reunido os homens mais significativos da comarca, suplicando-lhes com a devida firmeza que trouxessem seus filhos para receber ensino; e aqueles senhores emplumados e ignorantes assentiram com a cabeça, mas negaram com o coração. Enviar meus filhos para o monastério, é claro, para a Casa de Cristo e Maria, é claro, mas na hora da verdade eles não cumpriam com sua palavra. Ou cumpriam-na de forma distorcida e não eram seus verdadeiros filhos que enviavam. Foi assim que não foram poucos os que inventaram o ardil de mandar disfarçado o filho de um de seus escravos, vestido com roupas caríssimas e rodeado de criados e acólitos, como se espera de uma criança de alta dignidade. Essas mentiras bastariam para enfurecer o espírito mais benigno, não fosse pelo fato de que devem a elas a sorte de terem conhecido o menino Juan. Logo souberam que ele era muito pobre. Tão pobre que até então nunca tinha tido um par de sapatos que fossem seus. No entanto, como parecia natural usando todas aquelas roupas, joias e aprestos; como parecia feito para receber todas aquelas atenções e agrados. Se fosse possível conceber o erro em Deus Nosso Senhor – mas isso não é possível –, dir-se-ia que ele tinha o espírito de um nobre que veio a cair, por acidente ou negligência, no corpo de um deserdado. Porque havia algo nele. Havia, sem dúvida, algo. Algo, repete o frade, que ele não saberia explicar. Talvez fosse o olhar dele. Sim: era isso. Algo nos olhos, os olhos dele, que podiam trespassar e despir uma pessoa: de tão puro, ele se tornava belo e terrível ao mesmo tempo. Aquele era, em suma, o menino Juan: um pequenino que não era filho de nenhum senhor nem tinha dignidade alguma, mas parecia ter. Claro que na época Juan não se chamava Juan. Tinha outro nome e esse nome, sim, ele já esqueceu. Talvez frei Hernando se lembre, mas o que ele está dizendo, se frei Hernando morreu há muitos anos? Todos ou quase todos morreram. E todos ou quase todos os nomes índios soam iguais, não vos parece? Ele não se lembra mais de quem teve a ideia de batizá-lo com o nome de Juan. Foi, em todo caso, um grande acontecimento, porque "Juan" significa precisamente "homem que é fiel a Deus". Por acaso sabíeis disso?, o frade pergunta, desviando o olhar por um momento das pinturas no teto. Sabíeis o que significa vosso próprio nome? Não importa. O fato é que era um nome oportuno, oportuníssimo, pois o menino Juan era de fato fiel a Deus e fiel aos seus padres franciscanos e fiel a todas as matérias da doutrina que lhe foram ensinadas, por mais abstratas ou inacessíveis que resultassem para os outros. Juan já pode imaginar que, em princípio, não era grande coisa aquela doutrina, porque os tempos da gentilidade ainda eram muito recentes e eles tinham de se contentar com pouco. Era suficiente que aprendessem a se persignar e benzer-se; rezar o Pai-Nosso, a Ave-Maria, o Credo e o Salve-Rainha. Deviam saber que o Demônio está sob a terra e Deus no céu e é uno e ao mesmo tempo três, e outras matérias muito simples. E, claro, deviam admitir que seus antigos deuses eram apenas demônios com os quais o Maligno os havia enganado, e que, ao professar fé a Tlaloc ou Huitzilopochtli, era precisamente ao Maligno que eles rendiam culto. Mas o menino Juan não se conformou com isso. O menino Juan nunca se conformava com nada. Aprendeu latim e castelhano como as crianças aprendem os rudimentos de um jogo. Foi, segundo todas as opiniões, o primeiro habitante desta terra que se aplicou à leitura das Escrituras, com um fervor do qual ninguém mais voltou a ter notícia. E a leitura não caía, como se diz, em ouvidos moucos, porque lhe ocorriam perguntas engenhosas e oportunas, que nem sempre sabiam responder sem apelar à autoridade dos bons doutores da Igreja. Que perguntas? Ah, questões pequenas e ao mesmo tempo muito agudas, como adaga que se crava na carne... Talvez lhe ocorresse pensar que os judeus tinham pagado muito caro – trinta moedas de prata – pela traição de Judas, sendo esta, além disso, totalmente desnecessária. Por que precisavam do beijo se todos o conheciam e ele andava pregando com o rosto descoberto havia três anos? Como é que o próprio Judas se enforca para cumprir uma certa profecia que Mateus atribui a Jeremias, quando esta na verdade é de Zacarias? Isso significa que os Evangelhos são passíveis de erro? E se, como mandam a tradição e o bom senso, Mateus é o autor do Evangelho de Mateus, como sabe o que pensam os fariseus, em momentos que se encontram a muitas léguas de distância dos doze? Como conhece a oração de Cristo no Getsêmani se já confessara anteriormente que ele e os outros adormeceram? Talvez Juan possa julgar, considerando a agudeza dessas questões, o tipo de criança que o índio Juan era. O tipo de homem que ele certamente ainda é. Tão piedoso e tão sereno, e com tanta autoridade entre os seus que, quando os frades visitavam as aldeias vizinhas para pregar, levavam-no consigo. No início, faziam-no traduzir e recitar certos sermões que escreviam em papel amate e, mais tarde, quando tinham total confiança nele, permitiram-lhe improvisar seus próprios discursos. Ele não precisava de tradutores, gatos ou fornos onde queimá-los. Só carregava consigo uma humilde cruz de madeira, que mostrava aos índios pagãos dizendo: no princípio, eu só tinha isso. Então ele punha a mão no coração e dizia: agora eu tenho isso. Tenho alma. Apontava para o céu, apontava para a terra e dizia: agora eu tenho isso. Tenho Deus. Tenho o mundo. Era o que ele dizia no início de cada uma de suas pregações, ou pelo menos era o que eles pareciam entender, porque naquela época eles estavam apenas se iniciando no náuatle. Mas a voz dele. Seus gestos. Não importa quantos anos ele viva – e já viveu boa parte deles desde então –, não será capaz de se esquecer disso. Era coisa, talvez, daqueles olhos. Ele ainda vê aqueles olhos, algumas noites: sente-os brilhando na escuridão de sua cela com uma intensidade da qual só santos ou profetas parecem capazes. O menino Juan talvez fosse um santo, um profeta? O frade não saberia dizer. Nem as teologias nem as metafísicas eram suficientes para ele. Sabe apenas isto: que, quando o menino Juan pregava, quando começava a pronunciar a Palavra, algo entre os selvagens que o ouviam parecia arder. Ele, o próprio Juan, ardia; resultava intolerável olhar em seus olhos, ser absorvido por olhos tão luminosos e tão profundos, assim como a luz do sol pode queimar mesmo quando reflete na água. Ele ainda vê aqueles olhos, algumas noites. Já não lhe disse? Já lhe contou que certas noites parece vê-los brilhando na escuridão de sua cela, com uma intensidade da qual só os santos ou os profetas são capazes?

Às vezes, a história se interrompe. As palavras do ancião se enchem de buracos, de silêncios muito longos, e Juan tem de insistir para que ele continue. O que aconteceu então?, pergunta. O frade ainda demora alguns instantes para reagir, talvez porque ele mesmo não tenha plena consciência de ter parado;

porque o feixe de recordações continua a desenredar-se em sua memória, mas não em seus lábios. Bem, o que aconteceu, meu filho, ele responde, é uma coisa muito triste. Uma coisa muito triste ou muito venturosa, dependendo de como se olhe para ela. Talvez ambas as coisas ao mesmo tempo: Juan poderá julgá-lo. O que aconteceu é que naquela época a semente de Cristo já havia se enraizado e crescido com força nesta terra, e resolvemos empreender a luta contra a erva daninha da idolatria. Uma luta santa, entende-se; sem espadas nem derramamento de sangue. Uma luta que não lembrava em nada a ferocidade dos soldados e sim a doçura de um pai que ensina, protege e abraça. E que também castiga, claro. Que filho é aquele que o próprio pai não disciplina? Tal filho não é um filho, mas um bastardo, como dizem as Escrituras. Mas estou divagando de novo, reconhece com um gesto. Falava de idolatria. Da extirpação da idolatria. Daqueles bonecos feios ou feíssimos que os índios tinham por toda parte e usavam para rogar por qualquer coisa, fosse uma boa colheita, um pouco de chuva ou fortuna nos amores. O caso é que acreditaram que havia chegado a hora de livrá-los daqueles ídolos, como chega o momento de afastar as crianças de seus brinquedos e das histórias ridículas com as quais deram os primeiros passos. Reuniram os índios mais importantes, pais de muitas das crianças que recebiam doutrina no monastério, e explicaram-lhes isso. Que até aquele momento o Demônio os havia enganado — porque o Demônio sempre retorce o que é reto e desvia para a esquerda o destro, e gosta de se assemelhar a Deus para fazer uma paródia ou burla — e era, portanto, chegado o dia de entregar todos aqueles troféus do Maligno para serem purificados pelo fogo. E aqueles homens emplumados e ignorantes assentiram com a cabeça, mas negaram com o coração. Destruir meus ídolos, é claro, destruí-los numa enorme fogueira, sim, mas na hora da verdade eles não cumpriam o combinado. Ofereciam-lhes os ídolos menorzinhos e mais raquíticos, daqueles dos quais não tinham muita pena de se desfazer, guardando para si os que lhes eram mais queridos. Não está escrito pela mão de Isaías: este povo me honra com os lábios, mas seu coração está longe de mim? E os Provérbios não dizem que o cão volta a seu vômito, e a porca limpa, a chafurdar no lodo? Assim ficaram muitos: como porcos fuçando o lodo de sua idolatria, que é danosíssima. Diziam que suas estátuas não representavam diabos, mas deuses, e que a mensagem que os cristãos traziam consigo era palavra nova e triste para eles. Diziam, arteiramente, que os espanhóis não iam tanto atrás de ídolos como atrás do ouro e da prata e das pedras preciosas de que esses ídolos eram feitos. Diziam tantas coisas, e todas e cada uma delas o Demônio era quem punha nos lábios deles. Mas como poderiam esses homens supor, diz o frade com uma voz que pouco a pouco ia se renovando com um eco sinistro, que àquela altura seus filhos já eram mais nossos que deles. Que eram nossos filhos em seus corações e em suas ações, e mais filho do que ninguém o menino Juan. E assim aconteceu que os filhos confessaram de bom grado, quase sem ser forçoso exigir-lhes algo nem exortá-los, quem dentre seus pais praticava secretamente o culto ao Demônio; onde haviam escondido seus amados ídolos, seja sob a terra ou no fundo falso de uma parede, em cântaros secretos ou no telhado de suas casas, ou debaixo das peanhas das cruzes cristãs. Eles iam buscá-los em todos esses lugares, guiados pelas crianças, e o frade ainda se lembra de como os rostos dessas crianças pareciam transformados, esplendiam de amor e virtude e satisfação pela verdade revelada. Alguns índios resistiam. Outros choravam. Alguns poucos assistiam à cena longamente, sem reação ou movimento; viam ausentes a maneira como frades e crianças empilhavam aquelas estátuas demoníacas no centro das aldeias, para lhes atear fogo. Os reincidentes, é claro, tinham de ser açoitados e escarnecidos publicamente, porque, se Deus gosta de se revelar de forma pacífica a todos os homens, Ele também sabe se valer do látego quando necessário. Eles, uma vez penitenciados, pouco ou nada diziam. Apenas expressões estranhas, como a que ele mesmo ouviu certa vez: eis que meus próprios filhos quebram as asas do meu coração. Desse mesmo jeito: as asas do coração. Talvez saibais, ele diz com o assomo de um sorriso, que os índios falam um pouco assim, daquele jeito florido e obscuro, como que por enigmas ou metáforas; como se não quisessem dizer realmente o que estão prestes a dizer. Em seus discursos, as veias são cobras e as unhas, pérolas; chamam os olhos de "espelho encantado" e os dentes de "moinho", também "encantados" os dentes; o peito eles chamam de "cerca de costelas" e os dedos, "cinco fados", e "mulher vermelha" é o sangue. Isso, essa coisa santa que seus próprios filhos faziam – assim como José não pôde ser inteiramente digno da divindade de seu Filho –, eles chamavam de "quebrar as asas do coração"; como se o coração realmente voasse, e como se a fé em Cristo, Nosso Senhor, não fosse motivo de regozijo, mas de quebrantamento. Pois bem. O fato é que, com o tempo, os índios passaram a ter tanto respeito por essas crianças que já não era necessário que nenhum sacerdote as acompanhasse. Eles sozinhos iam e vinham pelo campo, em bandos de dez ou vinte pequenos guardiões da fé, desarmando ídolos e queimando santuários e revelando feitiçarias e mitotes.[3] E quem, senão Juan, era o mais enérgico entre eles; aquele que os capitaneava, revigorava e fortificava quando a vontade deles vacilava. Sua audácia não conhecia limites. Às vezes acabava por saquear os templos de aldeias muito distantes do monastério, partes do mundo ainda muito mornas na fé, acompanhado de outros anjinhos como ele. Chegaram a temer que um desses índios o matasse. Eu, pelo menos, tive esse medo por algum tempo, reconhece o frade. Toda vez que o via partir, lembrava ao pequeno Juan que nas Escrituras o próprio Cristo diz: Eu vos envio como ovelhas no meio de lobos; sede, portanto, prudentes como serpentes e simples como pombas. Mas ele respondia com coragem e sabedoria. Assim como o corpo sem espírito está morto, também a fé sem obras está morta, padre, ele me dizia, citando uma certa passagem da Epístola de Tiago que eu mesmo, que sou especialista em coisas santas, achava difícil de localizar. E também: se Deus é por nós, quem é contra nós? Ninguém, claro. Ninguém se atreveu a erguer a espada contra as crianças de nosso convento, embora sem dúvida muitos teriam gostado, e é de supor que o Demônio inspirou-os com a ideia de tal crime muitas vezes. O menino Juan, por outro lado, pouco ou nada se preocupava com a possibilidade do martírio. Se devo morrer, que seja em testemunho de minha fé, dizia, como os meninos Justo e Pastor diante do procônsul; como Estêvão no

---

3. Ritual indígena que envolvia uma dança em roda, acompanhada por um tambor, e a ingestão de bebidas. Em náuatle, *mitoti* significa "bailarino". [N. E.]

Sinédrio e André na cruz e Paulo em Roma. Se ele não era um santo, um profeta, diz o frade, certamente parecia. O que ele não foi é um mártir. Sua retidão era de tal grau que ele chegou a denunciar seu próprio pai, por certos sacrifícios de pássaros e sapos que ele fazia a Tezcatlipoca. Seu pai era um homem pobre ao extremo, tão miserável em posses e carente de inteligência como podeis imaginar. Às vezes penso nele, diz o frade depois de um longo silêncio; um pai que, a depender de como se olhe, perdeu o filho duas vezes, primeiro pelas mãos do nobre que o fez passar por seu filho e depois quando foi acolhido no regaço dos frades. Pensa em seu fim. É isto que ele acha triste e venturoso ao mesmo tempo: esse final. O castigo pelo regresso ao lodo da idolatria era de apenas alguns açoites, explica; nada que pudesse perturbar o espírito de um homem de fato e de direito. E ele pode testemunhar que muitas vezes esses açoites eram infligidos com certa lassidão e até evidente relutância, pois eram muitas as carnes que era preciso flagelar e muito cansativo o exercício de flagelá-las. Bem, no caso do pai do menino Juan, não houve oportunidade de sentir esse cansaço. Quando chegaram à sua casa, guiados pelo próprio filho, ele já estava morto. Havia se pendurado numa viga no telhado. Até aí, claro, o terrível. É doloroso que, para escapar do castigo de um pecado, um homem se lance de cabeça a outro pecado ainda mais terrível. Mas ele ainda fica surpreso com a forma como o menino Juan reagiu. Não disse nada. Ajudou a derrubar o pobre corpo e limpou as feições e a saliva que escorria de sua boca sem derramar uma única lágrima. E quando lhe foi explicado que não devia ter vergonha de chorar, o que era compreensível e até natural perante a morte de um pai, voltou-se para eles com o rosto transmutado. Quem são minha mãe e meus irmãos?, respondeu, e São Marcos falava por sua boca. E depois: não penseis que vim trazer paz à terra: não vim para trazer paz, mas espada. Pois vim separar um homem de seu pai e a filha de sua mãe. Foi o que ele disse, murmura o frade com a voz trêmula de emoção, e fomos nós, e não ele, que naquele momento, incapazes de nos conter, irrompemos em lágrimas de gozo...

Até aqui é o que se sabe, diz o ancião. Ou quase. Porque pouco depois mandaram o menino Juan para o colégio que haviam acabado de abrir em Santa Cruz de Tlatelolco, destinado aos estudos superiores. Àquela altura, seu próprio colégio e este monastério já haviam começado a vir abaixo e eles procuravam um novo aposento na própria Tlaxcala, no recinto que hoje é uma catedral. O menino Juan partiu e eles o recordam. Ele, pelo menos, se lembra dele. Como um pai deve lembrar e lamentar a ausência de um filho. Juan por acaso conhece esse sentimento? Alguma vez já teve de se separar do que mais ama em nome de uma razão maior do que esse próprio amor?

Juan pondera por um momento.

— Sim — responde.

O ancião sorri.

— Então talvez possais entender isso. Porque às vezes, depois de tantos anos transcorridos, continuo a visitar estas ruínas para contemplar outra vez seu rosto...

— Seu rosto?

A voz do ancião continua a ecoar nos tetos da abóbada. Às vezes não parece exatamente uma voz, mas a relíquia, a pegada, a ruína de uma voz; uma coisa a mais dentre todas as coisas que os rodeiam, remota e frágil como elas, condenada à extinção e à sombra como as paredes que estão pouco a pouco desmoronando. Juan ouve aquela ruína, aquela pegada, aquela relíquia. Também assiste ao movimento de seus olhos, ainda cravados nos afrescos destruídos da capela. De repente, a mão dele. Uma mão ossuda que se alça para apontar para cima.

— Olhai — diz o velho. — Seu rosto.

Juan obedece. Até o cavalo levanta sua imensa cabeça na direção das pinturas que o frade aponta. Olhai, repete, e seu dedo aponta para uma direção precisa: não para a cena da crucificação, não para a traição de Judas, não para a cura dos leprosos nem para a descida ao inferno ou para a anunciação de Maria. Juan ainda leva algum tempo para entender. Vê uma estampa que a princípio parece ingênua e serena, quase grotesca, mas que aos poucos, à luz da tarde que declina, vai se tornando vagamente aterradora. Ele vê, esboçado no gesso aparente, as colunas de pedra de um templo – um templo desenhado no teto de outro templo – e sob suas arcadas um punhado de sábios e rabinos ao redor de um menino. É aquele menino que assusta. Os olhos do menino. No meio da puerilidade da cena – o templo de Jerusalém lembrando uma igreja espanhola; os rabinos pintados como doutores de Salamanca ou da Sorbonne; os narizes desproporcionais, para tornar o judeu mais judeu –, seus olhos brilham com um resplendor intolerável, do qual nenhum pigmento parece capaz. Eles têm o vazio e a dureza dos espelhos e de certas gemas, e permanecem perpetuamente abertos, como se carecessem de pálpebras. Como se também carecessem de um olhar, se é que isso é possível. O que buscam esses olhos? Eles não se dirigem aos rabinos, nem às colunas do templo. Só se voltam para a frente, sempre para a frente, em busca do Cristo vindouro no qual ele haverá de se converter: o pequeno Jesus que se vê crescendo e suportando as tentações do deserto na cena contígua; pregando pelas ruas de Jerusalém e pelas margens do Jordão; padecendo no Getsêmani e morrendo no Gólgota e ressuscitando em Emaús. Ele contempla esses episódios futuros sem julgamento ou sofrimento algum, com a mesma indiferença com que se contempla o desenho da vida do outro.

Enquanto isso, o frade começou a descrever a cena. Trata-se, é claro, do segundo capítulo do Evangelho de Lucas. O menino Juan sempre foi fascinado por aquele episódio. Mas também tinha suas perguntas sobre ele, pois sua curiosidade nunca se saciava – se realmente havia sido revelado a Maria e José que Jesus era o filho de Deus, então por quê, quando o menino responde que estava no templo cuidando dos negócios de seu pai, eles não entendem suas palavras? Mas, perguntas à parte, era sem dúvida uma bela passagem, na qual talvez o menino Juan se sentisse reconhecido. Ou talvez tenham sido eles próprios que vissem a semelhança, admite o frade, e por isso alguém teve a ideia de usá-lo como modelo nas pinturas da capela. Talvez essa circunstância, imortalizá-lo como o próprio Filho de Deus, dê a Juan uma medida do quanto passaram a admirá-lo. É, em todo caso, um bom retrato. O menino Juan era daquele jeito mesmo. Frei Jerónimo e frei Martín e frei Bernardo concordariam com isso, não fosse o fato de frei Jerónimo, frei Martín e frei Bernardo terem morrido já faz alguns anos, que Deus os tenha em sua glória. É assim que o índio Juan é, ou é assim que ele era quando estava começando a ser Juan e ainda tinha um longo caminho de criança a percorrer. Este é o homem que procurais, diz o frade, muitos anos antes de o procurardes.

*

Quando Juan sobe em seu cavalo, a noite está quase caindo. No rosto do frade só brilham os olhos, como dois pontinhos de luz remota. Eles acabaram de se despedir, mas o ancião parece a ponto de dizer alguma coisa. E o que ele tem a dizer é apenas um gesto. O gesto de estender a mão para dar tapinhas no pescoço do cavalo, como se também a ele quisesse dizer adeus.

— Parece um bom animal.
— Ele é, padre.
— Quantos escudos vos custou?
— Não saberia dizer, padre.
— Não saberíeis ou não queríeis?

Juan mastiga sua resposta por alguns instantes.

— Foi um presente.
— Um presente.
— Sim.

Durante algum tempo, o ancião não diz nada. Seus lábios se retraem num sorriso.

— Esse é o preço? — pergunta.
— O preço?
— Vossas trinta moedas de prata.

Juan abre a boca e depois a fecha. O ancião continua acariciando o pescoço do animal, sem olhar para Juan em nenhum momento.

— Sabeis? Eu não vos culpo. Ouvem-se coisas. Mesmo dentro das quatro paredes de um convento, há certas coisas terríveis que, queira ou não, são ouvidas. É preciso escolher se quer ou não acreditar nessas coisas. Já haveis escolhido. Certamente já vos contaram algumas dessas coisas e credes ter uma opinião. Ou melhor: talvez não vos tenham contado absolutamente nada. Assim, às vezes, é mais fácil escolher. Só que nunca é tão simples. Eu, já vedes, tive o índio Juan como um filho e mesmo assim não sei no que deveria acreditar...

Os dois pontinhos brilhantes se alçam para se deterem em Juan pela primeira vez.

— Só vos peço que, quando chegar a hora, vos lembreis disso. Que recordeis minha dúvida.

Em seguida, dá tapinhas na garupa do cavalo, que começa a trotar. Juan se vira por um momento para ver pela última vez o ancião que vai ficando para trás, na penumbra, com a mão eternizada num gesto de despedida; cada vez mais semelhante à alma de um frade morto, para sempre cravado no lugar onde por um tempo foi feliz.

Naquela mesma noite, numa pousada dos arredores, Juan sonha com sua esposa. Será a última vez que a verá, ou quase a última. No sonho também vê sua própria taberna, vazia. Não há clientes caídos nas mesas ou jogadores trocando cartas ou dados. Apenas sua esposa, que adormeceu na cadeira, com o rosto voltado para o fogo. Talvez ela também sonhe com algo ou alguém. De repente, a porta. Os golpes da aldraba acordam o cachorro que um instante atrás não estava lá e os latidos do cachorro não acordam a mulher. A mulher, que não acorda; que continua a dormir enquanto a porta se abre. Do outro lado, um menino. Ele não consegue ver seu rosto. Está coberto com ataduras e emplastros e com uma espécie de véu que parece uma mortalha. Sob as bandagens finíssimas, Juan pode ver o sangue abundante fluindo de seu nariz; os lábios ressecados e inflamados pela sede; a língua preta como o alcatrão que se remexe na boca entreaberta. Caminha como um morto. Caminha em direção à mulher como um morto caminharia se os mortos caminhassem. A mulher, que não acorda. E então, entrevistos numa fenda das vendas dos olhos, os olhos do menino. Seus olhos brilhando com o resplendor intolerável da febre; com o vazio e a dureza de certos espelhos e de certas gemas. Olhos que permanecem perpetuamente abertos, como se carecessem de pálpebras. Como se também carecessem de olhar, se é que isso é possível. A mulher que tem os dela fechados. A mulher que não reage quando o menino já está ao seu lado, estendendo a mão apestada e repugnante; sua mão manchada de pontos vermelhos, quase tocando a pele da mulher, numa carícia póstuma. E, quando ele finalmente a toca, não é a mulher, e sim Juan, que desperta.

III

*Desejos que não sabemos nomear — Licenças poéticas
Não para sempre na terra — O erro de uma ovelha
Até quando, Catilina? — Esquecer os próprios olhos
Preferir saber e não saber
Fábula do lavrador e da serpente
O sonho de Kurtz — Morte em efígie*

A culpa é do Demônio. A culpa é de Deus. A culpa é de todas as Suas criaturas, das mais abjetas às mais virtuosas. A culpa é do clima, mais seco do que costumava ser nos tempos da gentilidade. A culpa é do Dia do Juízo: da proximidade desse dia e desse juízo. Onde quer que Juan vá, ele encontra cadáveres e opiniões; muitos cadáveres e muitas opiniões que espalham seu fedor por toda parte. A culpa é dos índios, por terem voltado à idolatria. A culpa é dos índios, por terem traído seus antigos deuses. A culpa é do excesso desta terra: excesso de índios e excesso de ouro e excesso de ambições. Corpos apodrecendo em hospitais, leprosários, lares e até nas charnecas dos caminhos, e opiniões que apodrecem dentro da cabeça da pessoa. A culpa é dos espanhóis, por trazerem enfermidades insólitas a esta terra. A culpa é dos *encomenderos*, por sobrecarregarem seus índios com tributos e trabalhos exaustivos. A culpa é dos astecas, por celebrarem sacrifícios humanos, pois é tempo de os filhos dos canibais, e até mesmo os filhos de seus filhos, pagarem por seus pecados. A culpa é dos astecas, por terem deixado de celebrar sacrifícios humanos, pois é tempo de os deuses famintos reivindicarem sua porção de carne.

No sopé do monte Tlaloc ele se depara com uma carroça de bois que vem rodando na direção oposta. Dentro da caixa bamboleia uma montanha de corpos humanos, pontilhados por um enxame de moscas. A culpa, diz o arrieiro cobrindo o nariz, é dos tempos que nos coube viver: pois houve uma idade de ouro em que os homens eram feitos de outra matéria e viviam até os duzentos anos e eram justos uns com os outros e saudáveis e robustos como rochas; é uma lástima que hoje vivamos tempos convulsos, tempos feitos não para gigantes, mas para anões, em que os bons costumes se relaxam e os jovens não obedecem aos mais velhos e o ouro de nossa primeira juventude se aviltou, se degradou em ferro. Junto às ruínas de Acozac ele encontra uma aldeia sem nome, com toda a sua população desaparecida ou morta, e portanto ali ninguém diz nem opina nada: muitos cadáveres e nenhuma opinião. Algumas das casas de adobe estão recentemente destelhadas e em escombros, como se, não podendo enterrar tanta gente, na hora de ir embora os vizinhos optassem por dar a cada família sua própria casa como sepultura. Agrilhoado a uma corrente de ferro está um cão famélico, um cão sem dono e sem esperança, latindo para ninguém e talvez culpando a todos. A culpa, diz um *encomendero* que o acompanha por duas léguas em sua travessia, é a ociosidade e a vida regalada de que os *macehuales* desfrutam desde a chegada dos espanhóis, pois, acostumados à guerra perpétua e a muito trabalho e às tiranias de seus próprios senhores, agora que são livres em Cristo dão para embebedar-se e vagar pelo campo, sem nada para se ocuparem e sem se preocuparem em cultivar a própria terra, mesmo que a tenham. No domingo, faz uma parada em seu caminho para ouvir missa no eremitério de Chimalhuacán, e, diante de um auditório quase vazio, o pároco culpa certas feitiçarias astecas e, de passagem, os protestantes da Alemanha e os mouros da África e os corsários ingleses e os judaizantes convertidos e por se converter e a preguiça ou o cansaço ou o ceticismo do Santo Ofício, que não persegue mais a erva daninha da heresia como costumava fazer. A culpa, diz com pesar certo camponês com quem partilha umas taças de vinho, é exclusiva de nossa ignorância.

A ignorância. Juan pensa muito nela. Pois que o crucifiquem se ele souber a razão pela qual tantos índios morrem, abatidos por uma moléstia que nos espanhóis mal faz mossa. Ou a razão pela qual ele mesmo, um homem já se encaminhando para a velhice, um homem comum ou que ao menos sempre foi considerado comum, foi escolhido para uma missão tão delicada. Embora, se tocarmos nesse assunto, que o crucifiquem também se ele souber por que decidiu aceitar, depois de tantos anos de retiro. Por que ele não volta para sua esposa solitária, doente ou morta? É por causa do ouro, é claro, o ouro é uma boa razão para tudo, talvez a única razão no mundo que, uma vez expressada, não requer mais razões. Mas, ao mesmo tempo, ele tem a impressão de que, às vezes, o ouro também pode ser um pretexto; a desculpa que certos homens se dão para satisfazer muitos outros desejos que eles têm, mas não sabem nomear.

Às vezes, em plena travessia, ele de repente se lembra das últimas palavras do frade. Não pensa nelas, ou o faz obliquamente, como quando vemos de soslaio um olhar que queremos evitar e o evitamos, sem deixar de entrevê-lo em nenhum momento. Assim ele pensa sem pensar no frade. Assim ele pensa sem pensar em sua esposa, e nas mãos enfermas que talvez agora, neste exato momento, estão chamando à porta de sua taberna. Sua mulher, talvez, enferma. Sua mulher morta. Assim ele também olha, de soslaio, para o índio Juan ou para a lembrança do índio Juan ou para a fantasia que se fez do índio Juan. Ele se lembra daquelas coisas que o frade disse ter ouvido. Coisas terríveis. Coisas em que se pode escolher acreditar ou não acreditar. Por acaso acredita nelas? Será que Juan acredita naquelas coisas que ele não sabe e até pouco tempo atrás nem sabia que não sabia? E se isso é um absurdo, acreditar no que não foi visto ou conhecido, então por que aceitar o encargo? Quais são esses crimes horrendos que ele vem cobrar com sua espada? O que ele saberá ou pensará saber quando encarar os olhos sem mirada do índio Juan?

Crava as esporas nas ilhargas de seu cavalo. Juan que de repente, no meio de uma planície em que não há obstáculos nem pressa, cavalga. O cavalo que percorre um trecho do caminho correndo, atiçado, talvez ignorando por que corre. Fica para trás uma casa em ruínas, e um córrego sem ponte, e um moinho ou o projeto de um moinho que nasce naquele córrego; para trás também uma vala seca, e para trás os pensamentos e as perguntas que esses pensamentos despertam, e um poço sem anteparo e uma pequena floresta que mal lança sombra e a lembrança de sua esposa e uma carroça abandonada na charneca e um espantalho solitário, que reina num horizonte sem súditos.

Deixa para trás os últimos picos da serra, seguindo uma trilha de ferradura que se desdobra em curvas e quebradas semelhantes aos meandros de um rio. Alguém teve a ideia de chamar essa sucessão de cumes de Serra Nevada, e Juan mastiga esse nome enquanto desce ao vale. Eis, pensa, outra daquelas palavras que procuram aplacar a nostalgia; que buscam nos levar de volta a uma casa à qual já não regressaremos e onde o fogo nunca mais será aceso. Uma nova Serra Nevada para uma Nova Espanha.

Do alto atalaia a estrada que está por vir; as ruínas remotas de Tlapacoyan, cuja antiguidade os próprios astecas desconhecem, e ao lado delas o lago de Chalco, e mais além o lago de Xochimilco, e ainda depois a lagoa do México, que resplandece sob a luz do meio-dia. Ele se lembra de todos esses nomes com dolorosa precisão, como a geografia de um pesadelo. É a paisagem em que ocorreu o cerco de Tenochtitlán, e o cerco de Tenochtitlán é uma daquelas muitas coisas de que Juan gostaria de não falar ou mesmo de não se lembrar. Às vezes, é claro, ele se compromete a dizer algo sobre aquele evento glorioso: mas faz isso medindo as palavras, escolhendo imagens e reflexões e até figuras retóricas que não pertencem às suas próprias memórias, mas à linguagem das crônicas. Diz, por exemplo, que a lagoa se tingiu de sangue, só porque é isso que todos querem ouvir. Ou que os mortos astecas se contavam aos milhares e até às dezenas de milhares. Não diz, no entanto, que o lago nunca foi vermelho como o sangue; isso é apenas uma licença dos poetas. Todo ele se tingiu de marrom, um lago feito de água que parecia lama e que produzia muito mais asco do que compaixão ou espanto. Também não diz que não viu dez mil mortos, nem cem, nem mesmo dez mortos. Só capitães e reis contam os caídos aos milhares, justamente porque não precisam olhar nos olhos de ninguém. Ele, como todo soldado em batalha, viu apenas um único cadáver, e isso foi suficiente.

Viu o rosto de um homem que morria e nesse rosto a vontade truncada de um último gesto; viu o tremor de sua agonia, seus olhos cerrados ou ainda abertos, o olhar que crava em nós o inimigo que matamos. E então ele degolou outro, e outro, e outro, e toda vez viu o mesmo morto morrer, um morto que às vezes tinha o rosto de uma criança, de uma mulher ou de um ancião, mas que era sempre o mesmo, e sua tragédia era mais irreparável a cada facada, e sua dor nunca cessava.

De repente, lembra-se da epidemia. Compreende que até agora, como os capitães ou como o próprio Deus, contemplou tudo do alto. Viu centenas de cadáveres, apinhados em fossas e cemitérios, transportados em féretros, carroças e padiolas, mortos recentes ou já digeridos pelos vermes ou pela cal ou pelo tempo, mas não olhou realmente para nenhum. Espero nunca ter de fazer isso, pensa. Tomara que quando ele voltar para casa – porque ele voltará para casa muito em breve, em apenas duas semanas – sua mulher o receba com um copo de pulque e os braços abertos. Braços vivos, saudáveis e abertos. Ela lhe perguntará onde ele esteve; se viu os estragos da epidemia e se não teve medo em nenhum momento. Ele não dirá nada sobre o medo. Só responderá que, de fato, os mortos eram muitos, muitíssimos, milhares de mortos por todos os lados; tanto que por um momento a lagoa do México lhe pareceu terra firme, por todos os cadáveres que viu flutuando à deriva, como canoas sem dono.

Ao amanhecer divisa a capital, construída na ilha que já foi Tenochtitlán. Continuam chegando até ela as mesmas pontes e ruas, atravessam-na as mesmas valas e revolutia no ar a fumaça das lareiras que parecem as mesmas, mas em pouco mais de vinte anos o espanhol varreu todos os vestígios do asteca, como outra peste que se espalhou muito depressa. Nós somos a peste, pensa Juan, e esse pensamento é apenas um relâmpago que o atinge por um instante e depois desaparece. Não há vestígios dos adoratórios nem das pirâmides que outrora eriçavam o horizonte e nas quais foram sacrificados tantos companheiros de armas. Juan se lembra do porão de um desses templos, e de como durante o saque da cidade encontrou numa de suas muitas reentrâncias uma inscrição desenhada a carvão que dizia: aqui esteve preso o desventurado do Juan Yuste. Os próprios astecas que o devoraram não foram mais venturosos, porque pouco depois viram seus filhos mortos e seus templos destroçados e suas casas assoladas.

Nas ruínas antigas, no local onde outrora se ergueu o Templo Mayor, os espanhóis construíram uma catedral e uma espécie de tabuleiro de edifícios e palácios de feitio castelhano, dispostos em torno de uma imensa praça. Vista à distância, a cidade espanhola parece um tabuleiro de xadrez caído no coração de uma cidade asteca, pois por todas as partes é cercada pelos arrabaldes índios, um dédalo de becos sinuosos e fedorentos cercados por sua vez pelo lago. Enquanto se aproxima, enquanto caminha pela rua feita de pilotis e terra batida que atravessa a água, Juan se pergunta se esse não foi exatamente o mesmo caminho que o menino Juan seguiu tantos anos atrás. O que ele pensou ou sentiu quando viu pela primeira vez aquela cidade que os espanhóis tinham feito sua, como primeiro fizeram sua a alma do próprio Juan?

Depois de cerca de três ou quatro mil varas acaba no bairro de Santiago de Tlatelolco, onde, segundo rezam seus papéis, se encontra o Colégio de Santa Cruz. Não demora muito para encontrá-lo, imponente e magnífico, com sua paróquia e seu campanário e suas muralhas de cal e pedra, fechando um dos flancos da praça. Nessa mesma praça, lembra Juan, ficava em seu tempo o maior mercado das Índias. Pelo menos isso era o que os próprios astecas contavam. Mas de tudo isso não resta nada ou quase nada: uma praça quase vazia, com quase nenhum mascate ou mercador. Alguém montou, com mais dúvidas do que certezas, uma dúzia de barracas precárias, e os vendedores esperam encalhados atrás de seus pedaços de frutas, seus tamales ou suas jarrinhas de atole, com olhos de querer estar em qualquer outro lugar. Alguns usam panos de algodão cobrindo o nariz e a boca, e por essas mordaças falam com os transeuntes, que são de todo modo muito escassos e atravessam a rua também apressados. Apenas uns poucos ficam para mexericar nas barracas e tendas de comida, e esses poucos são todos espanhóis.

Em todo o amplo espaço da praça, Juan vê apenas um único índio. Já é um homem muito velho e está em cima de uma espécie de barril, de onde dirige longos parlamentos a ninguém, como se estivesse arengando tropas que não estão lá. Ao fazer isso, agita no ar um báculo retorcido, semelhante ao cajado dos peregrinos. Ele é louco. Pelo menos parece louco. Juan se aproxima cautelosamente, levando seu cavalo pelo cabresto. O índio, o velho, o louco levanta ainda mais a voz. Parece declamar um texto decorado, sabe-se lá onde ou por quê.

> O doador da vida zomba;
> apenas um sonho perseguimos,
> oh, amigos nossos,
> nossos corações confiam
> mas ele na verdade zomba...

Só viemos para dormitar, só viemos para sonhar:
não é verdade, não é verdade que viemos viver na terra.
É uma flor o nosso corpo: algumas flores dá e depois seca.

Ele vê nas feições carcomidas do velho os primeiros sintomas do mal; os olhos avermelhados e sanguinolentos; os lábios rachados; o semblante inflamado pela febre; o nariz pingando no chão um sangue escuro e espesso.

Só como uma flor nos estimas,
assim teus amigos vamos murchando.
Como uma esmeralda, tu nos rasgas em pedaços.
Como uma pintura, tu nos apagas.
Todos partem para a região dos mortos,
ao lugar comum de nos perdermos.
Acaso não devemos ir todos ao lugar dos desencarnados?
É no céu ou na terra este lugar dos desencarnados?
Juntos vamos, juntos vamos para sua casa:
Ninguém permanece na terra!

Os espanhóis vão e vêm ao seu lado, sem dizer nada; talvez sem lhe dedicar uma única mirada. O próprio Juan fica apenas um momento, até que lhe parece que já viu o suficiente. Depois se afasta. Ao se dirigir para o edifício do colégio, sente a perseguição da voz do velho, clamando às suas costas.

Acaso de verdade se vive na terra?
Não para sempre na terra; só um pouco aqui.
Mesmo que seja jade se quebra,

    mesmo que seja ouro se rompe,
    mesmo que seja plumagem de quetzal se desgarra.
    Não para sempre na terra; só um pouco aqui.

*

Juan é um homem importante; talvez até um homem temido. Ele entende isso assim que passa pelo portão de entrada e fala o motivo de sua vinda ao irmão laico que atende o pórtico. O menino sai correndo como se houvessem avisado do fogo em algum lugar e poucos instantes depois quatro frades vêm recebê--lo, com as honras dispensadas a um rei. Pelo menos com as honras que Juan considera próprias dos reis; mas que saberá Juan dos soberanos, pensa o próprio Juan, que o mais próximo que esteve de um é quando olha para sua efígie cunhada nos dobrões de ouro. De todo modo, é fato que os franciscanos vêm até ele correndo, subindo um pouco a barra do hábito para não tropeçarem, e que se inclinam em reverências humilhantes e beijam o dorso de sua mão como se beijassem uma relíquia. Todos se apresentam ao mesmo tempo, e um instante depois ele já esqueceu seus nomes: só sabe que está falando com um mestre de retórica, com um mestre de filosofia, com um mestre de música, com um teólogo. Um laico leva seu cavalo aos estábulos e outro leva sua bagagem e um terceiro vem com uma jarra de bronze, caso Sua Excelência queira lavar as mãos. Depois o conduzem para uma pequena sala contígua ao pátio e o cercam com jarros de água e vinho, com frutos da terra, com doces. Chamam-lhe Ilustríssimo e Excelência, e Juan, um pouco perturbado, deixa-os fazê-lo. Por um momento se acha vítima de algum tipo de confusão, pois em suas primeiras e atropeladas palavras os frades se referem a certo homem do vice-rei que esperam há semanas. Tarda mais algumas palavras em descobrir que esse homem é ele e, quando isso acontece, não sabe o que fazer com essa descoberta. Tememos que um infortúnio tivesse se abatido sobre Sua Excelência, diz o mais resoluto dos frades, e até chegaram a pensar, Deus os perdoe, na peste. Porque muito poucos espanhóis foram infectados, e na maioria deles a enfermidade segue um curso benigno, mas nunca se sabe. Nunca se sabe, diz o segundo frade. Nunca se sabe, responde o terceiro. E depois olham para ele, como se estivessem à espera de seu parecer.

— Nunca se sabe — murmura Juan, com um gesto semelhante a um encolher de ombros.

Seja como for, é uma sorte que esteja lá, mesmo nas circunstâncias infelizes que os unem. Assim diz o frade que acaba de se apresentar como mestre de retórica, que talvez em harmonia com sua profissão seja o mais verborrágico de todos. Juan não sabe se está se referindo outra vez à epidemia ou a outra coisa. Ah, não, esclarece o retórico, benzendo-se; pela graça de Deus a epidemia não infectou nenhum de seus meninos. Até agora, ela se deteve nos muros de seu colégio, como se o latim e a filosofia os protegessem não apenas da ignorância, mas também das espreitas da enfermidade. Ou como se o próprio Deus, consciente da importância da Obra ali realizada, não quisesse levar consigo nenhuma de suas criaturas. De qualquer forma, continua: quando se referia a certas circunstâncias infelizes, se referia a. Estava falando de. Bem; já sabe. Nesse ponto, não é nenhum segredo para Sua Excelência. Quando se referia a certas circunstâncias infelizes, repete, estava falando do índio Juan; já faz algum tempo que dentro desses muros não se fala de outra coisa senão daquele nefasto índio Juan e das notícias que não há muito chegaram da Gran Chichimeca. Notícias que, Sua Excelência bem pode imaginar, afligiram profundamente a todos. Ele tem medo de manchar a boca só de mencionar esses eventos tão tristes e tão contrários às leis humanas e divinas. Portanto, não o fará. O que eles podem fazer, seus irmãos e ele mesmo, é esclarecer aqueles rumores que circularam, eles sabem, pelo palácio do vice-rei, e pelos escribas reais, e até mesmo pelas câmaras do Santo Ofício. Esclarecer esses rumores, repete, e aproveitar a oportunidade para oferecer sua versão dos fatos. Explicar a homens como Sua Excelência que seu colégio não é nem nunca foi um ninho de heresias ou maquinações, por mais que estas possam ser algumas das palavras grosseiras que se tem ouvido em certos conciliábulos. Rumores difundidos por inimigos da Ordem, como os dominicanos, que se sentem mais ameaçados pelos sucessos dos franciscanos nas Índias do que pelo progresso dos luteranos na Europa ou do Turco na África. No entanto, o que mais eles obraram dentro dessas quatro paredes além de cumprir com afinco a vontade divina? O bispo da diocese e inquisidor episcopal sabe bem disso, tendo estado presente no dia da inauguração deste nobre colégio, há quase dez anos. O próprio vice-rei sabe disso, porque ele também estava lá, aplaudindo tudo que fizeram e disseram naquela ocasião tão notória. Também sabem disso o imperador Carlos e seu filho, o príncipe Felipe, que tiveram a generosidade de custear os gastos do colégio. Todos conhecem, então, seus desvelos. Até mesmo os irmãos dominicanos, que há apenas uma década faziam mofa e zombavam de sua empreitada de ensinar latim aos índios, tiveram de acabar reconhecendo o fruto de seus estudos. Reconhecem-no para o mal, mas reconhecem-no. Dizem que tudo que a Ordem Franciscana fez dentro desses muros é coisa do Demônio: que não adianta um índio saber ler e escrever, se ele é herético e blasfemador. Sua Excelência pode acreditar nisso?

Juan, surpreendido com um doce meio mastigado na boca, se limita a torcer a cabeça num gesto que pode significar qualquer coisa.

Não, como ele pode acreditar, continua o retórico, enquanto o restante dos frades aprova com a cabeça. Eles, tantos irmãos que deram os melhores anos de sua vida para fortalecer o espírito e a inteligência dos índios, convertidos em agentes do Demônio. Como bem sabe, pretendiam apenas dissipar as trevas nas quais vive a alma indígena, e ele não acredita que seja envaidecimento afirmar que, em muitos casos, esse propósito foi cumprido. Em tempos nos quais os dominicanos e os agostinianos acreditavam que já bastava fazer os nativos cantarem o *Pater Noster*, ou forçá-los a memorizar – e não imprimir no coração – os Dez Mandamentos da Santa Madre Igreja, eles lhes deram o latim com o qual ler as coisas santas e a retórica para discuti-las, e a filosofia como luz para não andar às cegas nos vestíbulos da razão. E a teologia, claro; porque quem se diz cristão sem conhecer os ensinamentos de Cristo ou as disquisições de um Santo Agostinho ou de um São Jerônimo é como o estudante de filosofia que se diz platônico sem conhecer seus diálogos. Combateram, assim, a ignorância pagã com armas espirituais, não materiais. Substituíram a espada do *encomendero* pela pértiga com que os mestres ensinam, e os grilhões por suas carteiras de estudo, e o látego pela lógica dos silogismos, que, além de Valladolid e

Salamanca e algumas outras cidades principais, nunca na Espanha haviam sido ensinadas; muito menos a homens considerados sem proveito e quase bestiais. Orgulha-se de dizer que alguns de seus bacharéis já ocuparam altas dignidades e cargos na república dos índios. A maioria é tradutora ou trabalha como intérprete para o público; outros são juízes, governadores, escribas. É verdade, admite depois de uma pausa que parece particularmente longa, que em todas as iniciativas humanas há erros grandes e pequenos, e certamente seu nobre empreendimento não constitui exceção. Também é verdade – outra pausa – que os eventos que os reúnem hoje são de gravidade sem precedentes e que sua parcela de culpa por esses tristes eventos não pode ser eludida. Mas jamais se soube de um pastor que foi julgado pelo erro de uma de suas ovelhas e não pelos méritos de todo o rebanho, nem de um rei que foi deposto pelas maldades de um único súdito. Por acaso a obra de Cristo não era digna o suficiente, e até nela um Judas acabou germinando? Por quê, então, descartar a essência de sua empresa por causa do defeito – gravíssimo e excepcional, sem dúvida, mas por isso também único – de um de seus discípulos? Ele e seus irmãos sentiriam muito que o vice-rei, um homem geralmente tão criterioso e magnânimo, chegasse apressadamente a tal conclusão e reconsiderasse seu apoio ao colégio, que atualmente equivale a mil pesos anuais de renda. E o fato é que, quando o viram chegar, diz, não puderam deixar de pensar que justamente ele, ou seja, Sua Excelência, poderia ser muito útil para que tal não aconteça. Para isso, bastaria que Sua Excelência dissesse ao vice-rei o que vai ver aqui, sem inventar nada ou omitir qualquer detalhe. A saber: alguns colegiais doutos e bem equipados com latim e filosofia, mas acima de tudo mansos no mais alto grau, e mestres sem dúvida passíveis de erros, como todo homem ao fim e ao cabo, mas também criteriosos o suficiente para saber corrigi--los. Não; não precisa dizer nada agora. Pensando bem, é melhor mostrar-lhe a escola primeiro, para que possa julgar de forma justa. Querem que Sua Excelência tenha a oportunidade de ver a Obra com seus próprios olhos, sem intervir com preconceitos ou palavra alguma. Que ele veja seus alunos, isto é, seus filhos. Que os escute; sobretudo que os escute falar.

O edifício da escola é muito grande e bem abastecido. De acordo com os cálculos de Juan, deve rondar cerca de dez mil varas quadradas, e parece ter sido restaurado muito recentemente. Sim, explica orgulhoso um de seus guias: há apenas nove anos começaram sua reforma e faz não mais de cinco que reconstruíram as paredes, pois as que havia antes, feitas de adobe, estavam prestes a ruir. Por isso, devem também sua gratidão ao imperador, que, embora esteja muito longe na Espanha, murmura com uma voz devota, na realidade tem seu coração muito próximo da nobre tarefa aqui desempenhada pela Ordem Franciscana.

    O dormitório é uma espécie de corredor amplo, com plataformas de madeira em ambos os lados sobre as quais os alunos dispõem seus pertences e cobertores. Ao lado de cada leito há uma caixa fechada a chave onde cada aluno pode guardar seus livros e bens, sem medo de furtos. Todas as noites um vigilante faz sua ronda corredor acima e corredor abaixo com uma palmatória, evitando qualquer escândalo, algazarra ou ato desonesto; embora seja justo dizer que em todos esses anos nenhum proveito foi obtido de tal zelosa custódia, pois os alunos se comportaram com uma probidade digna do mais devoto dos conventos. Porque para os irmãos franciscanos, esclarece o mesmo frade, a disciplina e o recato são assuntos levados muito a sério. Talvez o Ilustríssimo tenha ouvido outra coisa, o frade conjectura enquanto observa sua reação de soslaio, mas seus irmãos, e ele mesmo, estão convencidos de que essa visita será suficiente para esclarecer qualquer mal-entendido.

— Eu também confio nisso — diz Juan, adotando a expressão grave que ele acha que combina com os homens poderosos.

Num aposento contíguo está a biblioteca. Não é muito grande, apenas seis ou sete prateleiras parcialmente cheias, mas são suficientes para acumular o maior número de livros que Juan já viu em sua vida. Há, entre todos eles, algumas joias muito dignas de consideração, diz outro dos frades, aparentemente encarregado do cuidado dos livros. Têm sermões, gramáticas e exemplares das Sagradas Escrituras, claro, mas também clássicos gregos e latinos, como Platão, Plutarco, Aristóteles ou Boécio, e Pais da Santa Madre Igreja, como Santo Agostinho, sem esquecer intelectuais inigualáveis do nosso tempo, como Antonio Nebrija ou Luis Vives. Todos eles, como Juan pode ver, livres de suspeita de qualquer heresia ou lassidão no que diz respeito à ortodoxia. Estou vendo, diz Juan. Ele diz muitos outros títulos e nomes que Juan desconhece por completo, e que soam tão fabulosos em seus ouvidos quanto a fonte da Eterna Juventude ou as Sete Cidades de Cibola e Quivira. Estou vendo, ele diz de novo. Enquanto escuta, abre um dos livros aleatoriamente, tentando aparentar certo método. Vê páginas escritas em latim e páginas escritas em castelhano e outras escritas em sinais abstrusos que podem ser gregos e em cujo exame se demora um pouco mais, como se tomasse um tempo para avaliar o que está escrito nelas.

Por fim, dirigem-se à sala de aula. Quando abrem a porta, os alunos de repente se levantam, com uma vontade unânime. É uma peça grande e talvez um pouco escura, com uma mesa e um estrado para o mestre e algumas arquibancadas para acomodar os alunos, que mal passam de cinquenta. Cheira a tinta, cheira a suor, cheira a pergaminho velho e claustro conventual. Os meninos, que devem ter doze ou treze anos, de fato têm um certo traço de monges. Todos usam uma espécie de batina de seminarista e já adotaram o olhar um tanto lento e lânguido dos religiosos.

Enquanto isso, o mestre descuida de seus discípulos por um momento para dar as boas-vindas a Juan e lhe dispensa semelhantes reverências. Juan teve um bom dia, a viagem foi de seu agrado, está bem de saúde? Nesse caso, Sua Excelência talvez lhe conceda a honra de assistir a uma de suas aulas, pois os colegiais, entusiasmados por receber em sua sala de aula um homem tão notório, prepararam alguns exercícios para entreter Sua Excelência. Sua Excelência assente, sem saber o que dizer. O mestre pega uma espécie de batuta e os alunos, dispostos em coro, começam a entoar uma canção, com vozes educadas e bem afinadas. É uma belíssima canção, num latim que soa mais elegante para Juan do que aquele que já se falou na Roma antiga, mas que raios o partam se ele souber o que significa. Em seguida, um dos alunos recita o *Pater Noster*. Outro enumera as categorias da alma. Outros se pronunciam sobre a emaranhada questão das potências e dos atos, matéria e forma, transubstanciação e consubstanciação, tírios e troianos. Um último colegial, que parece talvez o mais afiado de todos, levanta-se nas arquibancadas, como que imitando uma espécie de tribuna ou púlpito, joga a batina no braço e recita um discurso latino com uma língua ardente, dirigindo o dedo acusador em todas as direções.

— É, como podeis ver, a *Oratio in Catilinam Prima in Senatu Habita* de Marco Túlio Cícero — sussurra o mestre no ouvido de Juan.

— Ah, Cícero — ele responde, e é tudo quanto lhe ocorre pensar.

Enquanto isso, Juan examina os estudantes um a um, com uma atenção que não conseguiu dedicar aos livros. Ele se lembra, talvez, de si mesmo; dos tempos em que aprendia a ler e escrever sob a tutela do pároco de sua aldeia, um pequeno povoado que talvez coubesse dentro deste colégio. Vê-se de novo com nove ou dez anos, ainda com o pulso e a caligrafia trêmula, enquanto o sacerdote assentia e passava a mão por seus cabelos e lhe diria que um dia, ah, um dia iria muito longe. O que diria aquele homem se o visse aqui hoje, a duas mil léguas de sua aldeia, com um saco cheio de ouro no cinto para comprar a morte de um homem? Também chamaria isso de ir longe?

O discurso contra Catilina termina e os pequenos senadores romanos aplaudem, fervorosamente. Também os frades, também o mestre; Sua Excelência também aplaude. Mas não pensa na Roma antiga ou em Cícero. Tampouco se lembra de si mesmo. Só tem cabeça para o índio Juan. De repente percebe, numa revelação súbita, que há não muitos anos ele esteve ali, tomando notas e cantando músicas e recitando discursos de senadores mortos. Aquele homem que ele não pode de modo algum matar, mas cuja cabeça deve voltar no fundo de um saco. Vestia a mesma batina e sentava-se numa dessas arquibancadas e obedecia com a mesma mansidão às ordens dos irmãos franciscanos. No entanto, agora. Agora o quê?, pensa Juan, e não sabe o que responder.

Em algum momento, o retórico o leva à sala capitular. Lá o aguarda o diretor do colégio, que por motivos de saúde não pôde acompanhá-lo durante a visita. Não, não deve ter medo: não se trata da peste. Mas ele é um homem já muito ancião, com não poucos achaques. Ficou cego há três anos; ele, que devorava tantos livros. E, como poderá imaginar, as notícias vindas da Gran Chichimeca também foram um duro golpe; se possível, pior que a cegueira. O índio Juan, acrescenta num sussurro, era como um filho para ele. Desde então, ele não parece ser o mesmo. Portanto, não deve levar muito em conta o que ele diz ou faz, pois não representa em absoluto o sentimento do colégio. Nem sequer representa a pessoa que ele era até muito pouco tempo. Quem fala não é ele, mas uma alma perturbada, entende?

— Entendo — diz Juan, sem saber o que entende.

É um ancião de aspecto frágil e quebradiço, com pele translúcida como papel-bíblia. Também é, de fato, completamente cego. Ele até consegue estimar bem o lugar onde Juan está e cravar seus olhos naquele pedaço de escuridão, mas suas pupilas brancas e mortas o entregam. Está sentado numa espécie de assento de madeira que lembra um pouco as cadeiras de um coral ou o trono de um rei menor. O retórico se situa à sua direita e enuncia um sermão laudatório da longa carreira intelectual do cego, num estilo grandiloquente e vazio. Juan nem mesmo olha para ele. Só tem olhos para os olhos sem vida do cego, que estão cravados no nada, como se no nada ele pudesse ler as palavras que está prestes a dizer.

— Deveis desculpar minha ausência — diz quando o retórico os deixa sozinhos —, mas os médicos aconselham-me a não me levantar mais do que o absolutamente necessário. Imagino que já tivestes tido tempo de conhecer a escola.

— Sim, Reverendo Padre.
— E dizei-me, o que é que haveis visto?
— Já vi tudo, Reverendo Padre.
— Como tudo? A que vos referis, exatamente?

Juan hesita por um momento.

— Vi, por exemplo, os dormitórios.
— E o que mais?
— Vi também as cozinhas, o refeitório, o pátio. Já vi as salas de aula.
— E os meninos? Haveis visto os meninos?
— Sim, Reverendo Padre.
— E o que haveis pensado de nossos meninos?
— Achei que eles estão muito avançados nos estudos.
— Assombroso, não é? Quase como se fossem estudantes de Valladolid ou Salamanca, certo?
— Não conheço Valladolid ou Salamanca, mas imagino que sim, Reverendo Padre.
— Dizei-me, com qual de suas muitas destrezas eles vos deleitaram?
— Na minha chegada, eles cantaram...
— Claro, a música...! Os índios gostam muito disso. E nossos meninos têm vozes lindas, de anjo... Mas dizei-me, o que mais eles fizeram?

— Eles recitaram um discurso.
— Com certeza Quintiliano. Ou Cícero. Ou Boécio. Esses meninos amam Boécio.
— Era Cícero, Reverendo Padre.
— Então, Cícero. E depois?
— Depois... depois eles dissertaram sobre algumas matérias filosóficas que estão além de meu conhecimento, Reverendo Padre.
— Ah, a filosofia...! Não é incrível ver esses índios filosofando como Platões ou Agostinhos ressuscitados?
— Sim, Reverendo Padre.
— E depois, o que eles fizeram depois?
— Acho que foi só isso, Reverendo Padre.
— Só isso? Tendes certeza de que é tudo que haveis visto?

Juan não sabe o que dizer. Examina a expressão do cego, procurando ajuda, mas seu rosto é uma parede sem rachaduras.

— Suponho que sim, Reverendo Padre. Pelo menos tanto quanto me lembro agora.
— Muito bem. Agora esquecei vossos olhos. Fazei-me este pequeno favor: como podeis imaginar, muitas vezes me esqueço dos meus... Portanto, esquecei vossos olhos e dizei-me o que mais haveis visto.
— Não vos entendo, Reverendo Padre.
— Sim, me entendeis. Disseram-me que sois um perseguidor da heresia e das maquinações do Maligno. Vindes por ordem do vice-rei para prender o índio Juan. E agora estais aqui, naquela que foi a casa dele, procurando algo que vos ajude em vossa empresa. Dizei-me, haveis encontrado esse algo que viestes procurar?

— Não tenho certeza.

O cego parece surpreso ou decepcionado.

— Então, entre todos aqueles meninos angelicais que cantavam e recitavam aos sábios pagãos e dissertavam sobre algumas matérias filosóficas que estão além de vosso conhecimento; por baixo de toda aquela perfeição e beleza... não haveis sentido? Não haveis cheirado?

— Cheirado o quê, Reverendo Padre?

— A presença do Maligno. O cheiro do pecado. O cheiro da erva daninha da heresia.

Juan abre a boca para responder. Lentamente, volta a fechá-la.

— Confesso que também fui enganado — continua o cego, balançando a cabeça. — Também acreditei, como meus bons irmãos franciscanos, que o que estávamos fazendo era coisa de Deus, não do Diabo. Eles, meus bons irmãos, vos falarão dos erros e das ovelhas desgarradas. Mas vós e eu sabemos que onde há um bom rebanho, não há ovelhas más. Também os romanos que sucederam a Cícero, de cujo exemplo tanto deveríamos aprender, deram sua língua e suas terras aos bárbaros. Deram-lhes, inclusive, a cidadania; também para aqueles que viviam nos limites do império e jamais tinham visto uma coluna de mármore. Achavam que isso iria apaziguá-los. E eles, por acaso apreciaram esse presente?

Faz um gesto teatral com as mãos; um gesto, pensa Juan, que parece pertencer àquele mundo de senadores com toga e tribunos que viam seus palácios e suas sedas queimarem.

— Pelo menos é nisso que eu acredito agora — continua o cego. — Mas na época acreditava em outra coisa. Eu acreditava, talvez, demais em mim mesmo. Um excesso de confiança em minha própria opinião e em minha própria pedagogia. E como sabeis, quando se crê, quando se acredita firmemente em algo, não se dá atenção aos sinais que refutam sua fé.

— Estais falando do índio Juan — diz Juan, sem perguntar.

— Será que se fala de outra coisa no mundo?

Os olhos de Juan e do cego se encontram, parecem encontrar-se no ar, como dois corpos sólidos que colidem.

— Do que exatamente ele é acusado? — Juan se atreve a perguntar, enfim.

— Quem?

— Esse homem perverso. O índio Juan.

O cego é incapaz de dissimular um breve gesto de aborrecimento, como se o incomodasse voltar a um assunto que já julgava morto e enterrado.

— Se sois realmente um enviado do vice-rei, deveis saber pela boca do próprio vice-rei quais são essas terríveis acusações — responde cautelosamente.

Juan esforça-se por sorrir; um sorriso que de qualquer maneira o cego não conseguirá ver.

— Digamos que conheço essas acusações, e que o vice-rei me pediu para ouvi-las novamente dos lábios de Vossa Reverenda Paternidade. Expressadas em vossas próprias palavras.

Faz-se silêncio. Se isso fosse possível, dir-se-ia que o cego está fixando seus olhos mortos nele.

— Nesse caso, eu responderia que o índio Juan foi acusado de heresia e sedição.

— Sedição contra quem?

— Sedição contra Sua Majestade o Rei, na pessoa do vice-rei — responde com brusquidão e excitação crescente.

— Sedição contra a Espanha. Sedição contra as palavras dos

Padres da Igreja e contra os sacramentos administrados pelos sacerdotes e prelados e contra os ensinamentos eruditos que ele recebeu nesta mesma casa. Sedição contra tudo que é bom e sagrado. Talvez sedição contra o próprio Deus.
E, antes de continuar falando, ele se benze.

O que vem a seguir é uma história cheia de lacunas e silêncios, pois ainda há muita coisa que não é bem conhecida, e mais ainda: é completamente ignorada. Uma história que para ser compreendida deve remontar a muito tempo atrás, ao momento em que Juan chegou ao colégio, precedido por informes que o convertiam em pouco menos do que um santo e um novo doutor Aquino, que vinha penetrar mais fundo do que ninguém no plano da Divina Providência. Contavam também que seu pai tinha sido um miserável *macehual*, morto talvez para revelar a santidade de seu filho, como Lázaro morrera pela primeira vez para evidenciar a divindade de Cristo. E agora que pensa assim, talvez seja esta, reflete o cego, uma das causas de sua desgraça atual; pois talvez Deus não deseje que aquele que não é nobre de condição nem homem notável seja tratado ou educado como tal, assim como não pedimos que o braço seja perna nem a cabeça se converta em nádegas nas quais se sentar. Talvez aconteça exatamente a mesma coisa com os índios: é de sua natureza manchar as mãos com a terra e não com o pó dos livros. Seja como for, o menino Juan cresceu neste colégio e, ao mesmo tempo, também cresceu em agudeza e sabedoria. O que eles não sabiam então, o que de modo algum podiam saber, é que essa sabedoria era perversa, e ferina como uma faca essa agudeza, o que mostra que a razão nem sempre produz santos, e sim, com mais frequência, monstros. Embora não se possa dizer que os sinais eram escassos. Se pensar friamente, deve confessar que o pequeno Juan já tendia a fazer raciocínios perigosos durante as aulas. Era, digamos, o único escolar que percebia que Moisés, autor da Torá, narra sua própria morte no Deuteronômio; ou que os primeiros patriarcas do Antigo Testamento tinham diferentes esposas e faziam sacrifícios ao seu Deus, à imagem e semelhança dos índios em seus tempos de gentilidade. Naquela época era fácil desculpá-lo, porque ele era apenas uma criança; um menino que fazia perguntas talvez inadequadas, mal aconselhado por sua inocência. Mas é igualmente verdade, responde o cego, que também no filhote do leão e da víbora já se adivinham, sob a aparência de brincadeiras, as crueldades que cometerão quando crescerem. Em suma, ele diz: seja como for, o menino cresceu. Chegou à idade em que os garotos negligenciam as coisas elevadas e santas para ficarem enlameados no barro da carne; inclinações que distorcem muitas vocações sólidas lá na Espanha e mais ainda entre os nativos desta terra – pois Sua Excelência há de saber que os índios são incontinentes por natureza, como mostraram certos episódios constrangedores ocorridos naquele colégio. No entanto, enquanto em muitos de seus companheiros já se observava a verve sensual que os tornaria inúteis para professar, Juan permanecia vivendo só pelos livros e para os livros, como se os pecados da carne lhe fossem alheios e até incompreensíveis. Como se não fosse humano, ou não de todo. Ou como se estivesse infectado por um grande vício maior, se cabe dizer, que é o orgulho da razão. Mas, repete o cego, como podíamos saber? Será que podíamos? Não podíamos.

Foi o que dissemos a nós mesmos. Mas talvez pudéssemos. O mundo está cheio de sinais, para quem quiser e puder lê-los. Quantas vezes o vigilante o flagrava lendo à noite em seu leito, à luz de um toco de vela; ele parecia orar, movendo os lábios para moldar as sábias palavras que santos e pagãos escreveram séculos atrás. E eles achavam isso bom. Talvez naquela época fosse. É difícil julgar o que já sabemos como termina. Hoje alguns de seus irmãos se penitenciam, acreditando que talvez tenham contribuído de alguma forma para sua desgraça. Ocorre-lhes pensar que talvez o tenham envaidecido com seus aplausos. Que elogiaram em excesso sua sabedoria e seu engenho. Acham que talvez tenham se precipitado nos prazos: tiveram muita pressa e, antes de ensinar os índios a serem cristãos, deveriam tê-los ensinado a ser homens. Mas eu digo que, se nos precipitamos em algo, foi em julgar sua condição, diz o cego, e essa experiência só prova uma coisa: que o índio não é capaz da perfeição espiritual que supúnhamos, e que resulta mais perigoso quanto mais vivo for seu gênio. Eles, meus irmãos, ingenuamente acreditam que não soubemos endireitar seu caminho. E digo que não havia caminho algum a endireitar, assim como não há maneira certa de fazer o cão falar ou instruir uma serpente em coisas santas. Talvez o índio Juan já fosse isso naquela época; um cachorro, uma serpente, que habitava entre eles sem ser um deles.

    Seja como for, repete o cego, aquele cachorro, aquela serpente crescia. Crescia como o joio cresce; confundindo-se com a colheita. Crescia como o fogo cresce, mas crescia. Aprendeu a falar um castelhano que não teria feito diferença em relação ao usado nos claustros de Salamanca, e um latim *ex tempore* como um Horácio ou Quintiliano ressuscitados, e até mesmo um grego tolerável. Até chegou a rogar a suas Reverendas Paternidades que lhe ensinassem hebraico, o que eles sem dúvida teriam feito se não desconhecessem completamente a língua. Tendo em vista os acontecimentos posteriores, pode-se dizer que essa ignorância acabou sendo providencial. Certo dia, apresentou-lhes uma tradução impecável e inventiva de *A consolação da filosofia*, de Boécio – uma tradução talvez inventiva demais, reflete agora – e outra das *Tristes* que Ovídio escreveu entre os bárbaros do Mar Negro, de um lirismo que todos acharam avassalador — talvez demasiado lírico e demasiado avassalador, pensando bem. Inventivos ou não, líricos ou não, ambos os livros foram dados à imprensa e enviados de presente a Sua Majestade o vice-rei, que, segundo soube, os celebrou muito.

Quando a serpente se propõe, diz o cego com a voz amarga, mas o rosto impassível, sabe penetrar até mesmo no lar dos reis e paladinos.

Foi então que aconteceu. A serpente havia crescido: era isso que ocorrera. Àquela altura, sua insolência já era tão grande ou maior que seu talento, o que não quer dizer pouco. Mas não queríamos ouvir, admite o cego; não queríamos ver. Como admitir que estávamos errados? Como, ainda agora, reconhecer diante de vós que, se a captura do índio Juan acabar em derramamento de sangue, esse sangue pesará em nossa consciência? Lembro-me de que durante certa discussão virtuosa sobre a pobreza de Cristo, por exemplo, ele chegou a sustentar tolices que eram um escândalo aos ouvidos de todos. Ele disse, impiedosamente baseado numa certa passagem de Mateus, que ninguém poderia servir a dois senhores, e que a Igreja deveria escolher entre servir à Coroa ou servir a Deus. Eles, munidos de sábios e severos exemplos, lembraram-lhe que o próprio Mateus reconhecia que era preciso dar a César o que era de César e a Deus o que era de Deus; isto é, que para Deus eram suas almas e para o imperador eram coisas mundanas e um tanto fúteis, como o ouro. Mas, ouvidas essas razões, perguntou maliciosamente – e convém recordar que naquela época não tinha completado os quinze anos, acrescenta o cego – se dentro do tributo que deviam ao imperador estava também a alma dos índios, que morreram para desentranhar seu ouro das profundezas da terra. Eis aí, diz o cego, um sinal. Muitas e variadas penitências lhe foram administradas por pronunciar aquelas palavras, que ele cumpriu com rigor, mas também sem demonstrar arrependimento. Mais tarde sustentou, com base em leituras distorcidas e muito falsas das Sagradas Escrituras, que não é apenas graças a Cristo que a Igreja é pobre – uma opinião à qual, como certamente sabereis, nós, irmãos franciscanos, humildemente subscrevemos –, mas sim que era um pecado mortal qualquer ornato e a acumulação de qualquer bem, fosse um saco de trigo ou uma miserável moeda de *vellón*. Isso dizia, vede, um índio, que nunca tinha visto um saco de trigo em todos os anos de sua vida. Também dizia que todos os irmãos em Jesus Cristo deveriam compartilhar o que tinham com os pobres e sair a pregar sem alforje para o percurso, nem duas túnicas, nem sandálias nem bastão. Eis aí outro sinal. Dizia que não encontrava base na Bíblia para a existência do Purgatório que pregávamos – vós, meu filho, podereis julgar isso; um índio fedelho que pretende impugnar

Gregório Magno, Cipriano de Cartago e Agostinho de Hipona juntos –, e também dizia que o Espírito Santo vai aonde quer e não aonde dizemos, e que o sistema de *encomiendas* nada mais é do que uma forma de impor Jesus Cristo como pretexto para a escravidão dos índios. Sinais, sinais e mais sinais. Sem contar o dia em que, perplexo com o fato de ainda não haver um único índio ordenado sacerdote na Nova Espanha, acusou todos os irmãos franciscanos de terem para com eles uma discriminação que Cristo nunca fez, nem com os cananeus, nem com o samaritano, nem com nenhuma das nações da terra. Eis aí, o cego repete, outro sinal. E se isso fosse tudo. Porque, se há uma hierarquia na virtude, também deve haver uma hierarquia na depravação e no pecado; e nenhum pecado era mais terrível do que aquele que ele cometeu diariamente pelas costas dos irmãos franciscanos. Refere-se, como decerto Sua Excelência já sabe, à tradução da Bíblia latina para o espanhol; aquele projeto monstruoso que ele empreendeu em segredo e sem autorização ou orientação de ninguém. Porque é fato que em determinado momento Juan não aceitava mais tutores ou guias. Têm razões para acreditar que ele se atreveu a macular até mesmo o sensível Cântico dos Cânticos, cuja tradução o Santo Ofício proíbe expressamente. Foi quando ele desapareceu. No mesmo dia, descobriram seu segredo. Empreendeu a fuga do colégio na hora mais escura da noite, não souberam para onde – pelo menos então não sabiam para onde –, e essa fuga foi um alívio para os colegiais restantes e também para seus próprios mestres, que já não sabiam com que castigos ou com que penitências sofreá-lo. Só estavam preocupados em não saber o paradeiro daquele livro terrível, que ele conseguiu levar consigo. Desde então, nada souberam do destino dele, nem se ele teve tempo de concluí-lo. Só têm notícias, como todos os outros, de suas infames prédicas entre os índios chichimecas, inimigos da Coroa da Espanha; prédicas tão radicais em suas formas e propósitos que despertaram o alarme do próprio vice-rei. Ele parece se lembrar de que tudo veio a descoberto graças a um certo sacerdote ou vigário da recém-fundada vila de Zacatecas, que informou as autoridades dos muitos males e erros que o índio Juan ensinava. Talvez esse sacerdote, diz o cego, possa guiar-vos. Em que consistem exatamente esses males, esses erros, esses ensinamentos? Ah, ele certamente gostaria de saber como responder à sua pergunta. Ou talvez não: na verdade não gostaria, porque há matérias pouco virtuosas das quais é melhor não saber muito. A primeira vitória do pecado em nosso coração é justamente esta: dar-se a conhecer. Por isso, preferiu não saber e não soube. Encontrai e perguntai a esse vigário, se ele ainda estiver vivo. Perguntai ao inquisidor apostólico. Perguntai, se tanta é vossa curiosidade e vossa coragem, aos próprios chichimecas. O que ele sabe é que não só o vice-rei, mas o próprio Santo Padre, ficaria gravemente angustiado se ouvisse aqueles ensinamentos dos quais ele, por outro lado, nada sabe. E ele pode, pensando bem, dizer outra coisa: se realmente vai enfrentá-lo; se, tal como ouviu dizer, Juan foi o homem escolhido para se ocupar do índio Juan, então deve ter cuidado. Não o deixeis falar; sobretudo não escuteis o que ele quer dizer-vos. O índio Juan é enganador, como todos os índios, e também extremamente astuto: ele vos enroscaria em suas redes, como fez conosco todos esses anos. O que se pode esperar de uma criança que denunciou e causou a morte do próprio pai, sem que ninguém o forçasse ou exortasse a fazê-lo? Imaginai: alguém que não derrama uma única lágrima pelo pai morto, na idade em que as demais crianças choram por causa de um arranhão no joelho. Dizem que até os crocodilos do Nilo, alguma ou outra rara vez, choram. Dizem que nem o verme mais abjeto faz o que ele fez: matar o próprio doador de vida. Então, quando chegar a hora, não hesiteis nem tampouco escuteis: apenas deixai vossa espada falar.

Já é muito tarde para partir, por isso insistem em preparar para Sua Excelência uma cela junto à igreja. Mais tarde, eles o acompanham até o refeitório, onde todos os colegiais já estão esperando diante de suas tigelas de sopa. Parece que o jantar vai começar a qualquer momento, mas ninguém se senta, ninguém parte o pão ou enche o copo com água. Todos os olhos estão cravados numa espécie de púlpito que preside a sala. Uma tribuna que tem algo de estrado, de pedestal de estátua, de trono sagrado. No alto, outra vez o cego. O cego, que começou a declamar em latim uma espécie de sermão ou arenga. Vai saber o que essas palavras significam. O que não escapa nem a Juan é o quanto o cego parece ter mudado. É distinta sua voz, subitamente cavernosa e terrível. É distinta sua expressão severa; os olhos mortos, que parecem ter recobrado algum tipo de vida. São distintos seus gestos, brutais e autoritários, como um soberano que se dirige a seus súditos. Sua mão direita se erguendo repetidas vezes para ferir o ar.

    Atrás dele, os rostos lívidos dos irmãos franciscanos. As mandíbulas cerradas. Os olhos grandes demais.

O que o cego está dizendo?

Por um momento, ele teme ter formulado a pergunta em voz alta, porque de repente sente um dos colegiais se aproximando, solícito. Um menino compassivo que talvez tenha compreendido seu gesto de estranheza; que fica na ponta dos pés para sussurrar no ouvido de Sua Excelência as palavras do cego, adoçadas por sua voz de anjo.

Esse menino diz que o cego diz que estão vivendo tempos difíceis.

Diz que lá fora uma terrível epidemia está se espalhando e que dentro desses muros alguns eventos terríveis também ocorreram.

Diz que é tentador relacionar os dois fatos, mas que ele é prudente o suficiente para não fazê-lo; pois cabe apenas a Deus julgar a relação entre as causas e suas consequências.

Diz que esta noite têm o privilégio de receber em sua casa um embaixador do vice-rei; e ao dizê-lo, o cego aponta para o ponto na mesa onde espera encontrar Juan, que não é nem remotamente o lugar onde Juan se encontra.

Diz que o vice-rei está consternado por esses terríveis acontecimentos e suplica, propõe, exige que certas coisas mudem.

Diz que algumas dessas coisas já estão mudando e muitas outras terão de mudar.

Diz que talvez por excesso de boa-fé muitos erros tenham sido cometidos neste colégio, mas eles vão corrigir esse excesso de boa-fé e esses erros.

Isso é o que diz o cego, ou pelo menos é o que o menino diz que o cego diz. O menino, que traduz cautelosamente, com a voz quase estrangulada e os olhos grandes e resignados.

O cego vai contar-lhes uma história. *Vultis hoc narrare?* Querem que eu conte essa história? *Ita, si vis.* Sim, queremos, os meninos respondem em uníssono, com algo parecido com inquietação ou horror em suas vozes. A história que ele vai contar, o menino diz que o cego diz, aconteceu há muitos séculos, na época dos antigos gregos; ou melhor, aconteceu apenas na imaginação de um grego chamado Esopo. É uma fábula e, como todas as fábulas, encerra uma mentira e uma verdade ao mesmo tempo. É, em todo caso, um ensinamento valioso, porque os pagãos não desfrutavam da luz do Criador, mas da luz da razão, e com essa luz conseguiram aproximar-se a seu modo da Providência Divina; até tão perto que é de lamentar que no Dia do Juízo nenhum deles possa desfrutar de sua graça. Mas isso não importa agora, o menino diz que o cego diz. O que importa é a fábula. *Haec fabula dicitur agricola et serpens*, diz o cego. A fábula chama-se o lavrador e a serpente, diz o menino. E na fábula há, como é de se esperar, um lavrador que encontra uma serpente. A serpente, como costuma acontecer nesses casos, é malvada. A serpente malvada está quase morta de frio, e o lavrador sente compaixão por ela. A serpente malvada implora que ele não a abandone, pois nas fábulas, esclarece o cego, os animais têm o dom da conversação humana. Não me abandones, pelo amor de Deus, diz a serpente malvada – embora na realidade não possa dizer pelo amor de Deus, reconhece o cego, mas no máximo pelo amor dos deuses, ou pelo amor deste ou daquele outro deus, porque na Grécia Antiga os homens cometiam o pecado mortal do politeísmo. O fato é que o lavrador a pega no colo e a cobre com seu manto, embora seja sua inimiga natural, e a leva para dentro de sua cabana. Acende o fogo da lareira para ela. Limpa sua pele rachada pelo frio. Derrama em sua língua – sua língua bífida de serpente – alguns goles de leite e mel. Obrigada, obrigada, obrigada, repete a serpente maligna. A serpente maligna está contente. A serpente maligna está cada vez mais forte e crescida. Até que certo dia, um dia que parece igual aos outros, em vez de agradecer, a serpente maligna prefere dar uma mordida malvada no lavrador. A serpente maligna fica contente, repete o cego, em ver seu benfeitor contorcer-se no chão. Em seus estertores, o lavrador tem tempo para perguntar à serpente por que o mordeu, pelo amor de Deus – pelo amor dos deuses –, por que justamente ele, que tanto a ajudou. E então o sorriso do réptil, o sorriso do cego: Ah, cala-te, estúpido lavrador!, o menino diz que o cego diz que a serpente diz. Sabias muito bem quem eu era quando me deixaste entrar.

O cego se cala. O menino se cala. Os meninos se calam. Os frades, cada vez mais inquietos e empertigados, também se calam.

Haec fabula simplex est, diz o cego. Essa fábula é muito simples, diz o menino, com uma voz que aos poucos foi se enchendo de hesitações e tremores. Muito mais simples do que as parábolas de Cristo. Mas ele, de qualquer jeito, vai explicá-la para nós.

A lavoura é o mundo.

O lavrador é ele mesmo. O lavrador são todos e cada um dos veneráveis irmãos franciscanos que o acompanham.

A cabana é este colégio.

O leite e o mel são a Palavra de Deus.

A serpente sois vós. Pelo menos algum dentre vós.

Assim diz o cego, e fica calado outra vez, tempo suficiente para que as serpentes entendam que são serpentes. Meninos prestes a chorar, gritar ou se esconder debaixo da mesa. Meninos com o horror estampado no semblante, que se olham uns aos outros, como se tentassem descobrir as escamas que não têm. No entanto, não choram, não gritam, não se escondem debaixo da mesa. Ninguém fala nada. Nem os frades, cada vez mais desconfortáveis em seus assentos, decidem abrir a boca. Mal têm coragem de levantar o olhar do chão. Juan entende que gostariam de silenciar esse homem; que suas palavras os envergonham, entristecem ou horrorizam. De bom grado o amordaçariam, mas não o farão. Porque não se atrevem ou porque não podem. Porque esse homem é seu superior e, à sua maneira, eles também são filhos repreendidos, sem coragem suficiente para interromper seu Reverendo Padre. Só o índio Juan podia. Só o índio Juan ousou levantar a voz mais alto, tão alto que ensurdeceu os ouvidos do mundo, e talvez por isso não seja mais um menino nem tampouco um índio. Talvez, pensa Juan, esse tenha sido seu único pecado: falar quando todos os demais calavam.

Índios sois, continua o cego, continua o menino, e como os gregos antigos, nascestes no pecado grave do politeísmo. Morríeis de frio no páramo de vossa gentilidade e nós viemos resgatar-vos desse páramo. Acaso pode recriminar a tepidez do fogo quem foi salvo do inverno?

Quem recebe a Palavra de Deus, continua, deve ser manso como um cordeiro e simples como uma pomba.

Quem recebe a Palavra de Deus não deve se envaidecer nem reclamar que a cabana é fria e o leite azedo e o mel não é bastante doce para seu paladar.

Quem recebe a palavra de Deus não deve morder a mão de quem a oferece. Porque ao fazê-lo não está mordendo um lavrador nem um frade, mas o próprio Deus.

Então, se houver mais serpentes entre vós; se dentre aqueles que escutais há alguém que não é nem cordeiro nem pomba, sabei que nunca mais seremos ingênuos como lavradores, mas astutos como raposas. Implacáveis como águias. Cuidadosos como cães que pastoreiam o rebanho e não hesitam em morder a ovelha que se atrasa ou se adianta, e menos ainda o lobo que se disfarça de ovelha.

Diz que por algum tempo nesse colégio a disciplina foi negligenciada, pois acreditavam que eles eram dignos do grande regalo que lhes faziam. Mas estavam equivocados. As Escrituras já dizem que coisas santas não devem ser dadas a cães nem as pérolas atiradas aos porcos, para que não sejam pisoteadas.

Diz: O Senhor disciplina aquele que ama e açoita aquele que recebe como filho. Que filhos seriam eles se os pais franciscanos não os disciplinassem? Não seriam, então, filhos verdadeiros, mas bastardos.

Diz: Nunca mais voltará a se ocultar nesta casa quem louva a Deus com os lábios e o morde no mais profundo de seu coração.

Diz: Vamos tornar nosso colégio grande de novo!

Fiat schola nostra magna!, contestam as malvadas serpentes, com vozes desemparelhadas e alquebradas pelo medo.

As malvadas serpentes se benzem. As malvadas serpentes tomam assento em piedoso silêncio. Antes de partir o pão, as malvadas serpentes dão as graças a Deus.

Nessa mesma noite, Juan tem um sonho. Naquele colégio onde o índio Juan passou sua infância. Naquela cama que talvez se pareça um pouco com a dele, Juan sonha. Em seu sonho não há palavras nem tampouco seres humanos. Não há sequer sons.

Apenas um caracol comum, um caracol em tudo semelhante ao resto dos caracóis do mundo, rastejando em silêncio pelo fio de sua espada. Esse é seu sonho, seu pesadelo; um caracol que desliza ao longo do fio de sua espada, e sobrevive. É quando ele acorda. E ao fazê-lo, não conseguiria dizer se aquele caracol era Juan ou Juan.

Mais além há um caminho que avança entre semeaduras de milho que ninguém colhe. Mais além ficam as marismas do lago Zumpango, habitado por aves e não por homens, e uma estação postal sem cavalos e sem atendentes e sem sequer um dono. Além disso, há uma caravana de índios que vagam como sonâmbulos, arrastando suas ferramentas e trouxas de roupas como um exército de fantasmas. Mais duas semanas, pensa Juan, e terá chegado à Gran Chichimeca. Mais além há um rio. Mais além há aldeias que parecem vivas ao longe e vão morrendo passo a passo. Mais além há um cavalo que vaga pela planície, ainda com seus apetrechos pendurados no lombo. Mais além há um aboboral em que as abóboras apodrecem e um rancho abandonado em cuja casa Juan acende o fogo outra vez. Mais duas semanas e Juan que não quer usar a espada, mas vai usá-la se necessário; Juan que vai capturar ou matar aquele índio que sabe ler línguas que Juan não entende e escrever livros que Juan nunca abriu. Mais além há uma aldeia vazia e outra que parece prestes a esvaziar-se. Mais além há um bando de urubus que pacientemente sobrevoam o céu. Mais além há um peregrino bêbado que vai clamando bobajadas, e um arrieiro que não quer falar do que viu do outro lado da serra, e um índio que reza um pai-nosso numa encruzilhada, com seu latim esquálido. Mais além há um burro morto, ainda acorrentado ao seu moinho. Mais duas semanas e ele terá chegado ao índio Juan e o índio Juan voltará com ele, andando com seus próprios pés ou balançando no fundo de um saco. Mais além há um bando de espanhóis que estão ocupados colhendo o milho da *encomienda*, que suam sob o sol, que amaldiçoam seus índios mortos. Mais além há um índio morto. Mais além há um lazareto abandonado; os últimos doentes apodrecendo numa cova não fechada; as janelas abertas e coalhadas de vidros quebrados, e espalhadas pelo chão ataduras enegrecidas pelo sangue e cobertores sujos e penicos cobertos de moscas. Mais duas semanas e Juan terá alcançado seu ouro e sua glória, e estará de volta à taberna, onde milagrosamente a peste ainda não terá chegado, ou onde terá chegado, mas sem transpassar seus muros ou ferir qualquer carne. O cachorro abanando o rabo com animação. Sua esposa o abraçando no corredor. A esposa que lhe dirá, que lhe diz agora entre soluços, que passou muito medo, se ele soubesse, tanto medo. Mais além há um templo asteca abandonado e um eremitério cristão também abandonado. Mais além há um índio que roga a Deus pela chegada do fim dos tempos e, quando se cansa, implora por esmola. Mais além há uma aldeia em que todos cantam e dançam com ferocidade, os tambores soando, os atabais e as sacabuxas e as charamelas de osso arrastando os índios para uma dança que não acaba, e alguns já são tocados pelo mal e dançam mesmo assim, sangram pela boca e pelo nariz e pelos olhos, e mesmo assim eles dançam, mesmo assim bebem imensos potes de atole até que os potes caem e caem também os homens. Mais além há uma planície vazia. Mais além há um ocaso.

É aí que acontece. Naquele campo em que não há nada para fazer ou olhar. À luz daquele ocaso.

Um lamento. O gemido de um animal carregado pelo vento, que sopra sem encontrar um obstáculo em que se deter. É o cavalo de Juan que se detém. Juan fazendo viseira com as mãos até divisar duas pilhas de roupas, abandonadas na beira da estrada. A primeira pilha acaba sendo um menino, ou o que resta de um menino que certamente chorou, chutou e gritou dentro de sua coberta até ficar sem forças. A segunda pilha era, ainda é o corpo de uma mulher índia que resiste. Uma mulher que tenta rastejar pela vala, as mãos estendidas e implorantes na direção daquela criança que o sol da planície transformou num despojo de vísceras, para deleite de vermes e moscas. Seus olhos estão abertos e sua boca também aberta. É ela que geme. Ela, que grita; seu lamento chegando até onde suas mãos não alcançam.

Juan desmonta cautelosamente. Ele se inclina para examinar o corpo de sua esposa. Porque esse corpo, ele acabou de decidir, é o corpo de sua esposa: as mesmas feições indígenas, o mesmo desespero, o mesmo choro; a mesma necessidade de reter em seus braços o homem amado, sem sucesso. O mesmo porvir da carne que se esgota e morre. Seus olhos: os mesmos olhos, abertos para olhá-lo do passado, como se ainda estivesse esperando plantada na soleira da taberna. Essa mulher também espera algo. Quem sabe o que espera: o que é esse algo que a impede de se abandonar. Espera que seu filho esteja apenas dormindo. Espera um milagre. Espera um médico que cure seu corpo ou um sacerdote que cure sua alma.

Juan olha para seus lábios encrostados pela sede e pela febre. Sua língua negra como alcatrão, em movimento.

— Água, senhor...

Assim dirá sua esposa, paralisada na cama ou estendida no chão da taberna. Água, senhor, dirá, e não haverá ninguém para ouvi-la. Ou pior, haverá alguém compassivo o bastante para ouvi-la e cruel o suficiente para dar-lhe aquele gole que atrasará sua agonia por mais algumas horas.

— Água, senhor...

Não, diz Juan, pensa Juan, acariciando aquele rosto devorado pelas chagas. Não, repete. É tarde. Tarde para regressar e tarde também para continuar. Tarde para salvar essa mulher que se agarra à sua couraça, como se reza a um deus que não pode nos ajudar. Salvá-la: como poderia aquele que não pôde salvar sua própria esposa? Suas mãos, as mãos de sua esposa, tremendo. A esposa em quem é melhor não voltar a pensar, compreende Juan, decide Juan; seu nome e rosto que nunca devem ser lembrados, porque ela já está morta ou quase morta; porque agora mesmo jaz estirada no chão da taberna, naquele chão que nunca houve tempo de pavimentar. Sua esposa rastejando sobre a mesma poça de sangue, pedindo ajuda de quem quiser ouvir.

— Água, senhor...

Juan olha para o cinto. O cantil que não vai lhe estender. A espada que não vai desembainhar – por acaso se atreverá a desembainhá-la de novo, alguma vez? O ouro que tilinta dentro de seu saco, inútil para esta e para tantas outras coisas. Os olhos desorbitados da mulher, que se deixam resvalar sobre o cantil, sobre a espada, sobre o ouro.

— Água, senhor...

Tem a boca ligeiramente entreaberta, como que petrificada num ríctus de pavor: um gesto em que não há surpresa, mas apenas a constatação de algo de que já se sabe e nem por isso é menos intolerável. Ela está olhando para ele. Dentro dele. Quem sabe se através dele. Olha de uma maneira terrível, como se olham as coisas terríveis que aconteceram e as coisas ainda mais terríveis que estão prestes a acontecer; olhos dos quais toda a vontade e toda a beleza evaporaram, que viram o horror e estão cheios dele e, portanto, são insuportáveis de olhar, ou que talvez tenham visto o horror e por isso mesmo estejam vazios e esse vazio seja ainda mais insuportável. Olhos que já não refletem nada, que são o que resta da compaixão quando a fé é apagada; da liberdade quando a justiça é subtraída; da vontade quando carece de mãos e voz. A esperança menos a esperança.

— Água, senhor... água, pelo amor de Deus...

Juan sobe de um salto em seu cavalo. Sente o peso desse olhar enquanto se afasta, trotando primeiro e cavalgando depois, mais rápido, cada vez mais rápido, e ainda sente esse peso muito mais tarde, quando numa curva da estrada a mulher, e com ela seu olhar, desaparecem.

IV

Perder a alma para ganhar o mundo inteiro
Um sacerdote espanhol, um médico espanhol
e um encomendero *espanhol*
Putrefação de uma memória — Velas como estrelas
O melhor remédio
Nem temor nem tremor — Ouro sobre ouro
Padre não igreja — O Diabo é Deus e Deus o Diabo
No que diz respeito ao pecado — Um louco ou um corajoso
Segunda manifestação de Cristo

Resta apenas seguir em frente. Sem olhar para trás. Sem se questionar. Para o norte, sempre para o norte. Para a frente, sempre para a frente, sem distorcer nem questionar o rumo, porque atrás dele já não resta nada; à frente só resta esperar o futuro. Juan cavalga para esse futuro. As lembranças e os pensamentos que vão ficando para trás, na solidão do galope; para trás a taberna arruinada e para trás a *encomienda* que nunca recebeu e para trás também aquela mulher morta em quem escolheu não voltar a pensar. À frente, apenas o índio Juan. Porque também ele perdeu tudo; perdeu o pai, perdeu os ídolos, perdeu sua aldeia e em troca não recebeu nada. Mas Juan não se resigna ao nada. Um dia Juan voltará para casa – mas que casa é essa? – e não o fará de mãos vazias. Para isso, para encher as mãos, ele precisa encontrá-lo. Para isso, para fazer sentido, ele precisa deter aquele homem condenado a ser índio entre os espanhóis e espanhol entre os índios. Deve capturá-lo a qualquer custo, deve matá-lo se necessário, mesmo que não saiba por quê. É preciso encontrar esse motivo.

Deve ser inventado, se necessário. Dar uma resposta, qualquer resposta, por mais inverossímil ou absurda que seja. Pois se esse motivo não existisse, se ele está aqui no meio da planície da mesma maneira que poderia estar sentado diante do fogo de sua casa, então toda a jornada seria sem sentido. A morte de sua esposa se tornaria uma estupidez irreparável; também ele teria perdido tudo à toa. Encontrar o índio Juan, embora ele não saiba se será capaz de empunhar sua espada; embora ele não saiba o que fará ou dirá quando encontrá-lo. Encontrar o índio Juan e acreditar que ao fazê-lo está salvando o mundo, porque só quem salva o mundo tem um pretexto para ter perdido sua alma.

Uma aldeia no meio do nada. Uma estalagem no centro dessa aldeia. O cavalariço, um mancebo espanhol que não ultrapassa quinze anos, pega seu cavalo pelo cabresto e o leva aos estábulos. Antes disso, chamou-lhe vossa mercê e Ilustríssimo, executou uma complicada reverência e aceitou, depois de muito alarido e relutância, a moeda de prata que Juan lhe oferece.

A estalagem está quase deserta. Quando Juan entra, o estalajadeiro, um espanhol, está enchendo três jarros de vinho, e uma menina muito jovem, também espanhola, traz esses mesmos jarros para a única mesa ocupada, e nessa mesa conversam um sacerdote espanhol, um médico espanhol e um *encomendero* espanhol. Pela única janela se governa boa parte da aldeia, e Juan se senta junto a ela. Do outro lado, ele vê a rua vazia e um punhado de palhoças índias em diferentes graus de deterioração, apodrecendo lentamente no mesmo barro de onde um dia emergiram. Todas têm as janelas e os postigos fechados e algumas até as portas pregadas por dentro e as aberturas impedidas por barricadas e parapeitos. Parece que é um povo morto. Mas entre as fendas há algumas luzes que vêm e vão; velas que queimam e são lentamente consumidas junto a seus moradores.

A menina se aproximou de sua mesa. De perto, ela parece mais jovem e bonita, uma visão contraditória e quase dolorosa nesse mundo que se desmancha. Através do decote apertado pode-se ver seus seios despontando; um decote ao qual talvez falte um pouco de recato, como o padre acaba de apontar.

— O que vossa mercê vai beber?
— Um pouco de vinho.
— Vinho espanhol?

Enquanto espera sua taça, Juan ouve a conversa que ocorre na mesa vizinha. Eles também estão olhando para as ruas de terra desertas, iluminadas pela última luz do crepúsculo. Falam disso, do povoado que está como dormindo ou morto. Aparentemente, o corregedor recomendou aos vizinhos que não saiam de casa mais do que o estritamente necessário, mas na opinião do médico essa precaução é completamente inútil, porque os índios são infectados mesmo que recolhidos em suas choças e os espanhóis não se apestam, por mais que esfreguem o nariz contra os infestados. A solução, resume o médico, é que não há solução, e, quando um problema carece de solução, a pessoa fica livre para equivocar-se da maneira que quiser. É por isso que ele recomenda a uns e outros que levem a vida que considerem certa, e que se quiserem sair em romaria ou para visitar alguém, que o façam, e se quiserem beijar seus parentes moribundos, então os beijem também, porque só a Natureza sabe quem vai morrer e quem vai sobreviver. Quererás dizer Deus, perora o padre, e o médico dá de ombros. Seja por coisa da Natureza ou de Deus, conclui que não encontrou uma prova mais inquestionável de que índios e espanhóis são feitos de qualidades diferentes, e quem sabe até de matéria diferente, porque se tratando de cavalos ele nunca soube de uma doença que fosse feroz com os pardos e, por outro lado, respeitasse os baios e alazões. Se um cavalo morre de uma enfermidade, diz ele, qualquer outro cavalo pode morrer dessa mesma enfermidade. Contudo, até as crianças sabem que a doença que derruba o cavalo não atinge o gato ou o cachorro ou o gavião ou a cobra, muito menos o homem. A conclusão é irrefutável. A conclusão, diz, a única conclusão possível, é apenas uma, e contradiz teses e sermões pronunciados sobre o assunto, por homens carregados de muitas boas intenções, mas curtos de ciência. A conclusão, repete uma terceira vez, a conclusão, algum dos presentes saberia dizer qual é a conclusão?

Ele vira a cabeça primeiro para o sacerdote e depois para o *encomendero* e, finalmente, para Juan, que acaba de receber seu jarro de vinho.

— Vós, senhor, sem dúvida sabeis também o que isso prova.

Juan sustenta seu olhar.

— Acho que isso prova que não somos cavalos.

O médico ri:

— Não, pode apostar que não somos cavalos. Somos homens. Por outro lado, os índios... ah! Quem sabe que coisa são os índios?

Juan não diz nada. O *encomendero*, que mal seguiu seu raciocínio, coça a cabeça e diz que, se fossem cavalos, os espanhóis seriam, sem dúvida, corcéis alazões e os índios apenas potros pardos ou pretos; talvez até mulos, considerando que de uns tempos para cá mal e porcamente conseguem criar seus filhos.

O sacerdote reflete que engenhos mais aguçados do que os presentes já debateram longamente a questão; que a humanidade dos nativos desta terra foi demonstrada pela bula *Sublimis Deus* de Sua Santidade Paulo III e que, para ele, as palavras de um papa são mais poderosas do que exércitos inteiros de silogismos e cavalos. Agora, admite ele coçando o queixo, não é menos verdade que, embora Sua Santidade tenha reconhecido que os índios eram verdadeiros homens, ele não disse em nenhum lugar que entre os mesmos homens não poderia haver diferenças e qualidades. Elas existem inclusive entre os cavalos, reflete o sacerdote, e não é necessário ser um cavaleiro experiente para saber que aqueles que servem para o arado não são necessariamente os mais adequados para a equitação ou a guerra. Portanto, a questão não deve ser se ele é ou não um homem, mas sim que tipo de homem é o índio: se podemos contar com ele para todas as empresas, incluindo seu próprio governo, ou apenas para algumas.

O *encomendero*, fiel até o fim à sua metáfora, acredita que, se de uma coisa eles podem ter certeza, é que os índios certamente não são cavalos de tração. Viu-os trabalhar, sofreu na própria carne suas muitas inconstâncias e torpezas, e sabe bem que até os encargos mais leves os esgotam. Um único espanhol trabalha mais duro do que dois índios feitos, assim como duas mulheres não equivalem ao trabalho de um único homem, até onde ele percebe há nos índios algo de mulher, e, em sua natureza, algo ou muito de feminino. O médico soma-se fortemente à opinião do *encomendero*, porque dessa forma o convidam a pensar certos sintomas nada duvidosos: primeiro, a ausência de pelos no corpo e até no rosto; segundo, o gosto por usar cabelos muito longos; em terceiro lugar, sua inclinação para um certo pecado nefasto do qual não se pode falar sem repugnância – vossas mercês entendem o que ele quer dizer? – e que consiste em desfrutar do corpo na parte ruim, não pelo, digamos, cálice comum, mas pelo outro lado. Aquilo que eles chamam de sodomia. Mas diria ainda mais: se há em todo índio algo de mulher, também há muito de criança, e talvez nesse sentido deva-se interpretar a ausência de barba, e sua voz muito aguda, e a inocência natural com que acreditam em tudo que lhes é dito, mesmo que seja contrário à realidade ou ao entendimento. Crianças e mulheres, continua o médico, que agora que pensa nisso são justamente, devido à sua fraqueza natural, os mais afetados por qualquer epidemia, uma observação que pode não significar nada em absoluto ou significar tudo.

O sacerdote medita em silêncio sobre suas palavras. Ambas as observações certamente têm alguma verdade, reconhece; a alma do índio é de fato mutável como a de uma mulher, e raquítica e prematura como a de uma criança, como lhe foi dado observar ao longo de dezessete anos de pregação nessas terras. E esta é, em última análise, a única coisa importante: a alma. Os médicos podem saber tudo sobre o corpo e os *encomenderos* podem saber algo sobre as obras desse corpo, mas somente aquele que ouve a confissão de um semelhante é verdadeiramente capaz de conhecer e examinar a solidez de um espírito. E se ele lhes dissesse o que seus olhos viram naquele exame, quanta podridão, quantas câmaras mal ventiladas e sem sol, quantas madeiras de retábulo revestidas de ouro por fora, mas roídas e até putrefatas por dentro, ah, se pudesse lhes contar essas histórias, o que diriam então? Porque ele já viu tantas coisas. Índios que vêm caminhando muitas léguas para confessar crimes atrozes, mas não por piedade, mas porque acreditam que com a absolvição os sacerdotes distribuem cédulas que os dispensarão da forca ou do cárcere. Índios que se recusam a aceitar como seus os pecados cometidos enquanto estão bêbados, porque em sua ignorância acreditam que são faltas que devem ser atribuídas ao Deus do Vinho e a ninguém além dele. Outros que inventam pecados terríveis apenas para garantir que o sacerdote lhes administre penitências também terríveis, porque essa penitência, e nada mais, é o que eles realmente buscam: um pretexto para sangrar seus membros e açoitar suas costas com correias guarnecidas de pregos, assim como quando sangravam e eram açoitados por seus deuses infernais. Mesmo os índios que parecem cristãos exemplares e levam muitos anos respondendo perfeitamente às perguntas dos missionários: Crês em Cristo Nosso Senhor? Sim, creio; Crês que Deus é uno e trino? Sim, creio; até que se tenha a ideia de abordar a mesma questão pelo lado oposto, e à pergunta para saber se também crê em Tlaloc, em Coatlicue, em Quetzalcóatl, o índio que se diz cristão responde sim com a mesma naturalidade, sim, sim, sim, ele crê em Cristo, e também crê na serpente emplumada, e na Deusa Mãe, e em tantos deuses quanto quiserem jogar na sua cara. E quantas vezes, ao repreendê-los, eles ainda têm o despudor de lhe responder: Padre, não te assustes, pois ainda estamos *nepantla*, o que na linguagem desses selvagens significa "estar no meio". No meio de quê? No meio do passado e do presente, compreende-se; no meio de nós e de seus antepassados, do pecado e da virtude, porque ainda não estão bem enraizados na fé e se voltam tanto para Deus como para seus antigos costumes e ritos do demônio, e ambos os credos lhes parecem um só e o mesmo.

O *encomendero*, que não para de virar seu jarro de vinho, de repente o interrompe. Sobre isso, diz, sobre a idolatria dos índios, também ele teria muito a dizer. Pode não ser um especialista em corpos ou almas, mas teve a oportunidade de padecer muito de perto da maldita religião dos índios. A ela, e somente a ela, deve sua grande desgraça. E essa grande desgraça, diz ele, começou certa manhã, quando acordou e mandou chamar seus criados, mas os criados não acudiram, e ele deixou seus aposentos e atravessou as cozinhas, vazias, e o saguão, também vazio, e de lá foi para o jardim e os estábulos, onde os cavalos balançavam o rabo desesperados de fome e farejavam seus cochos vazios. Chamou seus índios em voz alta, sem receber resposta, e cavalgou de ponta a ponta sua fazenda – e são três milhões de varas quadradas – dando os mesmos gritos.

Ao anoitecer, afinal os encontrou, estirados nas ruínas de um antigo templo pagão que o tempo havia convertido num ninho de ervas daninhas e trepadeiras. Eram duzentos ou trezentos índios; eram, de fato, todos os seus índios, todos mortos, e eram pais, filhos e esposas, e eram índios bons e índios não tão bons, índios serviçais e índios levantiscos, velhos, crianças e mulheres, todos sem exceção ali reunidos, e cada um foi surpreendido pela morte de uma maneira diferente, decapitaram-se, enforcaram-se, dessangraram-se – dá para acreditar numa coisa tão estúpida? –, e também havia alguns corpos intactos, mortos de algo que não parecia nada, talvez veneno, talvez tivessem morrido de susto, porque é nisso que os índios acreditam, que também é possível morrer de susto. E ele soube que tudo tinha sido a ideia de um bruxo, que havia semeado seus cérebros com palavras e maldições e feitiçaria antiga, alguém que ainda acendia fogueiras secretas nas ruínas dos antigos templos, e disse que haviam de vir tempos de glória em que o mundo acabaria e o vento de seus ancestrais sopraria do norte para varrer a terra e exterminar a brancura. Quem sabe que coisas lhes disse, aquele bruxo. Como os convenceu de que deviam matar-se; que era preferível estar morto do que continuar trabalhando na *encomienda*. Contudo, o mais irritante é que o maldito bruxo ainda estava vivo, não se envenenara nem se esfaqueara ou se maltratara de forma alguma, ele simplesmente estava lá, sorrindo, diz o *encomendero*, apenas para dizer ao seu amo e senhor o quanto o odiavam, o quanto desejaram abandoná-lo na terra que tanto sofrimento lhes causara.

Dedicou uma noite e um dia inteiro a decidir como castigá-lo, porque o bruxo dizia que a morte não seria para ele nada além de libertação, um trânsito indiferente, quase gozoso, e o *encomendero* não estava disposto a que isso acontecesse. Digamos que ele tomou como uma questão de honra que o bruxo sofresse e gritasse antes de morrer, e que esse pequeno capricho se tornou crucial, pois o que mais lhe restava esperar? Não tinha índios, mas pelo menos teria justiça. O médico, então, intervém para apontar que os índios são de fato capazes de proferir gritos terríveis, talvez por seu paralelismo com a besta, cuja natureza, além da feminina e da infantil, de certa forma compartilham. O sacerdote, por outro lado, diz que o grito não pode ser tomado como uma medida de humanidade ou desumanidade das criaturas, e que, se formos a isso, está documentado fidedignamente que o próprio Cristo gritou, deu um grito terrível, antes de expirar. Deixemos Cristo em paz, diz o *encomendero*, desferindo um golpe na mesa: posso lhe assegurar, padre, que este bruxo não era Cristo. Era o Demônio em pessoa, e se até Deus pode gritar de maneira horrível, garanto-lhe que o Demônio não fica atrás. Então ele se propôs a fazer aquele bruxo gritar, para ouvi-lo gritar como nenhum outro ser humano havia gritado antes. Como talvez só o Demônio possa gritar. Era uma questão delicada, porque talvez os presentes não saibam muito sobre os limites da dor e da consciência, diz o *encomendero*, mas os maiores sofrimentos são também, muitas vezes, aqueles que mais rápido nos incapacitam. Há dores que de tão terríveis turvam nossa consciência e ensurdecem nossos sentidos, e a chave, diz ele, é encontrar a encruzilhada entre a máxima dor e a máxima consciência. Reter a vida na dor, subdividindo-a em mil mortes. Essa, pelo menos, é a teoria. De qualquer forma, ele não vai aborrecê--los explicando como encontrou aquela tênue encruzilhada: basta dizer que depois de árduos esforços ele deu com ela e que no fim conseguiu, o bruxo gritou, gritou de uma maneira terrível antes de morrer, talvez até depois de morrer, e esse grito foi de alguma forma seu consolo. Depois desse consolo, nada. Teve de abandonar a *encomienda* deserta e implorar à Sua Excelência o Vice-Rei por mais índios, mas os índios não chegaram, e agora a terra que deu tantos frutos permanece inculta e ele faz todo mês uma excursão à capital, peregrinando por despachos, escritórios e escrivanias, até que alguém tenha piedade dele, tão infeliz.

Durante algum tempo, ninguém fala nada. Voltam a olhar pela janela, onde não há nada para ver; apenas a noite já fechada e quase nenhuma luz nela. De repente, o médico se volta para Juan, como se lembrasse de algo há muito esquecido:

— E vós, o que dizeis? Em vossa experiência como soldado, os índios lutam como mulheres, como crianças ou como homens?

Juan inclina a cabeça.

— Não poderia comparar. Receio nunca ter levantado a espada contra mulheres e crianças.

— Entendo. Então talvez saibais nos dizer se os índios têm realmente a cabeça tão dura quanto se supõe. Um certo soldado de Sua Majestade o Rei me disse que na luta deve-se ter cuidado para não os atingir na cabeça, para que as espadas não se embotem. É assim? Deveras é mais dura do que a nossa? Mais dura que o ferro?

— Deveis me desculpar. Também não levantei a espada contra cristãos.

O sacerdote suspira e comenta algo sobre os cristãos que erguem a espada contra outros cristãos no coração da Europa; como cedo ou tarde eles não terão escolha a não ser exterminar os alemães réprobos, e como a culpa será só deles. O médico assente distraído, como se estivesse pensando em outra coisa. Mas o *encomendero* não parece satisfeito com a resposta.

— Não haveis levantado a espada contra mulheres, crianças ou cristãos, tudo bem, mas certamente contra os índios. Dizei-nos, como é mandar uma centena desses selvagens para o inferno?

Juan faz durar o último trago.

— Pelo que contais, não é muito diferente de governá-los.

Por alguns instantes, nenhum dos três diz nada. Em seguida, caem na gargalhada. Então, quase de imediato, eles se calam de novo. Alguém pede mais uma rodada. O médico enumera os efeitos benéficos do vinho no organismo humano. O sacerdote diz que, podendo Cristo operar qualquer milagre, é significativo que Ele escolhesse multiplicar o vinho num festim e convertê-lo no veículo de Seu sangue na Última Ceia; dois prodígios que só podem significar que o próprio Cristo soube desfrutar do bom vinho. O *encomendero* lembra-se em voz alta de suas vinhas, sem índios para trabalhá-las, e esvazia meio jarro de um só gole. Lá fora, apaga-se a última luz do último dos lares.

Cavalgar para mais longe. Cavalgar mais depressa. Cavalgar até esquecer o destino ou o próprio motivo da viagem. O mundo que se desvanece à sua volta, borrado pela vertigem do galope. Aldeias em que não se detém. Estradas secundárias em cuja direção ele não está interessado. Arrieiros a quem ele nada diz e nada pergunta. Esse é Juan na solidão de sua viagem, uma viagem que dia após dia tem algo de renúncia, de covardia íntima, de fuga secreta. Perseguir o índio Juan, no entanto se descobrir pensando nele como um companheiro de aventura; outro cavaleiro solitário que viu as mesmas florestas e as mesmas clareiras, que vadeou os mesmos rios, que se deteve diante das mesmas montanhas. Dois homens sem lar, avançando porque já não podem retroceder. Pensar no índio Juan para não pensar em tudo que ambos perderam: para esquecer o mundo que deixaram para trás. Não conseguir, ou não conseguir totalmente. O ouro pendulando em seu saco como um lastro cada vez mais pesado. O tilintar das moedas como uma canção de pesadelo que não consegue parar de ouvir. Juan que quer correr mais rápido que o tempo, até onde a memória não alcança.

 E então, o primeiro calafrio. Acontece em algum ponto da planície, não importa qual. A febre que o atinge de repente, no meio de sua viagem, como se a enfermidade fosse uma região que se atravessa. É claro que, naquele momento, ele ainda não chama a febre de febre. A princípio parece apenas um excesso de sol ou cansaço. Uma tontura leve. Um gosto metálico na boca, como se tivesse passado a noite lambendo moedas. A febre como um resplendor ou uma clarividência lenta ou um dom que parece acelerar as coisas, as árvores que se sucedem em ambos os lados da estrada e os pássaros que o sobrevoam no céu. Não quer pensar na peste: pelo menos ainda não. Culpa primeiro o calor e as más condições dos caminhos. Culpa o vinho que bebeu na véspera. Culpa os muitos anos, que não perdoam ninguém. Depois fecha os olhos. Seu cavalo avança cada vez mais rápido, começa a trotar sem que ninguém lhe peça, e Juan com os olhos fechados. Os pensamentos chegam até ele em ondas intermitentes, estão e não estão, como fulgores que iluminam apenas por um instante a escuridão de suas pálpebras. Por trás daquelas pálpebras, a vertigem. A sensação de queda; Juan caindo infinitamente num abismo sem apoios ou limites. Esse abismo é o horizonte, que de alguma forma o reivindica. Esse abismo é a viagem. O sol continua brilhando, mas parou de aquecer, e dentro de seu peito Juan fica entorpecido na sopa fria de seu próprio suor. Uma sede repentina, que inflama sua língua e os lábios. É a peste, pensa então, admite então, ainda de olhos fechados. É a peste, pensará depois, ao ver as mãos que tremem; as mãos que mal são capazes de sujeitar as bridas. A peste, ele pensa, e sente o tiritar do frio e da febre ao mesmo tempo.

    Dentro de sua cabeça soa a reverberação dos cascos do cavalo, mas também as vozes de homens que já não estão lá. Palavras que vem escutando nos últimos dias, talvez ainda ontem mesmo, e que no entanto parecem muito distantes, como se o pó de anos ou séculos tivesse caído sobre elas. Um médico que diz que os índios estão infectados mesmo que estejam emparedados em suas choças e que os espanhóis não pegam a peste, por mais que esfreguem o nariz contra os infectados. Um padre que diz que nos índios há algo de mulher, de criança, de besta. Um *encomendero* que explica que a vida deve ser retida na dor, subdividindo-a em mil mortes. Por acaso ele é um espanhol com alma de índio? Há em sua natureza algo de mulher, de criança, de besta? Essa febre é uma das mil mortes que o aguardam?

    Reúne as últimas forças para abrir os olhos e fitar a paisagem que o rodeia. Não sabe onde está. Com uma das mãos, desenrola o mapa que os homens do vice-rei traçaram para ele. Parece reconhecer-se num certo canto, num certo ponto do pergaminho, mas por outro lado é impossível; por toda parte há pontes onde não deveriam estar, rancharias improvisadas, caminhos que não existem ou não existiam quando se traçou o mapa. Um pergaminho velho cheio de nomes rabiscados, onde hoje não há nada além de ruínas de aldeias desabitadas e ocos sem nome onde hoje se erguem aldeias. Apenas as montanhas permanecem imóveis: sobre o pergaminho e sobre a terra. Em algum momento do trote, esse mapa cai ou se perde. Talvez seja ele mesmo quem o joga fora. Por que o joga? Talvez faça isso porque precisa das duas mãos para segurar as rédeas. Ou porque a febre entrecerra-lhe os olhos e, sem olhos, para que serve um mapa? Ou porque o próprio pergaminho perdeu toda a utilidade; não é mais um mapa, mas a recordação de um mapa, a cartografia de uma viagem remota, uma viagem que em nada pode se assemelhar à sua.

É a peste, pensa de olhos abertos e de olhos fechados.
E então olha para cima, para o lugar onde Deus deveria estar:

Duas semanas.

Só mais duas semanas, suplica.

A essa altura, o cavalo vai aonde quer e como quer, galopa livre de qualquer vontade humana. Mais depressa, cada vez mais depressa, como se algo ou alguém o perseguisse. O horizonte puxando-o mais ferozmente do que qualquer látego, sem rédea, sem esporas. Juan segurando como pode as bridas, tentando deter o que não pode ser detido. Juan se converteu num fardo estéril que o cavalo consente sobre seu lombo, mas cujos propósitos não importam. Quais são esses propósitos? Para onde se dirige e onde se encontra? A certa velocidade, a terra é ou parece ser sempre a mesma. Um borrão amarelo em que árvores e choças se sucedem, homens vivos e homens mortos, todos igualmente paralisados na paisagem. Um borrão amarelo durante o dia e preto à noite. Porque é assim: do cavalo ele vê passarem as noites, os dias. Meses de febre e anos de pensamentos. O cavalo que quer correr mais rápido que o tempo, porque não está galopando sobre um mapa; galopa sobre as páginas de um calendário.

É a peste, mas não só a peste. Assim pensa Juan, com um canto de seus pensamentos cada vez mais líquidos. Porque talvez não seja só ele que morra. É o mundo que ele conheceu. É o tempo. É sua esposa, que também morre. Pouco a pouco começou a desencarnar-se em sua memória, digerida pela intempérie; ninguém para fechar suas pálpebras ainda abertas nem para cavar sua tumba. Os alvoreceres e os crepúsculos sucedendo-se, cada vez mais depressa, como se o mundo estivesse pestanejando. O mundo que pestaneja e o cadáver de sua esposa que não pestaneja; a podridão de sua esposa, a relíquia pestilenta de sua esposa, o esqueleto de sua esposa que não voltará a abrir os olhos. Juan acordando, dormindo e acordando de novo no lombo de seu cavalo. Juan lutando para não pensar em nada, em noites e não noites longas como vidas completas. O pão sem sabor. A terra sem cheiro. O mundo que vai branqueando com as cores do deserto. Vê, cavalgando ao seu lado, o índio Juan: o índio Juan, que não é mais um moço, muito menos um menino. Um homem com seus próprios propósitos e seus próprios sonhos. Vê as aldeias se esvaziando e depois se enchendo de novo. Vê as últimas fossas tapadas pelos últimos cadáveres e vê como sobre essas fossas crescem as árvores, e como sua madeira é serrada para levantar novas casas. Vê, sobre essas árvores, ninhos onde os pássaros nascem e morrem. Ninhos que, à sua maneira, são berços e também tumbas. Às costas dele, numa morte sem tumba, sua mulher se reduz a cinzas ou ossos. A taberna que outrora dirigiu, agora deserta. Vê como o adobe de suas paredes começa a amolecer e rachar. A cobertura cada vez mais podre e destelhada, sem caldeirões para beber a chuva. O cachorro que late lá dentro, famélico, chamando o dono e a dona que já não voltarão. Seu cachorro, morto. Juan que cavalga mais depressa, para não ouvir seus latidos. Cada vez mais para trás sua taberna, as ruínas de sua taberna, um túmulo de escombros que, à sua maneira, é também uma tumba. Juan que cavalga sobre essa tumba, para apagá-la. Juan que sente uma última explosão de sua força ou de sua consciência e crava suas esporas mais fundo nos flancos do cavalo, porque quer galopar mais depressa ou porque procura transferir sua dor para outra carne. Juan que cavalga sobre essa dor, como primeiro cavalgou sobre o tempo.

É a peste, pensa Juan, diz Juan à escuridão. É a peste, repete, e assim que o faz entende que é noite e, finalmente, parou em algum lugar. Está deitado num leito muito frio e muito duro; mais frio e mais duro quanto mais sua consciência ressuscita. Acima de sua cabeça brilham as estrelas. E então vê estrelas queimando ainda mais perto, constelações de luzes que na verdade são castiçais e candeias que orbitam ao seu redor e o ofuscam, sem revelarem nenhum rosto.

— Ele está morto? — pergunta uma voz que não é a dele.
— Creio que sim.

Juan afirma com a cabeça. Mal lhe restam forças para isto: para reconhecer que está morto. Mas esse simples movimento é suficiente para que as candeias se inclinem sobre ele e se aproximem ainda mais. Mãos que se esforçam para erguê-lo. Rostos que aparecem, agora sim, resgatados da negrura. Olhos em que brilham a preocupação e o desconcerto.

— O que aconteceu? — sussurra uma voz.
— Sua Excelência Ilustríssima caiu do cavalo.
— Quase racha o coco.
— Tem que chamar o médico.
— Me parece que ele estava embriagado.
— Embriagado ou louco.
— Parece que está dizendo algo.
— Sim. Está dizendo.

E Juan, de fato, diz algo. Com a língua dormente, com a garganta morta, Juan falando.

— É a peste — diz.

Move os lábios devagar, tentando dar forma às palavras, porque é importante alertá-los para não se aproximarem, não tocarem nele, não respirarem seu mesmo ar ou se infectarem com suas roupas. E, sobretudo, que não lhe deem de beber: por maior que seja sua sede, por mais que ele rogue e suplique, que não lhe deem um único caneco de água.

— É a peste — repete.

À luz oscilante das candeias, ele observa o efeito que essas palavras produzem. Não há espanto no rosto deles. Só incredulidade. Só surpresa. Só, até, deboche. Rostos desconhecidos que se deformam por um instante para esboçar uma careta de zombaria ou condescendência. Bocas que ainda assim se aproximam. Mãos que ainda assim o tocam. Eles o levantam tomando-o pelos braços e pernas, como se transporta um corpo morto. Alguém ri. Outro meneia a cabeça.

— Embriagado ou louco — diz.

Durante o caminho, Juan tem tempo de se restabelecer um pouco. No último trecho não vai carregado, mas se apoiando nos braços de dois homens que não cessam de lhe fazer perguntas. Foram eles que o viram passar pela plantação, galopando como um louco caminho real acima. Viram-no pular a valeta e mais tarde saltar os tapumes e os muros de pedra e as paliçadas da planície, como se perseguido pelo próprio Demônio. O que ele estava fazendo? Por que corria daquele jeito? Juan não sabe o que responder. Resta-lhe apenas um vestígio de consciência para se interessar por seu cavalo. Não vos preocupeis com ele, respondem; já o levaram para os estábulos. Também quer saber o lugar do mundo em que se encontram. Os homens dizem o nome de um povoado que Juan não conhece; um nome que ele já esqueceu. Mais tarde, pergunta pela distância que resta até Zacatecas. Não penseis tampouco nisso, os homens respondem: Zacatecas não leva a lugar nenhum.

Mas em que Juan pode pensar, senão na peste?

Deitam-no numa espécie de leito improvisado num celeiro próximo. Por toda parte as luzes vão e vêm, aparecem crianças curiosas, sombras que perguntam isso ou aquilo. Por fim chega o médico, precedido por lanternas e sussurros. Seu rosto é apenas uma sombra grave, que Juan não se atreve a olhar.

Suas mãos. As mãos do médico abrindo sua boca. Tocando sua cabeça. Seu pescoço. Seu peito.

— É a peste, doutor? — pergunta Juan, por fim, com um fio de voz.

De novo, um pouco menos contidas, as risadas. A risada, também, do médico, que se volta para os presentes como um ator se volta para o público.

— Pelo menos sabemos onde ele bateu — diz, apontando para a cabeça.

E então, levantando mais a voz, para que Juan o ouça.

— Tudo que tendes é exaustão, meu amigo. Esta noite deveis descansar e amanhã...

Mas, então, sua voz. Seus gestos. Algo que ressoa em sua memória, como um eco ou um verso que se repete dentro de um romance. O médico é aquele verso repetido. O médico, que sem ter o sacerdote e o *encomendero* ao seu lado, parece outra pessoa. Ele certamente é mais velho: cinco, talvez dez anos mais velho. Onde antes havia um bigode grosso e preto agora há uma sombra esbranquiçada; o esqueleto de um bigode. Onde antes havia a dureza da juventude, agora há certa suavidade, certo desgaste, certa capitulação diante do mundo. Mas é sem dúvida o mesmo: se é que podem ser considerados a mesma coisa um homem e o ancião em que ele irá se converter.

— Sois o médico — murmura Juan, e sente que as palavras se colam umas às outras.

O outro sorri levemente:

— Sim, sou o médico — diz o médico.

Não o reconhece. Olha para ele, pelo menos, como se não o reconhecesse. E ainda ontem. Numa estalagem não muitas léguas ao sul. É isso que ele pensa, é isso que Juan está dizendo agora. Não me reconheceis?, pergunta. Não recordais. Ontem. Naquela estalagem, ontem. Conversáveis com um *encomendero* e um padre. Vós me perguntastes se os índios têm mesmo a cabeça dura como se pensa, diz. Faláveis da peste. Faláveis de cavalos. Mas o médico meneia a cabeça. Toma-lhe a temperatura com o dorso da mão e responde sem sequer olhá-lo nos olhos. Eu ontem estava em minha casa, meu amigo. Está nesta aldeia há vários anos: em sua casa. Mandaram-no para cá mais ou menos quando a peste que tanto o preocupa acabou. Então Juan não tem nada a temer: aqui nas Índias ele pode morrer de muitas coisas, mas disso, da peste, ele não vai morrer. E agora precisa dormir um pouco.

Em seguida, ele se dirige ao homem que segura a candeia, em voz mais baixa.

— Não sei se está embriagado ou louco... Caso seja o último, dai-lhe um pouco de vinho.

Apruma-se com certa apatia. Porque já é velho ou porque está cansado. Antes de sair, já na soleira da porta, volta-se pela última vez para Juan. Parece sorrir. Um sorriso na sombra, mas um sorriso, mesmo assim. Não temais, diz ele. Bebei e não temais. O vinho é o melhor remédio, e isso não é conhecido apenas pelos homens de ciência: também pelos homens de Deus. Como explicar que Cristo, sendo capaz de operar qualquer milagre, escolheu multiplicar o vinho num festim e convertê-lo em veículo de Seu sangue na Última Ceia? Dois prodígios que só podem significar que o próprio Cristo sabia desfrutar de um bom vinho.

Assim diz ele, o médico do bigode branco. E depois desaparece.

No sonho, o índio Juan não é moço, muito menos menino. No sonho, o índio Juan não se diferencia tanto do próprio Juan. Ele também sobreviveu à peste. Ele também tem uma missão. Que missão é essa? Sorri. Parece sorrir. Ele não tem mais medo de Juan, se é que alguma vez teve. Não o teme: está à sua espera. Desde o início da viagem, ele está o esperando.

Vem, diz o índio Juan, com uma voz sem tremor.

E Juan sobe em seu cavalo, sem fazer perguntas.

Quando ele acorda, já é dia e o sol clareia sobre a palha e não há ninguém no celeiro. Só seu cavalo, que se volta de repente, como impelido por seu olhar. Apenas um par de galinhas que bicam o grão, indiferentes a Juan e seu cavalo.

A seu lado há uma cumbuca de água e outra de vinho. Juan toma-os um atrás do outro, até se saciar e empapar o peitilho.

Uma tigela cheia de tortilhas e feijão, que ele devora com as mãos. Ninguém a quem agradecer por esses presentes. Ninguém a quem contar que está vivo e consciente de novo. Uma leve tontura ao levantar-se. Alguma fraqueza nos braços e pernas e, além disso, nada. Um náufrago que fica tonto por um momento ao subir de volta ao convés do galeão e que depois dos primeiros momentos já é marinheiro de novo, pronto para chegar aonde quer que o oceano e Deus disponham.

Pendendo do lombo de seu cavalo, os alforjes intactos. O saco cheio de ouro, que os homens que o socorreram não viram ou preferiram não ver. O charque e o odre de água e a bota de vinho, à espera de seus lábios.

Juan precisa de muitos esforços, muitas manobras com a ponteira de sua bota no estribo, para voltar à sela de seu cavalo. Mas, antes de ir embora, ainda se demora um momento. Suas mãos remexendo o interior da taleiga e tirando uma moeda de ouro. A moeda que brilha um instante quando cai sobre a palha amarela, como ouro que cai sobre ouro.

Depois, sai trotando e circunda o celeiro algumas vezes, com os olhos cravados no sol, até entender qual é o norte e qual é a direção de sua viagem.

O caminho serpenteia e ele busca, hesitante, as minas de Zacatecas, e para isso atravessa os domínios de otomis e guamares; de guachichiles e tecuexes e cazcanes. A rota como uma frágil passarela que vai de civilização em civilização, atravessando a barbárie. Se é que pode chamar de civilização o mundo do qual procede e o mundo para o qual se dirige. Às vezes, naquela passarela estreita, ele encontra caravanas que trazem carregamentos de prata ou récuas de mulas que levam provisões para os mineiros. Homens armados com lanças e bestas que vigiam a travessia, prontos para enfrentar o ataque dos índios, que pode vir a qualquer momento. Mas Juan não pensa nos índios. Nem pensa no que acabou de acontecer; naquela peste que talvez não fosse peste e naquele médico que era, sem dúvida, o médico. Juan que não se lembra, que também luta para não se lembrar de uma certa taberna, de uma certa esposa, de um certo esqueleto de cachorro. O bigode preto do médico. O bigode branco. Suas palavras. Anos, disse o médico. Anos, repete Juan. Ele não quer pensar se são dias ou anos os que leva em seu cavalo: se o louco, se o embriagado, era o médico ou ele mesmo. Talvez o louco seja o mundo. Talvez o embriagado seja o tempo. Porque é impossível que transcorram anos no decorrer de uma única noite, mas, pensando bem, tampouco é possível que um bigode encaneça nessa mesma noite; que a peste desperte pavor num dia e riso no outro. Juan que meneia a cabeça. Juan que cavalga. Juan que não pensa. Prefere seguir o conselho dos homens que o socorreram: é melhor não se preocupar. É melhor não pensar. Duas semanas, diz para si mesmo, e depois repete em voz alta; duas semanas, ao fim e ao cabo. A viagem: esse é seu único pensamento, seu único lar. O índio Juan, seu único motivo, e depois desse motivo, nada.

O caminho desce e sobe e depois desce novamente, até um barranco aberto entre duas colinas. No fundo daquele barranco há um punhado de choças espalhadas pelo vale, construídas com a pressa e a apatia com que uma terra que não se sente própria é ocupada. Não parece sensato chamar esse amontoado de madeira e adobe de povoado ou vila, muito menos de cidade. Visto ao longe, parece uma caravana que estava prestes a retomar sua marcha; um acampamento improvisado com as ferramentas do deserto, que são a poeira, a incerteza e a preguiça. No entanto, esta é a vila de Zacatecas, e isso é confirmado pelos dois mineiros com aparência de mendigos que Juan interroga no caminho. A venturosa vila de Zacatecas, tão rica em veios de prata que as riquezas das Sete Cidades de Cíbola e Quivira não lhe fariam vantagem. Pelo menos é o que dizem os mineiros, com algo parecido a orgulho nos olhos. São irmãos e estão aqui há anos, dizem, fazendo sua própria prospecção. Anos tentando a sorte. Anos que apenas. Anos que quase. Anos a ponto de, a apenas algumas varas de, a dias ou instantes de topar com aquele filão milagroso que os cobrirá com tanta prata como nunca sonharam. Quem sabe se os separa só isso, digamos, um par de varas, digamos, umas duas semanas, para voltar ao México numa caleche. É o que eles dizem, com aquela coisa nos olhos que parecia ser orgulho e talvez seja apenas loucura. Anos, dizem. Anos, repete Juan. Do caminho, consegue distinguir algumas dessas minas; grotas e galerias tortuosas que se abrem aqui e ali entre as cristas das rochas, distribuídos sem um plano preciso ou com um plano consagrado ao acaso. Do alto também desce uma torrente de águas tumultuadas e muito sujas, cheias de cochos onde os trabalhadores lavam as cargas de minério. Juan vê passar algumas daquelas quadrilhas de trabalhadores, com as espadas sem corte de tanto lavrar a terra; muitos índios e muitos negros e também alguns espanhóis com a pele igualmente escurecida pela fuligem e poeira, como se as entranhas da terra não fizessem distinção entre dignidades ou raças. Homens sem fortuna e sem raízes que vieram rodando até aqui, até a sepultura das minas, até os meros confins da terra, como pedras soltas que o rio volteia e arrasta a seu bel-prazer.

Não vê enfermos nem mortos. Só homens que estão ocupados subindo a encosta e descendo a encosta. Só propriedades e oficinas de fundição e barracões de madeira, e algumas choças atarracadas e precárias. Na parte mais alta e desafogada do povoado, uma espécie de fortaleza abastionada, com ameias para o serviço de arcabuzes e bestas. Muitos bares e uma única igreja, com o campanário ainda por concluir, e nele um sino não muito maior do que um cincerro de gado.

Juan desmonta em frente ao pórtico da igreja. Uma mulher índia varre languidamente as pedras do chão, como se estivesse muito consciente de que amanhã elas terão se enchido de poeira de novo. Juan tenta abrir a porta – fechada – e depois bate com os nós dos dedos. Ensaia o mesmo chamado na porta da sacristia e dá um grito que não recebe resposta e finalmente fica na ponta dos pés para olhar pela janela aberta. Lá dentro, naquela penumbra que cheira a mofo e rancidez, parece distinguir um imenso armário, com as prateleiras deformadas pelo peso de maços de papel e expedientes. De repente, às suas costas, o barulho da vassoura que se detém.

— Padre não igreja.

Juan se volta para a índia, que continua empunhando sua vassoura com falta de vontade.

— Onde posso encontrá-lo então?
— Padre não igreja. Padre taberna.

Está apontando para um barraco com aspecto de estalagem ou de lupanar ou de ambas as coisas ao mesmo tempo.

— Vos referis ao Reverendo Padre sacerdote?
— Sim.
— Na taberna?

— Sim.

Dentro do barraco, ouve-se um coro de risos e um grito. Juro por Deus e pelo Demônio!, responde uma voz estrondosa, tão alta que faz os vidros tremerem.

— Ali?

— Ali — assente ela com convicção.

E depois continuar a varrer.

A princípio, não vê o sacerdote. Vê apenas homens que bebem, homens que gritam, homens que discutem, homens que dormem caídos em suas cadeiras, homens que urinam ou vomitam no chão de terra, homens que rodopiam em torno da mesa de jogo, entre cotovelos e empurrões. Homens que agitam seus copos furiosamente, enquanto xingam ou rezam entre os dentes, em breves intervalos de expectativa. Homens que se curvam para ver o destino que esses dados lhes trazem e se abraçam entre gritos ou dão tapas na mesa ou blasfemam coléricos. Pelas tripas da Virgem, dizem. Juro por Deus que eu perdi o que minha alma vale, dizem. Antes ir contra a fé de Deus do que contra esse lance. Dai-me um sete, dados, dai-me um sete; por um sete eu diria que o Diabo é Deus e Deus é o Diabo. Aposto três moedas em honra da Santíssima Trindade e quatro pelos pregos de Cristo e uma pela Mãe que o pariu, e mais duas pelos meus ovos pendurados. Entre tantos homens, também um punhado de mulheres que se sentam sobre os joelhos dos jogadores mais afortunados, com suas vestes impudentemente abertas. Não gritam, não comemoram nem amaldiçoam a sorte de cada jogada. Elas são a jogada. Elas são a aposta. Pouco lhes importa se for um sete, um nove ou um doze que se canta. Resignam-se a deixar-se manusear e a mudar o tempo todo de dono e de joelhos em que se sentar, os punhados de moedas e as pepitas de prata serão os mesmos.

Por fim, ele o reconhece, sentado no canto oposto. De longe, não parece um sacerdote, mas um escriba: um escriba com tonsura e batina, mas um escriba, ao fim e ao cabo. Tem a mesa infestada de papéis e maços, e rabisca neles furiosamente com sua pena de galinha. A cada tanto mergulha a pena no tinteiro e a cada tanto também dá um trago generoso de seu jarro de vinho, com gestos embrutecidos e ferozes. Sobre os papéis há desenhados vários círculos roxos: os muitos lugares onde aquele jarro pousou até ser levantado de novo.

Juan se dirige a ele. Não tem tempo de dizer uma única palavra. Antes de abrir a boca, o sacerdote o detém com um gesto firme da mão esquerda, enquanto termina apressadamente de escrever uma última frase com a direita. Em nenhum momento chegou a olhar para cima. Enquanto espera, Juan inclina um pouco a cabeça para ler o que escreve.

Lê:

Pelas tripas da Virgem.

Lê:

Juro por Deus que eu perdi o que minha alma vale.

Lê:

Antes ir contra a fé de Deus do que contra esse lance.

E na margem lê os nomes que deixaram escapar essas blasfêmias: Bartolomé de Cudeyo, Miguel el Viejo, Santiago el Molinero.

Por fim, o sacerdote mergulha a pena no tinteiro e levanta os olhos. São olhos avermelhados pelo álcool, mas não só pelo álcool. Lá dentro parece arder um fogo que não cessa e que nem o vinho em profusão apaga.

— Então sois vós — diz ele com voz calma; uma voz que contradiz tudo que seus gestos disseram até agora. — O homem do vice-rei. O homem que veio para encontrá-lo.

— Encontrar quem?

Ele faz um breve gesto de aborrecimento, enquanto levanta seu jarro de novo.

— O índio Juan, naturalmente. Por que me perguntais o que já sabeis?

— Por acaso esperáveis por mim?

Antes de responder, o sacerdote sorri com tristeza.

Esperar, diz. Esperar, repete. Esperar talvez seja uma palavra exagerada para resumir o que esse tempo fez: um tempo que por sinal foi longo, longuíssimo. Onde tinha se enfiado? Por que Juan demorou tanto? Não importa. Porque esperar, aquilo que se chama esperar, faz muito que deixou de fazê-lo. Anos, talvez. E ele já não espera muita coisa. Viu tudo que havia para ver e esperou tudo que havia para esperar e um pouco mais de acréscimo. O que ele pode dizer é que não está surpreso com sua chegada e provavelmente tampouco o surpreenderá sua partida. Mas, pensando bem, também não o surpreenderia se Juan acabasse mandando sua missão para o inferno. Outros antes dele o fizeram, ou assim ele ouviu dizer. Não sabíeis? Não pensastes que sois a primeira pessoa em quem o vice-rei confiou para esse trabalho, não é mesmo? Antes de vós houve outros, diz ele. Também não ficaria surpreso se muitos mais ainda viessem depois dele. Agora que ele pensa a respeito, tempos atrás chegou a conhecer um deles. A um desses fanfarrões desprezíveis, que jurou e perjurou que traria o índio Juan preso por grilhões, e do qual depois nunca mais se soube. Como se chamava? Diego alguma coisa. Diego Navalha, parece-lhe. Diego Sabre. Diego Punhal. Algo assim. Diego Espada. Diego Florete. Um nome cortante como o aço; como o grande velhaco que ele era ou que parecia ser. Esse homem estava lá, diz ele, exatamente onde estais agora, fazendo-me as perguntas que viestes me fazer. E respondi a todas, porque naquela época eu ainda esperava alguma coisa. O que esperava? Quem sabe? Talvez justiça. Que tipo de idiota espera justiça, neste mundo? Ele já não espera mais: há pedras nas quais se tropeça apenas uma vez. A justiça é uma dessas pedras. O mundo também é outra pedra. Deus tropeçou nela um dia, o dia de sua criação, e depois a esqueceu ou fez de tudo para esquecê-la. Pois certamente nem mesmo o próprio Deus parece esperar muito de suas criaturas. Se não acredita nele, pode dar uma olhada ao redor. Pode tentar imaginar quantos pecados estão sendo cometidos neste exato momento, nesta mesma taverna. Deus quer fazer algo contra isso? Deveria? Eu diria mais, temos certeza de que pode? Talvez a mão de Deus só possa fazer isso, diz ele, apontando para seus maços de papel manchados de vinho e tinta. Só isto: dar uma olhada. Só isto: registrar o que viu e permanecer calado. Ser testemunha. Dar testemunho de tudo que acontece, mesmo que esse testemunho seja inútil e ninguém vá lê-lo; mesmo que o mundo já tenha se convertido no inferno e nada nem ninguém possa salvá-lo. Nem mesmo Deus. Nem mesmo o Santo Ofício. Durante algum tempo ele, de fato, teve alguma confiança no Santo Ofício. Ah! Que grande ingênuo é preciso ser para confiar no Santo Ofício, diz ele, enchendo de novo seu jarro. Somente os santos, somente os doutos, somente os justos temem o Santo Ofício. Os hereges, por outro lado, bem sabem que o Santo Ofício nada pode. Mas ele, na época, não sabia nada disso. Passava o dia e parte da noite escrevendo cartas e expedientes para o inquisidor apostólico. Na verdade, ele ainda os envia para ele. Mesmo que de nada sirva: que importa? Conta-lhe como o mundo apodrece lentamente e como eles, os seres humanos, são as moscas dessa podridão. As larvas, os vermes. Ele fala de Zacatecas, porque se o mundo é o inferno, então Zacatecas é o coração desse inferno; aqui é onde o Diabo se entreteve enterrando a prata para que os homens se matassem em seu nome. Sabe o inquisidor o que acontece nas fronteiras do vice-reinado, nessas terras onde não há lei maior que a espada nem estímulo maior que a ganância? Pois, se não sabe, ele está lá para explicar. Porque ele viu muitas coisas, tantas coisas; suficientes para acreditar que não resta heresia nem ignomínia alguma por esperar. Viu meninas índias batizadas contra sua vontade, para tranquilizar a consciência dos espanhóis que as amancebam. Viu *encomenderos* vendendo seus índios como escravos, embora seja proibido, e ferrando-os com suas iniciais como se fossem gado. Viu luteranos disfarçados de bons cristãos e também homens idólatras e ajudeuzados e adoradores do mesmíssimo Diabo. Viu espanhóis praticando ritos indígenas em segredo e não tão em segredo. Viu *encomenderos*, senhores e até sacerdotes da Santa Madre Igreja formando uma longa fila na porta de um antigo feiticeiro asteca, esperando feitiços para tentar a sorte no jogo ou na saúde ou no amor. Viu um mineiro arrancando os olhos de um de seus índios e depois viu como passeava com ele morro acima e morro abaixo, ainda vivo, pois segundo a superstição os veios mais prósperos estão justamente no ponto em que um índio cego escolhe urinar. Viu eremitas tomados por santos que misturam preces cristãs com conjuros indígenas, talvez sem perceber, e que compram crânios humanos a preço de ouro para refletir sobre a transitoriedade da vida e a banalidade de todos os bens materiais. Viu homens que blasfemam, homens que roubam, homens que matam. Viu os selvagens chichimecas arrancando cabeleiras cristãs e selvagens cristãos arrancando cabeleiras chichimecas. Pode ser que todas as fronteiras sejam assim, reflete o sacerdote depois de dar um longo trago de seu jarro: um lugar onde o pior dos dois mundos vem para acasalar. Viu o pior desses mundos. Ele ouviu. Já viveu tanta coisa. Todas elas foram contadas pontualmente ao inquisidor, em cartas longuíssimas que nunca recebem resposta. Por que o inquisidor não responde? Por que não manda seus esbirros, por que não ergue patíbulos, por que não acende fogueiras, por que não traz à luz seus instrumentos de tortura? Durante muito tempo ele se fez essa pergunta, até entender ou achar que entendia a resposta. O Santo Ofício não existe, diz. O Santo Ofício é apenas uma palavra, e por trás dessa palavra, nada. O Santo Ofício é uma daquelas histórias que contamos no escuro, para assustar as crianças. Um espantalho cravado no meio da planície, que se propõe a afugentar todos os pássaros da Nova Espanha. Isto é o Santo Ofício: um espantalho que a princípio assusta, mas que na verdade só consegue sorrir, continuar sorrindo rigidamente com seu sorriso de trapo. O Santo Ofício nada mais é do que o medo que o próprio Santo Ofício produz. Só pode queimar algumas pessoas e orar pelas milhões de almas que não queimam. Embora à sua maneira todos queimem, é claro; todos nós queimamos, diz ele, nesse fogo inextinguível que é o mundo. Ou seja, o inferno. Será que há alguma diferença? Se há, em todos esses anos ele não foi capaz de encontrá-la. Somente uma nova destruição como a de Sodoma e Gomorra poderia purificar a terra, mas parece que o Deus destes tempos também não gosta de castigos e catástrofes. Ou talvez, reflete o sacerdote, este seja afinal o pior castigo: deixar-nos vivos, para que possamos experimentar o inferno que nós mesmos criamos. Durante muito tempo ele esperou por esse castigo, como resposta às suas preces. Ele se lembra, por exemplo, daquela peste que atingiu o vice-reinado há alguns anos, quando esta vila estava, como se diz, recém-plantada. Uma epidemia que parecia que ia matar todos os homens do mundo. Ele, pelo menos, teve essa esperança. Chegou a crer, que nada, crer, chegou a desejar o extermínio de todos. Que Ele limpasse esta terra, como a água havia assolado o mundo de Noé e o fogo devorado Jerusalém e as pragas dizimado o Egito. Não aconteceu, é claro; esta terra pode estar desabastecida de muitas coisas, mas os índios não são uma delas. No fim, a peste que viraria o mundo de cabeça para baixo acabou passando, deixando apenas o trabalho árduo de enterrar os mortos. E os índios tornaram a morrer do que costumavam: esfolados pelo látego, ou sufocados pelo pó levantado por suas picaretas, ou sepultados com a prata quando a escora das galerias vem abaixo. Sem falar no absurdo de que a epidemia nunca atingiu os espanhóis, que são de todos os pontos de vista os mais miseráveis, os mais velhacos, os mais abjetos que já pisaram nesta terra. O que Deus estava pensando? Se o fogo divino deve queimar uma raça, essa raça deveria ser sem dúvida a espanhola, não acha? Os desígnios de Deus, ah, quem puder compreendê-los, que fale primeiro. É por isso que bebe?, ele se pergunta, enquanto enche de novo seu jarro. Talvez seja por isso, mas não só por isso. Por que fazemos o que fazemos? Aquele moço que acabou de jogar e perdeu o soldo de um mês num único lance de dados, por que ele fez isso? Por quê, para rubricar sua desgraça, ele acaba de defecar na memória de Nosso Senhor Jesus Cristo, que se deixou crucificar por ele sem pedir nada em troca? Por quê, ao regressar para casa bêbado, ele vai bater em seus índios, e também em sua esposa, se a tiver? E vós, diz ele, voltando-se para Juan, por que estais aqui? Quem vos enganou para cavalgardes até este inferno? Que importa para vós o índio Juan, que importa para Sua Excelência o Vice-Rei, que importa para o maldito inquisidor? Porque de todas as cartas que lhe enviei, de tantos crimes, de tantas heresias, de tantas blasfêmias que trouxe ao seu conhecimento, somente a pregação do índio Juan conseguiu captar a atenção dos Ilustríssimos; o afortunado índio Juan, do qual pouco ou nada se sabe. Os desígnios do Santo Ofício, ah, quem puder compreendê-los, que fale primeiro. De resto, é pouco o que ele pode dizer. Certamente o vice-rei ou o próprio inquisidor o puseram a par dos detalhes de sua missão. Mas se de verdade lhe interessa o que ele vai lhe contar, talvez se surpreenda ao saber que ele mesmo conheceu aquele malfadado índio Juan. Quanto tempo faz isso? Ah, o inferno não tem tempo, meu amigo. No centro de uma embriaguez não há tempo, e no centro do inferno tampouco. Pode ter acontecido durante aquela epidemia de que eu estava falando antes. Parece, de fato, que uma vida se passou desde então. Uma vida é longa ou, pelo contrário, é muito curta?

Dependendo de como se mire. Longa o bastante para degustar todos os pecados do mundo e curta o bastante para nunca conseguir redimi-los. Digamos que foi há muito tempo. Digamos que foi há quinhentas ou seiscentas cartas, quem sabe. Então digamos que foi há seiscentos roubos, seiscentos assassinatos, seiscentas blasfêmias, seiscentos sacrilégios. O índio Juan esteve aqui naquela época, trabalhando com um grupo de mineiros livres. Pelo menos por um tempo. Ninguém nunca soube de onde veio e tampouco perguntaram, essa é a verdade: aqui todos nós viemos de outro lugar. Todos fugimos de algo, explica com a voz cada vez mais sufocada pelo vinho, embora na boa lei devêssemos fugir deste lugar mais do que de qualquer outro. Pois bem: o fato é que muitos índios, escravos e livres, passaram por aqui. A memória humana não é suficiente para se lembrar de todos. Se ele se lembra do índio Juan, é porque não há forma humana de esquecê-lo. Era um índio estranho. E não diz isso apenas porque sabia ler e escrever, a um ponto assombroso para um homem de sua condição. Ele também não diz isso por causa daquele livro que sempre levava consigo; aquele livro que, segundo se soube, era na verdade uma Bíblia sacrílega. Não, não por causa disso. Pelo menos nem só por isso. Havia algo nele. Algo, repete o sacerdote, que ele não saberia explicar. Talvez fosse o olhar dele. Sim: era isso. Algo nos olhos, seus olhos, que perfurava as pessoas: que de tão puro era belo e terrível ao mesmo tempo. Tinha olhos de santo ou de louco. Pareciam os olhos de Deus, mas outras vezes, vistos de outra luz, calhava que eram os olhos do Diabo. Talvez não haja tanta diferença quanto parece. Se o Diabo e Deus têm olhos, eu juraria que esses olhos, esse olhar, devem parecer duas gotas de água. Era, enfim, um índio estranho. E aqui durou o tempo que os donos da mina demoraram para se cansar dele, que foi muito pouco, porque descobriram que à noite ele não deixava de pregar para os barreteiros, os sucateiros e os poceiros, fossem eles índios, negros ou escravos. Erguia sua picareta de mineiro, erguia-a bem alto, para todos verem, e lhes dizia: A princípio eu só tinha isso. Agora, continuava, eu tenho o mundo. Era isso que ele dizia, ou pelo menos era o que dizem que ele dizia. Às vezes lia para eles também. Passagens das Sagradas Escrituras, nada menos do que isso. Aquilo de não há judeu nem grego, não há escravo ou homem livre, não há homem ou mulher, porque todos são um em Jesus Cristo. Coisas assim. Arengas que sugavam o cérebro desses pobres ignorantes e os faziam sentir-se por um momento tão altivos quanto seus próprios senhores. Coisa terrível, porque a queda é sempre dura, mas de tão alta é forçosamente mortal. Então, não é de se estranhar que os proprietários da mina o tenham expulsado. O que é muito menos compreensível é o fato de o índio Juan não ter tomado o caminho de volta, mas preferido se internar na terra dos selvagens chichimecas, devoradores de carne humana. Todos o deram por morto. E eis que, logo depois, talvez sessenta ou setenta cartas depois, voltaram a ter notícias suas. Ele não se lembra bem dos detalhes. Parece-lhe que tudo se soube graças a um prisioneiro de guerra chichimeca. Sim, foi isso: um selvagem que no momento de ser executado pediu o sacramento da confissão, nada menos. A confissão, um daqueles bárbaros! Podeis acreditar nisso? Disse com um espanhol rudimentar que era cristão; em sua tribo, todos eram. Foi o que ele disse, aquele homem infame que meses atrás esquartejava espanhóis e dava-lhes prata derretida para beber. Ele falou de um certo profeta a quem chamavam de Pai, que não era o Filho de Deus, mas algo como seu Neto ou Bisneto, e a quem deviam tudo que eram. Aquele Pai, diz o sacerdote sustentando o olhar, vós podeis imaginar quem era. O que ninguém pode imaginar — nem mesmo ele, que tem uma imaginação privilegiada no que diz respeito ao pecado — é que tipo de heresias e monstruosidades o índio Juan pregou entre eles. Até que ponto ele os condenou. Pois se muitas vezes os doutores da Igreja não se põem de acordo ao interpretar algumas das passagens mais espinhosas das Sagradas Escrituras; se muitos homens de boa-fé acabaram desaguando no ignóbil rio da heresia, o que se pode esperar de um índio miserável, por mais surpreendente que seja sua sabedoria? O fato é que ele escreveu ao inquisidor mais uma vez, como um náufrago se abandona a uma árvore à deriva, e dessa vez ele obteve uma resposta. O inquisidor o parabenizando por seus esforços. O inquisidor instando-o para que iniciasse um inquérito em nome do Santo Ofício. O inquisidor exigindo pela primeira vez datas, lugares, testemunhas, orçamentos, possível paradeiro, estratégias para capturá-lo. Como se o índio Juan fosse um novo Martinho Lutero ou um Dolcino redivivo. Não me interpreteis mal, diz ele, virando-se para Juan; tenho consciência da gravidade dos fatos e do dano irreparável que um falso profeta pode causar, sobretudo entre pessoas tão ingênuas e simples como os índios. Mas tendes de compreender que há pouco tempo ele escrevera ao inquisidor contando-lhe que cinco donzelas chichimecas haviam sido possuídas por todo um esquadrão de cavalaria, em turnos tão ferozes que, depois de possuídas, não havia escolha a não ser enterrá-las, e ele nada havia respondido. Falou-lhe de um certo capitão das tropas de Sua Majestade o Rei que levava, e que sem dúvida ainda leva, pendurado em seu pescoço o crânio de um de seus inimigos mais atrozes, porque segundo ele redobra suas forças em combate. Contou-lhe, não podia deixar de lhe contar, que numa certa encosta da colina de La Bufa surpreendera um grupo de mineiros espanhóis sacrificando um índio para que o deus Mictlantecuhtli, senhor do submundo e do subsolo, cuspisse de bom grado suas pepitas de prata. Também não respondeu a essa carta. Só temia o índio Juan: só ele importava. Só por ele consentiu em dirigir-se ao mesmíssimo vice-rei e só em sua busca é que enviaram aquele Diego Espada ou Diego Estoque ou Diego Navalha ou Diego seja lá como se chama. Só por ele, diz, estais aqui. Viestes ao inferno, e vos perturba um só de seus muitos demônios. Bem, se essa é vossa vontade, que assim seja. Mas sabei que se agora mesmo levantásseis sua espada e a enfiásseis no primeiro homem que cruzasse o vosso caminho, estaríeis fazendo idêntica justiça. Todos somos pecadores. Ouviram isso, velhacos?, diz ele, erguendo o jarro e se voltando para os jogadores, para os bêbados, para os blasfemadores. Todos somos pecadores. Eu também, como vós: pecador. Eu mesmo: bêbado. Bebo porque de outro modo me afogaria nesse inferno. Ou talvez eu tenha acabado no inferno justamente porque bebo. Os desígnios do vinho, ah, quem puder entendê-los, que esvazie sua taça de um trago. Em tempos de escassez, até bebi o vinho consagrado. Bebi o sangue de Cristo para me deleitar. O que vais fazer a respeito? Podeis me denunciar. Escrevei uma carta ao inquisidor, se quiserdes. Eu mesmo já o fiz: já lhe contei isso e coisas piores. O inquisidor, fiel ao seu costume, não responde. Porque o inquisidor, como disse no início, não existe. O inquisidor é apenas uma palavra, e por trás dessa palavra, nada. O inquisidor é uma daquelas histórias que contamos no escuro, para assustar as crianças. O inquisidor é um espantalho cravado no meio da planície, que se propõe a afugentar todos os pássaros da Nova Espanha. Isto é o inquisidor: um espantalho que a princípio assusta, mas que na verdade só consegue sorrir, continuar sorrindo rigidamente com seu sorriso de trapo. O inquisidor nada mais é do que o medo que o próprio inquisidor produz. Só pode queimar algumas pessoas e orar pelas milhões de almas que não se queimam: e ele decidiu queimar o índio Juan e orar por todos nós.

O capitão da guarnição o recebe na mesma tarde. A princípio, ele acredita que está vindo para reforçar as tropas, muito minguadas após as últimas incursões dos chichimecas, e não consegue esconder seu entusiasmo. São necessárias muitas palavras para lhe explicar que vem precisamente para o contrário: para roubar dele seus homens.

— Mas isso é um disparate — diz ele, acenando no ar as credenciais que Juan acaba de lhe estender. — Não pode ser ordem do vice-rei deixar a cidade à mercê dos selvagens.

— Só preciso de uma dúzia de soldados. O resto pode ficar.

— Uma dúzia de soldados, para entrar na terra dos chichimecas! O que eu acho é que sois ou louco ou muito corajoso.

Então dá uma olhada nos papéis novamente. Reflete.

— De quanto tempo estamos falando?

— Duas semanas.

— Então, só duas semanas.

— Sim. Duas semanas.

Olha para o assistente, que se limita a dar de ombros.

— De acordo — diz por fim. — Doze homens, duas semanas. Mas eu escolho os homens. E os gastos correm por conta do vice-rei, naturalmente.

— Naturalmente.

— Haverá quem se ponha sob vossas ordens por um único escudo de ouro, mas, se quiser um trabalho bem feito, recomendo que pague pelo menos dois por cabeça.

— Está bem.

A conversa poderia terminar aí, mas não termina. O capitão continua remexendo os papéis e ponderando a pergunta que está prestes a fazer.

— Suponho que saibais que empreender essa viagem é suicídio.

— Suponho que sei.

O capitão se limita a assentir, como se não esperasse uma resposta diferente.

— Dizei-me, o que exatamente o vice-rei quer que façais? O que vale tanto para arriscar a vida de treze homens bons e a sobrevivência de toda a cidade?

— Estou procurando um índio.

— Um chichimeca?

—Não. Um índio do sul. De Tlaxcala.

O capitão se põe a rir. Sua risada contagia seu assistente e até mesmo o soldado que monta guarda na porta.

— Então eles já vos deram o trabalho feito. Só há uma coisa que os chichimecas odeiam mais do que um cristão: um índio do sul. Assim, podeis contar que o vosso já está morto.

Juan se esforça para sustentar seu olhar.

— Não esse índio — diz ele, e sua voz é tão dura e tão aprumada que basta como prova.

O capitão dá de ombros, antes de devolver os documentos.

— Como quiserdes. Mas aposto dois contra um que a esta altura já lhe arrancaram a cabeleira. Ou cortaram suas vergonhas e meteram na boca dele. Esse tipo de coisa, é verdade, eles amam. Uma vez vi como faziam essa crueldade com sete dos meus rapazes. Garanto que não é um espetáculo bonito. Mas o que se pode esperar de uns selvagens que atacam nossas caravanas quando chegam e não quando se vão, porque preferem roupas e pão a prata?

Ele já está fazendo o gesto de acompanhar Juan até a porta, mas Juan não se mexe.

— Gostaria de falar com um desses homens — diz.

— Quereis falar com meus soldados?

— Eu estava me referindo aos chichimecas. Por acaso fizestes algum prisioneiro que eu possa interrogar?

— Prisioneiros?

O capitão e seu assistente trocam um olhar divertido.

— Claro que sim. Quereis ver os prisioneiros e eu juro a Deus que vais vê-los. Miguel! Acompanhe-o até o morro. Sua Excelência quer dar um passeio em nossa floresta.

De longe, parecem um punhado de árvores florescendo num horizonte sem árvores. Mas passo a passo começam a converter-se em outra coisa, as árvores vão revelando tudo que têm de artifício, de carpintaria laboriosa, de natureza-morta humana, e o guia, como um estudante aplicado, lembra-se de cobrir o nariz com um lenço. Juan não faz nada. Só olha para cima com os olhos muito abertos, cada vez mais para cima e os olhos mais abertos, respirando aquele cheiro quente que já cheirou muitas vezes; aquele vento que parece vir soprando diretamente do passado.

Eles se detêm em frente à primeira cruz. Ninguém diz nada, porque nada precisa ser dito.

Escutam o zumbido furioso das moscas-varejeiras que viajam de um corpo a outro, grandes e metálicas como balas de arcabuz. Escutam a brisa soprando nos farrapos dos mortos, o tilintar de seus colares de ossos ou conchas. Escutam, atrás deles, as imprecações de dois espanhóis que jogam dados sobre uma laje de pedra. De resto, não escutam nada. Nem uma respiração, nem um ronco, nem um lamento soprado entre os dentes.

— Já vão para cinco dias — diz o guia a modo de desculpa, por trás de seu lenço imundo.

Os corpos, imóveis e queimados pelo sol, parecem retirados da paisagem de um sonho. Mas Juan parou de olhar para eles. Não pensa nos mortos: só consegue pensar nas cruzes. No esforço de erguer as cruzes. Nas horas de trabalho derrubando e arrastando árvores vindas de longe, de florestas que ele não é capaz de divisar onde quer que a vista alcance. Madeiras serradas, polidas, pregadas e por último semeadas na areia apenas para fazer germinar a semente de uma guerra, com um esmero e uma devoção que deixa para trás todas as obras humanas que viu nesta terra. O acampamento dos colonos, a igreja, as vigas que sustentam as galerias das minas: tudo foi levantado com pressa e alguma relutância, como se improvisa o abrigo de uma fera. Apenas as cruzes, cuidadosamente escolhidas e talhadas e até lixadas, parecem conservar algo de humano, e ter sido construídas com algo que lembra o amor.

De repente, um barulho. Um dos mortos que estremece até fazer a trave ranger, com um gemido que parece quase de prazer. Depois, começa a entoar um canto ou algo que lembra um canto. Os jogadores de dados levantam os olhos da disputada pepita de prata, com um gesto de aborrecimento.

Juan se aproxima do índio que agoniza. É um menino, com o corpo completamente coberto de tatuagens e as pernas salpicadas de sangue e excrementos. Balança lentamente a cabeça, embalado pelo compasso de seu próprio canto. Sorri. Parece sorrir.

— O que é que está cantando? — Juan pergunta.

O guia dá de ombros. Quem sabe, capitão, responde. Talvez um de seus cantos de guerra. Talvez as orações que eles dedicam aos seus deuses demoníacos. Talvez apenas a canção de ninar que sua mãe lhe cantava quando criança, se é que esses índios do Diabo têm mães e berços, e se é que algum dia chegaram a ser crianças em vez de nascer, como as bestas, prontos para caçar suas primeiras vítimas.

O índio que talvez nunca tenha sido criança continua cantando com os olhos entrecerrados e o mesmo sorriso, embriagado de febre e sol, como se do alto de sua cruz vislumbrasse contemplar algo que o resto não consegue ver. Juan escuta sua canção. Ele a escuta como quem se lembra. Não como quem contempla uma paisagem desconhecida, mas como alguém que espera encontrar um resquício de sua própria casa, mesmo que seja num horizonte estrangeiro. Escuta o suficiente para compreender que, se é uma canção, é uma canção que se repete. E algum tempo depois, em meio a esses conjuros incompreensíveis, ele parece reconhecer algo que poderia ser a palavra pai, e então, muito desfigurada, talvez a palavra céu. A palavra reino. A palavra pão.

Só então ele se atreve a examinar suas tatuagens, que pulsam sob a túnica de guerra em farrapos – santificado seja o vosso nome, o índio poderia estar dizendo neste momento. Ele vê gravadas em sua carne trêmula imagens semelhantes àquelas que são gestadas no ventre de certas cavernas; vê bisões avermelhados galopando em seus braços crucificados e veados negros pastando em suas pernas e homenzinhos perto do umbigo que os perseguem com dardos ou flechas – seja feita a vossa vontade assim na terra como no céu; vê, habitando seu pescoço, criaturas impossíveis que parecem recuperadas de um bestiário ou das margens de uma carta marítima; vê manadas de navios atravessando o oceano de seu abdômen para dar à luz rabiscos que parecem soldados, e por último vê, fracamente contornada em seu peito, uma imensa cruz negra, e cravado naquela cruz um homem que sofre, que agoniza, que talvez ore.

E livrai-nos do Mal, amém.

— Onde está o índio Juan? — Juan pergunta de repente, guiado por um pressentimento. — Onde?

O guia, que divide sua atenção entre o jogo de dados e a ponteira das botas, levanta os olhos e afasta lentamente o lenço. Os próprios jogadores parecem sentir-se aludidos de repente e interrompem seu jogo para se aproximar. Só o moribundo permanece indiferente a tudo, eternamente encalhado em sua canção, de olhos fechados.

— Onde ele está? — repete. — O índio Juan. Diz para mim onde está. Onde! Abre os olhos! Abre os olhos!

E de repente o crucificado os abre. Abre-os tanto que parece que é precisamente agora, ao abri-los, que está finalmente morrendo. Mas não morre. Pelo menos ainda não. Ele apenas interrompe sua canção para fitar Juan – os olhos amarelos e como se estivessem voltados para dentro; um olhar que só pode pertencer a uma besta ou a um deus. Murmura, com uma voz entre dolorosa e enternecida:

— Pai...

— É isso! O índio Juan! Vosso Pai! Onde ele está? Onde?

— Pai...

O crucificado quer apontar para algum lugar. A trave range. Sua cabeça se move de um lado para o outro, como se estivesse em negação. Juan ainda leva algum tempo para entender. Tenta apontar para o norte, precisamente na mesma direção que vem apontando há cinco dias e cinco noites com seus braços crucificados. Tudo é uma flecha humana, cravada no meio do deserto para marcar o caminho.

— Se *cumpriu!* — grita num último esforço.

E só então a cruz deixa de tremer.

V

A escolha dos doze — Pré-história de um cavalo
Razões de ouro — Um elmo abandonado
Deus fecha os olhos
Terceira manifestação de Cristo
Uma seta que aponta em ambas as direções
Novas memórias de um tempo antigo
Juan sonha com Juan — Um cavalo ferido em seu orgulho
Mais ouro, menos razões — Cães repreendidos
Assassinos que não matam e ladrões que não roubam
Esquemas de homens e esquemas de pensamento
Procissão para receber o Pai

São apenas doze homens, escolhidos entre os mais jovens, os mais inexperientes ou os mais estúpidos. A princípio, não perguntam para onde se dirigem nem parecem se importar com isso. Apesar de sua juventude, sua inexperiência ou sua estupidez, eles já passaram tempo suficiente nesta terra para saber que todos os destinos se parecem. Também compreenderam que nunca ficarão ricos e que uma refeição quente é uma refeição quente, mesmo que tenha de ser mastigada enquanto vagam por rumos desconhecidos e aplastados pelo peso do sol ou das estrelas. Afinal, talvez eles não sejam tão estúpidos, pensa Juan, mas sem dúvida são tão jovens. Três deles parecem apenas crianças e já estão com as mãos esfoladas de escavar as galerias da mina. Há também um menino negro, que nunca esgrimiu uma espada nem pronunciou corretamente o nome com o qual seus primeiros donos o batizaram: Felipe. Apenas certo Tomás já tem alguns pelos no rosto e certa experiência no exercício das armas. Leva sempre seu arcabuz carregado e atravessado sobre o pescoço do cavalo, e fala sem parar das coisas belas ou terríveis que viu acontecer nesta terra, enquanto cospe com ou sem necessidade de ambos os lados de sua montaria.

Diante deles abre-se a imensidão da planície, tão vazia que o olhar e a imaginação se deixam resvalar até o limite do horizonte, sem encontrar um pedaço de realidade a que se agarrar. As únicas coisas que acontecem vêm do céu: eles veem, na terra sempre idêntica a si mesma, a sombra de uma nuvem, a sombra de um pássaro. Suas próprias sombras, agigantadas nos alvoreceres e crepúsculos e atenuadas na ebulição do meio-dia. Os cascos de seus cavalos levantam uma poeira que torna suas silhuetas fantasmagóricas, e tarda em desvanecer-se no ar como o rastro de um navio no oceano. Cavalgar por esses rumos é um pouco como navegar, e há também na imensidão da terra, como no mar, certa suspeita de naufrágio e, ao mesmo tempo, certa convicção de que o horizonte está cheio de caminhos e qualquer um desses caminhos é possível.

Uma vez que eles montam em seus cavalos não falam, tentam nem se entreolhar. De vez em quando, a boca deles parece se mover em silêncio, como se mastigassem uma conversa antiga. Eles, que um dia se sentiram destinados a tantas proezas, a derrotar outro império asteca ou administrar sua própria concessão de minas, não querem mais gastar um único esforço em ser lembrados. Apenas cumprir sua missão, seja ela qual for, e ganhar o punhado de moedas que lhes foi prometido – dois escudos de ouro para cada homem; um escudo para o negro. Gastarão suas moedas nos bares de Zacatecas, nos bordéis de Zacatecas, até que se esqueçam dos motivos da viagem, ou mesmo que viajaram. Mas a noite cai e eles se enrolam em seus cobertores e no fim sempre acabam trocando algumas palavras, para substituir o calor do fogo que não arde. À luz da lua, eles veem as coisas não como são, mas como deveriam ter sido. Se tivessem nascido alguns anos antes, pensam. Se tivessem tido vinte anos há vinte anos. Se lhes tivesse sido permitido acompanhar Cortés no cerco de México-Tenochtitlán ou Nuño de Guzmán na exploração da Nova Galiza. Se tivessem tido idade suficiente para conhecer o Novo Mundo antes que ele se tornasse uma extensão do Velho. Então não estariam ali, deitados na terra, comendo porcarias geladas e se rebuçando na poeira. Às vezes eles só pensam nisso e às vezes o dizem em voz alta um para o outro, para se confortar. São conversas lentas e cheias de mal-entendidos, de lacunas, com aquela nostalgia que às vezes sente quem acabou de começar a viver. Falam das *encomiendas* de índios que não têm, das minas de prata que deveriam ter recebido, de dignidades implausíveis que recaíram sobre aqueles que eram piores do que eles, mas tiveram a sorte de serem mais velhos.

Juan, que deveria ser um daqueles homens velhos, daqueles homens de sorte, guarda silêncio. Não fala porque está cansado. Ou porque sabe bem que tudo sempre foi um sonho: que se chegassem a viver naquele tempo, ainda teriam ficado sem *encomiendas* e sem glória, como tantos outros, porque o miserável é miserável em todas as latitudes da terra e não há continente no mundo tão fabuloso a ponto de mudá-lo. Então ele se limita a escutar, ou nem mesmo isso. Não escuta. Não diz nada. Só olha para o pouco que a escuridão permite ver. Olha para as sombras de seus homens e dos cavalos e também olha muito mais longe. O fogo gelado que arde nas estrelas, tão perto que quase podiam ser tocadas com os dedos, e embaixo a terra escura que outro Juan antes do próprio Juan pisou.

Ao alvorecer, é preciso esporear os cavalos para que comecem a andar e ao pôr do sol deve-se contê-los com energia, quase com violência. Parece que lhes dá vertigem se embrenhar nesta terra sem limites, mas que depois, uma vez que se deixam arrebatar pela febre do galope, nunca mais gostariam de se deter. A cada dia eles parecem rejuvenescer, conectar-se com algo que está na infância de sua espécie, na pré-história de cada cavalo, naquele tempo – naquele lugar – no qual erravam como sonâmbulos por imensas planícies como esta, e não havia ninguém para escovar suas crinas ou domá-los com bridas, ferraduras, selas, estribos. Mas depois de tudo são apenas cavalos e no fim obedecem. Cavalgam por dez, doze, catorze horas, se necessário. Durante o dia, cavalgam atravessados pelo calor e, durante a noite, procuram uns aos outros para recobrar um pouco o sol do meio-dia na escuridão da planície congelada. Sem fogo, diz o negro Felipe com pesar, quase com desespero, cada vez que se preparam para passar a noite, e mais uma vez não o deixam entrechocar seus pedernais. Sem fogo, repete, olhando para o sol que se apaga, e cobrindo-se com todos os cobertores que traz e que no fim são poucos. E então é preciso explicar a ele, e Tomás lhe explica, que os índios chichimecas têm olhos como eles e que uma fogueira como a que pretende acender pode ser vista a dez léguas à volta deles. E é preferível, Tomás pode lhe assegurar, e até jurar pelas entranhas da Virgem, é preferível, repete, tremer de frio a noite toda do que despertar trespassado pelas flechas dos zacatecos.

— Estás ouvindo aquele barulho, pagão do caralho? É o ganido dos coiotes, a voz dos cães do deserto. Não precisas temê-los, mas tens de temer os índios chichimecas, que assaltam os acampamentos durante a noite sem fazer um único barulho e não começam a uivar antes de todos os seus moradores estarem mortos e com as cabeleiras arrancadas...

Tomás fala de cabeleiras arrancadas mais uma vez. Fala de índios que se inclinam sobre seus prisioneiros, sejam eles homens ou mulheres ou criaturas recém-chegadas ao mundo. Índios que vêm escalpelar a coroa da cabeça deles enquanto ainda estão vivos, como se tonsurassem um frade, deixando o osso do crânio descascado e limpo. Fala sobre suas facas de pedernal; do barulho que fazem ao entrar na carne e raspar o crânio. Fala de choças das quais viu pender dezenas de cabeleiras, centenas de cabeleiras, talvez milhares de cabeleiras, todos os cabelos do mundo pendurados novamente diante de seus olhos, como o carniceiro põe para secar os pedaços do abate. E algumas, explica ele, as mais belas, as mais terríveis, tinham pertencido a donzelas de beleza indescritível e eram melenas longas e loiras e estavam todas salpicadas de sangue e brilhavam sob o sol como estandartes na batalha.

Os homens ouvem seu relato no escuro. Ninguém nega ou acrescenta nada. São palavras que caem no invisível da noite, que são semeadas em seus sonhos e os obrigam a dormir apertando a empunhadura de suas espadas. Porque apesar de tudo eles dormem. Dormem apertados uns contra os outros, em torno de uma clareira onde nada se ilumina ou esquenta. Comem charque frio e tortilhas frias, e escutam o mascar paciente de seus cavalos, as silhuetas delineadas pelo brilho da lua. Ao longe, divisam o brilho azulado dos relâmpagos, que golpeiam o horizonte sem fazer barulho, e veem as breves sombras dos coiotes, e estrelas que brilham por um instante e depois se apagam, e outras tão brilhantes que parecem crateras que se comunicam com o fogo de outro mundo. Veem tudo isso, e veem ainda mais, mas não veem a luz de nenhuma fogueira. Como se os índios também fossem intrusos em sua própria terra e, em vez de habitá-la, vivessem se esquivando dela, assustados com sua imensidão ou com sua própria insignificância. O lar é para eles uma planície desolada onde o fogo nunca é aceso.

A princípio, acham que estão sendo recrutados para limpar a fronteira dos índios, e lhes parece bom. Com o passar dos dias, começam a se convencer de que estão lá para procurar depósitos de prata sem que a Coroa saiba, e lhes parece ainda melhor. Por último, decidem que seu capitão é outro louco dos muitos que envelhecem perseguindo o ouro das Sete Cidades, e mesmo isso lhes parece razoável. Mas um dia Juan lhes confessa que estão cavalgando à procura de um único índio, e então eles já não sabem o que pensar.

Mateo pergunta se o índio em questão é, por acaso, o cacique ou principal guerreiro de alguma tribo, alguém por cujo resgate pode-se exigir uma expiação em ouro ou um aperto de mãos que ponha fim à guerra. Bartolomé pergunta se por acaso o índio não é um daqueles feiticeiros que, segundo afirmam línguas pouco cristãs, são capazes de encontrar veios de prata apenas ouvindo o barulho que uma moeda faz quando cai na terra. Pedro pergunta se ele é o depositário de algum tipo de segredo imemorial ou talvez o único guia capaz de levá-los ao reino das Sete Cidades. O negro Felipe pergunta se já pode acender o fogo.

Juan nega com a cabeça. Diz que os motivos não importam. Diz que não vai lhes dizer esses motivos, mas que tem, em vez disso, cinco motivos de ouro para cada um deles, e em cada um desses motivos a efígie cunhada de Sua Majestade Carlos, que Deus o guarde. Sim, ouviram bem: não dois motivos, mas cinco. Cinco para cada homem e dois para o negro Felipe: assim diz. Que o ouro vem de cima e que as ordens também vêm de cima e que os de cima nunca estão errados, ou, se o fazem, eles, os de baixo, nunca descobrem. Então, se quiserem acompanhá-lo, terão de esquecer as explicações e se contentar com o ouro.

Duas semanas, diz.

Só mais duas semanas, suplica.

Os homens olham uns para os outros, sem dizer nada. Aceitam o silêncio de seu capitão e aceitam o próprio silêncio, esse silêncio vale cinco escudos de ouro. Lentamente regressam às suas montarias, prontos para caçar aquele índio que não é o caudilho de nenhuma tribo nem o herdeiro de um tesouro, tampouco tem o dom da magia, da ressurreição dos mortos ou da profecia.

Não há mais nada a perguntar. Ou resta, talvez, uma única pergunta, não se sabe se lúcida ou tola, que tarda muito tempo em ser formulada.

— E o que faremos quando o encontrarmos, capitão?

Vadeiam um rio cujo canal tem a cor do sangue. Deixam para trás uma planície de terra sinuosa e um terreno de seixos deslumbrante sob o sol e algumas corcovas de rocha de onde se atalaia o vazio. Mais além, o horizonte parece o leito pré-histórico de um oceano evaporado. Eles navegam naquele oceano. Às vezes, interrompendo o tédio da grama amarelada, veem erguer-se uma árvore ressequida, uns arbustos raquíticos. O negro Felipe se detém para passar o facão nos cactos que aparecem em seu caminho e bebe gota a gota seu leite cru e espesso. Come os frutos das figueiras espinhosas, que são amargas e não comestíveis, mas no fim acabam sendo sim comestíveis, ou pelo menos o negro as suga com fervor.

 Às vezes, quando atravessam a parede vertical de um barranco ou um desfiladeiro de cascalho, um deles se sente compelido a murmurar que a terra parece ter olhos. Diz isso olhando ao redor, como se sondasse um perigo iminente. Mas o faz sem fé verdadeira, quase por convenção, porque é o que deve ser dito toda vez que uma tropa de soldados se embrenha em terra estrangeira. Na realidade, eles têm exatamente a impressão oposta. Persiste a certeza de que o mundo está morto e lá aonde estão se dirigindo já não há nada nem ninguém para olhá-los, nem mesmo os olhos de Deus. O cheiro da realidade é o cheiro de pedra reaquecida pelo sol e o cheiro de seus próprios corpos assando sobre a pedra e, além disso, nada. Encontrar uma aldeia indígena atrás da próxima colina teria algo de milagroso, de alívio secreto. Quase desejam se deparar com aquele espelho monstruoso, mas espelho afinal, que é o rosto de um índio pintado para a batalha; uma forma de multiplicar sua humanidade nesta parte do mundo onde a humanidade não parece possível. Mas atravessam a sucessão seguinte de colinas e um terreno cascalhoso em que os cavalos corcoveiam com cautela e uma esplanada cuja grama cresce em penachos desfiados, e a única obra humana que encontram é um capacete espanhol abandonado no meio da planície. Os ginetes traçam vários círculos em volta dele antes de ousarem desmontar. É novo ou praticamente novo e refulge sob o sol do meio-dia com tanta força que quase dói.

— Deve ser uma das relíquias da expedição de Coronado — diz um menino chamado Simón, embora seja mais ou menos claro para todos que Coronado nunca pôs os pés neste lugar.

— Deve ser um troféu dos selvagens zacatecos, devoradores de carne humana — diz Tomás, embora seja difícil entender por que alguém levaria para tão longe os restos de um inimigo e depois os desprezaria no meio do nada.

— Deve ser o elmo que perdi ontem — diz um certo Andrés, um soldado quase criança para quem todos os equipamentos de guerra ficam muito grandes. E o diz com tanta convicção que por um momento parece razoável a todos: seu elmo, seu próprio elmo, claro, o elmo que perdeu ontem, enquanto atravessam esta mesma planície quinze ou vinte léguas mais ao sul.

— Eu sonho este lugar — murmura então o negro Felipe, fazendo uma reverência obscura com a mão esquerda. E não se sabe se o que ele quer dizer é que se lembra de ter sonhado com esse momento ou que é justamente agora que está sonhando todos eles, insones e branquíssimos sob o sol.

Pouco depois, encontram a primeira aldeia. Antes têm de abandonar a planície e se embrenhar numa serra que não aparece nos mapas e em cujas gargantas jamais rebotou o eco de uma voz cristã. No decorrer da noite, sentem acima da cabeça o trânsito vertiginoso das estrelas e escutam os cavalos suspirarem e têm sonhos ao rés do chão, em que só há espaço para mais cavalos e mais estrelas e mais picos desolados. Todo o peso da humanidade reside em suas memórias, cada vez menores no horizonte infinito. Ao amanhecer, o sol perfila a dentição lascada da serra. Ao longe, os espinhaços de rocha parecem escamas de um dragão gigantesco, a quem achar por bem acreditar nesse tipo de coisa. Eles não acreditam em nada. Três dias atrás ainda acreditavam no ouro e no rosto de Sua Majestade Carlos multiplicado cinco vezes, e agora mal têm fé suficiente para continuar cavalgando, sem fazer perguntas.

A princípio, nem mesmo acreditam na aldeia indígena. Levam muito tempo para assumir que não é uma pilha de rochas, nem uma colina dourada pelo ocaso. É o que parece: um acampamento chichimeca, com suas choças de palha, suas plantações humildes e suas peles de cervo curtindo ao sol. Escondem os cavalos num vale e deixam passar as horas deitados de bruços sobre a pedra, com os arcabuzes preparados e os olhos postos na aldeia deserta. Porque está deserta: demoram o resto do dia e uma noite inteira para se convencerem. Ao amanhecer, decidem por fim se aproximar. Nem uma voz, nem um guerreiro chichimeca tensionando seu arco, nem o ruído de uma mó amassando grãos de milho. Só um coiote que carniceia a carne posta para secar no defumadouro e que foge apavorado quando os vê, uivando como os coiotes uivam quando têm medo. Esteban carrega um dos arcabuzes. Andrés encasqueta seu elmo, que, como a couraça, as botas e até sua própria espada, são grandes demais para ele. Tomás murmura, olhando para as peles tocadas pelo vento e para o círculo de cinzas onde nenhum fogo arde.

— Esta aldeia tem olhos...

Eles vasculham todas as choças, uma a uma. Em seu interior encontram utensílios familiares, não muito distintos dos que podiam ser encontrados em qualquer casa castelhana, e também ferramentas destinadas a usos misteriosos e, quem sabe, perversos. O chão é feito de terra nua, polvilhado com palha, e dos telhados pendem fieiras de carne defumada e tiras de abóbora seca, mas nenhuma cabeleira humana. Tranças de pimentas vermelhas e pimentas verdes e vagens de algaroba, mas nenhuma daquelas longas melenas loiras, aquelas cabeleiras de mulheres formosíssimas e terríveis, brilhando ao sol como estandartes na batalha. Tomás toca com a ponta de seu arcabuz uma das fieiras de carne seca, entre perplexo e resignado.

Dentro de uma das choças, eles encontram uma imensa panela de barro cheia de sopa ou algo que parece sopa. Ao redor da panela lhes aguardam precisamente treze tigelas de madeira, dispostas para um banquete jamais celebrado. Ninguém se inclina para tocá-las porque, como todo mundo sabe, como Tomás sabe, os bárbaros chichimecas são capazes de chegar ao ponto de envenenar suas próprias provisões para dizimar os viajantes imprudentes. Eles olham em silêncio para os filetes de carne de veado, a sopa de legumes, as treze tigelas vazias prontas para serem usadas, e depois continuam a busca.

— Esta aldeia condenada tem olhos — repete Tomás.

No entanto, pensa Juan, tampouco agora é verdade. Ninguém os está observando. Deus está de olhos fechados, ou nem mesmo tem olhos. Apenas o coiote os examina à distância, sentado em suas patas traseiras. Iluminado pela luz do meio-dia, seu focinho parece sangrar, gota a gota, sobre a terra.

Eles se reúnem no centro da aldeia. Aquele ponto em que só deveria haver uma clareira de terra para acender fogueiras, ou executar danças de guerra, ou fazer seja lá o que os índios fazem quando não estão assassinando cristãos. Mas o coração dessa aldeia não está vazio. Em vez de um círculo de cinzas apagadas, eles encontram uma cabana retangular maior que as outras, construída com uma vontade e um esmero que não parece coisa de índios. Através do entramado das paredes filtra-se uma luz tênue, talvez ligeiramente oscilante, talvez ligeiramente viva. Os homens consultam uns aos outros com os olhos, entre surpresos e acovardados. Tomás já está à porta, erguendo sua espada de maneira teatral.

— Eu sonho este lugar — murmura o negro Felipe.

— Pois para de sonhar e cala a boca de uma vez, pagão do caralho — interrompe Tomás. E depois, virando-se com arrogância para o resto, acrescenta: — E agora, vamos ver quem se arrisca a me acompanhar.

Mas é Juan que avança sem desembainhar a espada e empurra a porta com suavidade, quase como se pedisse licença. Lá dentro não há ninguém, ou melhor, há menos do que ninguém, aquela solidão que envolve os lugares que outrora continham multidões e agora estão vazios; o chão de saibro coberto por esteiras de junco surradas pelo uso, e talhos de madeira dispostos como bancos, e uma espécie de lamparina acesa que pende do teto, e um adoratório de pedra branca banhado de luz. E ao fundo, mascarada pela penumbra que vai e vem, uma sombra que parece um homem crucificado e é apenas uma estátua de madeira, um homem de madeira crucificado numa cruz também de madeira, as feições dolorosas esculpidas com selvageria, como se a facadas;

os olhos feitos de seixos brancos, e a barba e o cabelo arremedados com cabelos crespos e frisados que parecem pelos pubianos, que talvez sejam pelos pubianos, e os dentes, sua imensa dentição infernal, improvisada com pontas de flechas de obsidiana, como se o crucificado ao mesmo tempo ameaçasse e sorrisse, e na cabeça um capacete espanhol posto ao contrário, e o corpo de madeira coberto por uma espécie de lencinho de mulher manchado de sangue, e sangue lambuzando as chagas das mãos e dos pés, como lágrimas secas, e gotas de sangue também formando uma crosta negra no chão, como uma oferenda que as moscas bicam com paciência. É um Cristo, a coisa mais próxima de um Cristo que os selvagens chichimecas puderam conceber, e os homens lentamente tiram seus capacetes e se benzem quando o veem, como se, reprovando sua imagem monstruosa, também estivessem, de alguma forma, venerando-a.

Se cada braço de uma cruz é uma seta, então essas setas assinalam dois pontos opostos ao mesmo tempo. Juan poderia decidir que Cristo aponta para o sul, ou seja, precisamente para o lugar de onde procedem, mas em vez disso decide que continua apontando para o norte, sempre para o norte. As cruzes do acampamento espanhol marcavam o caminho para encontrar o acampamento indígena e o Cristo do acampamento indígena aponta para uma cordilheira intransitável, em cujos cumes nem os homens nem as plantas encontram raízes. É uma serra que não pode ser atravessada e eles a atravessam. Não há trilhas na rocha nua e eles, vacilantes, quase sonâmbulos, têm de inventá-las. Os cavalos resistem a andar pelo despenhadeiro e precisam ser fustigados até que ambos, homens e montarias, acabem exaustos e se preparem para resistir mais uma noite longe do calor do fogo. As bordas de pedra têm a cor do almagre e afloram em escarpas verticais semelhantes a tubos de órgão ou pináculos de catedrais; parecem continuar crescendo ainda com sua velocidade mineral, com o silêncio com que crescem os cabelos dos mortos.

Se uma cruz é uma seta que aponta para o norte, pensa Juan, então este é o caminho certo, o único caminho possível.

Se este é o único caminho possível, então o índio Juan atravessou, forçosamente teve de atravessar, a mesma cordilheira. Deteve-se, talvez, diante dos mesmos obstáculos. Dormiu enrodilhado nos mesmos abrigos rochosos. Sofreu sob o mesmo sol e deixou-se empapar pela mesma chuva e tiritou, esmagado sob a mesma noite de inverno.

Se o índio Juan se deteve diante dos mesmos obstáculos; se sofreu, dormiu e tiritou sob a mesma chuva, sob o mesmo sol; se guiado pela força de sua fé sobreviveu sem víveres e em completa solidão à solidão das montanhas, então essa fé devia ser imensa. Porque foi sua fé que o trouxe até aqui. Até tão longe ou inclusive muito mais longe.

Juan se detém para olhar à sua volta as agulhas de pedra, que improvisam contra o ocaso equilíbrios precários. Olha para os picos nus castigados pelo sol e pelo vento da manhã até a noite, sem o consolo de uma sombra, uma árvore despedaçada, um cacto raquítico. Contempla a resistência que a natureza opõe para ser atravessada, para ser compreendida, e nessa resistência ele vê o rosto de Juan. A força de Juan. A vontade de Juan, também feita de pedra. O caminho é difícil e a terra, implacável, mas ele é fortalecido pela convicção de que se limita a seguir a senda antes traçada por ele: que só está ali para recordar o que Juan já deixou para trás, as paisagens que contemplou, os desfiladeiros onde a vontade de Juan, a indomável vontade de Juan não vacilou sequer por um instante. As feridas que fez em seus pés, outra vez, meses ou anos depois, abertas. Em certo sentido, ele também está sozinho, pensa Juan. Pior do que sozinho. Vinte passos atrás dele, formados numa coluna que se estende cada vez mais, seus homens o seguem. Seus homens que caminham como anciãos ou como mortos. Seus homens que não parecem ter envelhecido duas semanas, mas um ano, cem anos; o deserto vazio de árvores e o vazio, também, de tempo. Os minutos e as horas que não significam nada para a pedra e o pó, apenas para a vida, sempre a um passo de ser cadáver, carne ofertada ao sol, ossos, enfim poeira.

Seus homens cozinhando no inferno de suas couraças de ferro.

Seus homens franzindo o cenho sob o sol furioso.

Seus homens rogando, suplicando pela ordem de regresso.

Dizem que as duas semanas prometidas se passaram há muito mais de duas semanas.

Dizem que certamente o índio Juan encontrou uma passagem que os aguarda também, talvez léguas a leste ou léguas a oeste.

Dizem que o índio Juan foi assassinado pelos índios muito tempo atrás.

Dizem que as cruzes são setas que apontam, que imploram, que exigem a necessidade de regresso.

Dizem que as cruzes não significam nada; que as cruzes são apenas cruzes.

Dizem que o índio Juan nunca existiu e eles sim, eles existem, eles são reais e têm fome e frio e medo de nunca mais verem seus entes queridos.

Dizem que o índio Juan está louco.
Dizem que eles estão loucos também.

Eles acampam numa poeirada tão branca e tão estéril que parece uma paisagem caída da lua e, quando finalmente veem sua própria lua nascer e brilhar acima da cabeça, sentem-se refletidos nela como num espelho. Estão enfarinhados de poeira e sujos e se embuçam em seus cobertores como um exército de freiras ou fantasmas. Quase não restam víveres. Suas cabeças estão cheias disto, da comida e da bebida que faltam. Não se escuta barulho algum e o frio parece mais frio no meio do silêncio. Talvez por isso comecem a falar: para enganar a fome. Para dissolver o frio. Mas são suas palavras que rapidamente se dissipam no ar, em baforadas espessas e quentes. Pela primeira vez não falam de escudos de ouro ou minas de prata ou *encomiendas* de índios. Contentam-se apenas em falar de seu passado, isto é, do diminuto rincão de Castela que os viu nascer. Um passado de onde chegam poucos navios e nenhuma carta. Em seus relatos, esse lugar parece o mesmo: uma aldeia miserável, de horizontes estreitos e estradas que não vão a lugar algum, mas também, em certo sentido, capaz de certa beleza. E agora, na escuridão dessa terra selvagem, lembram-se dessa beleza, que necessita da distância de todo um oceano para ser contemplada. Falam do sol de sua infância, o sol de Castela, que precisamente a essa hora deve estar aquecendo o outro lado do mundo. Falam de parentes que esperam, falam de certos moinhos nos quais certa noite se tornaram homens, falam de romarias humildes consagradas a santos humildes, que morreram martirizados por causas que em nenhuma outra parte do mundo são lembradas; falam de cantos regionais e vinhos da terra e de uma cama para quatro irmãos. Todas essas imagens estão cravadas na data de sua partida, como os mapas estão cravados num determinado tempo, num determinado rincão do mundo. Talvez por isso em suas palavras o tempo pareça congelado, seus irmãos mais novos continuam sendo crianças que brincam infinitamente nos currais de suas casas, brincarão e brincarão sem nunca crescerem, até que eles regressem; e suas jovens esposas, se as tiverem, serão eternamente jovens e eternamente esposas, e sempre os esperarão com a mesma paciência no mesmo canto de Castela, com a mesa posta e a honra intacta. Até o negro Felipe batalha com seu espanhol obscuro e vacilante para lembrar seu povo, sua tribo, seu bárbaro conceito de lar, e ouvindo-o parece que até mesmo sua aldeia de pagãos e canibais é um lugar natural e bom, quase humano.

— E vós, capitão? Também tendes uma esposa que vos espere?

Juan não responde. Tem os olhos convenientemente fechados e da escuridão de suas pálpebras ele se limita a escutá-los em silêncio, sem acrescentar ou perguntar nada. Pouco a pouco seus homens vão se calando ou adormecendo. Juan abre os olhos e olha de novo para o rosto deles, ou pelo menos o que a noite deixa ver do rosto deles. São meninos que envelheceram vinte anos, e à luz da lua suas lembranças parecem coisas sólidas, reais, contra as quais poderiam se deitar para dormir.

Naquela noite, Juan sonha com Juan. Ele não se parece com o Juan do retrato. Lembra-se de ter pensado: como mudou.

Usa uma túnica branca e de suas mãos e pés descalços jorram gotas de sangue. Faz um gesto com a mão. Quer que se aproxime. Arregaça a túnica e se inclina sobre seu ouvido, como se quisesse dividir um segredo com ele. Diz-lhe alguma coisa. Lembra-se da sensação de ouvir sua voz, suas palavras. Mas, quando acorda, esqueceu-se desse segredo.

Simón diz que certamente assassinou um rico proprietário de terras, talvez o próprio governador. Pedro está convencido de que é o único dono da única chave que abre uma certa câmara escondida na selva e, nessa câmara, o ouro cunhado de cem gerações. Santiago sustenta que ele deve ser, sem dúvida, um daqueles bruxos astecas que, de acordo com testemunhos dignos de fé, são capazes de abater o mundo com um único golpe de seu corno de osso. Tomás diz que tudo é um mal-entendido, um imenso, um terrível mal-entendido, talvez uma ordem mal dada ou mal compreendida ou mal transmitida, alguém que acredita que outro alguém ordenou algo que na realidade ele não mandou ou mandou de outra forma ou mandou sem pensar, porque, refletindo um pouco, entende-se que nenhum índio merece a vida de um único cristão.

Juan nega com a cabeça. Diz que os motivos não importam. Diz que não vai lhes dizer esses motivos, mas que tem, em vez disso, dez motivos de ouro para cada um deles, e em cada um desses motivos a efígie cunhada de Sua Majestade Carlos, que Deus o tenha. Sim, ouviram bem: não cinco motivos, mas dez. Dez para cada homem e cinco para o negro Felipe: assim diz. Que o ouro vem de cima e que as ordens também vêm de cima

e que os de cima nunca estão errados, ou, se o fazem, eles, os de baixo, nunca descobrem. Então, se quiserem acompanhá-lo, terão de esquecer as explicações e se contentar com o ouro.
Duas semanas, diz.
Só mais duas semanas, suplica.
Os homens olham uns para os outros, sem dizer nada. Depois, olham para seu capitão. Não o rosto de seu capitão. Nem a boca, nem os olhos. Apenas o costal de pano pendurado em suas costas. Olham para o costal e, se pudessem, olhariam ainda mais longe. Mais adentro. Pois ali, em perpétuo balanço, deve aguardar o ouro que lhes é devido. Pelo menos cento e vinte moedas de ouro: sabe-se lá se mais. Ouvem-nas chacoalhar a cada trote do seu cavalo, clamando como uma esperança.

O cavalo de Santiago corcoveia e se detém. Bartolomé desce de um salto e verifica suas quatro patas, uma a uma. Em seguida, ele se vira para Juan e grita, com as mãos em concha.
— É a ferradura, capitão!
E então:
— Vá em frente, continue, daqui a pouco o alcançamos!
Mas o restante dos homens vem em seu auxílio. Doze homens para examinar a perna de um único cavalo. Juan está a quase um tiro de arcabuz de distância e se detém para olhar para eles. Formam um círculo que gesticula furiosamente, como se a pata machucada do cavalo os deixasse muito irritados. Não é capaz de ouvir o que dizem, mas talvez possa imaginar.
Não falam de seus cavalos.
Falam, talvez, dos víveres que escasseiam, da água que escasseia e da paciência, que também começa a escassear.

Falam daquelas duas semanas que parecem não terminar nunca.

Falam do número de dias que levam cavalgando e se esforçam por dividi-los, com sua matemática desajeitada, pelas dez moedas de ouro que lhes são devidas.

Falam de moinhos, humildes romarias, cantos regionais, camas para quatro irmãos; de vinhos da terra e crianças que esperam e mulheres que também esperam.

Falam daquele índio que só existe na cabeça de seu capitão.

Falam da loucura de confiar a vida de treze cavalos, doze homens e um negro ao sonho de um único homem.

Falam das noites cada vez mais frias, tiritando em ventanias desoladoras, e de um capitão que se recusa a acender o fogo mesmo onde só os abutres podem vê-lo.

— Pronto, capitão! Esperai por nós!

E outra vez põem seus cavalos em marcha, os doze com o passo emparelhado, lentos como cães repreendidos. Ainda trocam algumas palavras entre dentes e alguns gestos fracos, mal insinuados. Eles se esforçam para não olhar nos olhos de seu capitão, que os espera escarpa acima.

Não somos assassinos, dizem enquanto apontam seus arcabuzes para ele. Não somos ladrões, dizem, já com as mãos mexendo dentro de seu costal de pano. Não somos traidores da Santa Madre Igreja nem de Sua Majestade o Rei ou daqueles papéis tão insignes que ele carrega consigo e que como bons castelhanos e bons cristãos respeitamos. Mas muito menos somos loucos. Se ele acreditou nisso, que eles o seguiriam até o fim do mundo, até o fim dos tempos, então o único louco é ele, dizem. Ele, louco, e talvez também aquele índio que busca, se é que ele realmente existe e se ele realmente chegou tão longe como se supõe. Estão cansados de supor e acreditar e vão tomar o único caminho no qual ainda lhes resta um traço de fé: o regresso. Assim, não são assassinos e não vão matá-lo e não são ladrões e não vão roubá-lo, pode ficar tranquilo; mas se ele não ficar com a boca fechada e as mãos quietas, se cometer alguma das loucuras a que tanto os habituou, se resistir só um pouco, então sim, então terão de matá-lo e será só porque ele os obriga. Entendeu? Olhe em nossos olhos e responda, capitão dos infernos, entendeu?

Juan não responde nada ou responde com um gesto. Ele continua sentado numa laje de pedra, enquanto ao redor seus homens – seus homens? – vão e vêm, revistando sua montaria e suas roupas. Tomam seu arcabuz, tomam sua espada, o punhal que ele esconde no cano de sua bota. Levam sua ração de charque, seu odre meio vazio. Os papéis rubricados pelos homens do vice-rei, que Pedro manuseia com impaciência, buscando neles sabe-se lá o quê. Seu saco de moedas.

Tomás parece ter emergido como um líder e coordena a distribuição do butim com gestos ostentosos. Não estão roubando, de forma alguma. Só estão cobrando o que é justo, o que lhes foi prometido, e também uns escudos a mais, pelos incômodos. Escudos suficientes para esvaziar o saco, nem um a mais, nem um a menos. E assim, cada homem recebe dezessete moedas e eles ficam felizes, e o negro Felipe recebe quatro e fica ainda mais feliz, e resta ainda um punhado de moedinhas de prata e de cobre que só depois de extenuantes cálculos e brigas eles conseguirão repartir entre todos. Assim que o ouro começa a fluir de uma mão para outra, eles parecem definitivamente perder o interesse por ele. Mal olham para ele. Seguram sem firmeza os estoques e os arcabuzes, como se de repente tivessem se tornado simples cajados ou ferramentas agrícolas.

 Juan pensa em seu sonho. Mais uma vez tenta lembrar as palavras do índio Juan, sem sucesso.

 — Dezessete escudos — murmura de repente, e todos se voltam, assustados. Só então se lembram de pressionar com a mesma ferocidade seus arcabuzes, suas espadas.

 Tomás aproxima-se dele em passos lentos e calculados.

 — O que dizeis?

 — Dezessete escudos. O negro deve receber a mesma quantia que o resto.

 Os homens ficam muito sérios e depois caem na gargalhada e depois voltam a ficar sérios.

 — E por quê?

 — Porque ele cavalgou até aqui, como todos nós.

 — Então, só porque ele está aqui.

 — Sim.

 — E por que vos importais com esse homem negro que aponta para vós com um arcabuz, como todos nós, e certamente é mais feio do que todos nós juntos?

 — Quem disse que eu me importo?

 Os soldados riem de novo, como se tudo não passasse de uma broma, no fim. Mas Tomás permanece pensativo por um tempo. Dispõe de novo os homens num círculo e pede que eles estendam a mão de novo e de cada mão ele separa uma moeda. Em seguida, chama o negro Felipe.

— Me diz uma coisa, negro. Quantas moedas pagaram por ti na primeira vez que te venderam?

— Eu?

— Tu, claro, eu é que não sou. Eu devo ter vindo ao mundo porque meu pai se esfalfava com minha mãe, mas pelo menos não dei motivo para que eles me vendessem por peso no mercado, como um bezerro.

— Eu, treze escudos.

— Então treze escudos! Bem, aqui estão, são onze. Isso é o que eu chamo de fazer as Américas. Com os quatro que você já tem, um total de quinze. Quinze para você e dezesseis para nós. Não vamos brigar por uma moeda de diferença, não é mesmo, negro?

— Não, senhor.

— Não vais me agradecer?

— Obrigado.

— Mas não me agradeças. Agradece ao capitão, seu asno, ao capitão, Deus sabe por que ele gostou da tua cara de preto.

— Obrigado, capitão.

Antes de partir, os cavalos já selados e os homens prontos para o regresso, Tomás se aproxima. Tem um retalho de pano nas mãos. Juan continua sentado na mesma pedra, com os olhos cravados no chão, então Tomás tem de se ajoelhar para que seus olhos se encontrem.

— Ainda me pergunto que diabos aquele índio fez que vale tanto dinheiro, capitão. Violou uma donzela? Incendiou uma igreja? Tentou cortar a garganta do maldito vice-rei?

Juan considera sua resposta por um momento.

— Pode-se dizer que ele é um rebelde.
— Então mais um rebelde! Sabeis de uma coisa, capitão? À sua maneira, até vós sois um rebelde. Também quereis mudar o mundo. Se não, que o diga esse negro.

Espera Juan dizer alguma coisa, mas Juan não abre a boca.

— E dizei-me, contra quem esse índio se levantou? Contra vós, por acaso?
— Não.
— Contra Deus?
— Não tenho certeza.
— Então só se rebelou contra outro homem.
— Suponho que sim.
— E quem estava certo?
— Não sei.

Tomás sorri com tristeza.

— Não sabeis. E sabeis por que não sabeis? Porque vós, com todos os vossos papéis, vossos selos e dignidades, não sois para esses homens tão ilustres mais do que o menino de recados.

Depois, venda seus olhos e lhe diz para contar até mil, se souber, e só então que tire a venda. Se tirá-la antes, eles vão matá-lo. Se descobrirem que ele tenta segui-los, vão matá-lo. Se por acaso ele acabar encontrando um vestígio de civilização no norte e tiver o mau tino de contar o que acabou de acontecer, vão matá-lo. De resto, desejam-lhe sinceramente sorte, desejam-lhe longa vida e saúde e que encontre seu índio rebelde e lhe dê seu castigo, se é isso mesmo que ambos merecem. Depois, despedem-se. Adeus, capitão! A palavra capitão repetida em doze bocas, não se sabe se como ironia ou como signo póstumo de respeito. Juan escuta a percussão dos cascos dos cavalos contra a pedra. Escuta um tilintar metálico à sua direita. Escuta o grasnido de um pássaro. Escuta o vento e uma voz que se perde ao longe, escuta sua própria voz repetindo números e, quando chega a setecentos e cinquenta e seis, arranca a venda. Vê junto a ele seu próprio cavalo, e sobre o cavalo um arcabuz carregado e dois alforjes, e nos alforjes provisões para vários dias. No horizonte, à deriva para o sul, os doze pontos negros de doze ginetes se afastando. E brilhando na terra, junto a suas botas, um punhado de moedas de ouro espalhadas no chão. Ele as guarda cuidadosamente na concha da mão, sem precisar contá-las: sabe que a ele também couberam dezesseis.

Mais ao norte, o mundo se simplifica. Para onde quer que se olhe, tudo é pedra e céu, acima ou abaixo da cabeça sempre pedra ou céu, ravinas que sobem ao fundo da terra ou penhascos que descem às estrelas. Pernoita num abrigo na rocha que não é muito maior do que um ataúde, e inscritos na abóbada encontra um punhado de pictogramas antigos, quase apagados pelo tempo. O índio Juan também dormiu nesta caverna. Ele não sabe se decide isso ou descobre. Juan dormiu nesta caverna. Também ele olhou para cima, pouco antes de fechar os olhos, para contemplar os mesmos desenhos, traçados com assombro infantil. Juan viu, Juan está vendo agora, esquemas de homens rígidos como espantalhos e animais que já não existem ou mal existem. Parentes distantes de seu cavalo galopando na rocha desde antes da chegada dos cristãos a esta terra; talvez antes da chegada de Deus. Tudo que resta da humanidade está resumido nesta caverna, nesta rubrica traçada na pele do mundo e neste último homem que a contempla e depois a esquece e segue seu caminho.

Decidiu não pensar em nada. Que seus pensamentos tenham de pensamento o mesmo que os rabiscos da caverna têm de seres humanos. Um caçador deve assemelhar-se à presa que persegue, deve pensar como ela, deve converter-se, em certo sentido, no caçado, e só agora que caminha sozinho e sem propósito pode sentir-se próximo do índio Juan. Ser o índio Juan. Porque ele não se deteve nem recuou em nenhum momento. Não se rendeu. De alguma forma atravessou aquele rio que parece que não pode ser atravessado e subiu por aquele despenhadeiro que serpenteia até o céu, embora certamente seu cavalo – o índio Juan tinha um cavalo? – também se encarapitasse e resistisse a dar um passo adiante, como o seu agora resiste. O índio Juan também resistiu. Recusou-se a definhar numa humilde escrivania do México ou como eterno criado dos monges de uma congregação anônima. Não esperou que as coisas caíssem às suas mãos. Não se limitou a sonhar que o mundo mudaria: simplesmente o fez mudar. Não se rebelou contra Deus nem contra os homens, como acreditava Tomás: apenas contra o mundo. Veio aqui para construí-lo com suas próprias mãos. Talvez, para construir essas coisas que desejava, ele tenha tido de destruir outras. De repente, recorda-se do Cristo que encontraram no acampamento chichimeca: um Deus grandioso e terrível, inspirado por um homem também grandioso e talvez terrível. É preciso ser terrível, é preciso ser de certa forma um Deus, uma versão diminuída de Deus, um propósito de Deus feito carne, para chegar até aqui com a pura força de sua fé e as mãos nuas. Para atravessar os confins do mundo e seguir em frente.

Tampouco Juan vai se deter. Tampouco ele vai se render. Está aqui para algo que talvez não tenha nada a ver com ouro e nem mesmo com justiça. Progride para o norte como se guiado por um instinto obscuro, sem fazer planos ou medir consequências, sem racionar comida nem água ou decidir o que fará quando encontrá-lo. Só isto importa: encontrá-lo. Quer esvaziar a cabeça como se esvazia, gole a gole, o cantil que um ginete leva consigo para o deserto. Ele é aquele ginete e é também aquele cantil que neste momento pende da garupa do seu cavalo, cada vez menos pesada. Ele é aquele ginete e aquele cantil e também o índio Juan.

Até que um dia, talvez duas semanas depois da deserção dos soldados, um dia, enfim, que parece como qualquer outro, o mesmo sol e o mesmo cavalo, a mesma pedra e o mesmo céu acima e abaixo de sua cabeça, os pensamentos de repente regressam. Ele coroa um pico no qual, sem perceber, havia cifrado certas esperanças, talvez as últimas que lhe restaram, e do alto vê mais montanhas que derivam para o norte, e atrás delas uma planície que parece a mesma de onde vem, e nessa planície o brilho de nenhum fogo. Uma terra que parece saída da fornalha do Criador e é insensível ao sofrimento dos homens. Ele desmonta do cavalo e se senta na rocha para olhar para aquele horizonte onde não há nada para ver. E aí sim, aí ele finalmente pensa nas pessoas e nos objetos que o trouxeram até ali, pensa no índio Juan que talvez tenha feito outro curso ou voltado atrás ou esteja sob a terra há muito tempo, e pensa nas duas semanas que talvez tenham sido muito mais do que duas semanas, as flechas que talvez não fossem flechas de verdade, os homens crucificados para nada, e se lembra de seu próprio lar, e de outras coisas e outras pessoas nas quais não quer pensar e que ele toca apenas de lado, como se acaricia uma afta mal roçando-a com a língua.

A noite começou a cair. Sente o primeiro estremecimento da última hora da tarde. Esta é, decide, a última vez que passará frio em sua vida. A seu lado, se retorcem duas algarobeiras encurvadas. Tarda muito em abatê-las com sua espada e muito mais em estilhaçá-las e acender a fogueira.

Nesta noite, ele come algo quente pela primeira vez em muito tempo – quanto tempo? – e se entrega à carícia do fogo como ao calor de uma esposa que pensávamos perdida, e olha para as chamas brilhando como um último clarão de humanidade que ilumina uma terra sem dono.

Juan olha para aquele fogo ardendo para ninguém.

Juan observa as faíscas subindo no ar e depois desaparecendo.

Juan olha para o céu escuro e a terra ainda mais escura.

E de repente, num ponto exato da negrura, uma luz que se acende, que treme um pouco, que se revigora e cresce. Uma luz quieta, também, às suas costas, e outra luz num lugar que aparece acima de sua cabeça, e outra no flanco oposto, mais próxima e mais brilhante ainda, como se as estrelas descessem sobre a terra para incendiar o mundo; como se a noite tivesse subitamente aberto as pálpebras para olhá-lo, incandescente e terrível. Seu cavalo começa a relinchar e dar patadas, e alguém assobia ou grita ao longe, e Juan quase se lança à fogueira para apagá-la com chutes furiosos, mas quando ele consegue já é tarde, o fogo parece ter encontrado na noite um espelho no qual se multiplicar, e em torno dele seis fogueiras, dez fogueiras, quinze fogueiras se acendendo ao mesmo tempo, algumas distantes como estrelas e outras tão próximas que é possível ouvir o chiar dos troncos. São os selvagens chichimecas; os monstruosos, bárbaros, sanguinários chichimecas de que falava Tomás, que habitam as montanhas que não podem ser habitadas e agora esperam, esperam no silêncio da noite, esperam no calor de suas fogueiras, esperam não se sabe o quê, mas esperam.

Passa o resto da noite em vigília. No brilho das chamas, vê se concertarem os pesadelos com os quais não está sonhando; vê árvores que o perseguem e vê sombras se movendo que na verdade são rochas paradas desde o início dos tempos, e imagina perpetrarem-se na escuridão repetidas vezes as muitas mortes que o esperam, seu corpo flechado, degolado, mutilado, espetado numa estaca, barbaramente escalpelado. Começa a rezar entre os dentes, e sua própria oração parece se transformar, na escuridão, num conjuro indígena. Escuta um arbusto agitado pelo vento que não sopra, uma mão inimiga onde só há ar; um coiote que uiva ao longe e o reclama com sua voz vagamente humana. Ainda não amanhece, não vai amanhecer nunca, e então, no exato momento em que ele compreende isso, amanhece finalmente: o sol desponta atrás dos cumes da rocha e se derrama tanto em seu rosto como na garupa de seu cavalo e nas fogueiras prestes a se apagar e na multidão de índios que o cercam como pássaros a ponto de levantar voo, cada vez mais nítidos e azulados pela luz da aurora. Índios que dormem. Índios que se põem de pé. Índios que parecem lhe fazer sinais com as mãos nuas ou com seus machados de obsidiana. Índios a leste e a oeste, ao sul e ao norte. Índios empoleirados nas rochas ou trepados em árvores ou simplesmente esperando junto às fogueiras, com seus cocares cerimoniais e suas pinturas para a batalha.

Juan aperta sem convicção seu arcabuz. Abraça aquele pedaço de ferro que não lhe salvará a vida, que nem mesmo chegará a disparar. Contempla os índios que se formam em colunas de três, brandindo armas difíceis de identificar ao longe, e depois os vê iniciar a marcha com passo disciplinado e solene, como processionários em rogativa. Num dos flancos, quatro índios carregam numa padiola um vulto imóvel – o caudilho de sua tribo? Um homem ferido? –, e do lado oposto uma dúzia de índios esgrimem pequenas tochas brancas. Aproximam-se. Não disparam seus arcos nem uivam furiosamente ou saem correndo através das pedras, mas ainda assim se aproximam.

Juan aperta a arma, com as mãos trêmulas. Chegam-lhe, soando diretamente do passado, as palavras que um camarada de armas lhe sussurrou há muitos anos, na véspera de seu primeiro combate. Nunca, nunca atire antes de ver o branco dos olhos do inimigo: apressar-se é desperdiçar pólvora.

Mas, antes de distinguir o branco dos olhos, tem tempo para ver muitas outras coisas. Passo a passo vê o caudilho de sua tribo, o homem ferido, tornar-se uma escultura de madeira carregada numa padiola, e as mãos dos índios brandindo armas que não são armas, que parecem, que são, pequenas cruzes de madeira, e as tochas brancas que se tornam círios piedosamente acesos, e a escultura de madeira que toma a forma de uma Virgem coberta por um manto de cânhamo e por ramalhetes de flores brancas, e para onde quer que olhe não vê um único arco, nem uma maça, nem um escudo, nem machados de pedra; apenas velas e flores e devotos que elevam ao céu suas orações e cruzes.

Juan lança para longe de si o arcabuz. Levanta as mãos em gesto de súplica ou de reverência e se põe de pé para receber a comitiva que se aproxima. Estão tão próximos que pode ver os brancos de seus olhos e até mesmo contar os dentes de seus sorrisos. Caminha em direção a eles em passos lentos. Não diz nada. E quando chegam até ele, quando estão ao alcance de sua mão, os falsos guerreiros se detêm como se fulminados, deixam cair de ambos os lados as cruzes e os círios, e banhados em lágrimas prostram-se para beijar o couro de suas botas.

— Pai... Pai...

VI

Beber água, comer pão — Primeira muda de serpente
Trono de um rei menor — Primeiro apóstolo do Reino
Um homem que certa vez se chamava Diego
Converter-se no próprio escravo
Cavalgar um pássaro — Uma adaga desenha o mundo
Ovelhas desgarradas — Um anjo a cavalo

A aldeia espera a meio dia de distância, ao pé de um rochedo onde ele tem a sensação de ter acampado dias atrás. Olha em volta para os deslumbrantes seixos sob o sol e os riscos que improvisam contra o horizonte equilíbrios precários, e os espinhaços de rocha que parecem escamas de um dragão gigantesco, a quem ache por bem acreditar nesse tipo de coisa, e sente que cada uma das imagens o toca de forma íntima, como só nos tocam as feições de um rosto já contemplado. No entanto, ele nunca esteve aqui antes: como poderia tê-lo feito sem ao mesmo tempo encontrar as cem ou duzentas choças que se esparramam pelo sopé das montanhas. Um bando de crianças perambula ao seu redor, entre risos e empurrões. Às vezes, eles tomam coragem e se aproximam do forasteiro até que tocam uma dobra de seu manto de camurça, ou uma de suas mãos extraordinariamente brancas, e então saem rindo e uivando como filhotes de coiote.

À sombra de suas cabanas, meninas de peito nu remendam tecidos ou trituram minuciosamente as vagens de algaroba. Timidamente levantam os olhos da obra, como sem querer. Juan diminui um pouco o passo para contemplar seus rostos, seus seios banhados pelo sol. Fica surpreso de encontrar mulheres bonitas e mulheres comuns e também mulheres feias, como em todas as regiões da terra.

— Todas virgens. Todas Maria — murmura um dos anciãos que o acompanha, com um misto de orgulho e reverência.

Em seguida, levam-no para dentro de uma das cabanas e oferecem bocados de iguarias estranhas e não totalmente desagradáveis.

— Tu muito pão, muito vinho. Muito vinho, pão, vinho, pão, vinho, pão...

Apontam uma a uma todas as tigelas, os jarros de barro cru. Chamam de vinho todas as beberagens e de pão todos os sólidos, sejam feijões vermelhos, filetes de veado ou atuns cozidos. Assim, Juan come pão de muitos sabores e formas e bebe um vinho espesso e quente.

— Muito pão, muito vinho... Pão e vinho bom...

Os índios conhecem as palavras "pão" e "vinho" e "bom". Juan as escuta aflorar de vez em quando em sua conversa, quase irreconhecíveis na boca deles, intercaladas com muitas outras palavras desconhecidas, que parecem ter menos de voz humana e mais do mugido das bestas. Tenta seguir o curso de seu diálogo pulando de uma palavra espanhola a outra, como pedras solitárias que nos permitem atravessar um rio. Ele não tem certeza se vai conseguir. Escuta ou pensa que escuta a palavra "inferno" e "céu", e "reino" e "Deus". A palavra "amor". A palavra "cristão": acima de tudo essa. Porque eles são cristãos, dizem ou parecem dizer, e repetem até três vezes, batendo no peito com a mão aberta. Cristãos e não selvagens.

Selvagem: por alguma razão, a palavra que eles pronunciam melhor.

— Quem vos ensinou tudo isso?

— Pai... Pai ensina.

Mas eles também têm perguntas. Pronunciam desajeitadamente, como aves que se esforçam para reproduzir a voz humana, e suas mãos estão sempre prontas para reforçar os significados, um pouco por trás das palavras. Querem saber de onde vem, e para indicar "onde" fingem perscrutar o horizonte em todas as direções. Querem saber se ele também é um discípulo de seu Pai, e com a palavra "discípulo" permanecem em pé e com a palavra "Pai" se ajoelham. Querem saber como se chama, qual o nome que sua mãe escolheu para ele, e para acompanhar "mãe" eles imitam seios e embalam brevemente o ar. E quando Juan finalmente responde, ao escutar Juan dizer o nome de Juan, eles voltam a se inclinar docilmente para beijar suas mãos, a barra de sua camisa, a ponteira de suas botas.

— Pai... Pai... — repetem.

Juan os afasta com doçura, com uma leve sacudida de mão. Sim: ele também se chama Juan. E está lá para encontrar seu Pai, custe o que custar. Podem ajudá-lo? Poderiam por acaso dizer-lhe onde se oculta?

Permanecem em silêncio por um momento, como se refletissem. No fim, um idoso com o corpo coberto de conchas e brincos avança. Aponta para o norte.

— Casa — diz. — Casa de Deus.

— Levai-me lá.

Eles se reúnem no centro da aldeia. Aquele ponto em que só deveria haver uma clareira de terra para acender fogueiras, ou executar danças de guerra, ou fazer seja lá o que os índios fazem quando não estão assassinando cristãos. Mas o coração dessa aldeia não está vazio. Em vez de um círculo de cinzas, encontra uma cabana retangular maior que as outras, construída com uma vontade e um esmero que não parecem coisa de índio. Através do entramado das paredes filtra-se uma luz tênue, talvez ligeiramente oscilante, talvez ligeiramente viva.

Juan se aproxima do umbral. Olha primeiro para a porta fechada e depois, um a um, para os rostos dos índios que saíram para recebê-los. Índios jovens, índios velhos, índios enfermos, índios felizes, índios indiferentes a tudo e a todos, mas nenhum vestígio do índio Juan.

— Quem é vosso Pai? Onde ele está?

— Casa de Deus — repete um dos anciãos, apontando para a porta.

O ancião murmura algumas palavras em sua língua, e dois jovens empurram a grande porta de madeira. Lá dentro não há ninguém, ou melhor, há menos do que ninguém, aquela solidão que envolve os lugares que outrora continham multidões e agora estão vazios; o chão de saibro coberto por esteiras de junco surradas pelo uso, e talhos de madeira dispostos como bancos, e uma espécie de lamparina acesa que pende do teto, e um adoratório de pedra branca banhado de luz. E ao fundo, mascarada pela penumbra que vai e vem, uma sombra que parece um homem crucificado e é apenas uma estátua de madeira, um homem de madeira crucificado a uma cruz também de madeira, as feições dolorosas esculpidas com selvageria, como se a facadas; talvez um pouco menos selvagem, um pouco menos doloroso do que se lembrava. Alguém vestiu o ídolo com uma túnica de linho desfiada e calçou nele umas velhas sandálias de couro espanhol. São as roupas do índio Juan. Ele sabe disso no exato momento em que as tem diante de seus olhos: antes mesmo que os índios as arrebatem do Cristo para colocá-las em suas mãos, numa oferenda grave e silenciosa.

— Pai — dizem por fim e sorriem.

Juan toca com curiosidade o pano cheio de rasgões e remendos, tão puído que em alguns pontos revela a sombra escura de seus dedos. Também toca as sandálias enegrecidas, suas solas quase completamente desgastadas pela mordida da planície e das montanhas. A mesma planície, a mesma serra. E no término dessa viagem, as roupas do índio Juan, abandonadas à beira do caminho como uma primeira pele de serpente.

— Pai — repetem.

Olham para ele fixamente. Olham para a túnica em suas mãos e, em seguida, para a camisa cheia de pó e sujeira que ele está usando. Olham nos olhos de Juan, a indecisão de Juan, até que Juan finalmente compreende. Senta-se sobre um dos talhos de madeira e lentamente remove suas roupas esfarrapadas; as botas em cujo interior se misturam todos os cheiros do deserto. Deixa no chão sua espada, seu arcabuz, o punhal que esconde no cano de sua bota. Um índio o ajuda com a esquerda, depois com a direita; outro já se agacha com as sandálias prontas. Mais dois situados atrás dele, instruindo-o a levantar os braços – céu, céu, dizem –, e então a túnica caindo sobre seu corpo, ajustando-se ao seu corpo como uma espada se ajusta à sua bainha. Sente seu calor, o último calor do índio Juan, tocando sua pele. Ao lado dele, dois homens de joelhos forcejam para ajustar suas botas aos pés de madeira do Cristo.

*

Junto ao altar há uma espécie de assento cerimonial de madeira, que lembra um pouco as cadeiras de um coral ou o trono de um rei menor. Dois homens levam-no até lá e lhe indicam que se sente. No exato momento em que ele faz isso, todos os presentes se ajoelham.

— Pai, pai! — gritam os fiéis.

Mas Juan não é o Pai deles. Repete-o mais uma vez: não é o Pai deles. Tem esse nome, Juan, porque assim quis sua mãe, e suas roupas, só porque assim quiseram eles, mas aí terminam todas as semelhanças. Justamente por isso, por não serem a mesma pessoa, agora ele precisa encontrá-lo, entendem? Precisa encontrá-lo. Eles podem ajudá-lo?

Escutam suas explicações em silêncio. Olham uns para os outros, consternados. Trocam algumas palavras em sua língua. Ninguém diz nada. Juan insiste com mais veemência. Falo de vosso Pai, diz. Fala do homem que lhes ensinou tudo que sabem. Daquele que usava essas mesmas roupas. Onde pode encontrá-lo? Está escondido ali, em algum lugar da aldeia?

Por fim, um deles balança a cabeça.

—Não... Pai aldeia não...

— Quando ele se foi?

Voltam a consultar-se com os olhos, com um ar aflito.

— Só quero saber quando ele saiu! Compreendeis? Ele se foi? Ele se foi ou não se foi?

— Para onde? — pergunta o mesmo índio, a ponto de chorar.

E Juan não sabe o que responder.

*

A princípio, ele acredita que é apenas mais um selvagem. Mal presta atenção nele: um homem comum que se apoia no batente da porta, talvez mais alto que os demais, talvez com um pouco mais de aprumo. Veste uma espécie de gibão com franjas, cheio de remendos e descoseduras e manchas de cores diferentes, como se alguém tivesse querido improvisar uma vestimenta cristã costurando restos de trapos. Também carrega um velho surrão de pele de cabra, como os usados por pastores e alguns peregrinos. Na cabeça, um imenso chapéu de palha, semelhante à roda de uma carruagem, vela seu rosto. Mas, de repente, o homem comum levanta a cabeça, e então Juan vê uma barba loira emergir sob a borda de seu chapéu. Uma barba loira, e uma pele branca e encarnada pelo sol, e um sorriso rígido que parece entalhado em seu rosto.

Sem deixar de sorrir, o homem branco bate palmas e grita algumas palavras misteriosas. É uma mensagem breve e seca, que, no entanto, tem um impacto imediato sobre os selvagens. Antes que ele terminasse de falar, todos já se precipitaram para a saída da igreja – a igreja? – e fecharam a grande porta atrás de si. O que resta lá dentro é o Cristo vestido com suas roupas e Juan vestido com as roupas do Cristo e o homem branco que parece vestido com os restos das roupas de pelo menos dez homens. Seu sorriso não se ensombreceu em nenhum momento; um sorriso tão amplo e rígido que parece estar dividido entre a bondade e a ferocidade.

— Tendes de desculpá-los, capitão... São gente de paz, mas também inocentes como crianças...

— O que dissestes a eles?

Faz um gesto vago com a mão, que varre as palavras recém-pronunciadas.

— Ah...! Nada importante. Pode ser que tenha insinuado que estáveis cansado da viagem, e que quando estais cansado não operais milagres, mas tormentos. — Ri fracamente, como se pedisse desculpas. — Já vos disse que são pessoas de paz... e também inocentes como crianças.

— Quem sois?

O sorriso do homem se intensifica, ou talvez se torne mais profundo.

— Decerto não aquele que estais procurando.

— E quem estou procurando?

— Buscais o Pai... Por que me perguntais o que já sabeis?

Seu sorriso se apagou pela primeira vez, mas algo de sua força parece ter se trasladado aos olhos. Ao brilho de seus olhos.

— Quereis dizer o índio Juan?

— Se gostais de chamá-lo assim.

— Então sabeis onde posso encontrá-lo?

O desconhecido tarda um pouco em falar. Olha alternadamente para Juan e seu costal de pano. Dá voltas no chapéu entre as mãos.

— E vós, sabeis por acaso onde posso encontrar papel?

— Papel?

— Sim, papel... Para escrever. Papel, pergaminho, uma maldita tábua de argila. O que quer que tenhais.

Juan remexe em seu costal. Ocorre-lhe que as instruções para encontrar o Pai são talvez demasiado complicadas e necessitam ser postas por escrito. Talvez ele queira consignar uma mensagem cifrada: algo que os selvagens, que podem estar ouvindo do outro lado das paredes, não possam entender. Talvez ele esteja a ponto de compor um plano que o leve ao refúgio do Pai. Mas quando finalmente encontra seu maço de papéis, o homem não faz nada disso. Quase os arranca de suas mãos. Beija o laço que os prende e se limita a guardá-los em seu peitoral, como se guarda um tesouro.

— Deus vos abençoe! Não sabeis quantas vezes sonhei com papéis brancos e limpos, como esses...

Juan não tem tempo de fazer perguntas, pois com o mesmo golpe de voz, como se ambos os assuntos estivessem intimamente relacionados, o homem acrescenta que infelizmente o Pai partiu. Durante muito tempo permaneceu ali, naquela aldeia, esperando, esperando. Parecia que ele nunca iria embora. O que esperava? Esperava por vós, diz ele. Justamente por vós.

— Por mim? O Pai, estava esperando por mim?

— Sim, por vós. Mas não vos preocupeis. Eu vos ajudarei a encontrá-lo. Vou dizer-vos para onde ele foi...

Juan olha para a mão do homem, seu dedo indicador, que parece prestes a apontar em alguma direção.

— Ainda não me dissestes quem sois — diz ele, ainda olhando para sua mão.

— Ah! Eu não sou ninguém. Apenas um de seus filhos... Somos todos filhos dele, não sabia? Pode ser até que sejais também...

Um menino subiu até a janelinha ao lado para olhar o interior da igreja. Juan vê seus olhos redondos e brilhantes, espiando na penumbra. Seu sorriso. Parece feliz, como apenas certos momentos em certas infâncias são felizes.

— Eles acham que eu sou o Pai, não é? — diz, apontando para a janelinha. — Um enviado do Pai, pelo menos. É por isso que me vestiram com suas roupas.

O homem torce a cabeça. Diz primeiro que não, e depois que sim, e depois que não tem certeza. Ao fim e ao cabo, o que ele sabe desses índios? Está entre eles há tanto tempo, lamenta, e ainda não passa de um estranho. Só Ele sabia entendê-los. Só Ele podia. É até possível que só Ele quisesse. Às vezes parecia que Ele podia estar dentro de sua cabeça, da cabeça de todos esses selvagens, mesmo sem palavras. Se ele pudesse agora explicar-lhe o que o Pai fazia. Do que Ele era capaz. Se tivesse as palavras adequadas. Como poderia ele, um simples filho seu, um homem diminuto ao fim e ao cabo, fazê-lo entender o que ele mesmo não chegou a entender de todo? Talvez pudesse dizer que sabia como torná-los seus com um único movimento da mão. A todos aqueles selvagens, que antes de sua chegada não faziam nada além de comer carne humana e assassinar uns aos outros. Talvez pudesse dizer que o Pai era capaz de penetrar em seus sonhos. Sim, fazia isso; tocava-os em seus instintos, em suas paixões mais primárias, mais irracionais. E também sabia arrebatar essas paixões usando uma única palavra. Um olhar. É tudo de que Ele precisava, diz o homem enquanto dá voltas e voltas em seu chapéu: um olhar. Porque no início não conhecia a língua daqueles selvagens e teve de pregar assim, com sinais, com olhares. Juan consegue imaginar? Um homem transmitindo o mistério da Trindade com um olhar. Com um gesto. E que esse gesto baste. Que tenha mais força do que séculos de discussões entre teólogos e filósofos. Porque mesmo assim, mesmo sem palavras, acabou chegando ao fundo de suas almas bárbaras, suas almas pagãs, suas almas atormentadas. E ali dentro, naquele lugar escuro, foi capaz de semear Deus.

Juan segue seu raciocínio com dificuldade. Depois de um tempo, nem mesmo está atento às palavras. Só à maneira como o desconhecido as pronuncia, como se as cuspisse ou se elas queimassem em sua boca. Assiste a seus movimentos bruscos e enérgicos, que combinados com suas roupas esfarrapadas lhe dão um certo ar de menestrel, festivo. Contempla seu rosto: o modo com que ele pode passar da alegria à tristeza num único instante. São suas paixões, e não as daqueles índios, que parecem arrebatadas. Como se, antes de partir, o Pai tivesse acendido uma fogueira dentro dele que ainda não se apagara.

— Quanto a vós — está dizendo agora —, suponho que creem que sois um dos emissários do Pai... E já vedes que, à sua maneira, não lhes falta razão. É por Ele que estais aqui... É Ele quem vos envia. Já vos disse que Ele vos espera, que vos está esperando todo este tempo.

— Isso é impossível. O índio Juan... Quer dizer, o Pai, não podia estar me esperando, porque ele não sabe nada sobre mim. Até bem pouco tempo atrás, nem mesmo eu sabia que viria para cá.

O homem dá de ombros.

— Pois de alguma maneira Ele sabia. Ele sabia. Sabia que não o deixariam tranquilo. Que não lhe permitiriam continuar sua Obra. Que mandariam outro e outro e outro, até que... Pois estais aqui para isso, não é verdade? Para prendê-lo...

— Não sei do que estais falando — diz Juan, desviando o olhar.

Sorri com relutância.

— Não sabeis do que estou falando... No entanto, é assim. Estais aqui para acabar com ele. Mas não vos preocupeis: não é meu labor impedir-vos. Não quero julgar-vos... Como alguém poderia julgar qualquer coisa, neste mundo? E muito menos eu. Porque eu também cheguei aqui do mesmo jeito, assim como vós. Assim como vós. Não haveis adivinhado? Eu sou vós... Pelo menos era. Também eu cheguei aqui, disposto a tudo. Mas logo vi, logo vi...

Ele se interrompe.

— O que vistes?

Faz um gesto que abarca a igreja, e talvez também a aldeia que circula a igreja. O mundo que circula a aldeia.

— Vi sua Obra.

Chamava-se Diego de Fraga. Sempre fala de si mesmo assim, no passado. Pelo menos de certa parte de si mesmo. Do homem que foi antes de vir para cá; antes de conhecer o Pai. Não é mais aquele homem. Chamava-se Diego de Fraga e não tinha dois quartos no bolso e ele era tudo de bom e tudo de ruim que se pode ser nas Índias quando não se tem dois quartos no bolso. Principalmente de ruim. Porque se chamava Diego de Fraga, mas tinha por alcunha Diego da Adaga, de tão natural e até necessário que lhe parecia sacá-la até na menor oportunidade. Quando se refere à menor oportunidade, explica, está falando de muito pouco. Quando se refere à menor oportunidade, está pensando, por exemplo, num jogador que diz o que não deve à mesa de jogo, mas também num jogador que não diz absolutamente nada, e que mesmo em silêncio olha – olhava – de um jeito que não devia. Parece pouca coisa, um olhar, mas para ele sempre pareceu um assunto muito sério. Não era aquele tipo de olhar que serve para explicar o conceito da Santíssima Trindade a um punhado de selvagens; não tinham, é claro, essa força, mas também não eram qualquer coisa. Há olhares, diz ele, que mandam a pessoa ao Diabo, e ele sabia interpretar esses olhares, e também sabia como detê-los: com duas polegadas de aço no peito. Assim era. Assim vivia. Corrompeu, profanou, feriu, matou. Da religião, não sabia grande coisa. Só o bastante para entender que dizer a alguém que tinha nariz de judeu ou catadura de herege reconciliado era razão suficiente para tentar a morte; e também o bastante para saber que, uma vez que essa morte se produzia, devia acolher-se ao sagrado. Mais de uma vez teve de passar uma noite, às vezes até uma semana, cercado por aguazis numa igreja da Cidade do México. Do lado de fora estava cercado pelos aguazis e lá dentro por padres e frades, que queriam convencê-lo de sabe--se lá que coisas. Homens que falavam de pobreza com cálices de ouro nas mãos; de temperança deslizando suas mãos repugnantes na escuridão do confessionário. Naquela época, essa era toda a sua relação com a Igreja. Às vezes, é claro, também rezava. Pedia a Deus uma dúzia de escudos para mudar de vida, mas Deus nunca escutava. Pelo menos era no que acreditava então. Porque Deus, o Pai lhe ensinou, escuta sempre. Sempre nos dá o que pedimos, sobretudo quando sabemos pedir-lhe as coisas que devemos. Talvez Deus soubesse então algo que ele mesmo só pode saber agora: que nem doze, nem duzentos, nem um milhão de escudos teriam sido suficientes para salvá-lo. Para mudar de vida, bastava fazer isto: mudar de vida. E certo dia, certa noite, numa taberna infecta, aconteceu. Viu entrar pela porta um homem que nunca tinha visto antes. Um homem muito rico ou com maneiras de muito rico. Naquela taberna que cheirava a urina e a vômito e pulque. Um daqueles cavaleiros presunçosos, que pertencem a esse tipo de homens que sabem fazer mais dano com a língua do que com as mãos. As mãos desse sujeito, diz aquele que uma vez respondeu pelo nome de Diego, eram decerto brancas, limpas, melindrosas. Jamais tinham matado um homem: ele podia jurar. Mas sua língua. Suas palavras. Lembra-se dele sentado à sua frente numa mesa manchada de sangue e vinho, uma mesa que não é digna de vossa mercê, diria ele, um tanto apurado, mas o homem não se importava, ou dizia que não se importava. Conversaram a noite toda. Ou melhor, o homem falou. Sabia que era chamado de Adaga. Sabia muitas coisas e tinha muitas ideias também. Um encargo para ele. O encargo, diz o homem a quem as piores línguas conheciam como Diego da Adaga, podeis imaginar. Tinha de chegar aqui e falar com ele e prendê-lo, ou matá-lo. Nunca me deram instruções precisas. Os de lá de cima nunca falam claramente! Não vos parece? É mais confortável para eles não falarem claramente. Limitam-se a dizer aos de baixo qual é o problema. Dizem-lhes que seria terrível que certo homem continuasse pregando, que continuasse inoculando seu veneno, que temos de fazer alguma coisa, temos de fazer, e os de baixo compreendem... Nunca dizem a palavra matar. Não querem manchar a boca. Apenas manchar nossas mãos, diz. E nós as manchamos, claro. Pelo menos ele estava disposto a manchá-las. Estava disposto a manchá-las, repete. O encargo levou-o do México para Zacatecas e de lá para a serra, ou, o que dá no mesmo, de lá para o inferno. Veio para cá. Veio para cá, quando a Obra do Pai estava apenas começando. Quanto tempo faz isso? Não é capaz de se lembrar. Quem sabe? Quem se importa? Chegou e basta. Tudo é mais simples do que pensamos. O amanhã chega, o ontem se vai: é a isso que tudo se resume. Pelo menos é o que pensam os selvagens. Sabeis que eles não têm sequer uma palavra em sua língua para nomear esta coisa tão simples: tempo? Terra, poeira e céu: isso é tudo que existe para eles. O tempo é algo que se percorre, como o mundo. O passado é algo que se afasta e o futuro, algo que se aproxima e o presente, algo que se tenta agarrar com as duas mãos, sem sucesso. Parece absurdo, admite, parece, talvez, ridículo, mas por acaso eles podem estar seguros do contrário? Se agora, no meio desse deserto, ele perguntasse a Juan em que ano se encontram, sua voz não tremeria na resposta? O que importam os anos, os reis, as efemérides aqui? Se eu dissesse que em Castela Carlos já não reina, mas seu filho Felipe, o que mudaria? E se depois desse Felipe, que chamaremos de segundo, viesse um terceiro, e daí? Se ele soubesse, afinal, tudo isso, o que mudaria? O que lhe importa como eles convencionam contar o tempo, aqueles que acham por bem contá-lo? A própria noção de ano, de data, resulta inconcebível neste deserto. Ano depois de quê? Ano depois de quem? Nenhum Cristo veio aqui. A coisa mais próxima de Cristo foi, precisamente, o Pai. Talvez o Pai mereça isto: seu próprio ano. Sua própria cronologia. Embora seja justo lembrar que o Pai não acreditava no tempo. Pelo menos não como os homens costumam acreditar. Todo dia é o Dia do Juízo: assim ele dizia. Mas não importa. O fato é que ele conheceu o Pai e o fez, é claro, no Dia do Juízo. Falou com Ele. Talvez ainda estejam falando agora, precisamente agora, naquela parte do mundo onde, segundo os selvagens, os acontecimentos passados permanecem. Às suas costas, sempre às suas costas. Disse-lhe que tinha vindo para matá-lo. Mas o Pai não teve medo. Apenas se sentou ao lado dele, falou e falou.

Falou a noite toda e o dia todo: falou sob o sol e sob as estrelas. Gostaria de se lembrar dessas palavras. Tudo que ele disser agora, tentando lembrar o que o Pai disse, não será mais do que o ruído da folhagem: o rumorejo com que as árvores tentam imitar a canção do vento. Cascas de ovos, secas e quebradas, onde antes havia um pássaro. O Pai falava um pouco assim, através de imagens. Dava para ver na frente dele tudo que ele nomeava: ver como ia assinalando com a ponta da língua. O fato é que o Pai falou, sabe-se lá por quanto tempo, e enquanto o escutava esqueceu que existia algo chamado sonho. Disse-lhe que o mundo estava podre e que a terra, a sua terra, amaldiçoada. Conheceis o mundo como eu, Diego disse que o Pai disse, e sabeis também que entre o mundo e o Inferno já não há nenhuma diferença; que nas cúpulas das igrejas se pintam pesadelos flamejantes para aterrorizar os fiéis, mas que na verdade bastaria dispor de um espelho; um vitral que refletisse tudo que os homens têm de monstros. Os *encomenderos* que crucificam os índios insubmissos. Os homens que matam por ouro. Os sacerdotes que embarcam suas mancebas fazendo-as passar por mães ou irmãs. Toda a criação geme em uníssono, disse ele, e em uníssono também sofre dores de parto. Falou daquele parto que estava prestes a acontecer; da necessidade de iluminar um mundo novo. Este é meu novo mundo, disse ele, apontando para os índios que o rodeavam, e esse novo mundo é apenas o começo. E Diego da Adaga, o homem ao qual faltavam dedos para contar todos os homens que havia matado, decidiu embainhar a espada e esperar. Vou crer em vossas palavras, ele diz que disse. Mas se vos afastardes delas, mesmo que seja apenas a unha do dedo mínimo, mesmo que não traiais mais do que uma única letra, vos matarei. O Pai apenas sorriu. Juan consegue entender que tipo de pessoa era o Pai? Alguém a quem ameaçamos de morte e ele sorri? Foi o que o Pai fez: sorrir. E jamais se afastou do sentido de suas próprias palavras. Ou, dependendo de como se olhe, se afastou tantas vezes que não pôde chegar a contá-las, porque a todo momento era assaltado por novas ideias, ideias brilhantes, revelações que o cegavam com seu resplendor de fogo e mais tarde o deixavam atordoado por dias ou semanas. Depois de suas iluminações, tudo parecia arder; era intolerável olhar em seus olhos, abismar-se nos olhos que tinham visto tão luminoso e tão profundo, assim como a luz do sol pode queimar mesmo espelhada na água. Então voltava a si, prenhe de novas ideias e faminto por realizá-las. Decidia, por exemplo, que deviam enterrar e devolver às entranhas da terra todo o ouro, toda a prata ou todo o rubi que havia na aldeia, porque o homem só deve ter fome de pão. Instituiu como moeda certa espécie de conchas que podem ser encontradas aqui nos vaus dos rios, e depois de um tempo também jogou essas conchas para longe de si, dizendo que também eram ouro, ouro branco, mas ouro ao fim e ao cabo. Desterrou de seu mundo a moeda, o puro conceito da moeda, que segundo ele derramava tanto sangue quanto o próprio ferro, e fez com que todas as terras pertencessem a todos os homens e que estes vivessem unidos e em comunidade, e o milho e o feijão foram repartidos de acordo com a necessidade de cada um. Dizia que não trouxemos nada para este mundo e sem dúvida não levaríamos nada dele, então, tendo sustento e com que nos cobrir, deveríamos estar satisfeitos. Todas as manhãs sentava-se debaixo de uma figueira para fazer justiça, que não era a justiça do homem, mas de Deus, porque tudo que dizia não passava de um eco do que já estava anunciado no Evangelho. Às vezes, é verdade, negava uma coisa que havia afirmado na véspera ou dizia um dia que todo homem podia fazer e comer o quanto quisesse, e no outro que quem não aceitasse a enxada também não havia de aceitar o pão. Essas contradições não o inquietavam. Dizia que não devemos ser escravos de nossas próprias palavras ou mesmo de nossos pensamentos. Estar livre da opinião alheia, e até mesmo livre da própria opinião. Dizia também que ainda não podíamos entender tudo que Ele queria nos trazer: que nos dava de beber leite, e não alimentos sólidos, porque ainda não éramos homens o bastante para digeri--los. E assim foi que o homem que um dia se chamara Diego da Adaga, aquele velhaco que certa noite de embriaguez havia degolado um desconhecido porque lhe pareceu que, mesmo por trás da expressão grave, estava rindo secretamente dele; aquele bastardo, se converteu – podeis acreditar? – em seu primeiro apóstolo. Decidiu entregar sua vida ao Pai, com a mesma paixão com que antes tirou a vida dos outros. E por muito tempo – quanto tempo? – esteve ao seu lado, vendo sua Obra crescer, pedra sobre pedra. Aquele mundo que estava incumbido de substituir o outro. Até que um dia, numa manhã que não parecia nada diferente das demais, o Pai o chamou à sua direita. Foi então que lhe disse. Disse que, infelizmente, seu tempo neste lugar havia chegado ao fim e ele deveria continuar seu caminho. Que tinha chegado o momento de deixá-lo sozinho. E o homem que erguera a espada contra mulheres, bem como contra crianças e anciãos, perdeu a compostura pela primeira vez em muito tempo e o cobrou tomando-o pelo peitoral. Sua voz era desesperada. Disse-lhe que não podia abandoná-los; não agora. Repetiu-lhe o que Ele mesmo dissera tantas vezes: que seu trabalho ali ainda estava longe de terminar. O Pai gentilmente se desatou com suavidade do gancho de sua mão, quase sem lhe dar importância, e o tomou pela bochecha. Disse-lhe que tinha razão, que o mundo que havia iluminado ainda estava por ser formado, por crescer, mas que isso era apenas o início. Que sua Obra estava apenas começando, que com aquela primeira aldeia ele tinha acabado de lançar as bases de algo, e que se algum dia quisesse chegar a edificar seus muros e cobri-lo com telhas devia partir imediatamente. Só assim seria encontrado por aqueles que não o buscavam e se manifestaria àqueles que ainda não perguntavam por Ele. Além disso, quem dizia que essa empreitada que iniciara não seria concluída em seu devido tempo? Por isso ele devia ficar ali, disse. Essa seria sua missão, seu apostolado. Ia herdar nada menos do que um mundo e devia estar à altura desse regalo. Também disse que Juan ou alguém semelhante a Juan viria; que o passado continuaria enviando seus esbirros, pois estava escrito que aqueles que vivem piedosamente em Cristo sofrerão perseguição. Chegaria um homem com o propósito de prendê-lo, de assassiná-lo, mas não havia nada de grave nisso, pois Ele bem sabia que esse homem que havia de chegar não o prenderia e não o assassinaria. Que se esta Obra que Ele agora iniciava fosse uma questão de homens, ela seria destruída sem que qualquer força a tocasse; mas que, se fosse de Deus, ninguém conseguiria abatê-la. Foi o que ele disse. E é isso que ele tem feito desde então: esperar. É o que venho fazendo desde então, ele diz: espero. Mas não espera de braços cruzados. Procura, como o Pai o instruiu, continuar trazendo à terra a justiça de Deus e aprofundando os fundamentos de seu Reino, porque tudo que queremos elevar ao céu deve primeiro ser firmemente semeado na terra. Assim diz esse vilão que um dia foi Diego da Adaga, temido e odiado em todos os cantos da Nova Espanha; assassino de homens, mulheres e crianças; responsável por tantas mortes que os dedos da mão não bastam para contá-las. É isso que diz, e, cravando os olhos nos olhos de Juan, lhe pergunta se ele é capaz de entender alguma coisa de tudo que ele disse, e então sorri.

 Juan assente. Assente o tempo todo. Mas realmente entende? Às vezes diria que sim e outras vezes parece estar ouvindo os desvarios de um louco. Seus gestos súbitos, arrebatados, têm algo que lembra os gestos furiosos do cego; a maneira como pregava de seu púlpito sobre lavradores e serpentes. Ele também olha para a frente, sempre para a frente, como se nada mais existisse; olha para o que ainda não está com os olhos igualmente cegados ou ausentes, sem que um único pedaço da realidade se interponha. Enquanto fala, o apóstolo do Pai o leva de um lado para o outro, tão rápido que Juan mal consegue acompanhar seu passo. Há tantas coisas que ele deveria conhecer. A carpintaria, o forno de oleiro, o curtume, a oficina. Também os teares, o moinho. Os campos de cultivo, que aqui chamam de "terra de Deus" e rendem frutos para todos os homens, sem distinção. Dispõem até de uma ferraria; o que lhe parece, selvagens que trinta anos atrás só sabiam se golpear com pedras e ossos e hoje aprendem a forjar suas próprias enxadas, suas próprias serras, seus próprios pregos.

 Juan vê homens e mulheres ajoelhados sobre os sulcos da terra para debulhar feijões e outros que tecem ponchos de esparto ou sandálias de couro. Um menino bate furiosamente numa bigorna; outro tira a casca de troncos ou transporta cestos ou amassa adobe. Vê uma corrente de mulheres passando uma para a outra uma pelota de barro e como cada uma delas deixa seu pequeno carimbo na massa: uma molda as alças, outra faz incisões com seu buril, outra a mergulha num balde d'água. Quando o barro chega às últimas mãos, já é um jarro decorado com geometrias e desenhos misteriosos, e só precisa ser cozida na oficina. Vê em frente à Casa de Deus um coro de trinta ou quarenta crianças cantando num latim improvável, acompanhadas de tambores e charamelas de osso, e uma espécie de índio chantre que agita seu báculo ao compasso da música. De resto, não se ouve nenhuma voz humana: apenas o martelar das ferramentas e o esvoaçar dos perus em seus currais.

O apóstolo do Pai continua falando. Fala com uma voz ominosa do tempo terrível de sua gentilidade, quando se dedicavam a ficar bêbados e disparar flechas e devorar uns aos outros, como animais que vagam pela planície. Mas Juan já não o escuta. Só tem ouvidos para o silêncio. Só olhos para os índios que pululam de um lado a outro carregando ou trazendo coisas em respeitoso silêncio, às vezes até com um leve sorriso nos lábios, com a precipitação e o recato de monges laboriosos. Parecem felizes. Parecem humanos. Mais humanos do que nunca chegaram a parecer os índios que via trabalhando nas *encomiendas*, cavando nas minas, sofrendo pregados em suas cruzes. Seria possível dizer que estão satisfeitos. Que não esperam de si mesmos nem do amanhã nada que já não tenham em mãos. E parece não haver homens superiores ou homens inferiores entre eles: são apenas isso, homens. Homens que talvez trabalhem como escravos, mas o fazem num mundo sem senhores, num mundo de escravos para si mesmos que, por essa razão, são, de alguma forma, livres. Olhando para eles, entende o que o índio Juan viu aqui. O que ele queria fazer; o que talvez tenha conseguido. É o sonho de um homem que, por sua ambição e beleza, parece quase divino: fundar um mundo que, contra todas as probabilidades, continue girando sem o combustível da prata e do ouro. Um mundo no qual seja só o humano aquilo que se ganha ou se perde.

Amarrado a uma das vigas da forja, encontra seu próprio cavalo, comendo arquejante de uma manjedoura de madeira. Junto a ele está sentado um índio, com a boca entreaberta e a atenção cravada em sua imensa cabeça. Faz um gesto de avançar a mão para tocar seu focinho, devagar, mas no final não se atreve. Quando vê o Pai e o apóstolo, levanta-se abruptamente, como surpreendido na falta.

O homem que certa vez se chamou Diego ri, apontando para seu rosto assustado. Explica a Juan que é preciso ser compreensivo com ele: é o primeiro cavalo que vê em sua vida.

— Não é verdade, Marcos? Verdade que nunca viste um cavalo antes?

O índio afirma com a cabeça, ainda olhando para ele.

— Não... Eu ouvir.

— Ouvir? — Juan pergunta.

Assente energicamente.

— São Paulo...

— São Paulo?

— Cavalo cai São Paulo...

O apóstolo sorri orgulhoso.

— Como vedes, são índios bem instruídos na fé e na história sagrada. Provai, provai, perguntai o que desejar!

Juan hesita por um momento. Avança uma mão para acariciar as crinas do cavalo, completando o movimento que o índio não se atreve a fazer.

— Diz, imaginavas o cavalo assim?
O índio não se vira para olhar para ele. Nem sequer pisca. Seus olhos são dois alfinetes negros ardendo à luz do sol, semelhantes em tudo aos olhos dos cavalos.
— Não, Pai.
— Como o imaginavas?
Demora muito para responder, como se o assunto merecesse profunda reflexão.
— Pássaro — diz por fim.
— Pássaro?
— Pássaro grande.
O apóstolo ri exageradamente.
— Então um pássaro! São Paulo cavalgando um pássaro, nada menos do que isso! São um pouco loucos, esses índios... Mas são bons. Pelo menos a maioria. Marcos, por exemplo, é bom... Não é verdade que és bom, Marcos?
O índio assente com convicção.
— Eu bom. Eu puro. Não castigo. Eu Jesus.
E então, diante do riso do apóstolo que não se apaga, ele repete:
— Não castigo. Eu Jesus. Eu Jesus.

Em algum momento, o apóstolo parece perder o interesse por Juan. Sentou-se sobre o pó, tirou o maço de papéis de seu surrão e agora se inclina sobre eles com um gesto de profunda meditação. Sua mão direita, e às vezes sua mão esquerda, voam sobre o papel como pássaros furiosos. Juan se aproxima cautelosamente. É um desenho. Tem um carvão cortado a faca na mão – nas mãos; um carvão que viaja da mão direita para a esquerda e da esquerda de novo para a direita, e que no caminho deixa sobre o papel alguns traços rápidos e dispersos, tão súbitos e imprevisíveis quanto seus gestos. Tão logo está traçando as sobrancelhas de um índio, salta para o contorno de uma choça ou desenha a sombra de uma árvore antes de desenhar a árvore. Parecem apenas rabiscos, faíscas de escuridão em meio à brancura quase intolerável do papel, mas em algum momento formas, volumes, figuras começam a se compor. Desenha o que vê ou, mais precisamente, parece estar desenhando o que o próprio Juan vê: a oficina onde as cerâmicas são queimadas e o muro de adobe sobre o qual se apoia e o menino pacífico e silencioso que as observa do chão. Moscas que viajam de um objeto a outro, como estilhaços pretos. Mas então ele começa a desenhar o próprio Juan olhando para essas mesmas coisas, em primeiro plano, e de repente, como se ele tivesse se posto atrás dos olhos de um pássaro, quem sabe se por trás dos olhos do próprio Deus, ele desenha a si mesmo olhando para Juan; inclinado sobre o papel, com expressão concentrada.

— É minha paixão — diz sem parar, sem levantar a vista. — Desenhar nossa Obra. Dar testemunho dela. O Senhor diz que devemos dar testemunho da luz, de tudo que vimos e ouvimos. E Ele não queria que eu alcançasse o conhecimento das letras humanas, mas em troca me deu isso.

E então, erguendo subitamente os olhos e abrindo os braços, exclama:

— O quanto sonhei em encontrar pergaminhos, papéis, o que fosse...! Cheguei a desenhar... Tenho vergonha de dizer. Cheguei a encher o livro do Pai de desenhos...

— O livro do Pai?

Assente rapidamente, sem olhar para ele. E sem olhar para ele também, sem parar de desenhar nem por um momento, desliza a mão livre para dentro do surrão e o estende. É um volume de capa preta e acinzentada pelo mofo, com as bordas machucadas e maltratadas como uma relíquia demasiado sagrada. É, de fato, uma Bíblia. É a tradução da Bíblia do índio Juan, já concluída, e Juan sopesa o livro por algum tempo em suas mãos, sem se atrever a abri-lo. Mas finalmente abre. O livro com o qual Juan aprendeu tudo que sabe; tudo em que acredita. O livro que despertou o furor do inquisidor e do vice-rei. Resta apenas abri-lo, e no final ele o abre. E lá dentro encontra uma Bíblia em espanhol, escrita numa caligrafia febril e feroz, tão raivosa que quase parece fazer sangrar a folha. Uma Bíblia com algumas citações sublinhadas em linhas tortas, com algumas páginas dobradas, com algumas páginas arrancadas, mas entre todas aquelas letras nenhuma margem; entre as letras, rabiscos pintados com carvão, com terra, com seiva, talvez com sangue, matilhas de figuras que pululam entre os parágrafos, entre as linhas, entre as palavras, um aluvião de formas que se entrelaçam numa gelosia interminável. Ele vê, como que decifrando o tímpano de uma igreja, algumas formas conhecidas e outras misteriosas; vê índios tecendo cestos e índios colhendo abóboras e índios rezando de joelhos; vê o interior de uma cabana de palha; vê uma mulher nua banhando seu filho nu no rio; vê perus e cocares de penas e flautas de osso. Às vezes, para arredondar uma figura ou sombrear um objeto, o desenho se apoia na linha sinuosa do texto ou mesmo risca uma palavra: um borrão sobre a palavra misericórdia; sobre a palavra amor. Vê crianças correndo, entre risos e empurrões.

Vê um homem chorando sobre a tumba de outro homem. Vê uma espiga madura, que parece coalhada de dentes humanos, e uma dentição humana que parece feita de grãos de milho. Um sorriso. Olhos abertos, olhos fechados. Lábios franzidos num gesto que parece o de beijar, cuspir ou soprar uma chama. Vê o ciclo da vida, uma mulher que dá à luz no Gênesis, em meio a padecimentos indescritíveis, e um menino que rasteja, engatinha, se levanta para caminhar do Êxodo em diante, que se viriliza página por página e finalmente copula piedosamente nos Evangelhos – seu falo desenhado como uma cruz; sua esposa oca como um sacrário ou um tabernáculo –; vê de novo aquela mulher, a mesma mulher, dando à luz no livro do Apocalipse, em meio a padecimentos indescritíveis. E também vê muitas outras coisas que não consegue entender ou explicar. Vê o esqueleto de um cavalo morto, lixado pela areia. Vê um cárcere ou a ideia de um cárcere, e dentro dele três presos amontoados que definham de fome, de tristeza ou de asco. Vê uma carroça puxada por mulas que transita pelo coração de uma batalha. Vê uma ermida de madeira e, em seguida, uma catedral de pedra e, por último, uma catedral de ferro que, no entanto, as chamas devoram. Vê um homem a cavalo que assola a planície e espalha esperança e morte. Vê uma página completamente manchada de preto, como se guardasse luto por algo ou alguém. Vê uma cruz feita de dois arcabuzes transpassados e um cavalo também preto que espera. Vê uma imensa serpente rastejando pelo deserto, e centenas de homens e mulheres e até crianças que se agarram como podem às suas escamas. Vê uma pirâmide de mulheres mortas ascendendo da lama da terra à lama do céu. Vê o deserto e a cicatriz negra que o atravessa. Vê um homem que grita do alto de um púlpito ou de um estrado e abaixo dele centenas, talvez milhares de homens que o sujeitam pelas costas, quase esmagados por seu peso. E vê ainda mais: vê armas de outro tempo, camponeses, igrejas, moedas de ouro, amanheceres, guerreiros. Vê uma piara de deuses demoníacos, os ídolos mortos da comunidade chichimeca, ardendo numa imensa pira; um fogo que se acende nos Atos dos Apóstolos e não se apaga mais, no que resta do livro; um fogo que arde, que purifica alguns dos membros da tribo, sabe-se lá se todos os membros, homens e mulheres que se contorcem de dor nas chamas, e nas últimas páginas vê também, como se de repente paridos de um pesadelo, homens sem braços e homens sem pernas e homens com globos oculares vazios e homens partidos em dois e sai deles, agachado, o Inimigo; vê facas que viajam da mão à carne e da carne à bainha, e vê também decapitações, torturas, flechas, homens afogados na água e homens afogados em chamas, como se o Diego da Adaga de outros tempos tivesse emergido do passado para atormentar o presente.

De repente, o próprio Diego, o homem que foi Diego e agora é apóstolo do Pai, arrebata-lhe o livro. Passa pelas páginas com urgência, como inflamado.

— Não é isso que vos interessa... O que vos interessa... é isto.

Ele devolve o livro, aberto no Gênesis. E nele, numa página vazia ou quase vazia, se depara com um rosto humano, ocupando toda a página. É o Pai. Ele sabe disso sem precisar que seu apóstolo abra a boca. Está vestindo suas roupas e está sentado numa cadeira que parece o trono de um rei menor e desse trono reina com um ar vagamente aterrorizante. É o Pai que dá medo. Os olhos daquele Pai. Brilham do fundo de seu retrato com um resplendor intolerável, do qual nenhum pigmento parece capaz. Eles têm o vazio e a dureza dos espelhos e de certas gemas, e permanecem perpetuamente abertos, como se carecessem de pálpebras. Como se também carecessem de um olhar, se é que isso é possível. Olhos que se dirigem para a frente, sempre para a frente, em busca do Cristo vindouro no qual ele haverá de se converter, ou talvez em busca das figuras que se debatem ferozmente nas margens do livro. O Pai contemplando aqueles habitantes pavorosos dos sonhos de Adaga sem julgamento ou sofrimento algum, sem admiração e tampouco rejeição, como se contemplasse um futuro que já se conhece e não nos afeta em nada.

Está entardecendo. Lentamente os trabalhos cessam e as forjas apagam suas fornalhas. Os oleiros que compunham a cadeia se levantam de pronto, como se orquestrados por um toque de corneta inaudível, e se dissolvem na multidão de índios que voltam para suas choças. Na terra, ficam abandonados seus cântaros feitos pela metade, ou melhor, trinta versões do mesmo cântaro em diferentes fases do processo, desde o momento em que nasce como uma simples massa de argila até que esteja pronto para aplacar nossa sede. Apenas o apóstolo permanece imóvel, inclinado sobre seus papéis. Desenha os trabalhos que cessam, as fornalhas que apagam seu fogo, os oleiros que se dissolvem na multidão de índios que regressam a suas choças.

E então, nas ruazinhas cada vez mais desertas, Juan escuta algo que parece o mugido de um animal ou o sofrimento de uma besta. Olha em todas as direções, até que pensa descobrir sua procedência: um aprisco que pode ser visto ao longe, de um dos lados da aldeia.

— O que é aquilo?

— São as ovelhas — diz o apóstolo, sem levantar a vista do papel.

— Ovelhas? Aqui?

— Sim. Ovelhas.

Juan vai até lá, imaginando como o índio Juan teria feito para levar consigo seu próprio rebanho de ovelhas castelhanas. No caminho, ele cruza com um ancião que vem meneando a cabeça.

— Puros não — diz, apontando para trás, com tristeza.

— Não Maria, não Jesus.

Juan acelera o passo, talvez porque já saiba o que vai encontrar. Um aprisco empaliçado com estacas que são o dobro da estatura de um homem. Dois sentinelas ficam de guarda na entrada, armados com arcos e lanças. E do outro lado, entre as fendas, ensombrecidos pelo sol que se afasta, vislumbra corpos. Fragmentos de corpos. Vê os últimos desenhos de Diego se encarnarem sobre a terra, como se as margens do Apocalipse tivessem finalmente parido ao mundo sua galeria de monstros. Vê índios sem braços e índios sem pernas e índios com globos oculares vazios, todos ainda vivos, todos errando como sonâmbulos em torno do mesmo circo de poeira, uns amontoados contra as estacas e outros chorando e outros se abraçando com seus corpos mínimos ou se esquivando uns dos outros, rendidos pelo asco ou pela vergonha.

— O que é isso — diz com voz gelada.

Não há interrogação em sua voz: apenas condenação.

Os sentinelas olham um para o outro, confusos. Estão procurando a palavra certa, sem encontrá-la.

— Isso *agnus*, Pai — diz um deles.

— *Agnus* — repete o outro, muito sério.

— *Agnus* — murmura Juan sem olhar para eles, como abstraído.

— Ovelha — diz um deles, por fim. — Isso ovelha, Pai.

— Ovelha! — confirma o segundo com um sorriso, feliz por finalmente ter dado a palavra certa.

— Ovelha — repete Juan. — Como ovelha, seus bastardos? Que porra estão dizendo?

A última frase ele profere quase num grito. Talvez seja por isso que os índios que passam começam a remoinhar em torno de Juan. Alguns sorriem. Olham para Juan, entre divertidos e perplexos. Outros puxam fracamente as dobras de sua túnica, tentando explicar a Juan o que Juan não entende.

— Ovelha — repetem, com paciência didática. — Ovelha. Não Maria, não Jesus.

Juan os afasta abruptamente.

— Não são ovelhas, seus velhacos, são homens. Compreendeis? Homens!

E então uma voz dura, uma voz familiar, retumbando às suas costas.

— São ovelhas — diz Diego da Adaga. — Ovelhas desgarradas.

Aperta o carvão afiado em sua mão esquerda, como se empunhando uma adaga. Não está olhando para Juan e tampouco para os prisioneiros, que começam a tremer e gritar quando ouvem sua voz. Olha para o céu, o último resplendor da tarde, como se nele lesse as palavras que está por dizer.

Diz que não tem o dom das letras, mas que lhe consta que está escrito que o machado já está posto na raiz das árvores e que toda árvore que não der bons frutos será jogada no fogo.

Diz que Deus disciplina aquele que ama e açoita todo aquele que recebe como filho, e que o filho que um Pai não disciplina nem açoita não é realmente um filho, mas um bastardo.

Diz: Se tua mão ou teu pé te escandalizar, corta-o e joga-o longe de ti.

Diz: Se teu olho te escandaliza, tira-o e arranca-o de ti, pois é melhor para ti que um dos teus membros pereça do que todo o teu corpo seja lançado à Geena.

Diz: Aos que estão fora de vós, Deus julgará. Afastai, pois, os ímpios do meio de vós.

Diz que o membro que peca há de ser cortado para não corromper o corpo e que o membro da Igreja que peca há de ser cortado com ele, para não corromper a Igreja.

Diz que a terra que produz espinhos e abrolhos é reprovada e está prestes a ser amaldiçoada e seu fim é ser queimada.

Enquanto fala, enquanto sua voz cai com as primeiras sombras da noite, Juan parou de olhar para os prisioneiros. Prefere examinar, um a um, o rosto dos índios que ouvem Diego da Adaga. Índios que aprovam, índios que estão arrebatados, índios que riem. Índios que fecham os olhos serenamente, como se transportados ou abalados por suas palavras. Até índios que cantam, cobrindo com suas canções os lamentos e choros. Entre todos aqueles índios pacíficos, satisfeitos, compreensivos, só um par de olhos dolorosamente abertos. Apenas uma expressão de horror. É uma índia de pele trigueira; uma índia que talvez vaga e dolorosamente lhe recorde alguém. Tem a boca ligeiramente entreaberta, como que petrificada num ríctus de pavor: um gesto em que não há surpresa, mas apenas a constatação de algo que já se sabe e nem por isso é menos intolerável. Ela tampouco olha para os prisioneiros. Não olha para os índios. Não olha para o céu. Só olha para trás. Olha para ele. Dentro dele. Quem sabe através dele. Olha de uma maneira terrível, como se olham as coisas terríveis que aconteceram e as coisas ainda mais terríveis que estão prestes a acontecer; olhos dos quais toda a vontade e toda a beleza evaporaram, que viram o horror e estão cheios dele e, portanto, são insuportáveis de olhar, ou que talvez tenham visto o horror e por isso mesmo estejam vazios e esse vazio seja ainda mais insuportável. Olhos que já não refletem nada, que são o que resta da compaixão quando a fé é apagada; da liberdade quando a justiça é subtraída; da vontade quando carece de mãos e voz. A esperança menos a esperança.

Ocorre depois do nascer da lua, antes do canto do galo. Juan veste-se no escuro, precipitadamente. Pega seu costal, seu arcabuz, a espada. Desliza sobre as esteiras de junco com os pés descalços e as botas na mão. Empurra furtivamente a porta da choça, que range com um barulho seco. Durante um tempo que parece imenso permanece colado junto à porta, prestando atenção aos barulhos da noite. Apenas o crepitar distante de uma fogueira; o ganido de um coiote.

    Encontra seu cavalo amarrado ao alpendre da forja, vagamente iluminado pela claridade da lua. Ele se apressa em apertar as alças, cruzar o arcabuz sobre o pescoço do cavalo e prender o costal no arção da sela. Entorpecido pela escuridão, leva muito tempo para conseguir fazer isso. Sente que cada um de seus movimentos é acompanhado por ruídos e guizos; que seus braços e pernas pesam como pedra. Mas no final ele salta sobre o cavalo e, esporeando-o com um leve puxão das rédeas, dirige-se para o sul.

Não chega a sair da aldeia. Detém o cavalo logo na altura da última choça. Durante algum tempo olha para o caminho de regresso, ou o que a noite revela dele. Vê a dentição falhada da serra e a poeira da planície branqueada pela lua e vê os trabalhos sofridos para chegar até aqui, os homens que o abandonaram na montanha, as fogueiras que nunca se acenderam, os índios crucificados e as minas de prata e os caminhos que levam ao seu passado. E quando ele já chegou até lá com seu pensamento; quando está de novo na pilha de escombros que era sua casa, novamente sozinho, novamente esperando uma mercê do vice-rei que não chega, sacode a cabeça e faz seu cavalo dar meia-volta.

Encontra os dois sentinelas flanqueando o portão do aprisco, armados com tochas. Ele se aproxima deles com autoridade ou o que ele acredita ser autoridade, muito ereto em seu cavalo.

— Abri a porta e soltai os homens — diz ele, com voz firme.

Eles titubeiam.

— Pai?

— Pois não me haveis ouvido? Soltai os homens. As ovelhas! Soltai as malditas ovelhas!

— Eles não querer, Pai... Eles ainda impuros...

— Eu disse que abrais a porta. É minha vontade.

Eles se apressam para correr a aldrava. Juan se inclina para pegar uma de suas tochas e entra no aprisco sem desmontar. A primeira coisa que ele sente é a bofetada do fedor na cara.

Então, na luz mutável da tocha, começa a reconhecer os primeiros rostos emagrecidos, seus corpos emaranhados, avermelhados pelo brilho do fogo e pelo sangue seco. Homens e mulheres que piscam, confusos, recém-retornados do sono para a realidade de sua prisão.

Juan agita furiosamente a tocha.

— Escapai! Escapai!

Alguns gemem, sem se mexer. Outros, talvez aterrorizados pela imensa sombra do cavalo, gritam. Outros voltam os olhos cegos e as mãos para Juan.

— Pai... Pai... Perdão, Pai...

— Escapai! Vamos, escapai! Por que não me ouvis? Escapai!

Do outro lado da paliçada começam a ouvir-se vozes humanas, passos. Distingue, através das fendas, os resplendores de mais tochas e corpos que se aproximam. Os cativos continuam enrodilhados no chão, como bestas que já claudicaram diante de sua insignificância. Não se levantam porque não podem. Ou porque não querem. Porque não sabem. Porque entendem que tudo já está perdido ou, pelo contrário, têm medo de perder algo que ainda lhes pertence. Mas o fato é que não se levantam, apenas choram, apenas gritam, apenas se rebuçam na poeira e cobrem o rosto uns dos outros com as mãos.

Juan vomita uma praga e esporeia o cavalo com um chute raivoso. Galopa noite adentro; galopa evitando tochas que vêm e vão no escuro; galopa com sua túnica esvoaçando de ambos os lados, como as asas rendidas de um anjo; galopa para o norte, para o norte, sempre para o norte, enquanto atrás dele se apagam os últimos gritos.

VII

Obstáculos que um homem não pode saltar
Áscuas de pedra
Beber do leito de um pensamento
Um sonho que não revela coisa alguma
Outro sonho, mais parecido com a morte
Índios que não se parecem com índios
Sete cidades e treze colônias — Tente en el aire
O rei está morto, viva o rei
Uma língua semelhante a um rio
Ir com Deus — Monges díscolos
Uma adega humana — Cloaca a três vozes
Ela ainda espera

Um homem que cavalga é um homem que pensa depressa, pensa Juan, muito mais depressa, enquanto cavalga. Ao seu redor, ele sente os pensamentos estalarem como lampejos de relâmpagos, luzes entrecortadas num mundo intermitente. Vê, à luz desses relâmpagos, fragmentos de céu azul. Um cacto solitário. A ossada de um coiote. Um bando de pássaros que compõem uma flecha ou a ideia de uma flecha. Um monte de pedras afiadas que emergem do nada, e com elas a dúvida se seu cavalo terá tempo de saltá-las, e por fim o cavalo que salta sobre a dúvida e as pedras. Estampas do páramo emaciado pelo sol, um pouco borrado através de seus olhos que lacrimejam pela corrida. E também parece ver, como se atropelando às suas costas, alguns vislumbres do mundo que abandona. Um índio que martela um ferro em brasa. Uma trupe de crianças que corre ao seu redor, entre risos e empurrões. Uma fileira de mulheres que levam uma pilha de barro do ventre da terra para o calor do forno. Um índio que olha aterrorizado para a cabeça de seu cavalo, que muitas vezes hesita em tocá-lo, que avança a mão, que a atrasa, que a avança de novo e, por fim, num instante de coragem ou loucura, o toca; o índio que descobre que por trás daquele toque não há nada, nem feitiçaria nem maravilha. E depois, as estacas da paliçada. Os dois sentinelas. O aprisco. As ovelhas. As ovelhas, enfim.

Pensar rápido demais cansa, mareia um pouco. Toda vez que ele para a fim de verificar se eles o seguem – eles não o seguem; quem iria querer? –, sente como suas pernas se afrouxam. Tenta pensar em outra coisa: talvez não pensar em absolutamente nada. A terra pulsa ao seu redor, vertiginosa como a paisagem de um sonho. Os pensamentos, as lembranças se desvanecem pouco a pouco. Tudo, menos as ovelhas, que de alguma forma permanecem. As ovelhas, outra vez. A enorme cerca que as rodeia, impenetrável e terrível, como um obstáculo sobre o qual seu cavalo não poderá saltar, sobre o qual sua memória não poderá saltar, sobre o qual sua consciência também nunca saltará. Se foi Juan quem ergueu aquela cerca, pensa, se foi ele quem aceitou, tolerou ou até inspirou esse algo que ele viu suceder do outro lado, então o quê? Mas não foi Juan, decide, não pode ter sido ser ele. Como poderia? Ele, que vinha pejado de tantos sonhos lindos, não teria sido capaz de fazer aquilo. Ou se fez foi pelas razões certas, perseguindo objetivos que hoje já não são discerníveis; não para encerrar, não para punir, não para atormentar toda aquela carne enrugada. Só Diego pode ter feito aquilo. São homens como Diego que lançam por terra os propósitos mais lúcidos: são os perdedores, pensa, são os emuladores, os mercenários; são os estúpidos, os satélites, os cegos, os medíocres; os iluminados que não brilham com luz própria, mas se limitam a refletir, como a lua, o brilho do sol. Abre outra vez a Bíblia do Pai, desliza os olhos por suas margens cheias de penitências e tormentos, e se pergunta o que veio primeiro, os desenhos dos crimes ou os próprios crimes. Se é a pluma que segue a espada ou a espada que imita o dedilhado da pluma.

Olha longamente para o horizonte, outra vez de cima de seu cavalo. Contempla as colinas rachadas que se desviam em direção ao norte. Mais além está o Pai. Lembra-se das palavras que o Pai disse, ou das palavras que Diego disse que o Pai disse: que sua Obra estava apenas começando, que ele tinha acabado de lançar as bases de algo e, portanto, devia partir imediatamente para o norte. Para edificar seus muros. Para cobrir o teto da sua Obra. Juan tem de acreditar em algo e decide acreditar nisso. Acredita naquelas palavras que não ouviu. Acredita naquelas paredes, naquele telhado: naquele sonho que já foi feito pedra em algum lugar. Ele vai encontrar esse lugar. Esse sonho. Um dia lhe servirá para se abrigar do sol, do frio, da chuva; descansará à sombra dessas paredes, sob o teto da promessa do Pai. E no momento de picar as esporas ele não se sente menor do que os homens que viu cavalgando atrás de um punhado de ouro ou uma pitada de honra.

O tempo é algo que se caminha, dissera Diego da Adaga. De repente, ele se lembra de suas palavras. O passado é algo que se afasta e o futuro, algo que se aproxima, e o presente, algo que se tenta agarrar com as mãos. Terra, poeira e céu: isso é tudo quanto existe.

Juan acredita nessas palavras? Ele não sabe o que pensar. Nem sabe ao certo o que significam. Só sabe que, quando finalmente alcança o *malpaís*,[4] não consegue discernir quanto tempo passou. Passaram, em vez disso, lugares: uma cadeia de colinas, um bosque de árvores raquíticas, um pedregal semelhante a um ossário abandonado. Alvoreceres e ocasos, que em sua memória também parecem paisagens imóveis, estações de um itinerário. Lembra-se, também, de um leito de rio seco que seu cavalo farejou de cabo a rabo, procurando um fio d'água. Não havia. Nem água, nem forma de contar o tempo.

Tudo é mais simples do que acreditamos, dissera Diego da Adaga. O amanhã chega, o ontem se vai; é a isso que tudo se resume. Os selvagens, que têm vinte e cinco palavras para nomear suas flechas, não precisaram de uma única para nomear aquela coisa tão essencial, tão assombrosa: o tempo.

O tempo é realmente algo tão assombroso, tão essencial?, pergunta-se Juan, da altura filosófica de seu cavalo. É mais real do que o voo de uma flecha? Que o milagre que é essa flecha se cravar justamente no pássaro com que sonhamos?

À sua frente espalha-se o *malpaís*, como uma resposta imensa ou uma postergação ou um cancelamento de sua pergunta. Nem o tempo, nem as flechas parecem significar nada naquela terra sem limites e morta: medir o tempo de sua desolação para quê, atirar

---

4. Um *malpaís*, em geomorfologia, é um acidente de relevo caracterizado pela presença de rochas pouco erodidas de origem vulcânica, em ambiente árido. Descreve muitas áreas do mundo, mas está principalmente associado ao sudoeste dos Estados Unidos, devido à presença de colonos espanhóis que deram o nome àquela paisagem. São áreas difíceis de atravessar e inúteis para a agricultura. Nesses lugares a vegetação é limitada, devido à escassez de terras. [N. T.]

para o ar sem pássaros para quê? A própria palavra "terra" torna-se inútil. Até onde os olhos podem ver, não há algo semelhante a terra, apenas restos antigos de correntes de lava, cuspidas umas nas outras numa espécie de ondulação imóvel; apenas bulbos de rocha negra, apenas fósseis de rios, esqueletos de lagos, apenas cones de vulcões e respingos eternizados no chão. Essas áscuas de pedra são as léguas que lhe restam para percorrer; os dias que lhe restam para atravessar. E ele os atravessa, a despeito de seu cavalo, que não quer, que se encabrita, que se arranha e faz seus cascos sangrarem ao tentar afundá-los na rocha. Seu cavalo, como se estivesse descalço num campo de cacos de vidro.

Em algum ponto, o *malpaís* se transforma em noite. Ele acampa em qualquer lugar, pois são todos iguais, e treme diante de uma pequena fogueira, sustentado por um punhado de musgos e líquens, a única vida que se aferra às rachaduras do chão. Então o sol desponta atrás dos domos de lava e o *malpaís* volta a ser todo luz e lampejos dessa luz rebotando e se multiplicando nos cristais de rocha, e mais tarde, talvez alguns minutos mais tarde, o sol se põe de novo e as rochas alongam suas sombras até escurecer o mundo, e mal há tempo para acender o fogo e já é dia de novo, o leito do *malpaís* encoberto por uma espécie de resplendor sanguíneo e Juan arrastando seu cavalo pelo cabresto, relutante como uma alma que é conduzida ao inferno.

Duas semanas, pensa.

Só mais duas semanas, suplica.

Atravessa fragmentos de solo, fragmentos de tempo. Também atravessa fragmentos da vida do Pai. Ele o vê ao seu lado, compartilhando a mesma espera. Para no mesmo lugar insignificante em que Juan para. Se aquece com a mesma fogueira. Eles se revezam bebendo no mesmo cantil, cada gole como uma contribuição cruel para a sede do outro. Ele o vê dormir ou tentar dormir, fustigado pelo frio. Ele o vê entrecerrar os olhos, cegados pelo vento. Puxa seu cavalo com a mesma obstinação, com a mesma paciência. Mas não, é impossível: o índio Juan não tinha, não tem, cavalo. Ele se vê, então, puxando a si mesmo; a rédea da vontade levando seu corpo mais longe do que o corpo pode.

Juan pensa no próprio corpo. No limite de seu corpo. Se esse limite estará mais aquém ou além do limite da viagem.

Pensa na viagem.

Pensa no *malpaís*, que não acaba. Na terra sem limites e sem terra.

Pensa no rastro de sangue que escorre das patas de seu cavalo. A força com que é preciso puxá-lo para que dê mais um passo.

Pensa no peso de seus alforjes. Pensa no peso do sol. Pensa no peso de seu cantil, cada vez mais leve em seu cinto e mais pesado em sua consciência.

A fome é um lugar que chega até onde a vista alcança. A sede é uma paisagem de contornos ásperos e direções concêntricas, uma pontada latejando em suas têmporas. Juan habita essa paisagem. Compreende, com os olhos cheios de sol e pedra, que nunca será capaz de atravessá-la. O horizonte parece retroceder a cada passo, como uma febre que se dilata em todas as direções. A terra que se desenrola diante dele não é a terra, mas as coordenadas de um mapa: um atlas de uma ambição tal que em cada uma de suas dobras se resumem províncias, continentes inteiros, mundos desconhecidos. Uma vida inteira não bastaria para percorrê-lo. E mesmo assim é preciso tentar. É preciso puxar o cabresto de seu cavalo e arrastá-lo através dos escombros de rocha e através da vertigem da sede e através dos dias e das noites como quem se perde dentro de um calendário. O cavalo não anda, está cansado, relincha com tristeza. Em algum momento Juan lança para longe de si o cantil vazio, pois para que serve, e o cavalo se vira para vê-lo voar, por um instante, no céu sem pássaros. Então, o cavalo morre. Acontece tão rápido: ele está olhando para o cantil e no instante seguinte está morto. Quando desaba sobre as rochas, já não há um único vestígio de carne: apenas um amontoado de ossos lixados pela areia e pelo sol. Juan olha para esses ossos, iluminados por infinitos amanheceres. A rédea que ele ainda segura nas mãos, agarrando o nada. De repente, lembra-se de que nunca lhe deu um nome. Viajou em seu lombo por tantos dias chamando-o apenas assim, cavalo, e agora ele está morto. Juan deve enterrar seus ossos?

    Olha para o mapa que se estende até o horizonte, e ainda mais além, as margens impossíveis que nunca alcançará. Um pergaminho esfarrapado, quase um trapo, em cujos rasgões e remendos seria possível se deter e morrer de solidão. Essa é a única coisa que lhe resta fazer, morrer, e ele compreende isso com uma gélida indiferença. Diante dele a morte, e o que importa? Lentamente se deixa vencer no chão, como se também ele tivesse se tornado um punhado de pedras. Vasculha seu costal, em busca do impossível, um último gole de água onde não pode haver nenhuma, água com a qual encher aquela boca que é toda língua e areia.

Só encontra algumas tiras de charque que inflamam sua sede e o livro do Pai. Deitado sobre a ossada do cavalo sem nome, abre o livro. Se esforça para ler, ofuscado pelo sol. Não olha para os desenhos: apenas para os versículos de caligrafia apinhada e miúda. Alguns foram sublinhados ou riscados ou rodeados por um círculo de tinta, com tal ferocidade que o papel está rasgado em certos pontos. São, não podem ser outra coisa, as passagens favoritas do Pai. Lugares onde seu olhar se deteve. Ideias que tocou, pelo menos por um instante, com a ponta de seus pensamentos. Passa as páginas atropeladamente, deixando que seus olhos saltem de sublinhado em sublinhado. Seguiu os passos do Pai até aqui e agora segue na esteira de sua leitura, deixando-se resvalar para dentro do livro que sua mão segura.

Lê: As raposas têm tocas e os pássaros do céu, ninhos, mas o filho do homem não tem onde descansar a cabeça.

Lê: Eis que envio meu mensageiro diante da tua face, que preparará teu caminho.

Lê: Porque não temos uma cidade permanente aqui, mas buscamos o que está por vir.

Enquanto lê; enquanto seus lábios secos e rachados se abrem para repetir as palavras do índio Juan, as palavras do Senhor, passam nuvens e estrelas e entardeceres. Faz-se noite e dia e de novo noite. O céu pisca e, a cada piscada, novas palavras apontadas, riscadas até a folha sangrar.

Lê: No mundo tereis aflição, mas confiai; eu venci o mundo.

Lê: Quem encontra sua vida a perderá; e aquele que a perder por amor a mim a encontrará.

Lê: Ó amados, não ignoreis isso, que para o Senhor um dia é como mil anos, e mil anos, como um dia.

*

Em seu sonho, ele sabe que está sonhando. Em seu sonho, há trigais maduros voltados para o sul, em vez da planície nua e morta que ele atravessa voltada para o norte. Em seu sonho também não há lugar para a sede. Ele só vê o Pai à sua frente e o Pai está falando com ele com sua boca sem limites, mas Juan tapa os ouvidos com ambas as mãos, porque sabe que não é o Pai que fala, mas apenas seu sonho. Ele não quer escutar e não escuta. Só olha. Olha nos olhos duros e incertos do Pai. Suas mãos brancas. Sua língua. A língua do Pai convertida numa espada de dois gumes, que ao mesmo tempo acaricia o mundo e também o esfaqueia e fere. Por fim, aquela língua de dois gumes se embainha de novo em sua boca. O Pai cala. O Pai cala e estende a mão esquerda, santa ou terrível, a Juan. Acaricia suas pálpebras fechadas.

Dorme de novo, diz a voz que Juan não escuta.

E então Juan desperta.

Escuta o relincho de seu cavalo morto. Mas um cavalo morto não relincha e, por causa disso, Juan tampouco se levanta. Nem mesmo abre os olhos. Permanece enrodilhado numa fenda nas rochas, esperando, esperando, esperando o quê? Espera que seu cavalo pare de relinchar; que ele finalmente se resigne à morte. Talvez ele também devesse se resignar. Mas esse último pensamento é oblíquo, com a voz dos pensamentos ensurdecida pela sede ou pelo cansaço. Talvez isso seja estar morto, essa voz sussurra. Talvez a morte consista em falar, em pensar, em relinchar infinitamente, e fazê-lo apenas para que outros mortos nos escutem. Talvez. E então, quando ele está a ponto de se convencer, escuta uma voz soando acima de sua própria voz. Palavras que não pertencem ao seu cavalo ou aos seus pensamentos.

— Ramón! Ramón, vem cá! Ainda está respirando. Escuta os passos. Um tinido como de reses ou de fantasmas. Alguém beija seus lábios. É um beijo frio e líquido, que o faz tossir muitas vezes e cuspir um gole d'água contra a terra.

Chamam-se Ramón e Miguel e são irmãos, ou mais precisamente irmãos de mãe e ignorantes da identidade de dois pais diferentes. Trabalham como capatazes na fazenda de dom Pablo Cigüenza, e é a esse trabalho que o senhor deve a fortuna de estar vivo. Porque é um fato que nunca, ou quase nunca, tomam o caminho do vale velho, quando têm de levar o rebanho fazem-no sempre por La Coyotada ou por Cuencamé ou por Pedrero Grande, às vezes inclusive por Tierra Generosa, mas nunca ou quase nunca pelo vale velho; e veja só o senhor que naquela tarde, por razões que não são totalmente claras para eles, acabaram tomando o caminho do vale velho que eles nunca ou quase nunca tomam. Foi justamente nesse vale que o encontraram, ou melhor, que os cavalos o encontraram, porque de repente desobedeceram às rédeas para vir farejar um feixe de trapos castigados pela poeira. Aquele feixe era o senhor, Miguel acaba esclarecendo, como se Juan já não tivesse imaginado, e diz que a seu ver também foi fortuna ou providência ou mero acaso, ou sabe-se lá o que foi, que o encontraram antes dos coiotes, não acha?

Estão sentados os três ao redor do fogo, comendo tortilhas de um comal de barro. Ao seu redor as ovelhas pastam indolentes, iluminadas pelas últimas luzes da tarde. Juan olha alternadamente para os rostos de seus dois salvadores, e é incapaz de fazê-los corresponder a qualquer coisa ou a alguém que tenha conhecido até então. Nem tem certeza se são espanhóis ou índios. Quando falam, parecem castelhanos, castelhanos pobres e vazios de toda propensão ou arrogância, mas castelhanos, no fim das contas; homens que teriam herdado de Castela a língua e dos índios um certo ar atribulado e sombrio. Seus chapéus não são de todo espanhóis, mas até onde ele sabe também não são indígenas. Olha para o rosto deles e esses rostos parecem não dizer muito, ou então dizem coisas contraditórias. Alguns de seus traços poderiam ser encontrados, desmontados, em homens vindos de Castela ou da Andaluzia, mas o resultado geral é incerto, com traços ligeiramente indígenas, como quando se edifica uma igreja com desenhos da Espanha e uma vez posta pedra sobre pedra ela acaba por ter, apesar de tudo, um quê de indígena. Também suas palavras parecem ter esse ar; um eco alheio que às vezes é uma espécie de música no fraseado e às vezes uma pronúncia vagamente nasal ou certas expressões que Juan nunca ouviu e sabe-se lá de onde vêm. Vosmecê, eles o chamam o tempo todo: vosmecê, eles dizem, vosmecê deveria comer outra tortilha, vosmecê perdoe a pobreza de nossa oferenda, vosmecê é verdadeiramente um homem de sorte, e se referem a ele na terceira pessoa, como se ele não estivesse presente ou pelo menos não de todo. Juan se pergunta se eles prescindem do vós e do vossa mercê porque têm muito respeito por ele ou porque não lhe têm respeito algum.

 Os homens meio-irmãos e meio-índios continuam conversando, enquanto Juan come tortilhas e bebe longos goles do gargalo do cantil. Dizem que o senhor deveria ter o cuidado de não andar pela planície assim, sem tino e sem provisões e ainda por cima sem cavalo. Embora, para serem francos, eles nunca tenham sabido de nenhum viajante que se extraviara no *malpaís*, que afinal não é tão grande que não possa ser percorrido de cabo a rabo num par de dias. De onde veio o senhor, se não se incomoda em dizer?

Juan aponta para as costas. Com a voz ainda estrangulada pela sede e pelos padecimentos, ele explica que a última coisa que viu foi uma aldeia de índios que ficava ao sul.

— Uma aldeia de índios, ao sul?

Os dois meio-irmãos se olham por um momento, por sob a aba de seus chapéus.

— Me parece que se refere à Nombre de Dios.

— Não, não pode ser. Isso é bem mais para lá. E San Bartolomé também não deve ser, porque fica para o outro lado.

— É verdade.

— Para mim, deve ser a velha missão de San Juan.

— Isso também não. Essa missão foi abandonada há um bom punhado de anos. E a que o senhor visitou ainda estava de pé, não é?

Juan assente.

— Sim, bem de pé.

— Viu, Ramón? Não pode ser San Juan, que está abandonada, a bem dizer desde sempre. Deve ser outra coisa que não conhecemos. Ou que o senhor deu voltas e voltas e se perdeu e agora quem sabe do que está falando...

Eles ainda discutem por algum tempo. Juan os escuta, adormecido pelo fogo. De vez em quando, estende uma mão desmaiada para alcançar o cantil. Não está mais com sede, mas fica com algo como um eco de sede, uma vontade de sentir o cantil cheio e frio na ponta dos dedos. Em algum momento, os homens retiram dois cachimbos de madeira bruta e começam a fumar tabaco lentamente. Fumam como Juan viu fumar só os índios durante suas cerimônias rituais. Afinal, são índios, pensa ele, enquanto sua consciência lentamente vai se apagando.

Quando ele abre os olhos, já é noite cerrada e os homens ainda estão acordados junto ao fogo, revezando com muita reverência um garrafão de barro. Oferecem-no num gesto solene e grave, e Juan o tateia por um tempo antes de se decidir a tomar um trago. É mescal, esclarecem. E como Juan não dá sinais de compreensão, começam a rir. Não riem com malícia. Pelo contrário, riem como a criança que contempla um prodígio ou uma maravilha.

— Mas é verdade então que o senhor nunca provou mescal?
— Nunca.
— Ah! Que inveja... Quem não se lembra do primeiro trago de mescal, não é verdade, Ramón?

E Ramón, sonhador:

—Ah...! Quem vai se lembrar, de tão lá atrás...!

Juram-lhe pela bem-aventurança da Virgem de Guadalupe duas coisas: que nunca provou nada mais nojento em toda a sua vida e também que não se contentará em dar um único trago.

E acontece exatamente como dizem. O primeiro gole é realmente nojento, e o segundo é como deixar um animal vivo entrar em sua boca, e o terceiro, quarto e quinto são como sentar-se para acariciar o dorso desse animal, cada vez mais calmo e silencioso em suas entranhas.

— Sabe de uma coisa? Meu irmão e eu estávamos para perguntar se o senhor é *gachupín* ou *criollo*, mas, sabendo que é seu primeiro trago de mescal, não há dúvida de que vosmecê é *gachupín*.

Juan pisca, confuso. Os homens voltam a rir, com a mesma inocência:

— Ah, que belo *gachupín* vosmecê há de ser para não conhecer a palavra *"gachupín"*!

Explicam-lhe, com rústica paciência, que chamam de *gachupín* os que vêm da Espanha e de *criollo* o espanhol que cresce na colônia. E até onde eles observaram, o senhor pode se gabar de ser o mais *gachupín* que já viram; o campeão dos *gachupines*. Se não fosse pelo lugar onde o encontraram, diriam que ele acaba de dar o primeiro passo nas docas de Veracruz, ainda mareado pelo balanço do navio.

Juan não sabe se é um elogio ou uma piada, então esboça um gesto que também está a meio caminho entre a seriedade e um sorriso.

— E agora, se a pergunta não for indiscreta, diga-nos: o que o senhor está fazendo por esses lugares esquecidos por Deus?

Juan acaricia a capa da Bíblia do Pai. Considera, num primeiro momento, dizer a verdade, e depois considera a maneira mais apropriada de mentir, ou pelo menos de dizer apenas meia verdade. Por fim, começa a tecer uma história confusa, fragmentária e hesitante sobre uma dúzia de soldados que se dirigiam em busca das Sete Cidades, e depois alude a um imprevisto que os separa e extravia: um imprevisto que tanto parece ser uma tempestade como um motim ou um assalto dos índios rebeldes. Miguel e Ramón olham para ele de boca aberta.

— Vosmecê disse que estava procurando o caminho para as Sete Cidades?

— Sim.

— Perdoe-me a pergunta e a insistência, senhor, mas como é isso das Sete Cidades? Vosmecê está se referindo às Sete Cidades de Cíbola e Quivira, o reino dourado? Aquele conto da carochinha?

Antes que Juan tenha tempo de responder, Ramón se adianta.

— Como vai se referir a Cíbola, Miguel? Certamente... o senhor deve estar falando das Treze Colônias, não é mesmo?

Juan faz um gesto que pode significar qualquer coisa, mas que é, na penumbra avermelhada pelo fogo, um sim. Ramón lança-se então a falar com entusiasmo das Treze Colônias, um lugar – ou treze lugares – próspero e cheio de riquezas e oportunidades, de acordo com o que ouviu, e que, portanto, não deve fazer desdouro àquelas cidades de pedrarias e joias com as quais os primeiros conquistadores sonharam. Menciona uma colônia chamada Virgínia, e outra Geórgia, e duas Carolinas, uma no norte e outra no sul, e inclusive uma tal de Maryland, que a seu ver significa "Terra de Maria": sabe-se lá por que os ingleses têm esse gosto por batizar suas terras com nomes de mulheres. E por falar nos ingleses, o pior dessas colônias é justamente isto, os próprios ingleses que as fundaram e habitam e as contagiam com sua ralé protestante.

De repente, Ramón se interrompe, como se pego em falta.

— O senhor não é protestante, não é?

— Não. Sou católico.

— Nem religioso?

— Não. Sou só um soldado.

Ramón e Miguel voltam a olhar-se. Parecem aliviados. Suas roupas os confundiram, esclarecem.

— Minhas roupas?

Juan pensa nelas pela primeira vez em muito tempo. À luz da fogueira, ele olha para a túnica longa e suja do Pai, seu cinto de couro não curtido, suas sandálias.

— Sim. Pensávamos que era um desses humildes e piedosos eremitas que vão viver no deserto, porque o mundo é irrelevante para eles.

— Não sou religioso — repete Juan, atiçando o fogo. — Sou só um soldado.

E nem ele mesmo sabe se está falando a verdade.

Na manhã seguinte, despedem-se na encruzilhada do caminho real. Antes de se separarem, eles lhe fornecem um odre de vinho com água e porções de milho e feijão, e Juan insiste em pagá-los com uma moeda de ouro. No momento de enfiá-la no bolso, olham uma e outra vez de ambos os lados, como se o ouro ou os desenhos inscritos no ouro fossem para eles uma espécie de maravilha.

— Há outra coisa que eu gostaria de lhes perguntar — diz Juan por fim, quando estão prestes a se separar. — Vossas mercês... Perdoem-me a pergunta grosseira, mas vossas mercês são índios ou espanhóis?

A expressão "vossas mercês" os faz sorrir, mas o resto da pergunta apaga seu sorriso. Infelizmente, confessam olhando para o chão, não são nem um, nem outro. A única coisa de que podem ter certeza é que sua mãe era *cambuja*: a partir de então, quem era o pai de cada um é apenas uma soma de conjecturas e opiniões, especulações nascidas do exame de suas feições, que como o senhor terá verificado não são muito definidas e, portanto, são estéreis para suposições. *Cambuja?*, pergunta Juan. Miguel sorri com tristeza. Ah, diz ele, que coisa complicada é explicar a um *gachupín* o que é um *cambujo*, mas vamos tentar. Um *cambujo*, diz, é filho de um *chino* e de uma índia; mas não um *chino* da China, é claro, não há *chinos* da China aqui, como vosmecê pode imaginar; há um outro tipo de *chinos*, que é a forma como chamamos o filho de um mulato e de uma índia: entende-se que não é necessário explicar ao senhor que o mulato é o filho de um branco puro e de uma negra também pura. Claro que aqui isso da pureza é um tesouro difícil de encontrar. O fato é que sua mãe era *cambuja*, esse é o único fato incontestável da equação: ou quase incontestável, porque, segundo dizem, o pai de sua mãe poderia não ter sido *chino*, mas um *zambo prieto*, ou mesmo um negro de pele excepcionalmente pálida, e então sua mãe já não seria *cambuja*, mas *zamba*. Mas vão supor – fizeram-no toda a vida – que a mãe tem razão e seja, no fim, *cambuja*. O assunto de seus homens é farinha de outro saco. Do pai de Miguel só sabem que era *calpamulato*, ou pelo menos era o que ele dizia, ou seja, filho de *zambaigo* e *lobo*, que como todos sabem são por sua vez filhos da união do *cambujo* com a índia e da *salta atrás* com o mulato. Se assim fosse, o próprio Miguel seria forçosamente *tente en el aire*, embora também caiba a possibilidade de que o pai não fosse *calpamulato*, mas simplesmente um *lobo*, o que converteria Miguel em... vejamos, Miguel, em que te converteria? Não sei se há um nome para isso, confessa o próprio Miguel, coçando o pescoço. Quanto a Ramón, infelizmente sua mãe não foi capaz de lhe dar informação quanto à casta de seu pai. O que sucede entre homem e mulher tivera lugar, no caso deles, depressa e no escuro, de modo que poucos cálculos poderiam ser extraídos da cor da tez: mas, para simplificar as coisas, eles preferiram acreditar que era *calpamulato* e concordar que Ramón era *tente en el aire*, da mesma forma – como parecia provável – que seu irmão. O senhor entendeu?

— Entendi — diz Juan, só para dizer alguma coisa.

Durante algum tempo, ninguém fala. Três homens parados à beira da estrada, as ovelhas que se apinham inquietas no páramo sem grama: todos parecem esperar alguma coisa. Por fim, Juan decide falar de novo.

— A propósito. Por acaso não viram este homem, não é mesmo?

Miguel e Ramón levantam os olhos das ovelhas para contemplar o estranho livro que Juan lhes oferece.

— Quem é?

— Um índio. Se chama Juan, embora também seja chamado de Pai.

— Um índio, vosmecê diz?

— Sim.

Negam com a cabeça em silêncio, sem tirar os olhos do retrato.

— Bem, para mim não se parece com um índio. Veja a pele dele, os olhos. Eu diria que é *ladino*. Provavelmente *apiñonado* ou *zambo*.

— Diria? Eu não vejo tanto negro na mistura. No máximo é *chino*. Inclusive pode ser *tente en el aire*.

Juan abre a boca e depois a fecha.

— Sim — Ramón finalmente se decide. — Com certeza. Eu juraria que é um *tente en el aire*.

E então ele levanta a vista e olha para Juan, com um brilho distinto nos olhos.

— Por que está procurando por ele? Ele fez algo de errado ao senhor? Olhe que os *tente en el aire* são enganadores.

Juan demora um instante para responder, confuso.

— Mas vosmecês não eram *tente en el aire* também?

Assentem em uníssono.

— Sim, somos. Por isso, mais uma razão para acreditar em nós, porque sabemos do que estamos falando. Ouça-nos: os *tente en el aire* são enganadores. Todo mundo sabe disso.

Antes de se despedir, dizem a ele que encontrará a cidade a duas léguas de distância. A palavra "cidade" o faz sorrir. Acha que os dois meio-irmãos exageram, como exageram às vezes os homens do campo, que acreditam que a pequena colina que preside sua vila é uma montanha, e uma ermida sem retábulos ou pároco é uma catedral. Ele espera exatamente isso: um eremitério ainda a ser consagrado; uma aldeia de choças de adobe e palha recém-construídas, semeadas precariamente em plena terra de índios, como uma semente que poderia dar algum fruto ou desaparecer tragada pela poeira da fronteira. Talvez uma missão franciscana. Talvez a primeira amostra de uma mina humilde, ainda mais fértil em desgostos do que em prata. Mas ele percorre as duas léguas e no fim encontra o impossível, uma cidade verdadeira, que parece ter sido assentada na planície há décadas ou séculos. Vê algumas choças de adobe e palha, sim, mas também palácios de alvenaria e varandas de ferro forjado, conventos de muros caiados de branco, um jardim onde a natureza parece domesticada ou rendida. Emergindo entre os telhados, as duas torres da catedral, uma catedral cristã, aqui, no coração da terra indômita, aqui, rodeada de selvagens e cactos e páramos que nem mesmo os terríveis soldados de Pedro de Alvarado foram capazes de trilhar.

É impossível, pensa.

É impossível, diz a ninguém, em voz alta.

No entanto. No entanto, diz ou pensa, talvez tudo isso seja apenas um novo sinal do Pai. Mais um traço de seus ensinamentos. Quem, senão ele, poderia ter trazido a mensagem de Cristo a esta terra sem memória? Que outra vontade poderia conjugar o esforço de mãos suficientes para erguer essa imensa igreja, grande o suficiente para dar abrigo à mais desmedida ambição de qualquer homem? E essas mãos, pensa Juan olhando ao redor, já não são brancas, negras ou índias, ou são todas ao mesmo tempo: basta olhar para os transeuntes que sobem e descem a rua, homens e mulheres que poderiam ser índios e ao mesmo tempo não, de forma alguma; vê tons de pele que nunca viu antes, amálgamas de todas as raças imagináveis; vê um esboço de índio com cabelos claros e uma negra que talvez não seja negra de todo estendendo as roupas e um branco ou quase branco que viaja dentro de uma carruagem com uma peruca branca também, e perseguindo a carruagem algumas crianças que têm a pele da cor da lã e que poderiam ser filhas de todos e de ninguém, como se Deus tivesse agitado as ninhadas de todas as suas criaturas e as devolvido à terra sem ordem ou propósito.

Ele se pergunta se este é o mundo com o qual o Pai sonhava; essa é a igualdade entre as raças que ele pregava? Um mundo onde o espanhol acabou por se impor de alguma forma, mas o fez sobre os alicerces dos indígenas, como um eco que se recusa a silenciar por completo. Como explicar de outra forma os cachimbos que tantos brancos levam entre os dentes, com seus fornilhos mantendo aceso o fogo dos ritos pagãos, ou aqueles que são levados nos ombros de seus criados, em liteiras que lembram um pouco as padiolas dos antigos caudilhos? Homens muito respeitáveis com as cabeças toucadas por perucas grisalhas, como os flecheiros chichimecas ostentam os cabelos de seus inimigos mortos, e mulheres que parecem castelhanas bebendo em suas varandas xícaras de algo que se parece com chocolate índio. E todos eles ataviados com roupas improváveis, trajes de fantasia, como se chovidos da imaginação de um louco ou da corte de algum reino distante; casacas cheias de laços e botões e capas que se arrastam até o chão e chapéus amarquesados e ridículos. Vê passar uma roda de soldados estranhos, que em algum momento renunciaram a suas armaduras e capacetes, e ao seu lado um punhado de mulheres que parecem estar se preparando para algum tipo de batalha dentro de seus espartilhos e saias longas; como se os homens tivessem desistido de proteger seu corpo e as mulheres defendessem o seu com mais vigor, blindadas com saias imensas e saiotes, armadas de guarda-sóis e leques e luvas brancas. Só os religiosos parecem não ter mudado. Vê-os a andar pela rua com as mesmas tonsuras, os mesmos hábitos, o mesmo gesto resignado. Eles e também o burro que vê dar voltas e voltas ao redor da roda de um moinho, um burro que é igual a todos os burros que viu até agora, fazendo girar a mesma roda, cegado na mesma corrida sem propósito.

    Ele se detém diante do pórtico da igreja, impressionado com as figuras esculpidas em sua fachada; uma pululação vertiginosa de corpos e gavinhas, tão variegada que não deixa espaço para mais nenhum santo. Lá dentro ele encontra colunas impossíveis, enfraquecidas em sua base e mais largas à medida que sobem em direção às abóbadas, e um retábulo cheio de douramento e folharadas. Até o Cristo parece ter mudado: sofre na mesma cruz, mas o faz com uma crueldade desconhecida, contorcido pelo horror e empapado de sangue. Ele se ajoelha aos seus pés e reza, ou pelo menos tenta, mas as palavras e até os pensamentos ficam em seus lábios. Está vazio. Só consegue pensar no índio Juan e naquele outro Cristo que viu sofrer de maneira semelhante, tão longe daqui que poderia ser confundido com um sonho.

Um sacristão passa às suas costas e lhe diz que ainda não é hora de esmola: que volte mais tarde. Quer perguntar a que se refere, porém não é rápido o suficiente, mas o sacristão sim, o sacristão já está longe, ocupado em acender os círios e com os preparativos do ofício que está prestes a começar. Agrupada em frente ao confessionário aguarda uma fileira de mulheres, como costuradas umas às outras por devoção ou tédio. Ao passar por elas, sente o peso líquido de seus olhares. Uma velha se aproxima sem chegar muito perto. Estende o braço até onde pode e deixa uma moeda de prata no oco de sua mão. Nem mesmo chega a roçá-lo; ele só sente o toque quente da moeda e depois desse toque nada, a velha que se refugia atrás de sua mantilha e volta para a fila. É uma moeda estranha, com a efígie de um rei do qual nunca ouviu falar. Esse rei também aparece toucado por uma espécie de peruca ou cabeleira estranha, como se os índios não tivessem se contentado em impor seus bárbaros costumes à Colônia e, de alguma forma, tivessem conseguido plantá-los também do outro lado do oceano.

Juan sai à luz do pórtico. É dia de mercado, e a praça da catedral está tomada pelos mercadores e suas tendinhas de madeira e lona. Alguns homens comem e bebem nas bancas de comida, em meio à fumaça das cozinhas ambulantes e aos gritos dos mercadores. Outros regateiam o preço de certa bugiganga ou simplesmente passeiam acariciando a compra com as pontas dos dedos.

Juan evita os vendedores de pulque e as fritadeiras de tamales e encontra enfim o que procura, uma barraca que é apenas quatro estacas raquíticas cobertas de cânhamo, e no chão um baú abarrotado de roupas velhas. Vasculha dentro dela com paciência até encontrar uma capa, uma casaca surrada, calças e umas botas gastas, que apesar de feias não destoam muito da ideia insólita de decoro e elegância desta terra.

A dona do posto é uma velha com a boca franzida numa careta de desagrado que parece impossível de apagar. Com o canto da boca, ela dá um preço que Juan não entende ou que entende pela metade, por isso prefere estender a ela seu saco de moedas, sem fazer perguntas. A velha olha com desconfiança sua túnica de mendigo e depois as mãos sujas com que estava escavando entre as roupas, e com ainda mais desconfiança o saco de moedas. Vai tirando-as uma a uma, olha uma e outra vez para suas efígies, esfrega-as contra a manga, morde ou tenta mordê-las com sua boca desdentada. Não se fia. De que não se fia? Só parece ficar aliviada quando encontra as esmolas de prata que acabam de obsequiar-lhe.

— Então este é nosso rei — diz Juan com indecisão, apontando para a moeda escolhida.

Parece que sim, responde a velha, subitamente suavizada pela descoberta da moeda. Parece que sim, repete, mas às vezes o que parece não é grande coisa em comparação à realidade. As notícias chegam com tanto atraso à Colônia, sem falar nas moedas onde estão inscritos os nomes dos reis, que não é raro se ajoelhar na América diante de um rei que na Espanha está há meses ou anos debaixo da terra. Então, sim, no que diz respeito a ela, Carlos III ainda está vivo e reinando, e será seu rei enquanto as cartas e os navios continuarem a dizê-lo.

— É o que eu sempre digo — murmura, com uma ameaça de sorriso, enquanto devolve o saco de moedas. — Se a morte viesse de Madri, viveríamos todos até que nosso último dente caísse.

— Não — diz a vendedora de atole.

— Não — diz um aguadeiro a quem ele surpreende no meio de sua faina.

— Não — diz uma senhora por trás de sua ventarola.

— Nunca o vi na minha vida — diz o estalajadeiro em cuja estalagem passa a primeira noite.

Todos acompanham suas negativas com explicações que Juan ouve pela metade: não, lamento que você tenha perdido o criado; não, não vi esse *cambujo*, esse *lobo*, esse *jíbaro*, esse *torna atrás*; sinto muito, para mim todos os *calpamulatos* são iguais. Suas bocas cheias de palavras novas, expressões novas, até gestos novos; falam sua mesma língua, não há dúvida, mas ao mesmo tempo não sua língua, em absoluto sua língua, assim como as águas de um rio em sua nascente e em sua foz não são as mesmas. E Juan no mercado, nos jardins, nos hospitais, nas portas de palácios e choças, de igrejas e tendas de pulque; através dos dias e das noites, nos arrabaldes e nas fazendas, escutando soarem as águas daquele rio.

— Não.
— Lamento.
— Aposto minha peruca que esse que procura não é índio, mas *coyote*.
— Temo que vosmecê tenha de procurar outro criado.

E ele, abrindo e fechando repetidas vezes o mesmo livro.
— Obrigado, obrigado, obrigado.

É um mendigo encolhido no fundo de um beco, contra uma pilha de troncos que cheiram a urina. Juan lhe estende, enroladas numa trouxa, as roupas do Pai. O mendigo as examina com ceticismo, revira suas muitas manchas e rasgos, como se comparasse sua própria pobreza com a do último dono daquela túnica fedorenta e não estivesse seguro do diagnóstico. No fim, ele parece aceitar o obséquio, com um breve gesto de cortesia.
— Aliás — diz Juan, enquanto se afasta. — Você não conhece esse índio, conhece?
— Ah! Já o levaram, senhor — diz o mendigo, assim que põe o livro diante dos olhos.
— Quem?
— Pois ele mesmo. O Padrinho.
— O Padrinho?
— Já o levaram.
— Para onde?

Aponta vagamente para um canto da cidade atrás dele. Juan acerta ao pensar que está apontando para o norte.
— Bem, para o calabouço. Ele estava procurando muito por isso e no fim lhe fizeram esse agrado, senhor.
— Para o calabouço? Por quê?

O mendigo parece se remexer em seu canto, tornar-se menor. Eu, senhor, não sei nada. Eu, senhor, não tenho culpa de nada. Eu, senhor, também sou mendigo, é justo reconhecê-lo, mas apesar de pobre não sou como ele; juro pela Virgem de Guadalupe que não meto meu nariz em problemas. Perdoe-me, senhor; eu sei, senhor, que jurar é errado. Não sei o que estou dizendo. Eu, veja, não faço outra coisa senão estar aqui, estendendo o oco da minha mão, assim, sem perturbar nem nada, sem gritar loucuras ou tolices, sem alvoroçar ou perturbar os transeuntes. Eu, senhor, só estava sentado aqui, me perguntando se essa bolsa que carrega não está ficando muito pesada, e se não haveria algum trocado nela que não vai lhe fazer falta. Sim? Pois então vá com Deus.

O edifício é um antigo convento de clausura, que com pouca imaginação foi ajeitado como cárcere da vila. As janelas são gradeadas com as mesmas gelosias que impediam as freiras de se lançarem às tentações do século, e seu pomar é agora um pátio lúgubre em que os prisioneiros fazem a ronda. Juan espera ao lado do torno que uma vez despachou bolinhos e folhados, atendido por um soldado que só consente em chamar o alcaide em troca de uma moeda. Enquanto espera, ouve algumas vozes saltando das paredes de adobe e pedra. Não são, como Juan esperaria, lamentos e confissões arrancados no banco de tortura, mas gritos que às vezes parecem de júbilo, e também maldições, e investidas de cartas, e risos enlouquecidos clamando numa espécie de celebração furiosa.

    O alcaide é um homem velho e minúsculo, que caminha lastreado pelo peso de muitas preocupações. Tem olhos pequenos e entristecidos, velados por óculos redondos. Por trás de suas lentes, examina Juan de cima a baixo, enquanto nega com a cabeça. O pouco entusiasmo que o animava parece ter evaporado de repente.

— Vosmecê não é o oficial de justiça do Real Cárcere da Corte — diz ele, e não se sabe se pergunta ou afirma.

— Não. Eu apenas...

O alcaide interrompe-o com um gesto da mão direita. É terrível, murmura, terrível. Aguardam há quatro meses os aguazis que devem trasladar certa leva de prisioneiros para serem executados na Cidade do México. Quatro meses! E nesse tempo os presos em questão tiveram a ideia de continuar a comer, e beber, e ocupar o pouco espaço livre que lhes resta, e enquanto isso, ele, o desventurado dele, o que pode fazer? Até quando isso vai durar? Será que o vice-rei acredita que seu cárcere, um modesto e obscuro cárcere numa modesta e obscura vila provinciana, pode sustentar todos os criminosos da Colônia?

Por alguns instantes ele não diz mais nada, nem levanta a vista das ponteiras de seus sapatos. Parece cansado, e a próxima coisa que faz é encarregar-se de confirmá-lo. Estou cansado, diz ele por fim com sua vozinha ridícula. Sou um homem muito ocupado e muito cansado. Seja para o que tiver vindo, diz dirigindo-se a Juan pela primeira vez, a verdade é que ele não tem tempo para isso. Não está procurando um carcereiro, ou um ordenança, muito menos um novo preso. Essa é, de fato, a última coisa de que ele precisa agora: outro preso. O cárcere está tão abarrotado que ele teme que baste enjaular mais uma alma – por acaso têm alma, esses bastardos? – para que todo o prédio venha abaixo. Às vezes, confessa alçando os olhos, sonha com isso. Os aguazis do Cárcere da Corte chegariam finalmente, dentro de um ano ou de um milhão de anos, o que importa?, e no lugar onde alguma vez estiveram suas paredes não encontrariam nada. Sua prisão convertida numa pilha de escombros. Sua prisão tragada pelas entranhas da terra, caindo e caindo até acabar no próprio inferno, que é afinal o destino de todos ali presentes. É o que ele pensa de sua prisão. O que ele pensa de seus presos. O que ele pensa, até, de si mesmo, porque em suas fantasias ele também é engolido pela terra, acompanhado de seu catálogo de monstros. Ele se vê caindo infinitamente, confuso com aquele bando de assassinos, velhacos e loucos; junto com os ébrios e os preguiçosos, com os parricidas e uxoricidas e alvoroçadores, com ladrões e mendigos, com bandidos e imbecis de condição. E esse pensamento, veja bem, não lhe tira o sono à noite. Para o inferno com tudo. Para o inferno, também, consigo mesmo. Então, se veio confessar um crime, é melhor conter o remorso por mais alguns dias e se descarregar num confessionário ou no presídio de algum povoado vizinho. Nesta cidade eles já têm todos os malfeitores de que precisam e alguns de sobra.

Juan se esforça para tranquilizá-lo. Não veio para levar os criminosos de que fala, é verdade, mas também não está lá para causar problemas. Está apenas procurando um velho amigo que segundo consta está lá, preso sob acusação de vadiagem e vida desordenada, e pagará de bom grado a multa que lhe corresponde.

Por trás de suas lentes, os olhos do alcaide brilham pela primeira vez:

— Quer dizer que veio para levá-lo com vosmecê? Que vai tirá-lo daqui?

— Sim.

O alcaide bate palmas rápido.

— Guarda! Este homem quer levar um dos nossos monstros! Leve-o lá para baixo, antes que mude de ideia!

Enquanto isso, Juan abriu o livro na página do retrato e tenta mostrá-lo a ele. O homem em questão chama-se Juan, mas se faz chamar por Padrinho, diz, embora também responda ao nome de Pai, e ao de índio Juan, e tanto quanto sabe tem mais ou menos esse aspecto.

O alcaide se põe a rir, sem se dar ao trabalho de olhar para o desenho. Realmente acha que ele conhece metade dos homens que vivem aqui? Se fosse capaz de se lembrar de todos eles, seria um fenômeno da natureza: poderia deixar o cargo e ganhar a vida rastejando de feira em feira, apregoado numa barraca de circo como o incrível homem memorioso. Se conhecesse a vida ou os crimes de cada um, mesmo que fosse de forma deficiente e aproximada, então teria na cabeça todas as histórias do mundo: pelo menos as mais miseráveis, as mais fétidas, as mais abjetas. Não, meu amigo, diz ele, tomando-o pelo braço e acompanhando-o até a escadaria: deverá ser vosmecê a procurar seu protegido lá embaixo. E pelo amor de Deus, murmura, prometa-me que fará tudo que puder para encontrar esse desgraçado.

Juan havia imaginado um complexo labirinto de galerias e masmorras, talvez até câmaras de tortura, mas encontra apenas uma escada de pedra que desce diretamente para as celas dos presos. O carcereiro o precede com uma lamparina a óleo e um certo ar resignado. Escuta, cada vez mais inflamados, os gritos que estão como que encerrados ali dentro, e quando destranca a última porta sente a bofetada de fedor na cara, tão intensa que poderia ter uma cor – a cor de um corpo humano consumido pelo fogo – e a consistência de um punho no estômago. Pelas laterais se filtra uma luz enfermiça, manicomial, que enche alguns corpos de luz e eclipsa outros e quadricula o chão com a sombra das gelosias. Lembra um pouco o porão de um navio, um lugar condenado ao apodrecimento e à escuridão eterna para manter o resto à tona. Ou a adega de um castelo onde o que estivesse sendo envelhecido não fossem vinhos e licores, mas seres humanos. É exatamente o que parece, uma adega humana, farrapos de homens amortalhados pela atmosfera densa, pela umidade e pelo frio; centenas de corpos abatidos, furiosos, idiotizados ou sonâmbulos, aguardando o momento de serem desarrolhados e revelados à luz do sol.

    Juan avança pelo corredor, olhando para a sucessão de rostos apinhados de ambos os lados. Alguns homens fumam cigarros. Outros permanecem enrodilhados num canto ou num punhado de palha, tremendo de febre ou de frio. Alguns se aliviam numas barricas serradas ao meio que fazem as vezes de latrinas: barris com aduelas mofadas que fermentam sua fetidez pelo tempo que os carcereiros quiserem, até que consintam em desaguá-las. Há também homens que embaralham apaixonadamente maços de cartas e homens que discutem e homens que riem e homens que escondem uma bota de vinho enquanto o carcereiro passa e outros que se exercitam agarrados às grades ou que cantam ou que sussurram. Um velho que brinca com um cachorrinho. Um sarnento que se coça furiosamente. Um homem gordo que levanta em sua tigela um pedaço de pão preto e finge que é a hóstia sagrada e ri estrondosamente antes de fazê-lo em pedaços e esmigalhá-lo entre os fiéis. Numa cela que é toda penumbra e palha, ele vê clarear, por um instante, o corpo branco de um jovem nu sobre a enxerga, um menino que se entrega ao sol filtrado pela janelinha com abandono e certo ar distraído, oferecendo-se como um gato ou uma odalisca. São homens adultos e outros quase crianças e alguns já idosos, sem pelos e barbudos, saudáveis ou a um passo da sepultura, mas sempre ou quase sempre com pele trigueira e modos indígenas. Alguns examinam Juan das profundezas de seus olhos embrutecidos e vinosos, mas a maioria lhe dá apenas uma olhadela, ou sequer o olha. Seguem enfrascados em seus jogos, em seus silêncios rudes, em suas orações, em suas piadas.

Juan chega até o fim do corredor, bem devagar, e depois gira sobre os calcanhares e refaz o caminho, mais lento ainda. Carrega o livro aberto na página do retrato, e a cada certo número de rostos examinados ele volta o olhar para o desenho, como a pluma que a cada tanto deve abastecer-se em seu tinteiro. Ele se detém em algumas celas particularmente lotadas; em certos corpos que não se voltam para a luz. Em nenhum deles encontra qualquer rastro do Padrinho. Para na porta de entrada, meneando a cabeça. O carcereiro dá-lhe um olhar tristíssimo, inconsolável.

— Então o senhor não leva nenhum?

Antes que Juan possa responder, ouve-se uma voz na cela bem às suas costas.

— O senhor está procurando o Padrinho?

Juan se vira bruscamente. Quem falou é um homem que aguarda sentado num dos barris, com as calças abaixadas. Tem uma barba grossa e certo aspecto de foragido, e olha para ele com uma expressão que não se sabe se é de concentração ou de profundo esforço.

— Como sabe?

O homem demora a responder, como se tivesse todo o tempo do mundo. De certa forma, tem. Pega um punhado de palha com a qual se limpa vigorosamente, e depois usa essa mesma palha enegrecida para apontar para o livro.

— É isso que está pintado nos seus papéis, não é? As fuças desse pobre desgraçado.

Juan se espreme contra as grades.

— Vosmecê o conhece? Sabe onde está?

O homem abotoou as calças, fingindo profunda reflexão. Em seguida, olha para os dois homens que o flanqueiam. Os três sorriem com certo descaramento.

— E o que meus compadres e eu ganhamos ao dizer isso?

— Terei todo o gosto em assumir a responsabilidade pela sua multa. Quer dizer, a multa dos três.

Os homens riem ruidosamente, mas há certa tristeza, certo cansaço em sua voz. Por fim, explicam que, a essa altura da vida deles, nem o ouro nem a intercessão de um desconhecido podem lhes fazer muita diferença. Não estão lá por vadiagem, ou por roubo, ou por se deitar com meninas, delitos todos perdoáveis com um pouquinho de vontade e um muitinho de pesos, mas por bandolear no caminho real e decapitar um corregedor que, por outro lado, procurou por aquilo e até mereceu, e já se sabe que os crimes de sangue só se pagam com mais sangue. Seu porvir, dizem, não é muito mais longo do que a corda de uma forca e a escadaria de um cadafalso. Então, o que querem?, pergunta Juan, ansioso, e os três bandidos encolhem os ombros. Querem o que ninguém, exceto Deus, pode lhes dar e, abaixo disso, nada. Juan aperta com mais força as grades. Isso significa que eles não vão ajudá-lo? O primeiro homem nega com a cabeça lentamente, sem apagar de todo o sorriso. Não: significa apenas que eles vão ajudá-lo, mas vão fazer isso por nada. Querem deixar claro esse ponto. Eles o ajudam por nada. Eles o ajudam porque sim. Porque querem e só porque querem, está claro? Está claro, diz Juan, e se dispõe a escutar.

Esta é sua cela. Esta é a pilha de palha onde dormia. A coberta piolhenta com a qual se cobria. O barril onde cagava. Este, repete o primeiro bandido, é o lugar onde ele clamava dia e noite suas muitas loucuras. Estas quatro paredes estavam cansadas de escutá-lo, e nós também. Nós também, o segundo e o terceiro bandidos confirmam. Sobretudo nós. Porque estão acostumados a conviver com gente de má andança, e com assassinos de todas as condições e feições, mas não com loucos. E o Padrinho era, sem dúvida, um louco. Talvez o tenham soltado por causa disso. Porque um dia, sim, o soltaram. Ele não parecia nem contente nem triste; tomou o caminho de regresso ao mundo com a mesma serenidade com que chegara a essa cela. Por algum tempo, diz o primeiro bandido, acreditaram que ele era um homem afortunado: agora não têm certeza. No fim das contas, o mundo para o qual ele voltou é um depósito de lixo, um aterro, um excremento. Embora, é claro, este cárcere também seja. O cárcere é, por assim dizer, a latrina para onde vão os excrementos que fedem demais até para aquela imensa latrina que é o mundo. Somos os excrementos dos excrementos, diz o segundo bandido. A parte fedorenta que a própria imundície tem vergonha de chamar de sua. Somos a merda da qual a própria merda se livraria se pudesse, completa o terceiro bandido, se os toletes tivessem consciência e algo assim como dignidade ou sentimento de vergonha. Temos dignidade, consciência, sentimento de vergonha? Sim e não. Depende de a quem se pergunta. Por aqui há de tudo: homens que acabaram no fundo da latrina porque são uns bastardos filhos da puta ou porque assim é o mundo em que nascemos. E há também aqueles que chegam aqui com algo semelhante à dignidade e a perdem porque a latrina da latrina que é o mundo fede demais. O Padrinho também fedia, pelo menos no sentido físico. Sua merda cheirava como a de todo mundo; seu suor, sua urina, sua boca fediam nada menos do que o suor, a urina e a boca de qualquer um. Suas palavras também fediam; murmurava loucuras que apodreciam dentro de seus ouvidos, e às vezes tinham de golpeá-lo, sim, eles batiam nele e chutavam-no até que se calasse ou adormecesse. Então, quando ele finalmente foi libertado, todos ficaram um pouco mais felizes. A latrina da latrina que é o cárcere pareceu, pelo menos por um tempo, cheirar um pouco melhor. Eles mesmos pareciam mais limpos, embora salte à vista que é justo o contrário; que quanto mais tempo passam cozendo-se na sopa fria do próprio suor, do próprio ranço, por força devem cheirar um pouco pior. O fato é que um dia o Padrinho partiu. Quanto faz isso? O primeiro bandido diz que não se lembra do tempo; que aqui, entre essas quatro paredes, o tempo só se mede pelos barris de excrementos, cada vez mais cheios até que um dia ficam vazios. O segundo bandido diz que o tempo é um luxo dos poderosos. O terceiro bandido acrescenta que o tempo é um luxo dos poderosos e dos prestamistas. O primeiro bandido toma de novo a palavra para dizer que o tempo é um luxo dos poderosos e dos prestamistas e dos religiosos, todos eles também porcarias, merda parida por merda que pare mais merda, embora não aquele tipo de excremento que vai parar no cárcere ou em qualquer latrina. O segundo bandido diz que o tempo não existe. O terceiro diz que, em sua opinião, não existe tempo e tampouco existe Deus, e a criação se organiza à imagem e semelhança desse cárcere, ou seja, sem outra lei senão a do acaso. Do acaso e da estupidez, conclui o primeiro. É isso, diz o segundo. Bem dito, diz o terceiro. Enfim, continua o primeiro bandido, adiantando-se de novo; a única coisa que pode ficar clara é que o Padrinho foi libertado, em algum momento entre o início da criação perpetrada por esse Deus que certamente não existe e este preciso instante em que eles estão falando. Por acaso eles sabem por que o aprisionaram? O terceiro bandido assente com a cabeça. Por ser mendigo, diz. Por rastejar de porta em porta pedindo esmola e por dormir sob a ponte da vila e em manjedouras e estábulos. O segundo bandido não está de acordo, ou pelo menos não de todo. Foi por ser mendigo e também louco; porque não se contentava em rastejar de porta em porta pedindo esmola, mas também ia contando que o haviam ordenado sacerdote no deserto e repetia seus desvarios a quem tivesse ouvidos para escutá-lo. Foi por ser mendigo e louco, conclui o primeiro bandido, mas também revoltoso e amotinador, porque as loucuras que apodreciam dentro dele tentavam, de uma forma ou de outra, levar os homens à rebelião e ao desacato. O que era que ele dizia? Quais eram essas loucuras?, insiste Juan, e essas loucuras são tantas e tão variadas que pela primeira vez as vozes dos bandidos se emaranham, se sobrepõem e se confundem. Dizia, por exemplo, veja o senhor a ideia, que era preciso ter uma lei que não distinguisse brancos, índios e negros; que os homens deveriam ser diferenciados uns dos outros apenas pelo vício e pela virtude. Dizia que Suas Majestades Carlos III da Espanha e Luís XVI da França e todos os grandes e pequenos monarcas que lhe vinham à mente estavam depravando a justiça com seus poderes absolutos, que só a Deus correspondem. Dizia que chegara a hora de romper as correntes dos escravos, correntes que podiam ser feitas de ferro, mas também de medo, de superstições, de ignorância. Estas eram as piores: as que eram feitas de ignorância. Era preciso rompê-las a golpes de martelo, mas não um martelo qualquer. Esse martelo era algo que o Padrinho chamava de razão, esclarece o primeiro bandido. Esse martelo, confirma o segundo bandido, era uma coisa chamada ciência. Esse martelo nada mais era do que a conversa fiada de um louco, resolve o terceiro bandido, com um tapa no ar. Que ele era louco é indiscutível, ou pelo menos é o que os três concordam. Era uma loucura que olhava numa única direção: para o futuro. Falava do futuro como alguns homens falam de seu passado: como se fossem as páginas de um livro já escrito. Nessas páginas lia o que estava para acontecer. Um dia tudo seria ciência, técnica e razão, o que quer que essas palavras signifiquem, e quando isso acontecesse, dizia ele, cárceres monstruosos como esses seriam derrubados e não restaria pedra sobre pedra. E o cárcere, esclarecem os bandidos, não lhe parecia monstruoso porque estivesse nele, ou porque houvesse homens como nós no mundo, não, isso não o preocupava minimamente; era monstruoso apenas pela forma como estava construído, porque os presos vegetavam nele sem qualquer proveito e sem qualquer fim, não deixando nenhum legado para a sociedade a não ser o sangue de seus crimes. Era o que ele dizia. Que não fazia sentido que as nações impedissem associações de cinquenta pessoas, por temor de rebeliões e escândalos, e constituíssem por si mesmas dentro de suas prisões associações de centenas, milhares, talvez milhões de homens desprezíveis que não faziam nenhum bem, que eram apenas bocas que consumiam inutilmente, mãos que não trabalhavam, costas que nenhuma carga levavam, tempo desperdiçado, como asnos que sacodem o cabresto e já não fazem girar a azenha do mundo. Um dia haveria de chegar, dizem os bandidos que o Padrinho dizia, em que os cárceres seriam grandes oficinas onde os criminosos devolveriam à sociedade, multiplicado, quanto primeiro haviam tirado dela. Tirariam um rendimento a cada dia de suas vidas, a cada minuto, cada segundo, o tempo dos relógios subdividido até encontrarem nele instantes cada vez mais úteis. Ah! Quanta besteira. Porque ele falava, sim, de relógios, não um, mas muitos relógios, não só no alto dos campanários, mas também nos ajuntamentos, nas oficinas de trabalho, nos colégios, nos cárceres, é claro, especialmente nos cárceres, um relógio em cada lar e também no coração de cada homem, muitos relógios que na realidade seriam apenas um, a pulsação de um único corpo. Assim como havia uma anatomia para o estudo do corpo, dizia ele, logo nasceria uma anatomia que se ocuparia das sociedades: cada nação se constituiria como um imenso corpo, um exército onde cada soldado, cada membro, cada vontade minúscula se entrelaçaria para formar um único propósito. Qual era esse propósito? Eles não sabiam, e talvez o próprio Padrinho tampouco. Sabia apenas isto: que algum dia as nações seriam imensas oficinas, uma indústria produzida por homens para gerar mais homens, homens cada vez melhores, e que isso, o trabalho, se converteria na providência dos povos modernos; funcionaria como moralidade neles, preencheria o vazio das crenças e se tornaria o princípio de todo o bem. Pelo menos era o que ele repetia dia sim e dia também. O trabalho, dizia, deveria ser a religião dos povos. Pode imaginar?, pergunta o terceiro bandido, com voz burlona. O Padrinho, pelo menos, podia. Imaginava toda a Nova Espanha transformada numa oficina de proporções monstruosas, na qual o esforço de cada homem e mulher teria sua função cuidadosamente atribuída. É claro que o Padrinho nem sequer acreditava no vice-reinado da Nova Espanha, esclarece o primeiro bandido; para ele a Nova Espanha era, em si, um erro imenso, a começar pelo nome, o que era isso de Nova Espanha?, ele gritava às vezes enfurecido, por que tinham de ser chamados de Espanha, velha ou nova, mas Espanha, que repousava tão longe e tão estúpida e tão branca do outro lado do oceano? Por ele, a Espanha podia ir à merda com sua casta de *gachupines*; se eles se gabavam de ter reconquistado suas terras dos mouros, os índios teriam de fazer o mesmo aqui e mandar de volta seus conquistadores; todos deveriam construir juntos sua própria nação, perseguir seus próprios fins, mandar toda a Europa para o inferno. Também repetia aquela frase tão útil para tudo, como era? Ah, caralho, agora me lembro. Deus está lá no alto, o rei em Madri e nós aqui. Era o que dizia. Vim redimi-los, mexicanos do México, clamava de repente a qualquer hora, geralmente quando todos dormíamos e não tínhamos o corpo para sedições; vim para libertá-los das correias da ignorância e das correias dos escravos e das correias da metrópole, e então tínhamos de moê-lo a pauladas, para que ele se calasse de qualquer jeito. Uma vez, diz o primeiro bandido rindo, teve a ideia de galgar o tubo por onde os carcereiros desaguam nossa merda. O que lhe parece: ele pôs a boca naquela espécie de trombeta, naquele ralo infecto – um tubo de metal que a própria merda evitaria tocar se pudesse – e o usou como amplificador para hostilizar a cidade: para dizer-lhes que, embora não acreditassem, também estavam numa prisão, também eram prisioneiros de uma Espanha distante e das vontades de alguns poucos. Dizia que nas latrinas também há algo de Deus. O que será que ele queria dizer? O fato é que todos aqueles gritos nos fizeram rir, mas também, depois de algumas horas, ficamos com muito sono e tivemos de descê-lo dali a pauladas para nos deixar dormir. É verdade, confirma o segundo bandido rindo. E como é, ri o terceiro. Até que um dia, simplesmente, o puseram na rua. Por que o fizeram? Foi porque era mendigo, diz o segundo bandido; porque o rancho não é suficiente para todos, e ele era dos poucos, talvez o único, que não tinha uma irmã, uma esposa ou mesmo uma filha que viesse dividir um pãozinho dormido com ele. O terceiro bandido não está de acordo, ou pelo menos não totalmente. Era por ser mendigo, mas também por ser louco; porque se ele passasse mais uma noite aqui a gente ia matá-lo a pauladas, lembra do que tu mesmo disseste: que dava pena, mas com pena e tudo íamos ter de nos adiantar a ele. Foi por ser mendigo e louco, conclui o primeiro bandido, mas também por ser indisciplinado e encrenqueiro: porque os carcereiros perceberam que ele fazia menos mal pregando nas ruas do que alardeando suas loucuras pelo amplificador das latrinas. Seja como for, já não está aqui. Ele se foi, diz o primeiro bandido. Ele se foi, diz o segundo bandido. Ele se foi, diz o terceiro bandido, e há, talvez, uma certa tristeza em suas vozes. Eles sabem para onde ele foi? Dão de ombros. Que lhes importa? Já lhes basta saber onde estarão em alguns dias, alguns meses no máximo: secando ao sol nas forcas da Cidade do México. Onde quer que esse desgraçado esteja, diz o primeiro bandido, estará num lugar melhor do que aquele que os espera. Se bem que, agora que ele pensa nisso, parece-lhe que, em seus delírios, dizia algo sobre ir para o norte. Retirar-se para o deserto, não é mesmo, rapazes? É verdade, diz o segundo bandido. Lembro de algo assim, murmura o terceiro. Sim, já me lembro: dizia que o mundo ainda não estava preparado para seus ensinamentos, vosmecê acredita? Que éramos como crianças a quem precisavam dar leite e não alimentos sólidos, porque ainda não éramos homens o bastante para digeri-lo. Que ele andaria pelo deserto, como os eremitas, enquanto amadurecêssemos, e que ali não precisaria de nada nem de ninguém, porque só sua razão bastava para diagnosticar e curar as fraquezas do mundo. Também dizia que talvez o Diabo enviasse contra ele as três tentações de Cristo no deserto. Ele não disse isso!, interrompe o segundo bandido. Não disse, mas pensou, responde o terceiro. É verdade: pensou, admite o segundo, meneando a cabeça. Não sei se lhe dissemos que o Padrinho acreditava que era um sacerdote; é daí que vem o nome, claro, Padrezinho, Padrinho, ele queria que o chamássemos sempre de Padrinho, como se ele fosse nosso pároco e nós fôssemos seus fiéis. Ele disse que nada sabíamos: que se Cristo nascesse de novo diante de nossos olhos, os cônegos do México o enviariam ao queimadeiro diante de nossa zombaria ou de nossa indiferença. Repetia que estava prestes a chegar um perseguidor que não seria executor nem verdugo, mas seu discípulo. Por acaso é vosmecê esse redentor, companheiro?, pergunta o primeiro bandido com voz de burla. Vosmecê é esse discípulo que ele esperava? Ah, tinha umas coisas, o Padrinho! E reparem que mesmo com tudo isso ele conseguiu nos fazer levar um pouco a sério as loucuras que dizia. Pelo menos é assim que continuamos a chamá-lo: Padrinho. Como se fosse o padre ou o sacerdote de alguém. Parece que às vezes ele pensava que era o próprio Deus, intervém o terceiro bandido. Mas Deus, como disse no início, não existe. Não existe Deus e não existe o tempo, conclui o primeiro bandido, lançando uma escarrada contra a palha. O tempo é um luxo dos poderosos, dos prestamistas e dos religiosos, e a criação se organiza à imagem e semelhança desta prisão, ou seja, sem outra lei senão a do acaso e da estupidez. É isso, diz o segundo. Bem dito, diz o terceiro.

Voltar, enfim, ao mundo. O temor repentino de contemplar aquele mundo para sempre como uma imensa cloaca cujos detritos mais fedorentos alguém tem de esconder e enterrar. A prisão como aparelho excretor do mundo, pensa Juan, e o mundo, por que não?, como o aparelho excretor de Deus. Mas antes uma sucessão de corredores e calabouços que parece nunca ter fim, o carcereiro que o conduz por um novo caminho, talvez porque se dirige para alguma porta dos fundos; talvez porque, entretanto, a prisão tenha continuado a crescer, multiplicando-se até o impossível. É o pavilhão de mulheres. Através da luz taciturna das janelas, Juan vê seus rostos se sucedendo em ambos os lados, como relâmpagos brancos no decorrer da noite. Há mulheres que jogam cartas e mulheres que discutem e mulheres que rezam o rosário na penumbra e mulheres que riem e outras que sussurram, cantam ou gemem. Duas garotas catam os piolhos uma da outra, como macacos adestrados e silenciosos. Apoiada contra as grades, uma velha tece uma espécie de cachecol interminável, um cachecol longo demais para abrigar um pescoço humano. Numa cela que é toda penumbra e palha, ele vê clarear, por um instante, o peito branco de uma mulher que amamenta seu filho. São mulheres adultas e outras quase meninas e algumas já velhas ou velhíssimas, de cabelos compridos ou cortados bem curtos, saudáveis ou a um passo da sepultura, mas sempre ou quase sempre de tez morena e modos indígenas. Algumas examinam Juan das profundezas de seus olhos embrutecidos e vinosos, ou lhe atiram um beijo apático, mas a maioria lhe dá apenas um olhar, ou nem mesmo se vira. Continuam enfrascadas em seus jogos, em seus silêncios carrancudos, em suas orações, em suas piadas.

Dentre todas elas, apenas uns olhos dolorosamente abertos; apenas uma expressão de horror. É uma mulher de pele trigueira, com a boca entreaberta, como que petrificada num ríctus de pavor; um gesto em que não há surpresa, e sim apenas a constatação de algo que já se sabe e nem por isso é menos intolerável. Ela não olha para suas companheiras. Não olha para o carcereiro. Não olha para a liberdade inatingível atrás das grades. Só olha para trás. Olha para Juan. Dentro de Juan. Quem sabe através de Juan. Olha de uma maneira terrível, como se olham as coisas terríveis que aconteceram e as coisas ainda mais terríveis que estão prestes a acontecer; olhos dos quais toda a vontade e toda a beleza evaporaram, que viram o horror e estão cheios dele e, portanto, são insuportáveis de olhar, ou que talvez tenham visto o horror e por isso mesmo estejam vazios e esse vazio seja ainda mais insuportável. Olhos que já não refletem nada, que são o que resta da compaixão quando a fé é apagada; da liberdade quando a justiça é subtraída; da vontade quando carece de mãos e voz. A esperança menos a esperança.

Juan se espreme contra as grades. Aponta com uma mão trêmula não para a mulher, mas para o olhar que vem como que costurado a essa mulher.

— Quanto? — pergunta.

O carcereiro se detém. A lamparina continua oscilando em sua mão, enchendo de claridade e sombra seu rosto de estranheza.

— O senhor quer pagar a multa? A multa dessa mulherzinha?

— Quanto? — repete Juan.

O carcereiro diz uma cifra ridícula. Uma quantidade tão pequena que não é expressa em ouro ou prata, mas em lã. Juan desliza os dedos para dentro do saco e lhe estende uma moeda qualquer, sem olhar para ela.

— Ei, você — diz o guarda, fazendo soar a chave dentro da fechadura. — Venha cá. Está a ponto de ter muita sorte.

Mas a menina, a mulherzinha, ainda não vem. Isso só faz com que seu olhar de horror dure um pouco mais, e é tudo.

— Não me ouviu?

Tampouco agora ela obedece. Seu olhar se transformou em outra coisa. Não há mais horror, ou pelo menos não apenas horror: agora também há raiva. Há indignação. Há desprezo. A menina que não quer ser salva, ou pelo menos não assim;

não por aquela moedinha. Não pela caridade ou compaixão de ninguém. Talvez por isso ela de repente se afaste, longe das grades finalmente abertas. Esgueira-se pela multidão de mulheres até se confundir com elas; uma prisioneira a mais, em nada diferente de suas companheiras de sorte.

— O azar é seu, rameira! — grita o carcereiro, brandindo furiosamente seu molho de chaves.

Depois, mais calmo, volta-se para Juan. É assim que são as mulheres que vivem na prisão, explica com ânsia didática. Pelo menos a maioria. Preferem encher a barriga às custas do povoado em vez de suar num emprego como Deus ordena. Ele conhece bem essa mendiga, e todas aquelas que são de sua espécie: com prostitutas como ela, todo dinheiro é dinheiro perdido. Apostaria a mão que dentro de duas semanas a teriam de volta, com a mesma vontade de folgar e um pecado a mais na consciência.

Juan não diz nada. Lentamente se afasta das grades, resignado. O carcereiro continua segurando a moeda na palma da mão, com uma expressão de súplica.

— O senhor não quer tentar levar outra? Tenho algumas mais bonitas e menos ingratas...

VIII

*Mendigos sem rosto — Insensatez para Deus
Herança de um pai morto
Uma águia se opõe ao seu cárcere
Brinquedo para um futuro filho
Novas bandeiras para um velho mundo
Pobre mesa e humilde teto
Muitas pedras e alguns ossos
O patrão acabou de sair porque o senhor acabou de chegar
Dias ou anos — O patrão e o Patrão
Camponeses crucificados — Nós e o fogo*

No fundo do costal, apenas cinco moedas. Ele gastou as restantes em provisões para a viagem e em novas roupas e numa pousada mal ventilada ao lado da catedral. Levou até uma peruca branca – todos os cavaleiros de lei têm uma ou até duas peças sobressalentes, senhor, insistiu o alfaiate – que agora usa desajeitadamente encasquetada na cabeça, como uma segunda cabeleira. Em todos esses lugares – na alfaiataria, no armazém, na pousada –, os empregados mordem suas moedas antes de aceitá-las e negam com a cabeça quando lhes é mostrado o retrato do Padrinho. Eles mal se dão ao trabalho de olhar para ele. Porque não lidam com chusma nem com eremitas loucos nem com reclusos do cárcere do vice-rei nem com mendigos, dizem, muito menos podem se lembrar de seus rostos. Os mendigos, parecem dizer, não têm rosto. Os mendigos só têm as mãos estendidas para esmolar e capas esfarrapadas e enfermidades repugnantes, das quais é preciso se proteger com umas quantas varas de distância e a intercessão de certos santos. Juan guarda lentamente o livro, enquanto à sua frente o alfaiate, o armazeneiro e o estalajadeiro se entretêm um pouco mais de tempo, examinando a efígie meio borrada das moedas que ele acaba de lhes estender. E agora está aqui, com os alforjes cheios e a peruca ladeada sobre a cabeça e apenas cinco moedas no fundo de seu costal: insuficientes para comprar um cavalo ou uma besta de carga. Resta, então, apenas caminhar, continuar caminhando em direção ao norte, sempre em direção ao norte, quase arrastando a bagagem; Juan virou seu próprio cavalo, uma montaria que nunca vai parar.

Mas por que não parar? Por que continuar andando, seguindo os passos daquele homem que é delinquente, e mendigo, e talvez louco? Juan não tem certeza da resposta. Ou talvez ele saiba responder com uma parte de seus pensamentos que não se atreve a olhar para o próprio rosto, se é que os pensamentos têm um rosto. Ele só sabe ou acha que sabe disto: o caminho não terminou.

No fundo de seu costal, embaralhado com as cinco moedas de ouro, o livro do Pai, e entre as páginas fechadas, entre os desenhos ferozes do apóstolo, algumas passagens sublinhadas ou riscadas ou rodeadas por um círculo de tinta, com tal ferocidade que o papel está rasgado em certos pontos. São, não podem ser outra coisa, as passagens favoritas do Pai. Lugares onde o olhar do Pai se deteve. Ideias que tocou, pelo menos por um instante, com a ponta de seus pensamentos. Juan pega o livro e vira as páginas atropeladamente, deixando que seus olhos saltem de sublinhado em sublinhado. Seguiu os passos do Pai até aqui e agora segue na esteira de sua leitura, deixando-se resvalar para dentro do livro que sua mão segura.

Lê: Eis que vos envio profetas, sábios e escribas; e deles, matareis e crucificareis alguns, e outros flagelareis em vossas sinagogas, e perseguireis de cidade em cidade.

Lê: Que ninguém engane a si mesmo; se alguém entre vós se achar sábio neste mundo, que se torne ignorante para chegar a ser sábio, pois a sabedoria deste mundo é insensatez para Deus.

Lê: Pois todos os que queiram viver piedosamente em Cristo Jesus sofrerão perseguição.

Lê: O néscio do mundo escolheu Deus para envergonhar os sábios, e o fraco do mundo, para envergonhar o forte.

Lê: Está chegando o tempo em que qualquer um que vos mate vai acreditar que presta serviço a Deus.

Ele mal deixou os arrabaldes da cidade para trás quando lhe alcança uma carruagem. Mais do que uma carruagem, é uma miserável carreta, semelhante em tudo a uma carroça de comediantes ou titereiros, com a capa feita de pele de vaca e um par de mulas atadas pelo cabresto. Empoleirada na boleia está uma criança que não pode de forma alguma passar de dez anos, manuseando as rédeas com desenvoltura. Usa na cabeça um chapéu imenso, um chapéu que não pode corresponder a uma cabeça tão pequena e que talvez seja herança de um pai morto ou um legado para um filho futuro. Sua pele está avermelhada pelo sol e pelo olhar das crianças que foram expostas por tempo demasiado às obrigações dos mais velhos: um olhar em que não há espaço para qualquer entrega à alegria ou às brincadeiras. Apenas um brilho mortiço que já antecipa algo do ancião que ele se tornará.

— Para onde vai? — pergunta o menino, emparelhando o trote das mulas ao passo de Juan.

Juan, cansado demais para falar, se limita a apontar o horizonte para o qual a carroça e ele próprio se dirigem. O menino aprova gravemente com a cabeça, como se sem querer Juan tivesse encontrado a resposta correta. Então fica olhando para suas provisões, pesadas demais para serem arrastadas pelo esforço de um único homem.

— O senhor tem alguma coisa para beber?

Juan vasculha seus alforjes em busca do odre de vinho. O menino, a mãozinha minúscula do menino, reclama o odre com um gesto remotamente autoritário. Em seguida, detém o trote das mulas para dar um trago longo, de homem sedento. Antes de devolver o odre, seca as bochechas imberbes com a manga da camisa.

— Suba — diz sem olhar para ele, com a mesma autoridade e o mesmo gesto.

Dentro da carroça viajam alguns sacos de grãos, garrafões de pulque e de atole, fieiras de pimentas. Até uma galinha que dorme entre a palha, dentro de sua gaiola de madeira. Mas há, de fato, algum espaço livre para Juan acomodar seus alforjes e acomodar a si mesmo, usando o costal como travesseiro.

— Para onde está indo? — pergunta quando o menino tropeiro dá um assobio e as mulas começam a trotar de novo.

— Para o norte — responde, usando apenas um canto da boca.

E é tudo que dirá durante as próximas quatro aldeias.

Da carroça, Juan vê sucederem-se terras semeadas e devastadas, pequenas aldeias, eremitérios de adobe. Vê trajes que nunca viu antes e homens também, de certa forma, novos; homens cada vez menos índios e cada vez menos espanhóis também, se é que isso é possível. Ao passar, tem tempo de contemplar fragmentos de seus rostos, de ouvir fragmentos de suas conversas. É um sotaque, ele decide, que não tem nenhuma semelhança com nenhum dos sotaques do orbe. A terra que atravessa é uma terra diferente daquela de onde vem e ao mesmo tempo idêntica: as mesmas mãos miseráveis ocupando-se das mesmas enxadas, os mesmos forcados, as mesmas juntas de bois; novas casacas e novos chapéus para se opor ao velho sol, o mesmo sol de sempre, que bate como uma penitência sobre as costas dos homens. Cada vez que vê um mendigo ou um peregrino deitado na vala, Juan se torna desejoso de esquadrinhar seu rosto. De resto, quase todos os lugares que atravessam são planícies e colinas desertas e plantações estragadas pelo sol. Mundos desolados onde não há nada para olhar ou registrar: apenas o barulho dos cascos fazendo a terra tremer, e as rodas da carroça que rebotam contra os pedriscos do pavimento, e a voz do menino tropeiro – uma voz que de instante a instante parece revigorar-se, tornar-se mais profunda – murmurando interjeições na linguagem primitiva das mulas. De vez em quando, a galinha abre seus minúsculos olhos negros para voltar a fechá-los, abalada pelo torpor da jornada. Começa a chover, uma chuva fina e tímida que ressoa contra a cobertura da carroça como talvez ressoem as pás de terra contra os caixões dos mortos. Para de chover e o sol sai e depois se oculta de novo. No horizonte se forma uma nuvem densa e escura, como se o destino para o qual se dirigem tivesse algo de noite ou de tormenta.

    E então, de repente, Juan ouve um repique de sinos que parece muito próximo, embora naquele momento eles estejam atravessando um lugar sem aldeias ou igrejas. Os sinos tocam como se alarmados, e junto ao toque do bronze ressoa um grito desgarrado, a meio caminho da dor e da euforia. Os sinos e com eles o grito – mas em nenhum lugar há sinos; em nenhum lugar gargantas humanas nem campanários de pedra – de repente emudecem. Depois de uma mudança na direção da estrada, o carro se depara com um esquadrão de soldados vestidos com uniformes brancos e chapéus pretos, que desfilam para o norte. Carregam nos ombros mosquetes que parecem muito sofisticados para Juan, com uma espécie de faquinhas cravadas em seus canhões. O primeiro dos soldados segura uma gaiola de pássaro e dentro da gaiola nenhum pássaro, apenas uma cabeça humana que parece ter voado de seu corpo; uma cabeça já emancipada para sempre daquele corpo. Ele vê a longa melena branca do decapitado, pendendo sem qualquer propósito. As feições serenas, como se surpreendidas no meio do sono. A boca aberta, congelada num grito: talvez justamente aquele grito que Juan acaba de ouvir, rebotado e amplificado pelos ecos do vale. Parece a cabeça de um padre, os olhos talvez ainda abertos de um sacerdote que espera, reza ou sonha, e esse padreco, pensa Juan, talvez possa ser o Padrinho. Mas as mulas apertam o passo e os soldados e a gaiola e a cabeça são deixados para trás, sem que Juan tenha tempo de ler suas características.

 Detenha-se, ele diz ao cocheiro, e o carro não se detém. Ele assoma à boleia e repete a ordem, e o garoto que segura as rédeas nem se vira, com os olhos fixos na estrada onde tanta coisa ainda está por acontecer.

 — É a cabeça do Pai da Pátria — explica sob o chapéu, desferindo uma chicotada desnecessária no lombo das mulas.

 E logo:

— É a guerra.
E logo depois:
— É o momento.
O momento do quê?, gostaria de perguntar Juan. Mas não pergunta. De repente, sente uma sacudida parecida com uma vertigem, certo gosto de sangue na boca, o bamboleio da carroça que de repente parece o mesmo bamboleio da cabeça na gaiola e da gaiola na mão do soldado, um ir e vir de ideias e imagens e fragmentos da paisagem que escorre pela janela, e sua cabeça, a cabeça de Juan, convertida na cabeça do Padrinho – a cabeça do Padrinho? Os olhos abertos de Juan que agora são seus olhos, o que aqueles olhos mortos veriam se pudessem ver, como as grades da gaiola ou os pedriscos da estrada ou o cinza do céu, balançados pelo compasso da viagem. Pensa: estou bêbado. E depois: estou sonhando. Estou doente. Sob a peruca grisalha – aqueles cabelos falsos, tão parecidos com os cabelos brancos do morto –, sua cabeça parece ferver. Também ferve a terra. A chuva que de repente cai com brutalidade, tempestuosa e repentina; água contra a coberta da carroça e água contra o calçamento da estrada e água contra as árvores e contra os pensamentos. Água na frente e atrás dos olhos. Água vomitada pelo céu para lavar o mundo. A chuva como um brilho ou uma clarividência lenta ou um presente que parece acelerar as coisas, as árvores que se sucedem em ambos os lados da estrada, cada vez mais rápido, e as poças de lama que borbulham no chão, e o carro que chacoalha e ruge sobre eles e finalmente voa, quase voa; a loucura de uma viagem que nunca termina. A noite caindo subitamente sobre seus olhos e sobre

a paisagem, e do outro lado, como personagens chovidos de um pesadelo, soldados que se preparam para o combate à luz de tochas ou das lanternas ou dos relâmpagos; soldados com uniformes brancos e soldados com uniformes azuis e soldados que não têm outro uniforme além de suas roupas camponesas. Dentro da carroça, dentro de sua gaiola, a galinha finalmente abriu seus olhos ferozes e bate as asas, desanimada ou irritada; asas que parecem crescer até inundar e depois transbordar as barras, como uma águia que se opõe ao seu cárcere e finalmente começa sua caça numa noite sem trégua. Águias grasnando na estreiteza de suas gaiolas, na gaiola da carroça, na gaiola infinita do mundo, não resistindo por mais tempo à sua natureza de aves de rapina. Lá fora alguém morre, acossado por seu bico curvo ou pelas balas. Os primeiros disparos. Os primeiros trovões. Alguém morre e esse alguém, antes de morrer, grita. A morte é um ruído que subitamente se interrompe. E por trás da morte, outras muitas vozes, pregações, ordens: soldados que vêm e vão dos dois lados da estrada, que tomam posições, que abastecem seus mosquetes, se benzem. Vê o estandarte da Virgem de Guadalupe ondear no ar por um momento. Vê uma arma prestes a ser disparada. Vê um homem morto. Depois não vê nada. As pálpebras que se fecham sem vontade ou resistência, como se a morte do morto caísse sobre elas, e o mundo que continua a deslizar pouco a pouco para o sarcófago do carro, sob a forma de ruídos confusos e ainda assim singularmente precisos. Ouve tiros. Ouve gritos que se derramam como chuva e gotas d'água que repicam como gritos. Ouve uma voz que clama: Viva o Exército das Três Garantias, e: Viva o

México, e: Morram os *gachupines*. E os *gachupines* morrem, talvez, em algum lugar que fica fora da carroça. Ouve o murmúrio de seu sofrimento, explodindo na noite como o chicote do tropeiro na garupa das mulas. Viva Fernando VII, diz uma voz, estrangulada pela agonia, e uma voz íntegra responde: Morra o mau governo, e: Morra a Espanha, e: Morra a tirania, vozes que ressoam como um eco da voz do Padrinho. Suas palavras, de repente, em outras bocas. Os homens lutam pela terra que Juan não pode ver e em seu próprio corpo uma luta também, uma dor intensa nas têmporas, no peito, nos braços, seus braços tremendo cada vez mais forte, como se não fossem seus ou fossem apenas pela metade, seu corpo em batalha contra seu corpo para que dessa batalha permaneça, como única sobrevivente, uma ideia: É a guerra. É o momento. É o fim. E então, enfim, a voz do cocheiro que de repente se levanta para responder a esses pensamentos – mas como pode pertencer ao menino essa voz tão profunda, de homem grave –; a voz do cocheiro, enfim, respondendo: Não, não é o fim. É o começo.

O começo do quê?, Juan gostaria de perguntar. Mas não pergunta.

Pensou que estava a ponto de morrer. Esteve, talvez, morto por um tempo. Mas agora é luz do dia de novo e o céu está azul e a carroça está parada em algum lugar. Uma voz solícita: Chegamos, senhor. Juan demora a entender o significado dessas palavras. Dentro da carroça as mesmas coisas, os sacos de grãos, os garrafões de pulque e atole, as fieiras de pimentas. A mesma galinha adormecida entre a palha, dentro de sua gaiola de madeira. Juan que aos poucos vai recuperando a consciência de seu corpo, seu corpo de novo seu, as pernas que lentamente lhe obedecem e o sustentam para descer à terra. Dá alguns passos ainda hesitantes em direção ao cocheiro. Esfrega os olhos ofuscados pelo sol, como quem tira o pó do rastro de um sonho. E debaixo do chapéu, o rosto do cocheiro, que ainda tem o chicote na mão e aponta para a porta de uma pousada. Juan contempla durante um tempo que parece imenso seu semblante franzido, a pele exangue, como papel-bíblia que tivesse queimado num incêndio sem fumaça ou consequências. Chegamos, senhor, repete o velho com sua voz levemente aflautada, infantil, e Juan assente com vigor e sem convicção. Sim: chegaram. Lentamente, com um esforço póstumo, o velho sobe de volta à boleia. "O senhor não vai ficar?", pergunta Juan, antes de vê-lo partir. Ah, não: de jeito nenhum. Ele vai embora: sua viagem acabou. Tantos anos carregando provisões e viajantes, explica o velho; tantos anos, diz ele, competindo com os gringos, que encheram as rodovias do México com diligências que viajam mais rápido e mais barato; esses anos, ah, foram mais do que suficientes. Porque contra os gringos não dá para competir. Contra os vizinhos do norte, diz, contra os dólares, contra os números, contra a realidade, não se pode fazer nada. É hora de regressar, conclui, ao mesmo tempo que efetivamente incita as mulas e as exorta ao regresso. Juan o vê partir sem fazer um único movimento, sem proferir uma única palavra de despedida; um viajante que fica cravado no meio da praça de uma localidade desconhecida, com suas malas ungidas de poeira e sua face de desamparo. Visto por trás, o chapéu do velho já não parece imenso, nem mesmo grande: apenas um chapéu vulgar e comum, talvez um pouco antiquado, como a herança de um pai morto ou um brinquedo para um futuro filho.

A praça está deserta, paralisada pelo calor. É apenas um retângulo de poeira, presidida por uma fonte seca. Algumas casas de cal e adobe; alguns pórticos de madeira. No meio do nada, um cachorro tombado ao sol, abandonado a um sonho cuja imobilidade lembra a morte. Nem mesmo sua cauda se move. A única coisa que parece mostrar algo parecido com a vida é um pano surrado que pende da varanda da pousada, mansamente volteado pelo vento. É uma bandeira desbotada e maltratada, às vezes verde e às vezes branca e às vezes vermelha e às vezes todas as cores ao mesmo tempo, ao sabor da brisa. No centro, o desenho de uma águia rampante sobre um cacto: uma águia que lembra um pouco a galinha presa em sua gaiola de madeira e os emblemas de certos desenhos astecas.

De repente, num ângulo da praça, vida. Duas crianças que permanecem detidas à sombra de um dos pórticos e assistem com espanto a cada um de seus gestos. Estavam lá desde o início? Juan se aproxima lentamente. Ouve os sussurros que eles dirigem um ao outro.

— Para mim, ele é um gringo.
— Ou um lorde britânico.
— Acho que parece mais um juiz.

Estão olhando para sua peruca branca. Juan bruscamente a tira, percebendo que, de alguma forma, ela acabou se tornando uma bagagem desnecessária. Enquanto fala com eles, aperta a peruca e a torce nas mãos, como se fosse um corpo vivo. Pergunta-lhes se por acaso podem lhe dizer o nome do lugar onde está e as crianças dizem-lhe e até repetem uma, duas, três vezes. Esse nome não significa nada para Juan. Em seguida, pergunta-lhes se, por acaso, podem dizer a razão da batalha que acabou de presenciar, a poucas léguas ao sul, e as crianças trocam olhares de perplexidade antes de responderem que não sabem de que exércitos, de que batalhas, de que mortos ele está falando. Por último, pergunta sobre a bandeira. Os olhos dos meninos ficam por um instante como que envolvidos naquele pedaço de pano. É a Bandeira, responde um deles, simplesmente. É a Bandeira, confirma o segundo. A bandeira de quê? Eles parecem não entender sua pergunta. A Bandeira é a Bandeira. A Bandeira é a bandeira da república. ABandeira é a bandeira de todos nós, dizem; a bandeira da nossa terra. E qual é a terra deles? Que república é essa?

— Ele está bêbado — murmura um dos meninos.

Mas ainda assim tentam explicar àquele bêbado com vestígios de gringo, ou de lorde britânico, ou de juiz enlouquecido pelo deserto, de que república, de que terra estão falando. Usam a palavra "emancipação". Usam a palavra "justiça". Usam a palavra "México", como se fossem astecas redivivos. Então essa cidade se chama México, diz Juan por fim, tentando pôr as coisas em ordem, e as crianças riem com uma certa pitada de desdém. Ah, não entendeu nada, o juiz. Sua cidade, acabam de dizer, se chama assim e assado. Mas o México, dizem, a Bandeira que estão contemplando, é muito mais do que isso. Abrange aquela cidade, claro, mas também a seguinte, e a seguinte, e a que fica depois da seguinte. México é o nome da montanha mais alta à qual se sobe e o buraco mais profundo ao qual se desce. O México é o horizonte e também o horizonte que se contempla quando se chega ao horizonte. Poderia cavalgar semanas numa direção ou na contrária e não encontraria nada além de México, México, mais México por toda parte. Porque o México é uma terra infinita, uma terra que só parece acabar nos mapas.

    É isso que dizem, os meninos, e depois se calam. Só se escuta a respiração pesada do cão; um lamento que parece vir pulsando da cama de um pesadelo. De repente, Juan se lembra do Padrinho. As palavras do Padrinho, cujos ecos ainda parecem rebotar dos muros da cadeia do vilarejo. Vim vos redimir, mexicanos do México, os bandidos disseram que o Padrinho dizia; vim para libertar-vos das correntes da ignorância e das correntes dos escravos e das correntes da metrópole. Juan olha à sua volta, a pequena e miserável praça, as paredes cheias de lascas, as varandas de onde pendem trapos de panos humildes, e se pergunta se este é o reino a que o Padrinho aspirava construir.

    — Vou lhes mostrar uma coisa.

    Começou a abrir seu costal. Enquanto tira o livro, enquanto vira as páginas apressadamente, ele explica que está procurando um homem. Um homem que é ou parece um mendigo.

    — Um mendigo?

    Os olhos dos meninos brilham com certo ceticismo. Os mendigos, parecem dizer, não têm rosto. Os mendigos só têm as mãos estendidas para esmolar e capas esfarrapadas e enfermidades repugnantes, das quais é preciso se proteger com umas quantas varas de distância e a intercessão de certos santos. Talvez ele não seja exatamente um mendigo, admite Juan; digamos antes que ele é um peregrino, um eremita ou um humilde viajante. É chamado de Padrinho.

— Padrinho? — um dos meninos pergunta. — Ele é padre?
— Mais ou menos.
— Mais ou menos?
Juan pondera por um momento.
— Ele não é padre.
E depois:
— Mas parece.
E ainda depois:
— Talvez de certa forma ele seja um padre.
Àquela altura, ele já havia encontrado a página do retrato. Os meninos se debruçam sobre o livro com uma curiosidade distraída e ligeiramente zombeteira, prontos para dar uma única olhada e responder não. Mas esse único vislumbre é suficiente para apagar o desdém de seus olhos e o obsceno de suas risadas.
— É o Patrão! — exclama o primeiro menino.
— É o Patrão! — exclama o segundo.
— Simplesmente o Patrão! — insiste o primeiro, como se não tivesse ficado claro.
E por um momento levam reverencialmente as mãos na cabeça, procurando descobrir o chapéu que não têm.

O senhor tem de nos desculpar. Não sabíamos que o senhor. Não sabíamos que vocelência. Não sabíamos que sua senhoria procurava o Patrão. Se tivesse nos dito, desde o início, que era um dos homens do Patrão, então nós. Nós não teríamos rido. Teríamos colaborado. Teríamos ajudado sua senhoria em tudo que fosse necessário e até um pouco mais. Mas não sabíamos que. Pensávamos que. Chegamos a pensar que. Mas não. Estávamos equivocados. Sua senhoria é, sem dúvida, um dos capatazes do Patrão, um dos cobradores do Patrão, um dos apoderados do Patrão. Se tivesse nos dito. Se tivéssemos sabido. Mas não sabíamos. Apenas nos diga o que necessita e então faremos o que estiver em nossas mãos. Encontrar o Patrão? Ah, quem dera pudéssemos ajudá-lo com isso, e com tudo que sua senhoria disponha, mande e ordene. Mas o Patrão, o senhor sabe, vocelência sabe, sua senhoria sem dúvida muito bem sabe, ah, o Patrão, o Patrão, quem pode dizer onde se encontra. Talvez neste exato momento ele inspecione o progresso de uma de suas muitas fábricas. Talvez dê instruções aos seus capatazes. Talvez tenha um mapa aberto sobre a mesa e nesse mapa ele olhe justamente para esta vila, apenas um tantinho de papel que nem basta para pôr o dedo. Como encontrar o Patrão se tudo que está vendo com seus olhos é o Patrão? Porque de alguma forma é assim, tudo lhe pertence, a terra que pisam, o ar que respiram, a água que alimenta seus campos de trigo e suas plantações de algodão e suas pastagens de gado. Suas posses abarcam aquele vilarejo, é claro, mas também o próximo, e o próximo, e o que fica depois do próximo. Dele é o horizonte e também o horizonte que se contempla quando se chega ao horizonte. Poderia cavalgar dias numa direção ou na contrária e não encontrar nada além do Patrão, do Patrão, dos domínios do Patrão por toda parte. Uma porção do mundo não tão grande quanto o próprio México, é claro, mas em todo caso tão grande. Maior do que a imaginação de um homem pode conceber. Maior do que eles, filhos de peões que de alguma forma também são filhos do Patrão, são capazes de sonhar. E é por isso que ele, vocelência, Sua Senhoria, Sua Excelência, tem de perdoá-los, porque afinal é assim que são, insignificantes como uma pedra ou como uma árvore que cresce no meio das terras do Patrão, entre tantas outras árvores e pedras iguais. Sua senhoria não deve se zangar. Sua senhoria deve aceitar suas desculpas e sua pobre mesa e seu humilde teto, se assim o exigir. E quando finalmente encontrar o Patrão, não se esqueça de dizer-lhe que aqui, neste canto do mundo que é servidor de sua senhoria, nesta vila cujo nome o próprio Patrão talvez tenha esquecido ou extraviado ou confundido com o nome de tantas outras vilas iguais, ele é esperado e honrado com um fervor do qual talvez não esteja ciente. Embora a gente ache que o Patrão já sabe tudo; que nenhum fio de cabelo cai de nossa cabeça sem que ele saiba e consinta...

Ele encontrou o Patrão e a jornada não termina. Ele encontrou o Patrão e agora o Patrão, o corpo do Patrão, se prolonga em todas as direções. É possível acampar na ponta de um de seus dedos e passar um dia inteiro tentando alcançar os nós de seus dedos. Atravessa as terras do Patrão como uma pulga habita o continente de um cão, talvez ignorando que algo chamado cão existe. Percorre caminhos que correm através do Patrão e dorme à sombra de algumas árvores que os peões do Patrão plantaram, e sob a luz do meio-dia vê brilhar os muros caiados de uma vila que o Patrão também semeou, como árvores. A vila oferece, como frutos modestos, um botequim todo descascado. Uns campos de algodão. Um moinho que é também o Patrão, como o rio que o move. Atravessado no caminho cochila outro cão faminto que não pertence a ninguém, e em seu corpo constelações de pulgas e quem sabe caminhos e florestas e mais aldeias e mais cães adormecidos e seres humanos que nunca chegaremos a conhecer. À porta do botequim esperam aldeões envoltos em ponchos, reclinados em suas cadeiras de balanço de madeira. Na cabeça deles pesa um enorme chapéu, que parece pesar um pouco mais quando Juan pergunta sobre o paradeiro do Patrão. Um silêncio. O Patrão. O Patrão, repetem por fim, com um fio de voz, aqueles que se atrevem a olhar para o retrato que lhes estende. Fumam mais rápido. Retêm entre os dedos cigarros que são brasas puras e estendem uns aos outros um garrafão de barro cru. O senhor quer saber onde está o Patrão, dizem, e é uma lástima que não possam ajudá-lo. Não podem ajudá-lo porque o Patrão pode estar em qualquer parte. Ele é, claro, um homem rico, tão rico que em toda a sua vida não passou duas noites sob o mesmo teto. Porque tudo isso é seu. Fazem um gesto vago que abarca as estradas empoeiradas, o horizonte abrasado pelo calor, o cão adormecido. O Pai tem tantas terras e tantas heranças e tantas peonadas que mal consegue saber o nome de todas as vilas que sua fazenda contém. Pelo menos é o que contam. Uma vez, anos atrás, o Patrão esteve ali mesmo, na porta do botequim, o senhor pode acreditar? Esteve ali e não sabia onde estava. Plantado exatamente onde o senhor está agora. Bem aí. Até então, nunca o tinham visto antes. Limitavam-se a lidar com seus capatazes, seus oficiais de justiça e seus cobradores de renda. Mas eles o reconheceram imediatamente. Era o Patrão e havia se perdido em suas próprias terras. Não sabia como sair de si mesmo. Tinha saído para cavalgar por capricho, ou talvez para descobrir como era sua fazenda sob a pele dos mapas, e acabara ali, em frente ao seu modesto botequim, pedindo informação sobre o caminho de volta. E eles lhe deram essa informação, e ele lhes deu uma moeda de ouro, e então eles não o viram novamente. Apenas seus capatazes e seus oficiais de justiça e seus cobradores de impostos, que eles sim se lembram do nome desta vila e, se necessário, até do nome de cada um deles. As terras que ocupam. Os pesos que devem ao patrão.

Juan lhes pergunta sobre o caminho que Juan tomou.

Juan lhes dá uma moeda de ouro.

Juan carrega seus alforjes e segue o caminho indicado, para o norte, sempre para o norte.

O vilarejo também é o Patrão, ele pensa quando se afasta, e seus habitantes são as mãos calejadas do Patrão, os sapatos manchados de lama do Patrão. Também eles pertencem à terra, como postes que nascem e morrem fincados no mesmo chão. Só o cão é livre, vive no centro de sua liberdade de mendigo, e por isso, porque ninguém mais pode, ele segue os passos de Juan. Tem as orelhas baixas e certa esperança nos olhos, como quem já recebeu muitas pedras e também alguns ossos.

A terra do Patrão se assemelha a todas as terras que ele conheceu até agora. Um lugar onde se cumprem as mesmas leis universais, a saber, que todas as coisas cobiçadas têm proprietários, e até mesmo as sobras dessas coisas devem ser reunidas com esforço. À beira da estrada vê pícaros e meliantes, vê ranchos arruinados, vê uns poucos homens que mandam e outros muitos que obedecem. Mulheres que carregam jarros d'água e caldeirões de louça enquanto seus maridos, seus filhos, seus irmãos se curvam sobre os sulcos do arado com as mesmas ferramentas de sempre e suam o mesmo suor de seus antepassados. O rosto deles lhe parece familiar. Tem a sensação de tê-los encontrado antes, dias ou anos atrás, como alguém que passou uma noite inteira jogando com baralhos diferentes e recebendo na sorte os mesmos naipes.

Mas há também, na terra sempre idêntica a si mesma, certas novidades que Juan constata com surpresa. Numa das aldeias de adobe que apodrecem ao lado da estrada, ele encontra um campanário arruinado, e nesse campanário um imenso relógio de ponteiros; um relógio parado, mas no fim das contas um relógio. De vez em quando, cravados no chão, postes de madeira que sujeitam fios pretos muito longos, como cordas para estender roupas em que nenhuma roupa é estendida e nada acontece. Servem apenas para que os pássaros descansem. Acima descansam os pássaros e abaixo os homens trabalham, os homens sofrem. Refulgindo ao sol, uma estrada que parece uma sutura aberta na terra; uma cicatriz feita de metais e madeiras cruzadas, deslizando para o horizonte. Juan segue essa estrada. Ao vê-lo passar, os camponeses acenam com o chapéu ao longe. O que eles estão fazendo? Dizem que tenha cuidado. Dizem para não ser tolo. Afaste-se, compadre, gritam. Pelo amor de Deus, afaste-se. Essa estrada, Juan enfim compreende, não é realmente uma estrada. Como as cordas que atravessam o céu, ela é feita pelo homem, mas não para o homem. E o que quer que percorra essa estrada realmente acaba chegando, caravanas de fumaça e metal que sulcam a terra como um navio sulca o oceano. Por que o mar não pertence a ninguém e, no entanto, não há terra tão miserável a ponto de carecer de dono? Ele se afasta para ouvir seu resfolegar quase animalesco, sua tormenta de quinquilharia, a nuvem de fumaça negra e a poeira da planície que se levanta por um momento para nublar o mundo.

Fumaça também no horizonte, subindo em espirais lentas. São as chaminés de Juan, as fábricas de Juan. Pelo menos uma delas. Ergue-se como uma catedral de tijolos, templo de um novo culto consagrado ao metal e ao fogo. Juan espera em frente ao arco de entrada com o chapéu nas mãos, como um novo devoto. Ao seu redor vê fornos, pisões, bate-estacas; moinhos movidos pelo nada. Seus sacerdotes estão zangados, estão sujos, estão com fome. Saem ao som de uma sirene para um pátio quadrado, com o boné na cabeça e os aventais cobertos de graxa. Fumam nervosamente bitucas de cigarro que quase queimam os dedos, e essa pitada de tabaco é o único fio que os mantém presos ao passado. Às vezes parecem sacerdotes e às vezes, presidiários. São, talvez, presidiários, habitando uma nova prisão cheia de luz e propósito, como o Padrinho havia previsto. Trabalham formando imensas correntes onde cada sacerdote, cada trabalhador, cada prisioneiro repete o mesmo gesto infinitamente. Por um momento, Juan se lembra da maneira como os índios do Pai modelavam seus vasos de barro, numa corrente que começava e nunca terminava. No alto da nave central, um imenso relógio de ponteiros que subdivide o tempo até encontrar nele momentos cada vez mais úteis, e os presidiários que o olham com resignação ou esperança. Ele os vê alimentar suas forjas, seus vulcões de óxido, e produzir nelas objetos estranhos, objetos talvez desnecessários, talvez demenciais. Parece que o único propósito da fábrica é construir peças que mantenham a fábrica de pé. A fábrica perpetuando a si mesma, como se o ferro tivesse vontade própria, objetivos próprios. É essa a vontade do Patrão, são esses seus propósitos?

Mas o Patrão também não está lá. Pelo menos Juan não é capaz de encontrá-lo. Bate em portas grandes e pequenas, bate em portões de madeira, grades de ferro. Faz soar aldravas, buzinas, campainhas, sinos de latão. Ele se encontra com guardas e gerentes, capatazes e trabalhadores. Espera ao lado da guarita do vigia; em corredores atapetados e em escritórios. E nos escritórios, nas guaritas, nos corredores, sempre as mesmas respostas, ou, dependendo de como se olhe, sempre uma resposta diferente. Infelizmente o Patrão não pode recebê-lo. Infelizmente o Patrão é um homem muito ocupado, que não pode atender ao seu pedido, seja ele qual for. O Patrão não está. O Patrão não sabe quem é o senhor. O Patrão tem uma reunião muito importante esta manhã e não deve ser perturbado. O Patrão não dá trabalho a preguiçosos ou mendigos. O Patrão ainda não chegou. O Patrão acabou de sair. Às vezes, combinações enlouquecidas das mesmas respostas. O Patrão é um homem muito ocupado justamente porque não consegue atender ao seu pedido. O Patrão não está lá porque o Patrão não sabe quem é o senhor, quem quer que você seja. O Patrão acabou de sair porque, infelizmente, o senhor acabou de chegar e continuará ausente enquanto for um preguiçoso e um mendigo.

E sentado nesses escritórios, de pé em tantos corredores, ao lado de aldravas e campainhas e sinos e batedores de ferro, Juan espera. Revira nas mãos o livro do Pai, sempre disposto a mostrar o rosto do Patrão a tantos gerentes, vigias, capatazes, trabalhadores. Às vezes, ele o abre e olha distraído para seus versículos de caligrafia apinhada e miúda. Alguns foram sublinhados ou riscados ou rodeados por um círculo de tinta, com tal ferocidade que o papel está rasgado em certos pontos. São, não podem ser outra coisa, as passagens favoritas do Pai. Lugares onde o olhar do Pai se deteve. Ideias que tocou, pelo menos por um instante, com a ponta de seus pensamentos. Passa as páginas atropeladamente, deixando que seus olhos saltem de sublinhado em sublinhado. Seguiu os passos do Pai até aqui e agora segue na esteira de sua leitura, deixando-se resvalar para dentro do livro que sua mão segura.

Lê: Sei viver na pobreza e sei viver em abundância. Em todo lugar e em todas as circunstâncias, aprendi o segredo de lidar tanto com a fartura quanto com a fome, tanto com a abundância quanto com a necessidade.

Lê: A alma do preguiçoso deseja e nada alcança; mas a alma dos diligentes prosperará.

Lê: Não vivemos ociosamente entre vós, nem comemos o pão de ninguém de graça, mas com suor e labuta trabalhávamos noite e dia para não sermos gravosos para nenhum de vós; e não porque não tivéssemos direito, mas porque queríamos dar em nós mesmos um exemplo a imitar. De fato, quando ainda estávamos entre vós, demo-vos esta regra: que se alguém não quiser trabalhar, que tampouco coma.

Lê: E eu vos digo: tornai-vos amigos com as riquezas ilícitas, para que, quando vos faltarem, sejais recebidos em moradas eternas.

Lê: Servo perverso e preguiçoso, sabias que quero colher onde não semeei e recolher onde não me dispersei? Devias, pois, ter dado meu dinheiro aos banqueiros para que, quando eu voltasse, retirasse o meu com juros. Tirai então dele o talento, e dai-o para quem tem dez. Pois a todo aquele que tem será dado e sobrará, mas àquele que não tem até mesmo o que tiver lhe será tirado.

Lê: As riquezas de um homem são o resgate de sua vida, mas o pobre não tem meios para resgatar-se.

E assim, passam-se dias ou anos.

Passam-se dias, anos? É possível passar dias e anos assim, sentado num escritório, de pé num corredor? É, talvez, impossível, mas para Juan não parece. De qualquer forma, passa tempo suficiente para que o encontro com o Patrão pareça algo que nunca acontecerá. E então acontece. Não há razões, pelo menos não razões que Juan conheça, mas um dia as mesmas perguntas, as mesmas pessoas o levam a um escritório luxuoso e não à porta da rua. Juan senta-se numa poltrona de veludo vermelho e espera um tempo imenso, talvez cinco minutos. Esses cinco minutos passam como se fossem dias ou anos. Agora que está prestes a conseguir, sua vontade parece mais fraca do que nunca. O que vai dizer a ele? Por que chegou até aqui? Vem para prendê-lo ou para se jogar aos seus pés, como um de seus discípulos? Todos aqueles guardas, aqueles escreventes, aqueles trabalhadores. São seus discípulos?

Por fim, um homem aparece do outro lado da mesa. Não é o Patrão. É um homem minúsculo, ridículo, com um bigode desenhado a navalha. Talvez o secretário do Patrão, que lhe oferece uma mão muito pequena e muito fria. Em seguida, levanta as sobrancelhas e seu rosto compõe a expressão de esperar algo. Procuro o Patrão, explica Juan para aquelas sobrancelhas que se alçam. Eu sou o patrão, responde o secretário. Atrás dele, um relógio de pêndulo bate doze horas do meio-dia de quem sabe que dia e que ano. Juan demora aquelas doze badaladas para falar de novo, com voz trêmula.

— O senhor não é o Patrão — diz ele.

— Claro que sou o patrão — repete o patrão.

Juan busca em seu costal. O corpo do patrão se sobressalta, se enrijece em sua cadeira. Enquanto Juan remexe o saco, ele silenciosamente abre uma das gavetas de sua mesa e desliza a mão para dentro. Só parece relaxar quando vê Juan tirar um livro de capa antiga e rebites de ferro, que deixa na mesa aberto na primeira página. O senhor não é o Patrão, repete, e há algo mecânico em sua voz; algo que lembra a voz do relógio. O senhor não é este homem. O patrão se inclina sobre o retrato. Começa a rir, já completamente aliviado.

— Estou entendendo — diz ele, ainda rindo.

Fecha a gaveta e abre outra do lado oposto. Tira uma piteira de ouro.

— Um cigarro? Aceita?

Estou entendendo, repete o patrão, com o cigarro no canto da boca. Sem dúvida houve algum tipo de confusão, explica. Você não procura o patrão. Procura o Patrão. Juan pisca, confuso. Há diferença? Muito mais do que você acredita, insiste o patrão. Você quer ver o Patrão, e esperava encontrá-lo aqui, é claro. Mas o Patrão não está aqui. O Patrão nunca esteve aqui, entende? Eu ficaria surpreso se ele se lembrasse do meu nome. O que estou dizendo? Eu ficaria surpreso se ele se lembrasse de que essa fábrica existe! Pois se o senhor fosse o dono de toda esta região, meu amigo, passaria a vida aqui, neste escritório miserável? Iria se sentar nessa cadeira? Se o Patrão juntou tantos pesos, se construiu este império, é precisamente porque nunca se conformou em ficar sentado em lugar nenhum. Onde ele pode encontrá-lo, então? Ah! E quem poderia responder a essa pergunta? Só o Patrão, diz o patrão. Mas para perguntar ao Patrão seria preciso primeiro encontrar o Patrão. E o Patrão pode estar em qualquer parte. Talvez neste exato momento ele inspecione o progresso de outra de suas muitas fábricas. Ou tenha um mapa aberto na mesa e nesse mapa esteja olhando justamente para aquele prédio, que ele nem se lembra de ter construído. Inclusive ouviu dizer que o Patrão vive na linha do trem. Você acha que isso é ou não é possível? Pois é isso que contam. Pessoas conhecedoras. Secretários de secretários de homens que um dia apertaram a mão do Patrão. Contam que vive num de seus trens, do sul para o norte e do norte para o sul. Sempre em movimento. Que a partir dali ele controla tudo, controla todos, como se fizessem parte de seu próprio corpo. Embora talvez seja apenas uma maneira de falar, é claro. Quem pode entender o que pensa o Patrão?; o que o Patrão dispõe. Assim diz o patrão, com o rosto velado pela fumaça do cigarro: uma fumaça não mais estranha do que a fumaça da fábrica ou a fumaça das caravanas de ferro. Por isso, recomenda que, seja qual for o assunto que vem tratar com o Patrão, resigne-se a não encontrá-lo. Que vantagem obterá ao continuar a procurá-lo? Nenhuma. Ele não acha que está exagerando quando lhe diz que um século não seria suficiente para encontrá-lo. Na verdade, se pensar nisso friamente, admitirá que já é um milagre ter chegado até aqui. Quantas negligências tiveram de ocorrer para que eu esteja sentado com você neste escritório!, exclama. Para que o senhor possa se encontrar comigo, um homem tão ocupado... No entanto, eu mesmo, repare no que lhe digo, eu mesmo não cheguei a ver o Patrão mais de uma vez na vida. Isso foi há alguns anos, mas ele ainda se lembra disso. Como se estivesse acontecendo agora mesmo, diante de seus olhos. É assim que se lembra. Que homem! Que voz! Juan, é claro, nunca ouviu a voz do Patrão, e teme nunca chegar a ouvi-la... Embora algo me diga, o patrão continua, que o senhor não vai desistir tão facilmente. Que, apesar de seus conselhos e indicações, continuará tentando de qualquer maneira, desde que lhe reste um fio de sangue nas veias. E disso, veja bem, desse tipo de obstinação ele gosta. De certa forma, me lembra o Patrão, diz o patrão. Então, quem sabe? Afinal, talvez chegue a encontrá-lo. De certa forma, num sentido muito abstrato, claro, ele até se assemelha um pouco ao Patrão. Ele também continuou quando tudo parecia impossível. Sabia que, quando começou a acumular sua fortuna, era apenas um mendigo e tinha apenas um vazio na concha da mão, e nenhum peso para preenchê-lo? O que o senhor acha? A mão do Patrão, implorando esmola! Bem, parece que foi assim. Pelo menos foi o que o próprio Patrão lhe disse. Mostrou-lhe a mão nua, a mão vazia, e disse: No início, eu só tinha isso. Agora, continuou apontando para suas fábricas e suas propriedades e seus domínios ilimitados, tenho o mundo. Foi o que ele disse. Então, afinal, pode ser bom continuar procurando. É o tipo de coisa que o Patrão faria: nunca se render. E se me permitir um conselho... Talvez seja uma besteira o que vou dizer. Talvez seja, sim, mas o senhor devia tentar a antiga fábrica de fiação de algodão. Fica a trinta ou trinta e cinco quilômetros daqui, mas... Sim: quilômetros. Na terra dos algodoeiros. Dizem que tudo começou naquela fábrica. Que, quando começaram a construí-la, o Patrão nada mais era do que um peão que punha pedra sobre pedra, e que, quando terminaram, a fábrica já era dele. Por isso, como o algodão lhe deu o primeiro impulso na carreira, dizem que ele tem um carinho especial por ele. Pelo menos é o que dizem. Pessoas conhecedoras...

    Juan aperta mais uma vez sua mão minúscula, sua mão tão fria, que também parece ser feita de ferro. Não precisa perguntar mais nada. Sabe que essa fábrica só pode estar esperando por ele ao norte.

Na saída do povoado, ele vê um punhado de homens sentados à sombra de um tapume, batendo palmas e tocando violão. Uma garota dança entre eles de olhos fechados, como se balançasse ao ritmo de um sonho. Juan está prestes a perguntar-lhes se a fábrica de algodão já está perto, mas algo em sua felicidade, na dança cega da garota, o retém. Não sabe que são os últimos seres humanos que verá durante toda a jornada. Põe a mão na borda do chapéu e continua seu caminho.

    Mais além, encontra algumas aldeias estéreis. Um poço seco, uma fonte seca. Um riacho também seco, pontilhado de ossos que podem ter pertencido a reses sedentas. A estrada desliza entre terras que alguma vez foram de semeaduras, exauridas pelo calor. Um horizonte sem milho e sem esperança, governado por espantalhos que parecem camponeses crucificados. Pernoita numa das aldeias abandonadas. Não há hera ou ervas daninhas crescendo nos portais e as paredes permanecem limpas e caiadas, como se seus habitantes fossem voltar a qualquer momento. Acende uma fogueira num dos lugares e bebe café na penumbra da casa desabitada. Pensa em quem seriam seus donos, e pensa no Patrão, naquela fábrica onde ninguém o espera e ao mesmo tempo todos lhe obedecem, assim como oramos a um Deus que se manifestou uma só vez e para sempre. Por fim, ele se lembra de pensar um pouco em si mesmo, enquanto apura a borra de café. Como sempre, quando volta os olhos para dentro de si, logo desiste. Estende sua esteira diretamente no chão, morno pelo calor do fogo. De madrugada, ouve o sibilar do vento por trás das vigas do teto e um rumor que parece de conversas antigas, e a manhã chega sem nenhum galo que a anuncie.

A estrada palpita sob o sol do meio-dia. As cores e formas do mundo fervem no horizonte, como figuras de cera derretida. O calor põe diante dos olhos de Juan coisas que não estão lá e faz desaparecer outras que estão, e quando numa das curvas da estrada ele finalmente distingue outro ser humano, ainda dá muitos passos antes de se convencer. É um jovem, com um feixe nas costas e um rubor camponês no rosto. Também ele se dirige à fábrica de algodão. Parece contente de encontrar companhia. Então vamos matar o tédio da jornada com um pouco de conversa, não acha, senhor? Juan diz que concorda e eles emparelham o ritmo. Caminham lado a lado, através da terra devastada pela sede.

— O que aconteceu aqui? — Juan pergunta, apontando para outra aldeia arruinada que sai ao encontro da estrada.

— É a seca, senhor. Veio um ano ruim e foi embora outro pior.

O rapaz conta-lhe que nasceu numa das aldeias que ficam ao sul. Esse povoado, diz ele, não existe mais. Com seus habitantes aconteceu o que acontece com os convidados de um casamento: que a certa hora da madrugada a celebração termina e eles fecham a tenda de pulque ou a taberna ou onde quer que tenham se reunido, e então cada um marcha para o seu lado e já não voltam a se encontrar. Isso aconteceu com o povoado dele. Com os vizinhos de seu povoado. Claro que celebração, celebração, o que se chama celebração, isso eles nunca conheceram, nem lhe consta que seus pais conheceram, nem os pais de seus pais. O que está claro é que o povoado teve anos melhores: disso ninguém duvida. Mas é fato que a terra nunca foi boa, diz o rapaz, e que os delegados do governo não foram melhores. Há cinco anos, eles expropriaram as terras comunais para entregá-las ao Patrão, só porque não tinham os papéis em ordem. É verdade que não tinham documentos e nunca tiveram: o que tinham era a terra. Desde que o mundo era pequeno. Desde então eles tinham a terra. Mas lhes disseram que a terra não era suficiente como prova e o Patrão a tirou deles.

Juan se detém no meio da estrada. O rapaz continua falando até que percebe e se vira para olhá-lo, como se tivesse sido fulminado seis ou sete passos atrás.

— Eu disse algo que o incomodou, senhor?

— Não. É só que esse Patrão do qual fala... Não está se referindo a este homem?

O rapaz se inclina sobre o retrato por apenas um momento. Afasta-se bruscamente, como se estivesse cansado de olhar para ele.

— Sim, senhor, é justamente a ele que me refiro. O senhor não o conhece?

— E tem certeza de que foi ele quem tomou sua terra?

O rapaz o olha de cima a baixo. Responde com lentidão.

— Bem, tenho muita certeza, senhor. Não é uma coisa que se esqueça ou com que se brinque.

Juan pede desculpas apressadamente. Não era isso que ele queria dizer. O que ele tenta explicar é que o Patrão é um homem importante: alguém com muitas responsabilidades. Não poderia acontecer, então, que essa injustiça que lhes foi feita seja perpetrada por outra pessoa em seu nome, sem o conhecimento do Patrão? O garoto ladeia a cabeça. Outra pessoa, sem o conhecimento do Patrão? Ah, não saberia lhe dizer. Ele tem a impressão de que nenhum fio de cabelo cai de sua cabeça sem que o Patrão saiba e consinta, mas quem sabe? Talvez seja como diz o senhor. Se foi ele que fez ou outras pessoas, então não cabe a mim dizer, acrescenta. Seja como for, foi feito. Ele só sabe que, se não foi coisa do Patrão, pelo menos podem ter certeza de que foi a ele que entregaram os frutos. Os terrenos caíram em suas mãos, a bem dizer, porque o Patrão tinha os papéis que faltavam a eles.

Então, depois de um longo silêncio, diz que o que mais o magoou foi que a terra parecia feliz em mudar de mãos. Que já desde a primeira colheita nasceram para o Patrão umas espigas grandes e encarnadas como nem ele nem os seus jamais tinham visto. Depois veio a seca e o povoado morreu. Já estava morrendo desde que a terra lhes foi tirada, mas com a seca tudo que restou foi enterrá-lo. Alguns vizinhos foram para Coahuila. Outros para Torreón, para Monterrey. Mas o fato inegável é que foram embora.

— E você?
— Eu o quê?
— Você, o que você está vindo fazer na fábrica?
— Ah, o que mais posso fazer, senhor? O mesmo que o senhor. Implorar ao Patrão por trabalho...

*

À beira da estrada, encontram um celeiro deteriorado e uma dúzia de peões que comem à sua sombra. Ao vê-los aparecer, os homens tiram o chapéu e os levam ao peito. Um deles, bigodudo e cerimonioso, levanta-se para convidá-los a comer. Juan olha para seus ponchos remendados, as humildes tortilhas que desembrulham com solenidade litúrgica. São muito pobres. Daquele tipo de pobreza que se vê prejudicada tanto se o convite é aceito quanto rejeitado. Juan e o rapaz aceitam.

Eles também vão para a fábrica de algodão. Eles também estão à procura de trabalho. Que outra coisa pode ser feita, nestes tempos?

Nada pode ser feito, claro. Apenas caminhar. Agora os doze, os catorze caminham juntos. Vão ocupando todo o pavimento da estrada, com seus machados e suas esteiras acomodadas nas costas. Dos campos desmatados, das aldeias que ainda estão vivas, os camponeses param o trabalho para olhar para eles.

— Para onde estão indo, compadres?
— Para a fábrica de algodão.
— Será que tem trabalho lá?
— Deve ter.

Alguns balançam a cabeça e continuam remexendo a terra. Mas outros soltam enxadas e carrinhos de mão e correm até alcançá-los. Ou ainda carregam suas ferramentas nos ombros, como se em vez de ir para a cidade estivessem se preparando para o plantio. Há jovens, mas também velhos. São vinte homens, trinta homens. Cinquenta homens. Algumas mulheres esperam na beira da estrada. Dão-lhes de beber jarros cheios de vinho e água. Dão-lhes de comer pão. Fazem o sinal da cruz na testa dos caminhantes, para que o Cristinho interceda e o Patrão tenha piedade deles. Afinal, o Patrão também deve ter alma e coração. E deve ter também, se for sua vontade, fábrica suficiente para empregar mais cem homens num dia, sem fazer muitas perguntas. Já são, de fato, cem homens. Cem homens e também um punhado de mulheres, porque algumas, assim que acabam de persigná-los, persignam a si mesmas e pegam a estrada. Andam ombro a ombro. Por acaso elas também querem trabalhar na fábrica do Patrão? Falam do Patrão. Falam de terras desapropriadas. Falam de valas e canais de irrigação que só vêm beijar as terras do Patrão. Falam de rebanhos que já não estão autorizados a beber dos rios aos quais seus antepassados deram nomes, moinhos e pontes. Falam de impostos. Falam de dívidas. Falam dos peões que vivem no latifúndio do Patrão, eles também semeados na terra como sabugos que não chegarão a espigar. E então balançam a cabeça, como se afastassem um mau pensamento, e dizem: Quem sabe o Patrão sinta pena de nós.

São trezentos homens e mulheres. Trezentos seres humanos. Somos trezentos, pensa Juan, e sua cabeça só consegue pensar assim, no plural, de tantos braços, pernas e vontades que vê caminhando em sua mesma direção. Não se lembra do índio Juan, ou mal se lembra. Lembra-se, ao contrário, das afrontas do Patrão, das esmolas do Patrão, como se as tivesse visto com os próprios olhos. São mil e todos viram as mesmas coisas com os mesmos olhos. Quando chegam à próxima aldeia, homens e mulheres saem para cumprimentá-los com vivas e aplausos, e um punhado de crianças corre para tocar as mãos dos soldados. Não são soldados, são camponeses, mas marcham como se fossem. Uma mulher grávida se junta a eles, segurando o ventre imenso.

Ela também quer trabalho, diz. Trabalho para ela e trabalho para seu filho. Diz que querem ser ouvidos. Diz que querem pão. O prefeito do povoado, de terno e gravata, solene, os vê passar lá do alto, na varanda do Paço Municipal. Agita o chapéu e diz algumas palavras para as tropas que desfilam. O que diz? Ninguém o escuta. Na dianteira, um homem com aspecto de foragido trepou no alto de uma carreta e grita algumas palavras de ordem com o braço levantado. É a ele que escutam. Quem é esse homem? Grita: Viva o Patrão! Morra o latifúndio!, e as vozes se propagam como ar ou como fogo. É o Compadre, grita alguém quase no ouvido de Juan. É o Compadre! Viva o Compadre!, repetem uma, cem vozes, e o Compadre, ainda do alto da carreta, continua gritando. A multidão entoa seu nome. Depois aplaude. Alguém dispara um tiro para o ar que soa como uma anuência. Suas mãos, as mãos fugazes do Compadre, parecem dançar sobre a cabeça deles: agitar ou acalmar os ânimos de quem o ouve, como um titereiro sabe controlar a vontade de seus fantoches. Terra e liberdade!, grita o Compadre com sua voz sem tremor, e o grito repetido como um eco em duas mil gargantas. Duas mil gargantas? Até o menino ainda não nascido parece gritar. O que aquele menino gritaria, se gritasse?

 Está ficando escuro. Acenderam fogueiras para se aquecerem à beira da estrada. Acenderam tochas. Círios de igreja. Lamparinas a óleo. Umas idosas que parecem amortalhadas em seus xales pretos distribuem tigelas de barro, salpicadas de alimentos humildes. Não há comida para todos. Só a bebida chega: garrafões de pulque e mescal que correm de mão em mão e nunca se esvaziam. Oito mil mãos. Dez mil mãos. Bebem de olhos fechados e com certa expressão de inocência, como se a aguardente os amamentasse. Como se fossem seus próprios rebanhos sedentos, pulando cercas e estacas para beber no tão esperado rio. O álcool que chega e o alimento que não chega. Têm fome. Temos fome e estamos bêbados, pensa Juan, enxugando com a manga o pulque que lhe escorre pelo queixo. Gritam, gritamos, terra e liberdade e pão. Dos terraços das casas vizinhas explodem foguetes de festa, como se celebrassem a peregrinação de algum santo padroeiro. Que santo, que padroeiro? Alguns homens apontam para o céu com suas pistolas, com suas carabinas, e disparam salvas em homenagem a esse santo anônimo. Onde conseguiram suas carabinas, suas pistolas? Nós, processionários. Nós, devotos do quê? Nós, soldados. Uma arma. A grávida diz que quer uma arma. Diz que o filho também quer. Armas!, os homens gritam, os homens imploram. Armas e pão!, gritamos.

Ao longe, divisamos as luzes da fábrica, brilhando como um fogo remoto. Ali, emboscado no escuro, o Patrão nos espera. O que ele espera? O que nós esperamos? Se não cai um fio de cabelo de nossa cabeça sem que ele saiba, como poderia Ele ignorar as cinco mil cabeças, as dez mil cabeças que se dirigem ao seu encontro? Porque estamos indo ao seu encontro. Temos fome e armas. Temos álcool. O que não temos é medo. O que não temos é justiça. Atravessamos o campo revelados pela lua, pelo fogo. As luzes da fábrica, como um farol que nos guia na escuridão. Como uma fogueira em torno da qual as mariposas gravitam. As mariposas somos nós e as mariposas, às vezes, voam muito perto do fogo. Voam e voam até serem também fogo. Mas a morte não é nada, a morte não é o fim. É o começo. O começo de algo. O começo de quê? A mulher grávida que se despe à luz da lua, à luz do fogo, e grita até ensurdecer o mundo. Algo que começa. A mulher dando à luz diretamente sobre a terra e sob sua saia nenhuma carne: apenas cartuchos, pistolas, balas. Um rifle aninhado em seu regaço. Um filho de ferro que vem nascer num mundo também de ferro.

Mais foguetes explodindo no céu, iluminando o céu. Não são foguetes: são disparos. Um homem morto. Somos nós esse homem? Soldados fardados barricados atrás de valas e tapumes. Soldados que atiram em nós. Somos nós esses soldados? Não; não somos. Nós não. Eles são federais e nós somos homens. Somos o povo e temos armas, e temos armas porque temos fome. A comida não é suficiente e a terra tampouco é suficiente, mas a fome é, a fome é suficiente; é motivo suficiente para matar um homem. Talvez seja isso que viemos dizer ao Patrão. Viemos implorar. Implorar que também ele morra. Nós o chamamos pelo nome e o Patrão não responde. Derrubamos o portão de entrada e o Patrão não nos recebe, infelizmente o Patrão não pode atender ao nosso pedido, e invadimos corredores e escritórios para sermos ouvidos, o Patrão tão ocupado e nós tão famintos, tão bêbados, jogamos pelo ar papéis que não entendemos, o Patrão que acabou de sair porque acabamos de chegar e permanecerá fora enquanto formos preguiçosos e mendigos. Até quando seremos preguiçosos e mendigos? Até quando o Patrão ficará ausente?

Por toda parte, trabalhadores que fogem. Trabalhadores que se juntam a nós. Trabalhadores que defendem o Patrão, o imenso vazio deixado pelo Patrão. Trabalhadores que parecem viver pela primeira vez. Trabalhadores que morrem. Trabalhadores que morrem e nós que morremos e o Patrão que também morre, o Patrão, enfim, a morte do Patrão, enfim, uma morte como qualquer outra depois de tudo, apenas um homem, depois de tudo, seu corpo embolado atrás da mesa, segurando um revólver de prata que nunca será disparado, o Patrão esmagado no chão, o Patrão suplicando, o Patrão urinando nas calças, viram que coragem o Amo esbanja, meninos?, algumas risadas, alguns insultos, nossos braços que o arrastam pelas escadas, até devolvê-lo ao nível do solo; o prazer de vê-lo ajoelhado na terra que nos foi tirada, ouvir sua voz de velho implorando, sua voz já morta ou quase morta clamando por baixo dos golpes, tenham um pouco de piedade de mim, e nós que não temos comida, nem terra, nem piedade, como poderíamos, temos armas, sim, temos mães e pais que morreram sem quem lhes fizesse justiça, claro, temos dívidas, rebanhos sedentos, fome; temos mãos e nas mãos o sangue do Patrão, mas nenhuma piedade, seu corpo que é alçado acima de nossa cabeça e os olhos do Patrão que se abrem pela última vez, o Patrão que parece cravar os olhos em todos nós, o Patrão que olha também para você, e sua morte que não é um fim, mas um novo começo. O começo de algo. O começo de quê? O começo do fogo. Uma lamparina a óleo jogada contra uma das laterais da fábrica e o fogo que começa ali mesmo, mas não só ali, o fogo que vem de todas as partes, começa no cano de nossos rifles e onde termina não se sabe, se alastra pela urdidura dos teares e nas mesas e nos tapetes, se deleita com o corpo lubrificado das máquinas, se torna mais forte atrás do vidro das claraboias, e nós que temos de dar alguns passos para trás para não sermos também fogo, mariposas cautelosas, nós que regressamos à noite e da noite contemplamos o trabalho das chamas. E nessas chamas vemos algo que não tínhamos visto. Vemos a fábrica devorada por sua própria claridade e nos vemos resgatados do negrume, avermelhados como criaturas feitas pela e para a terra. Vemos nossos cem mil rostos suados e sujos. Vemos um velho empunhando uma carabina enferrujada. Vemos um menino ou quase um menino com o rosto salpicado de sangue. Vemos uma mulher com um lampejo de crueldade nos olhos. Vemos onde começa e termina nosso corpo, nossas mãos, nossa vontade de ferro feita de mil pequenas vontades que de repente hesitam ou duvidam. Homens que se olham uns aos outros apavorados com a magnitude de sua própria raiva, novamente singulares e servos. Juan olhando para o corpo do Patrão abandonado na terra, agigantando-se e encolhendo-se diante de seus olhos, como se transfigurado pelo tremor do fogo. Juan olhando para as próprias mãos. Juan olhando para o rifle que essas mãos seguram. A arma que cai no chão e a fábrica que ainda não cai, toda a noite ardendo luminosa e eterna, e suas chamas subindo até onde os homens nunca sonharam em chegar.

IX

Crucificação do Senhor — Um povo órfão e um novo pai
Cavalgar sem cavalos — Nem camponeses, nem soldados
Viva a revolução, morram os revolucionários
Um retrato da revolução
Julgamento de Deus
Nem revolucionários, nem revolucionários
Naufrágio de um sonho
Um povoado cujo nome não importa
Uma página guarda luto — Carícia póstuma
Afinal, uma cruz — Um cavalo domado

Dormem ao relento, como os convidados de um casamento que se recusam a deixar o lugar onde foram felizes por pelo menos uma noite. Estão felizes? A comemoração termina e eles esperam algo, mas não se sabe o quê. Amanhece e o sol ilumina igualmente os cadáveres de camponeses e federais. As ruínas fumegantes da fábrica e atrás dela o horizonte tão distante, tão impossível como sempre. Ginetes que galopam de um lado para o outro, pululando pela terra que uma vez pertenceu ao Patrão, o corpo que fazia parte de seu corpo. O que há agora dessa terra, a quem pertence, na carne de quem dormem e esperam?

Porque o Patrão morreu, recordam. O Patrão morreu, repetem, com a incredulidade daqueles que anunciam que o próprio Deus morreu. E agora contemplam sua obra: uma roda em torno do cadáver de Deus. Homens e mulheres que tiram lentamente o chapéu, ainda corteses, ainda minúsculos diante do corpo intumescido e mutilado do Patrão. Não dizem uma única palavra.

Continuam apoiados nas culatras de seus rifles, como se fossem camponeses descansando em seus instrumentos de trabalho.

Só uma voz que se eleva. Juan ajoelhado ao lado do cadáver, voltando seu rosto desfigurado para a luz do sol. Juan limpando cuidadosamente o sangue com um lenço e depois suspendendo o gesto. Não é o Patrão, diz lentamente, e não se sabe se há condenação ou consolo em suas palavras. Tem de repetir mais duas vezes para que o resto reaja: não é o Patrão. Não é o Patrão. Seus assassinos paralisados no mesmo gesto, numa perplexidade que parece contígua ao sono. Não entendem, ou talvez seja Juan que não entenda. Claro que é o Patrão, diz por fim um desses homens, cuspindo na poeira. Acho que é o Patrão, diz um menino, apenas uma criança, dando um pontapé na perna do morto. O Patrão, o Patrão, o filho da puta do Patrão. Mas Juan ainda nega com a cabeça, olhando para o rosto daquele homem demasiado velho, demasiado branco.

Pode ser que seja o patrão, Juan finalmente admite enquanto se levanta, mas ele não é o Patrão. "Claro que é o senhor Patrão!", grita uma mulher, entre a indignação e o desprezo. O *senhor* e a letra maiúscula ainda ligados ao seu nome, acompanhando-o até as profundezas do sepulcro. E eu não ia saber quem é o homem que tomou minha terra?, diz outro. Queimou minha casa. Matou minhas vacas de sede. Ordenou a morte de meu irmão; por mais que os vermes o comam e suas entranhas apodreçam, nunca esquecerei seu rosto. As vozes que se sobrepõem, que afirmam o impossível: este é o Patrão, nós o matamos, morra o Patrão, viva a Revolução, viva a Revolução. Juan ainda luta contra as evidências, mas ninguém mais o ouve. Alguém ri. Está bêbado, diz. Está bêbado? Não há tempo para decidir: os camponeses já estão levantando o cadáver ensanguentado em seus ombros, levando-o ao pé de um poste telegráfico como se leva um justiçado ao pelourinho ou um cordeiro à pedra sacrificial. Vinda sabe-se lá de onde, uma corda. A corda que voa, muitas mãos concertadas no mesmo esforço, e o corpo do Patrão – o corpo do Patrão? – que se eleva, se eleva sobre as cabeças, até ficar pendurado de cabeça para baixo; também agora, no momento de sua morte, mais alto do que todos. O Patrão que parece contorcer-se por alguns instantes, que ainda balança diante do olhar impassível de seus filhos, com as mãos arranhando o ar, como o último estertor de um crucificado sem cruz e sem bússola.

Durante o resto do dia, os camponeses saqueiam os despojos da fábrica. Levam qualquer coisa: mesas chamuscadas, abajures desconjuntados, uma tapeçaria milagrosamente salva do fogo. Uma bobina de cabo que não serve nem nunca servirá para nada. Um tear mecânico que precisa de quase vinte homens para ser arrastado sabe-se lá para onde. Alguém despindo um morto para tirar sua jaqueta, suas botas, uma corrente de prata. Homens e cavalos vagando como sonâmbulos pelas ruínas ainda fumegantes. E outros homens, muitos homens, que distribuem rifles velhos e cartucheiras e vão para o norte, em busca de outra fábrica, outro Patrão, outro sonho.

 Juan permanece sentado ao pé do poste, como um fio de prumo que marca o epicentro de uma catástrofe, uma rocha imóvel no coração de um mundo em colapso. O corpo do Patrão ainda gravita um pouco acima de sua cabeça, sacudido pela brisa. Sobre os joelhos de Juan, o livro aberto na página do retrato e seus olhos que viajam de vez em quando do cadáver ao desenho e do desenho ao cadáver. É uma precaução inútil, pois não há em seus traços – no que resta de seus traços – nenhuma afinidade, nenhuma dúvida em que basear sua esperança. Embora talvez "esperança" não seja a palavra adequada, diz a si mesmo. Porque se o índio Juan fosse realmente o Patrão; se suas mãos tivessem contribuído, entre muitas outras, para matá-lo, então o quê? O que sua viagem significaria? Que sentido dar a tudo que viveu até agora, como saber se afinal amava o índio Juan ou o desprezava, se celebra sua morte ou a reprova? Ninguém para lhe dizer se este mundo era o mundo com o qual sonhava, aquele edifício ao qual faltava levantar paredes sobre as fundações e telhados sobre as paredes para que fosse perfeito. Tudo é muito mais simples se o Patrão for apenas o Patrão e o índio Juan estiver em qualquer outra parte, quem sabe se acima ou abaixo da terra, mas em outra parte. E ao mesmo tempo muito mais difícil, porque então é preciso olhar para trás, para o sul; é preciso repassar cada escolha e cada desvio de seu caminho, cada jornada na cidade ou no deserto, cada pequena conjectura, tentando encontrar aquele instante em que ele errou o curso e o índio Juan deixou de ser o índio Juan.

Um menino, alheio ao trânsito de homens indo e vindo, sentou-se ao seu lado. Mordisca uma espiga seca e olha, por cima do ombro, para o retrato inútil.

— Quem é? — pergunta com sua voz fina de escravo.

Juan permanece preso mais alguns momentos no mesmo gesto. Abre a boca. E a fecha.

— Não sei — diz por fim.

O menino aprova fortemente com a cabeça, como se não saber fosse a coisa mais natural do mundo. Mas não se mexe.

Continua comendo sua espiga e continua olhando para aquele rosto sem nome, afinal apenas um desenho.

Mais três ou quatro meninos se aproximam, como se magnetizados por suas palavras. Um deles tem um cigarro na boca e um rifle tão alto quanto seu corpo. Basta dar uma olhada no livro para falar.

— É o Compadre — diz simplesmente, sem tirar o cigarro da boca.

Juan olha para o menino e depois para o livro e depois para o menino novamente.

— Não é o Compadre — começa a explicar com toda a calma que consegue reunir. — É...

Mas não termina a frase, porque não tem nada a dizer.

De repente, mais homens, mais mulheres. Camponeses que abandonam um quadro de molduras douradas no chão ou umas botas de caminhada praticamente novas para se amontoarem em torno do livro. O livro que começa a viajar de mão em mão, não menos maravilhoso do que o próprio Patrão. As crianças que ficam na ponta dos pés e os peões que tocam sua capa com fascínio analfabeto, com as mãos manchadas de lama ou sangue, e finalmente olham para o retrato.

— O Compadre! — diz um velho, e se benze.

E então, como se a língua do velho tivesse tocado uma palavra sagrada, todos clamam ao mesmo tempo.

— É verdade! O Compadre! Sim, é o Compadre!

O Compadre, pensa Juan, como quem recebe uma chicotada. O Compadre. Escuta outra vez os ruídos da véspera, seu eco ainda retumbando na planície. A voz do povo entoando seu nome, Compadre, Compadre, Compadre. Ele o vê ou se lembra dele ao longe, empoleirado na carreta para disparar sua arenga, tão pequeno e tão borrado ao longe que poderia ser qualquer homem. Ele o vê mais perto, metade de seu rosto velado por seu imenso chapéu de palha; um chapéu que poderia esconder qualquer rosto. Ele o vê, finalmente, lutando muito perto, tão perto que bastaria avançar um braço para tocar seu corpo; mas a essa altura já anoiteceu em suas memórias e a noite é impenetrável e esse corpo não é um corpo, mas uma conjectura.

O Compadre, pensa.

O Compadre, recorda.

Recupera o livro abruptamente. Levanta-o acima da cabeça, para que todos vejam. Dizem que este homem é o Compadre. Têm certeza?, ele pergunta a todos, a cada um daqueles homens e mulheres que parecem em êxtase diante de sua imagem, não menos sagrada do que o próprio semblante de Cristo. Ele quase grita. Têm certeza?, repete. Jurariam com a mão direita sobre uma Bíblia, por exemplo, esta Bíblia?

Os camponeses, os soldados, ficam em silêncio por um instante. A pergunta parece-lhes estúpida. Já não olham para o retrato: olham para Juan. Como não ter certeza do que seus olhos viram?, parecem dizer. Eles dizem: como poderíamos estar equivocados a respeito disso, senhor? Eles não sabem de livros ou desenhos, diz um dos homens, mas o que não admite dúvidas é que sabem bem quem é o Compadre. Porque não esquecerão o rosto do Patrão, por mais que os vermes o comam e suas entranhas apodreçam, mas muito menos esquecerão o rosto do Compadre, mesmo que o próprio Deus o eleve ao seu Paraíso. E o que eles podem jurar é que o Compadre tem apenas um rosto e esse rosto é o que eles estão olhando agora, pintado naqueles papéis à sua frente. O senhor vai duvidar disso? Que o Compadre só tem um rosto? Que o Compadre é o Compadre?

    E então Juan pergunta o que não tem resposta possível. Quer saber quem é o Compadre, de onde vem, qual é seu nome de batismo. Se esse nome não é, por acaso, Juan. Mas ninguém sabe lhe informar de origens ou nomes. Já lhe dissemos, o Compadre é o Compadre. Ele é como nós: não tem outra mãe senão a terra, nem outro pai senão o suor. O nome dele é o nome de todos. O Compadre nasceu em Monterrey ou Torreón, nas plantações de agave de Durango ou nos moinhos de Morelos: o que importa? A terra é uma só e os homens também são um. O Compadre é o pai de todos e cada um deles. O Compadre é um servidor e um servidor. Nós, dizem, somos o Compadre. O senhor procura o Compadre e o Compadre está aqui e ali e acolá. Se o senhor dispara uma carabina, se dá vivas à revolução e morte aos opressores, o senhor é o Compadre também. O Compadre lidera a revolução desde sempre, muito antes de ela começar. Talvez muito antes de o próprio Compadre nascer. Onde está a revolução? Bem, ali mesmo está o Compadre. É o que eles dizem, ou dizem algo semelhante, e então se calam.

    E a revolução, Juan bem sabe, só pode estar ao norte.

À revolução sempre se chega tarde demais ou cedo demais. É difícil, talvez impossível, alcançá-la no momento exato. Às vezes, Juan se depara com um rancho queimado ou o cadáver de um homem atravessado na sarjeta e entende que o Compadre acabou de ir embora. Outras vezes não há nada, nem fazendas destruídas ou patrões mortos, e isso só pode significar que o Compadre ainda não chegou. Chegará mais tarde ou nunca chegará: quem pode dizer? Resta apenas caminhar. Caminhar mais rápido. Nunca rápido o suficiente para alcançar aquela promessa que se espalha sobre cavalaria, sobre trilhos, sobre cabos telegráficos.

No entanto, tentar. O sonho da revolução precipitando-se às cegas para o futuro, como uma carruagem sem guia e até sem cavalos, se tal carruagem for possível. Sim, é possível: exatamente neste momento Juan acaba de ver passar a seu lado uma diligência que era toda máquina e toda ferro, galopando pela estrada sem outro motor que não a vontade humana. Essa carruagem sem cavalos é a revolução. A revolução é esse carro e o horizonte para o qual esse carro se dirige.

Abandona uma aldeia onde nada sabem sobre o Compadre e outra onde sabem demais. O Compadre, diz-lhe um rapaz com o braço numa tipoia, é uma esperança. O Compadre é o Diabo, murmura um padre, quase sem se deter. O Compadre é nosso redentor, confessa uma mulher por trás dos postigos. E assim, um após o outro, até que todos os rostos do povoado se esgotem. O Compadre é uma calamidade não menos terrível do que a seca e os patrões. O Compadre é o México, a alma do México. O Compadre é um sonho, mas como todos os sonhos é fabricado com a matéria do pesadelo. O Compadre é o passado ou é o futuro. O Compadre é um menino muito bonito, diz, sonhadora, uma menina que vende limonada na praça principal; o Compadre mata federais e patrões, mas antes de tudo ele sequestra menininhas bonitas e eu gostaria de ser uma menininha bonita, ou que o Compadre acreditasse que eu sou uma menininha bonita, mesmo que por apenas alguns dias, mesmo uma única noite, ser bonita para o Compadre uma noite inteira, e nas entranhas crescendo um menino corajoso e bonito como seu pai. O Compadre, murmura um velho, o Compadre nada mais é do que uma lenda contada às crianças para que se deitem cedo.

Juan continua andando, sem tentar entender. Limita-se a seguir o Compadre porque não pode fazer mais nada. Ele o seguiu durante todo esse tempo, mesmo quando achava que o repreendia ou o traía. Mas não o repreendia, não o traía. Ateou fogo a uma fábrica que parecia coincidir com o sonho do Compadre, mas que no fim acabou por ser um obstáculo que o próprio Compadre odiava. Foi contratado para destruir o mundo do Compadre, a Obra do Compadre, e mesmo assim ele está aqui, transformado em sua única testemunha. Ele, pensa, é o testemunho vivo de que um índio chamado Juan iniciou um caminho que ainda não terminou. E agora está aqui, chegou tão longe, contemplando sua vida como se contempla um caminho sem bifurcações ou atalhos; um caminho que sempre levou ao Compadre, que sempre levará, talvez, ao Compadre.

Resta apenas caminhar. Caminhar mais rápido. Nunca rápido o bastante para responder às suas perguntas. Para saber se esse mundo que vê diante de seus olhos já é o reino do Compadre ou apenas os meios necessários para fundá-lo. Para trás ficaram os homens enforcados em encruzilhadas e muros descascados pelos disparos dos piquetes e mulheres que erguem as mãos brancas para o céu. São eles também a revolução? Às vezes, Juan se surpreende contemplando seus cadáveres inchados pelo sol como se não existissem de todo: apenas a pele sanguinolenta e inútil que uma cobra deve deixar para trás para continuar vivendo. Outras vezes, não pode evitar de sentir uma compaixão infinita por cada um desses corpos anônimos, inocentes ou culpados, e então eles não parecem mais uma mera muda de pele. De pronto se convence de que a revolução não tem pele, ou melhor, que a revolução é apenas sua pele e nada além de sua pele: além das vítimas não há nada. A revolução é o próprio cadáver que a revolução produz.

Numa encruzilhada, ele encontra uma dúzia de homens que conversam em torno de uma fogueira. Alguns usam roupas humildes e cartucheiras cruzadas no peito e outros uniformes surrados, enfarinhados por todas as cores da planície. Não se sabe se são camponeses disfarçados de soldados ou soldados que se disfarçam de camponeses. Ao verem Juan, trocam algumas palavras em voz baixa. Um deles, que poderia ser um sargento federal ou um guerrilheiro com certa autoridade sobre os outros, levanta-se com relutância. Aponta o rifle para ele, mas algo em seu gesto deixa claro que faz isso sem verdadeira convicção, como alguém que se cansou de um jogo de cartas demasiado longo e apesar de tudo insiste em continuar jogando.

— Com quem você está? — diz, com uma voz que pretende certo desafio. — Com o governo ou com os revolucionários?

Juan reflete por um momento.

— Estou com os homens — diz.

Os meio-soldados e meio-camponeses, homens afinal, se põem a rir.

— Ah, que espertinho o *gachupín* — dizem.

Não lhe perguntam mais nada. Estendem-lhe uma garrafa de vinho e fazem recomendações contraditórias. Não vá para lá, dizem. Está cheio de soldados. Em seguida, apontam na direção oposta. Também não vá para lá. Está tomado pelos revolucionários. Depois de um tempo, parecem esquecê-lo. Enquanto o fogo dura, falam de amores contrariados, de certas receitas de ensopado, do tabaco americano, que pode ser o melhor ou o pior do mundo; de *corridos*[5] em que se resume tudo de bom e ruim que há nesta vida. Em seguida, pisoteiam as cinzas ainda quentes, pegam suas carabinas e chapéus e se despedem com certa cerimônia. Juan os vê partir para o sul, não sabe se a favor ou contra a revolução, mas partir mesmo assim.

Trilhar o caminho da revolução, pensa Juan, é como subir um rio contra a correnteza. Primeiro as águas calmas e unânimes, todas fluindo uniformes em direção à mesma desembocadura; depois os primeiros meandros, as primeiras rachaduras, dobras, divisões; a água cada vez mais enérgica e barulhenta que não corre tanto para onde quer como para onde pode. O mesmo rio que às vezes se separa em dois, três ou vinte, em bifurcações cheias de raiva e espuma, e depois a necessidade de decidir qual canal é correto, qual afluente e qual rio é verdadeiro; como saber, de fato, que algo chamado rio verdadeiro existe.

Viva a Revolução, gritam os homens do Compadre.

Viva a Revolução, gritam os inimigos do Compadre.

Viva a Revolução, gritam outros homens, para quem o Compadre não importa nem um pouco.

---

5. *Corrido* é um gênero musical mexicano criado no século XVIII. Suas canções podem tratar de questões políticas, eventos históricos ou relacionamentos. O *corrido* desempenhou um papel importante na história do México, pois era uma fonte de informação sobre as vitórias e derrotas da Revolução. [N. T.]

Para encontrar o Compadre basta seguir suas flechas, seus sinais. Uma fábrica incendiada é uma flecha. Um palácio saqueado é uma flecha. Um patrono sangrando numa vala também é uma flecha. Às vezes, encontra na beira da estrada fileiras de corpos pendurados em postes telegráficos, balançando como sacos. São homens que não eram revolucionários o suficiente. Ou talvez revolucionários que não eram homens o suficiente. Alguém pregou em suas couraças cartazes em que os mortos confessam seus crimes. Eu forneci grãos para os federais. Eu oprimi meus trabalhadores. Eu acreditei que esta terra era minha. Eu não fui um verdadeiro revolucionário. Juan olha por muito tempo para esses corpos e as palavras suspensas nesses corpos, como alguém que contempla um ato divino cuja intenção não pode ser compreendida ou questionada. Todos os cartazes têm a mesma caligrafia. É a letra do Pai. Juan não hesita por um momento em reconhecê-la. O mesmo pulso febril e feroz com que transportou a palavra de Deus para o castelhano; tantos versículos de letra apinhada e miúda, tantas passagens sublinhadas e riscadas e rodeadas por um círculo de tinta, que só agora parecem cobrar sentido.

Recorda: Não penseis que vim para pôr a paz na terra; não vim para pôr a paz, mas a espada. Pois vim separar um homem de seu pai, e a filha de sua mãe, e a nora de sua sogra.

Recorda: Fez um flagelo de cordas e expulsou todos do templo, com as ovelhas e os bois, jogou as moedas dos cambistas e derrubou as mesas. E disse aos vendedores de pombas: Tirai isso daqui. Não façais da casa de meu Pai um mercado.

Recorda: Quem não usa a vara não ama seu filho, mas quem o ama lhe prodiga correção.

Recorda: O anjo lançou a foice afiada sobre a terra e colheu a vinha da terra e jogou as uvas no grande lagar da ira de Deus. E foi pisando no lagar fora da cidade, e do lagar saiu sangue até das ferraduras dos cavalos.

O Compadre tem sua própria linguagem: um idioma que amigos e inimigos tiveram tempo de aprender na carne. Visitar um vilarejo significa destruí-lo. Uma missa significa um conselho de guerra. Os camponeses que defendem seus terratenentes são frutos podres e os terratenentes são joio ou ervas daninhas e os padres são raposas ou gralhas ou víboras ou coiotes e suas igrejas são ninhos ou tocas. Caçar significa visitar aqueles ninhos, aquelas tocas. Plantar uma árvore significa enforcar um homem. Podá-lo consiste em encontrar um a um os carrancistas que outrora lutaram lado a lado em suas fileiras para fuzilá-los em frente ao muro do cemitério. Isso, fuzilar o inimigo, também tem nome: tirar uma fotografia. Venham aqui, compadres, dizem que o Compadre diz, venham tirar um retrato. E essa fotografia os aquieta para sempre, seus rostos imortalizados no gesto de morrer, as bocas tortas e os corpos desgrenhados e as roupas peneiradas pelo sangue e pelos buracos dos tiros de misericórdia.

Viva a Revolução, talvez aqueles homens tenham dito no último momento, com a boca já fechada para sempre.

Viva a Revolução, gritou o piquete de fotógrafos.

Viva a Revolução, dizem que o Compadre disse, pouco antes de picar as esporas.

Quando tudo isso aconteceu?, Juan pergunta muito mais tarde, quando chega à vila queimada, ao muro descascado, à árvore do enforcado, para calcular a vantagem que o Compadre lhe leva. E aqueles que ouvem suas perguntas hesitam apenas por um momento.

— Ponha aí um par de semanas — respondem.

Ninguém mais tem uma opinião sobre o Compadre. Diante da menção a seu nome, os camponeses aceleram a marcha ou olham para o chão ou dão uma palhetada sem necessidade em seus burros. Diante do retrato do Compadre, cruzam os braços, fecham os postigos e fecham também os olhos. As crianças saem correndo. As mulheres se refugiam um pouco mais dentro de seus xales. As velhas estalam a língua, e seus rostos franzidos e remotos balançam de um lado para o outro, como que em negação. Os homens dizem que não sabem nada de política: são apenas isto, homens humildes que se contentam em cultivar a terra e não querem saber nada sobre o que acontece além de sua aldeia.

Os poucos que se atrevem a falar fazem-no à sombra, na escuridão de um curral ou no canto mais solitário de um barranco. O Compadre, essas vozes sussurram, o Compadre, o senhor sabe, enlouqueceu. Ele não sabe que arrasou a vila vizinha só porque noites atrás eles tinham dado asilo aos federais? Por acaso não ouviu falar de como ele mandou fuzilar dezenas de revolucionários que militavam em suas próprias fileiras só porque sua revolução não chegava tão longe quanto deveria? O mesmo tratamento para os neutros, para os indiferentes, para os que não eram nem a favor nem contra a revolução. Eu queria que vocês fossem frios ou quentes, dizem que o Compadre lhes dizia em voz solene, antes de atirar-lhes na cabeça: Assim, já que vocês são mornos, nem frios, nem quentes, vou vomitá-los de minha boca. Também dizem que ele ordenou a execução de seu melhor amigo, o general Tagle, apenas porque o general Tagle, que certamente era um homem viril e corajoso como poucos, afastara-se um tantinho assim do que ele pensava. Mas como não se afastar sequer uma migalha do que pensava o Compadre? Como seguir corretamente suas muitas ordens se elas, por outro lado, não paravam de mudar? Porque de vez em quando, em cada aldeia que visitavam e depois de cada tiroteio que sofriam, assaltavam-no novas ideias, ideias brilhantes, revelações que o cegavam com seu resplendor de fogo e depois o deixavam atordoado por dias ou semanas. Depois de suas iluminações, ele inteiro parecia arder; era intolerável fitar seus olhos, abismar-se nos olhos que tinham visto tão luminosos e tão profundos, assim como a luz do sol pode queimar mesmo quando refletida na água. Depois ele voltava a si, pejado de novas ideias e faminto por realizá-las. Primeiro dissera, por exemplo, que o Bom Jesus estava com eles; que se Deus tivesse dado à luz seu filho num estábulo no México, em vez de num estábulo em Belém, esse mesmo Cristo teria lutado, sofrido e morrido em suas fileiras. Em seguida, disse que o silêncio de Cristo era suspeito. Foi o que ele disse: suspeito. Que todo silêncio era, afinal, uma forma torta de falar: uma voz cúmplice dos poderosos e dos exploradores. Então, depois de outra de suas iluminações, acrescentou que Cristo não era cúmplice do Mal, mas o próprio Mal: que não havia morrido para expiar os pecados dos homens, mas para perdoar, justificar e sustentar os pecados dos caciques da terra, e daqueles outros chefes do céu que são os sacerdotes. Dizem até que num determinado povoado saqueou a paróquia. Tomai e comei todos Dele, pois este é o Seu corpo, disse, lançando nas mãos famintas do povo o cálice de ouro e as muitas pedras preciosas do tabernáculo. Depois realizou um julgamento sumário contra a escultura do Cristo crucificado. Levou dezenas de testemunhas ao púlpito para testemunhar contra aquele pedaço de madeira, que, segundo seu costume, calava. E finalmente ele mesmo tinha subido à tribuna, Bíblia na mão, para declamar algumas palavras que aquele Deus agora silencioso havia falado através de seu servo Paulo – os escravos que se submetam a seus amos da maneira habitual; que tratem de agradá-los e não os contradigam, o Compadre disse que Paulo disse que Deus disse; que não roubem de seus patrões, mas se mostrem dignos de toda confiança, e assim atrairão louvores sobre a doutrina de Deus, nosso Salvador. Ele ainda leu muitos outros ditos e passagens que condenavam o acusado, porque o Compadre conhecia muito bem as Sagradas Escrituras, como um militar que conhece melhor do que ninguém as estratégias e os pensamentos de seu inimigo. Dizem também que ele mandou fuzilar aquele inimigo ali mesmo, debaixo do telhado de sua própria casa; o piquete em quadratura contra o retábulo para explodir a imagem de Cristo com balas. Seu corpo revolto numa tempestade de lascas e serragem para devolvê-lo ao que sempre fora na realidade: apenas um pedaço de madeira.

Numa encruzilhada, ele encontra uma dúzia de homens que conversam em torno de uma fogueira. Alguns usam roupas humildes e cartucheiras cruzadas no peito e outros uniformes surrados, enfarinhados por todas as cores da planície. Não se sabe se são camponeses disfarçados de soldados ou soldados que se disfarçam de camponeses. Ao verem Juan, trocam algumas palavras em voz baixa. Um deles, que poderia ser um sargento federal ou um guerrilheiro com certa autoridade sobre os outros, levanta-se com relutância. Aponta o rifle para ele, mas algo em seu gesto deixa claro que faz isso sem verdadeira convicção, como alguém que se cansou de um jogo de cartas demasiado longo e apesar de tudo insiste em continuar jogando.

— Com quem você está? — diz, com uma voz que pretende certo desafio.

— Estou com os homens — diz.

Ninguém ri. O sargento federal, o guerrilheiro com certa autoridade, tampouco o faz. Não depõe a atitude nem o rifle.

— Somos todos homens aqui — explica com cansaço.

— Então, se você também é, tenha coragem e apenas nos responda.

Juan olha para todos os rostos um a um, como se implorasse por um sinal que não vem. Por fim, se confia à memória do Compadre:

— Com os revolucionários.

Mas eles não parecem satisfeitos:

— Não fode, isso a gente já sabe: com quem você vai estar, se não com eles? Mas diga-nos logo de que lado está, se dos villistas ou dos carrancistas.

Juan pondera por um momento.

— Estou do lado do México.

Os meio-soldados e meio-camponeses, mexicanos afinal, se põem a rir.

— Ah, que espertinho o *gachupín* — dizem.

Não lhe perguntam mais nada. Estendem-lhe um cantil de tequila e fazem recomendações contraditórias. Não vá para lá, dizem. Está cheio de villistas. Em seguida, apontam na direção oposta. Também não vá para lá. Está tomado pelos carrancistas. Depois de um tempo, parecem esquecê-lo. Enquanto o fogo dura, falam dos bons homens que viram morrer e dos canalhas que viram manter-se de pé; falam das mulheres do norte, que são, sem dúvida, muito mais bonitas, mas menos dispostas do que as do sul; da Virgem de Guadalupe, que concede suas bênçãos a um e outro bando, de acordo com o humor. Em seguida, pisoteiam as cinzas ainda quentes, pegam suas carabinas e chapéus e se despedem com certa cerimônia. Juan os vê partir para o sul, não sabe se a favor ou contra o Compadre, mas partir mesmo assim.

No topo da colina, uma igreja incendiada: o campanário desmoronado, as vigas como as rodas de proa retorcidas de um naufrágio, os santos maltratados e esfaqueados e baleados no chão. Nas ruínas da abside ainda é possível distinguir a mesa saqueada que uma vez foi o altar, enegrecida pelo fogo, e no nicho que abrigava o Cristo alguém ergueu uma carabina vestida com um poncho camponês. Esta é nossa nova religião, dizem que o Compadre disse, no momento de dar a casa de Deus ao fogo. Porque foi o Compadre que destruiu a igreja, que levou os bancos e assentos para alimentar o fogo e que brincou de atirar com seu revólver 30/30 no sino quando ele ainda estava pendurado no campanário. Ding. No começo eu só tinha isso, dizem que ele disse enquanto erguia o rifle acima da cabeça, para todos verem: agora, continuou, eu tenho o mundo. Dizem também que, enquanto as chamas engoliam a nave central, o Compadre gritou, ainda mais alto do que a voz do fogo, que Deus não existia; que nada mais era do que um sonho sonhado pelos ricos para alimentar os pesadelos dos pobres. Deus é uma ideia muito antiga, ele disse mostrando seu rifle para o povo, e aqui chegamos para trazer novas ideias. Ideias como essa. Ideias que são sonhos para nós e pesadelos para eles. Eles também dizem que, enquanto a igreja ardia – e ardeu, de fato, por muitas horas; durante uma noite inteira e parte de um dia –, o Compadre falou e falou, sem nunca se cansar. Disse que até aquele momento também acreditara, e pensara, e até sonhara: que sentira piedade, esperança ou raiva por aquele cadáver ungido em duas tábuas cruzadas. Agora, dizem que o Compadre disse, eu sei a verdade. O único Deus, disse ele, apontando para suas entranhas, é este. O único milagre, acrescentou, alçando a mão direita, está aqui. O único Paraíso, o único Inferno, disse ele, englobando com essa mão a igreja em chamas – e talvez também o povoado que rodeia a igreja –, é este.

Juan caminha pelos escombros vendo emergir, de vez em quando, uma batina rasgada ou um santo sem cabeça ou a mão carbonizada de um homem. No pórtico intacto encontra três espantalhos desmantelados; três espantalhos que são, na realidade, três padres fuzilados. Eles usam suas vestes cerimoniais, manchadas de terra e sangue, e até mesmo caídos no chão seus assassinos se preocuparam em colocar seus casquetes de volta e prender os missais em suas mãos. Alguém fez pender dos pescoços desconjuntados três cartazes de papelão e neles um punhado de palavras estão borradas, como se os padres, mesmo mortos, estivessem falando.

Amei mais o dízimo do que a Igreja, diz o primeiro.

Amei a Igreja mais do que Cristo, murmura o segundo padre morto.

Amei Cristo mais do que os homens, confessa o último.

O nome da aldeia não importa. É um povoado semelhante a tantos outros, com suas casinhas caiadas, com sua paróquia e seus pomares e sua pequena praça, com seus currais de terra e suas paredes de adobe, com seu bar. No umbral daquele bar há um bêbado que é igual a todos os bêbados e Juan se detém para repetir a mesma pergunta de sempre. Abre o livro. Mostra-lhe o retrato. O bêbado mal reage: só pisca por um instante. Ele olha para Juan da profundidade sanguínea de seus olhos vinosos e não diz nada. Depois, assinala um ponto específico da aldeia. Seu gesto tem a naturalidade de quem aponta a direção do mictório.

— O que há ali? — Juan pergunta, ainda sem entender.

— O Compadre — diz o bêbado, e depois fecha os olhos e continua a espantar as moscas que lhe picam o rosto.

E então ele o vê. O Compadre, ou os homens do Compadre. Ao longe há apenas um punhado de pontinhos brancos, cem ou duzentos pontinhos brancos e imóveis que quase preenchem todo o pequeno cemitério. Juan aproxima-se devagar, como se depois de tanto caminho percorrido quisesse adiar o momento de concluir a viagem. Passo a passo, vai distinguindo suas carabinas cravadas no chão como cajados. Suas roupas camponesas atravessadas por cartucheiras. Alguns choram em silêncio. Outros contemplam a terra revolvida com expressão remota. Todos têm os chapéus pressionados no peito e cercam a fossa recém-cavada. Mal levantam a vista para olhá-lo quando se junta a eles e a seus gestos de respeito; o chapéu espremido na mão direita.

Um a um, ele examina seus rostos indefesos, sujos de lágrimas, poeira e sangue. Nenhum vestígio do Compadre. Depois olha para o humilde caixão, no qual parecem despedir-se de um camarada caído em combate. Cravados no chão, dois rifles amarrados formam uma cruz improvisada.

— Quem é o morto? — pergunta num sussurro ao homem mais próximo.

O soldado lhe devolve um olhar alienado, de órfão recente. É tudo que Juan precisa para entender: um olhar.

Na escuridão de seu costal, o livro do Pai, e entre suas páginas fechadas, a página mais escura ainda que o Pai manchou e encharcou e enluteceu completamente com seu tinteiro. Juan de repente lembra-se daquela página anoitecida que tantas vezes o intrigou e dos versículos sublinhados que a acompanham.

Recorda: Se o grão de trigo não cai no solo e morre, fica sozinho; mas, se morrer, dá muito fruto.

Recorda: Toda carne é como a grama e toda a glória do homem como a flor da grama; a grama seca e a flor cai, mas a palavra do Senhor permanece sempre.

Recorda: Porque onde há testamento, é necessário que ocorra a morte do testador.

Não pode ser o Compadre. Isso é tudo que ele pensa quando dois homens cospem nas palmas das mãos e pegam as pás e terminam de cavar a fossa. Este não é o enterro do Compadre. Este não é seu túmulo. Estas quatro tábuas de madeira não são seu reino. No entanto, os homens choram como se fosse. No entanto, os homens, seus homens, murmuram que o viram morrer em seus braços. Esse cadáver é o cadáver da Revolução. Quem o matou? Nenhuma bala, nenhuma traição, nenhuma batalha. O Compadre simplesmente caiu do cavalo, explica um dos homens com a voz alquebrada, apontando para o animal que permanece amarrado à cerca do cemitério. Quem diria: seu próprio cavalo. O velho Trovão. Porque o Compadre tinha tantos inimigos e era razoável que qualquer um deles acabasse acertando sua cabeça. Seu inimigo era a Igreja. Seu inimigo eram os federais. Seu inimigo eram aqueles homens que chamavam a si mesmos de revolucionários e não eram, mirando bem, verdadeiros revolucionários. Seu inimigo eram os inimigos do povo, que são, aliás, infinitos. No entanto, teve de matá-lo precisamente Trovão, que às vezes parecia seu único amigo: o único que sempre entendeu para onde o Compadre queria ir e depois o levava até lá. É verdade que ele estava muito embriagado quando montou, que mal se sustentava nas pernas, mas, se pensarmos friamente, quando foi de outro modo? Quando foi a última vez que viram o Compadre sóbrio? E também é verdade que há algum tempo Trovão se tornara mais bravo do que costumava ser, que ele só consentia que o Compadre o montasse e, mesmo assim, muitas vezes se encabritava e desferia patadas e galopava com tanta violência que o próprio chão parecia fugir sob os cascos. Aquele cavalo, cada vez mais rápido, e cada vez mais bravo, e cada vez mais louco, como a própria revolução. O Compadre era o cavalo que o cavaleiro da revolução deixou de saber montar. O Compadre era Trovão, e apenas Trovão poderia acabar com Trovão.

Juan ouve suas explicações em silêncio. Ao fazê-lo, ele observa o próprio Trovão, que permanece junto à cerca do cemitério. Visto à distância, pastando com aquele ar pacífico e vagamente meditabundo, não parece um cavalo bravo, muito menos um cavalo capaz de matar um homem. Há algo de irreal nas palavras dos soldados, algo de conto que é narrado no decorrer da noite e que à luz do fogo parece ter um quê de verdade, mas no dia seguinte, iluminado pelo sol, aparece como o que é: apenas um conto da carochinha. Essas são as palavras dos homens do Compadre, pensa Juan; decide Juan. Conto da carochinha, porque o Compadre não pode estar morto. Ou talvez sim, admite. Talvez o compadre de alguém realmente morreu, e este é seu túmulo, e estes seus filhos, mas esse alguém não é, não pode ser, o autêntico Compadre. De modo algum é o homem que procura, que perseguiu por tantas vilas, desertos e cidades. Para demonstrar, ele abre o alforje de seu cavalo e pega o livro. Ao ver as letras douradas da Bíblia brilharem na capa, os olhos de alguns guerrilheiros relampejam de raiva ou desconfiança. Mas ele não vai murmurar nenhuma oração, nenhum latim: apenas procura a página certa para mostrar a eles o retrato do Compadre.

Cinco ou seis cabeças abandonam o ríctus solene do luto para perscrutar o livro aberto. A boca e a voz deles tomadas de assombro. É o Compadre!, sussurram. O retrato vivo do Compadre! Um deles passa suavemente o dedo imundo sobre as rugas de tinta do rosto, numa carícia póstuma.

— Quanto queres por ele? — sussurra, como alguém que cobiça uma relíquia sagrada. — Eu te dou um peso!

— Não está à venda — responde Juan, devolvendo o livro ao alforje.

— Te dou dois pesos!

— Dez pesos!
— Eu te dou cinquenta pesos!

As pás cravadas no monte de terra removida. Quatro homens segurando o féretro com cordas e depois baixando-o com delicadeza, quase com esmero. O corpo do Compadre depositado no leito da cova. E depois desse gesto, um longo silêncio. Os homens olham uns para os outros, questionadores. O momento incômodo de não ter mais nada para fazer, nenhum cântico que entoar, nenhuma oração, nenhum sermão. Nenhuma esperança de vida futura, porque eles fizeram toda uma revolução para mostrar que essas orações, esses cânticos, esses sermões não significam nada: que depois desta vida não há outra que a justifique. E agora aquele homem que aspirava a destruir o sonho da religião está esperando para ser santificado na terra, sem sacerdote e com uma cruz feita de rifles, mas uma cruz, afinal.

Entre os homens que aguardam com suas roupas brancas e estojos de cartuchos, Juan distingue um pequeno vulto preto. É uma mulher muito jovem e muito frágil, cuja beleza parece murchar dentro de seu vestido de luto. Dois homens que parecem proprietários de terra ou caudilhos menores a ladeiam e a seguram pelos braços, como se temessem que ela caísse dentro da fossa.

Quem é essa mulher? Juan pergunta num sussurro no ouvido mais próximo. É a Viuvinha, responde o dono daquele ouvido. A Viuvinha? Sim; a Viuvinha. A última mulherzinha do Compadre. Porque o Compadre deixou muitas viúvas, diz; muitas mulheres que agora choram desconsoladas sua perda e continuarão a chorá-la enquanto viverem.

Juan olha-a com novos olhos. Olha os dela: olhos sem lágrimas. Porque os dois homens oferecem-lhe, de tanto em tanto, o ombro para chorar, mas a Viuvinha não chora. Suas pernas humildes, de lavradora ou talvez de lavadeira, se sustentam sobre uns sapatos envernizados e finos, talvez muito finos, e basta vê-la para saber que é a primeira vez que calça sapatos elegantes em toda a sua vida. Juan olha por muito tempo para seu corpo, um pouco torto, como uma flor com o caule quebrado. Olha para a sua carne, ou para o que o vestido revela da sua carne: aquela carne que talvez o Compadre tenha acariciado, beijado e lambido. Tenta olhá-la com os olhos. Olhá-la como o Compadre olhou para ela pela primeira vez, com os olhos do desejo e não com os olhos da piedade. Não tem certeza se vai conseguir.

Em algum momento, alguém dá o sinal. Em seguida, os coveiros cospem de novo nas mãos e começam a devolver ao buraco, pacientes, a terra que primeiro tiraram dele. Juan ouve o tamborilar das pazadas contra a madeira e se pergunta como aquela última chuva será ouvida de lá; o que os mortos pensariam da maneira como os afastamos de nós, se os mortos pensassem alguma coisa?

Todos aguardam imóveis diante da fossa cada vez menor, cada vez menos fossa, como se esperassem o milagre da ressurreição. Só a Viuvinha se recusa a esperar por esse milagre. De repente, quando o trabalho dos coveiros mal começou, ela se solta do braço de seus acompanhantes. A multidão respeitosamente se afasta para dar lugar a ela. Antes de se afastar, parece a Juan que seus olhos, os olhos da Viuvinha, se detêm por um momento nos seus. Uma mirada fugaz, breve como um pensamento; tão breve que um instante depois de ter acontecido já não parece real. Ele então a vê se afastando lentamente, quase tropeçando com seus sapatos muito finos. Ele se imagina, por um momento, caminhando ao seu lado. Talvez pegando-a pelo braço, como sem dúvida o Compadre fez tantas vezes. O que perguntaria à Viuvinha? Do que falariam, se falassem?

Primeiro se vai a Viuvinha. Depois, terminado seu trabalho, os coveiros, com as pás acomodadas nos ombros. Um a um, os filhos do Compadre colocam os chapéus em silêncio e também se vão, apertando nos punhos as moedas que vão gastar no bar. Esta noite beberão muitos copos de tequila e aguardente, e entre trago e trago contarão uns aos outros, talvez, histórias do Compadre; órfãos que riem e choram ao mesmo tempo e que não dormirão ou dormirão muito pouco antes de subir de volta em suas montarias para passear sua dor e sua raiva pelas aldeias próximas. Ninguém parece se lembrar de Trovão ou de Juan. O túmulo torna-se cada vez mais solitário, até que não resta ninguém para olhar para ele. Só Juan, olhando para ele. Só Juan de pé, se perguntando se aquele monte de terra é realmente o fim da viagem.

Sim, responde a si mesmo. A viagem termina aqui, num pequeno cemitério de uma pequena aldeia, numa região miserável cujo nome não importa. É aqui que o Compadre escolheu parar, e aqui, também, onde ele deveria parar.

No entanto, diz a si mesmo. No entanto, talvez tudo não passe, afinal, de um grande erro. Lembra-se das muitas vezes que o Pai pareceu morto, derrotado ou varrido da face da terra, e depois continuou a caminhar. Lembra-se das muitas confusões que o levaram, depois de tantas hesitações e querelas, até este mesmo lugar. Lembra-se do Pai sobrevivendo, contra todas as probabilidades, entre os selvagens chichimecas. O Padrinho apodrecendo naquela prisão de onde ninguém saiu e de onde acabou saindo. Lembra-se do Patrão morto que não era, afinal, o autêntico Patrão. Quem lhe diz que isso não está acontecendo precisamente agora? O Compadre, pelo menos o autêntico Compadre, não pode estar morto. Não só porque é absurdo imaginá-lo caindo do cavalo; absurdo imaginá-lo caindo, na verdade, de qualquer lugar. Não só porque ninguém além de Deus – uma versão diminuída de Deus, um propósito de Deus feito carne – poderia ter chegado tão longe apenas com a força de suas mãos nuas. Ele não pode estar morto porque, se estivesse, toda a viagem careceria de sentido. Assim, Juan se agarra ao pilar dessa esperança, como alguém que se confia a uma árvore flutuando à deriva de um naufrágio.

Amarrado à cerca do cemitério aguarda Trovão, sua pele negra brilhando com as últimas luzes do entardecer. Ele espera muito quieto, como se ruminasse sua dor ou refletisse. Ninguém quis se encarregar dele: ninguém lhe afrouxou a brida ou lhe concedeu a graça de atirar entre seus olhos. Apenas Juan se aproxima, lentamente no início. Apoia com delicadeza a palma da mão em seu pescoço. O animal mal se move. Tranquilo, Trovão, tranquilo, murmura Juan, como talvez o Compadre tenha feito tantas vezes antes. Parece que vai dar um coice, mas não dá. Parece que vai de repente se voltar contra Juan, contra a tentativa de Juan de montá-lo, mas não o faz. Por fim, ele ousa subir na sela e Trovão recebe seu peso sem surpresa e sem resistência, como se aceita a companhia de um velho companheiro de armas.

— Vamos, Trovão — ele diz suavemente, e Trovão começa a trotar com a obediência de um cavalo de feira.

No horizonte, o sol começou a declinar e já mal toca o túmulo. Juan devolve o chapéu à cabeça, pica as esporas e opta por não olhar para trás. Ao sair da aldeia, ouve o dedilhado de um violão e os primeiros *corridos* que começam a chegar do bar, já um pouco desafinados pelo álcool. À distância, mal consegue decifrar a letra, mas sabe muito bem o que contam: histórias de homens e mulheres que morrem para que a verdade de sua canção lhes sobreviva.

X

Habitar o interior de um corrido
A casca vazia de uns olhos
Montar um cavalo e montar uma amante
O longo caminho de casa
Uma vítima da revolução — Acolher as balas
A hora do ângelus
Quarenta e oito sonhos
Crucificação de um sonho — Entre cortinas
Desejo de um marido — Três chumbos nas tripas

O que vem a seguir não acontece exatamente no tempo. É a história de um regresso, ou nem mesmo uma história. Juan voltando sobre seus passos, dando voltas e mais voltas em torno do lugar onde perdeu o rastro do Compadre, como um galgo que gira em círculos cada vez mais amplos até recobrar a peça perdida. Mas Juan não vai encontrar nada, e de certa forma ele até sabe disso. Só aldeias onde já esteve, os mesmos rostos inescrutáveis e os mesmos catres estreitos nas mesmas estalagens, manjedouras onde o cavalo do Compadre mastiga a mesma alfafa. Vindo da praça principal, uma praça que é sempre bastante pequena e bastante triste, o rumor das mesmas canções. E Juan sente-se caminhando pela paisagem de uma daquelas canções, habita o interior de um *corrido* onde as mesmas coisas acontecem, o bandido morrendo uma e outra vez na voz de cada homem, escoltado por cada violão; a menina sempre jovem e sempre sozinha que chora seu amor inconsolável e eterno. E o Compadre segue efetivamente morto em cada povoado, morto ou já desaparecido para sempre, não importa; o Compadre como um sonho que todos compartilharam ao longo de uma noite particularmente longa. Agora é dia de novo. O sol ilumina o túmulo do Compadre, enterrado em cada cemitério. Fuzilado em frente de cada parede. O Compadre, o senhor sabe, foi morto pelos federais, aqui mesmo. Foram outros revolucionários, os homens de Carranza: eu vi com meus próprios olhos. O Compadre, ouça-me bem, o Compadre foi assassinado por seus próprios homens, como Cristo foi crucificado por seus irmãos. O Compadre, que estava aqui e ali, falou disso e daquilo, e disse no exato instante de suas muitas mortes outras tantas últimas palavras.

— Podem me matar, mas não podem deter a revolução.

Ou então:

— Fui um homem leal que o destino trouxe ao mundo para lutar pelo bem dos pobres e até hoje, dia da minha morte, nunca traí ou esqueci jamais meu dever.

Ou então:

— Não me deixem morrer assim... Digam que eu disse alguma coisa.

O Compadre convertido numa ideia. O Compadre, um espantalho que se deve sacudir para assustar as crianças que não dormem: olha que o Compadre te leva com ele, na garupa negra do seu cavalo negro. O Compadre como mais um habitante dos retábulos, um santo profano ao qual se deve agradecer pela paz que não chega, a liberdade que não chega, as terras que ainda não chegaram mas chegarão, muito em breve: viva o Compadre e viva a revolução e viva o governo. A revolução que não se detém e também não avança, um cavalo bravo que acorrentamos a uma roda de moinho exausta: o cavalo que gira e a roda que gira e a ilusão de movimento que enche as mãos do moleiro de farinha amarela. Imagens do que já foi vivido que acodem ao passo de Juan: fragmentos de uma revolução que é só palavras, sorrisos e festejos. Fogos de artifício em vez de tiros e promessas que os camponeses mastigam em suas casas, na falta do pão. Viva a revolução!, continuam gritando com as costas dobradas sobre o sulco do arado, com a cabeça dobrada sob o sol; de joelhos sob o sol e sobre a terra para colher algodão ou semear milho. Morte ao latifúndio!, ainda gritam, quase afônicos de felicidade, e o cacique que não se cansa de sorrir nem de ser feliz. Revolucionários também os cobradores de impostos e os banqueiros e os delegados do governo que continuam a inaugurar pontes e distribuir pedaços de papel que um dia serão pedaços de terra, e os camponeses que ainda guardam esses pequenos tesouros sob seus colchões, como alguém que deixa uma esperança apodrecer. Viva a revolução, repetem, embora eles próprios já estejam, de fato, mortos: mortos que sorriem e cantam durante a colheita e se embriagam religiosamente no dia do pagamento.

Até que um dia. Um dia que talvez não seja um dia, mas uma noite ou um fragmento da noite: um momento em que talvez Juan não consiga dormir e se revire no catre estreito de outra pousada estreita. Ou um crepúsculo em que acampa a céu aberto no meio do nada e contempla, como que entendendo, o brilho de sua própria fogueira, as formas do fogo que mudam sobre a terra que não muda. Naquele dia, naquela noite, de uma forma ou de outra, Juan se rende. Horas depois, ele encontra outro camponês, um camponês com enxada e sem fuzil, com chapéu e sem terra e sem esperança, e lhe faz uma pergunta diferente. Algumas palavras em que, pela primeira vez, não há espaço para o Compadre. É preciso romper o círculo em algum lugar, e Juan começa com uma pergunta simples. E a resposta a essa pergunta leva-o a galopar pelo círculo que ele mesmo traçou; um regresso que dessa vez é, de certa forma, uma viagem e uma história. Nessa mesma noite ele chega, como um sonâmbulo, ao início dessa história. É o cemitério onde repousa o corpo do Compadre. É, a apenas cem passos de distância, a casa da Viuvinha. Tudo nela parece parado, expectante: duas galinhas imóveis que dormem como que afundadas em seus próprios corpos; um cão amarrado ao alpendre que ladra com indolência. Juan desmonta de um salto, vai até a porta. Seus passos não são seus. De outro, são de outro seus pés e os olhos que olham para tudo ou tudo que a escuridão crescente deixa ver: o umbral humilde e o horto mirrado e a moça que sai de camisola para recebê-lo, segurando um candeeiro. A mulher não parece surpresa. Não parece nada: nenhuma expressão em seu rosto que revele uma intenção humana. Só faz um gesto com a mão livre, que pode ser um convite ou uma reprovação. Em seguida, desaparece atrás da cortina de contas que vela a porta. Juan ainda permanece por alguns instantes parado, indeciso. O cão, que no meio-tempo abandonou toda pretensão de ferocidade, caminha até ele, cheira-lhe as mãos. Quanto ao resto, não há mudança ou ruído. Ele vê, à sua frente, o apaziguamento da cortina, suas contas se remexendo de forma cada vez mais fraca, até parar. Só então, quando já parece que não, decide que quer entrar.

Na primeira noite, a menina pede que ele não a machuque. É só isso que ela diz, não me machuque, enquanto o espera já nua, seu corpo belíssimo e frágil em meio à fealdade de todas as coisas, as duas mãos escondidas atrás das costas e essas mãos apoiadas na borda do catre, como se tivesse medo de cair. Quem não tem medo de cair em algum momento?, pensa Juan, como se estivesse sonhando. Ele quer dizer à menina que não é necessário, que tudo que está prestes a acontecer pode ser adiado ou nunca acontecer, mas ele ainda tem postos no rosto os olhos de outro, a vontade, a determinação de outro, e também certa impressão de regresso, de fazer as coisas duas vezes, infinitas vezes, uma pedra que afunda infinitamente na água, sua queda que se replica em círculos cada vez mais remotos. Seu corpo – o corpo de Juan, que se aproxima – como a imagem de outro corpo refletida num espelho, um corpo que não julga nem é livre de todo, títere de si mesmo, e assim, como nesse espelho, contempla-se caminhando em direção à menina, quantas vezes antes ele percorreu esses passos, quantas vezes ao lado dela, ele se pergunta quantas noites e não noites se aproximou como se aproxima agora para tocar sua carne, que treme na pobreza sem frio e sem esperança de seu quarto. Os olhos da menina, outra vez, diante dos seus, ou as ruínas desses olhos diante dos seus, seus olhos ocos, seus olhos vazios, a casca vazia de uns olhos, um olhar que morreu e agora talvez renasça, os olhos abertos e a boca aberta e nessa boca um gosto que já conhece e a lembrança de certo prazer, a renovação de certo rito, o ato sacrificial de se deixar vencer até a cama, num ir e vir de sombras multiplicadas pela luz do candeeiro.

    É então que ela diz.

    — Não me machuque.

    E Juan obedece. Ou talvez não, quem senão a menina poderia dizê-lo, e a menina não fala, não geme, mal respira; Juan tentando encontrar em seus movimentos certa delicadeza que foge, a lembrança de certa ternura, um vestígio de luz, o peso de seu corpo como um gesto que se impõe, que a subjuga sem palavras, e a menina que suporta tudo com a boca levemente entreaberta, todo o corpo aberto, seu sexo aberto como uma chaga que jamais cicatriza, uma carne que pode ser trespassada e ferida infinitas vezes, e os olhos, abertos, então os olhos, e nos olhos da menina os olhos de Juan, e nos olhos de Juan os olhos da menina, que parecem transbordar e atravessar a escuridão da sala, uma rendição à negrura em que não há surpresa, mas apenas a constatação de algo que já é conhecido e nem por isso é menos intolerável. Não olha para o teto. Não olha para a luz do candeeiro que se apaga. Olha apenas para ele. Dentro dele. Quem sabe através dele. Olha de uma maneira terrível, como se olham as coisas terríveis que aconteceram e as coisas ainda mais terríveis que estão prestes a acontecer; olhos dos quais toda a vontade e toda a beleza evaporaram, que viram o horror e estão cheios dele e, portanto, são insuportáveis de olhar, ou que talvez tenham visto o horror e por isso mesmo estejam vazios e esse vazio seja ainda mais insuportável. Olhos que já não refletem nada, que são o que resta da compaixão quando a fé é apagada; da liberdade quando a justiça é subtraída; da vontade quando carece de mãos e voz. A esperança menos a esperança.

A segunda noite. A terceira noite. A quarta, a quinta e a sexta noite, com suas respectivas manhãs, e depois com suas tardes. E a partir da sétima noite, do sétimo dia, os dias e as noites já sem número. Juan que não volta a dormir no catre estreito de alguma pousada na estrada, mas no colchão estreito da

Viuvinha, ao lado de seu corpo muito estreito também, tão magro que sempre parece de perfil. Ao amanhecer, a menina desliza para acender o fogo e aquecer as tortilhas, quando há tortilhas, e coar o café, quando há café. Juan, ainda deitado na vala de seu sonho, a observa em silêncio debaixo dos cobertores. Mais tarde, ele comerá as tortilhas e beberá o café, enquanto a menina lava a louça num balde com areia ou põe as roupas para secar ou debulha o milho. Não dizem uma única palavra, mal se olham, mas nesse não dizer e não olhar um para o outro há certo tipo de comunicação, a mesma que existe entre dois animais que se estendem juntos sob o sol. Então Juan grunhe alguma coisa, enxuga a barba com a manga da camisa, tira o chapéu do gancho da porta e sai para a poeira da estrada. A princípio encontra sob a aba dos chapéus que passam alguns olhares tortos, o *gachupín*, parecem dizer aqueles olhares, só um maldito *gachupín* desrespeitaria o Compadre daquela forma, montando seu cavalo e montando também sua amante. Mas depois de alguns dias nem isso importa. Veem-no suar no horto da menina, cortar sua lenha, consertar os adobes endurecidos das paredes, eternizar-se em incumbências cheias de suor e vergonha, e se sentem um pouco apaziguados em sua raiva. Um branco que sofre é alguém que parece sofrer duas vezes. Numa ocasião, muitos dias depois – quantos dias? –, é até convidado para o bar da aldeia, e Juan faz sua taça de aguardente durar em goles curtos e observadores. Fazem-no falar e ouvem entre maravilhados e zombeteiros as histórias que Juan leva dentro da cachola, patranhas que têm um certo sabor de crônica das Índias e de lenda de velho e de delírio de louco. Fala de astecas ressuscitados e de pestes que assolam a terra e de remotos vice-reis e caravelas e *encomiendas*. Fala de missões que não são missões, pois não podem ser supostas nem nas tabernas, nem nos portos, nem nos corredores dos palácios e das casas-fortes. Fala do túmulo solitário de um cachorro que ele mesmo cavou com as mãos. Fala de uma mulher enterrada sob as ruínas de outra taberna que lembra um pouco esta: um cadáver ao qual ninguém se preocupou em dar sepultura. Essas fabulações lhes produzem muitas risadas mas depois de um tempo também, não sabem por quê, certa tristeza, a vontade de rir como o conteúdo de uma garrafa que gole após gole também acaba se esvaziando, e eles ouvem o fim da história como arrependidos e tomados de vergonha, sem levantar a vista de seus próprios copos.

Com a noite, Juan regressa. Com dinheiro ou sem ele, Juan sempre regressa. Com a camisa suja ou sujíssima, com algo a dizer ou com o mesmo silêncio com que partiu, de novo no corredor de terra pisada, e a menina que espera com o candeeiro na mão e seu próprio silêncio, uma luz e um silêncio que é como uma mão estendida no escuro. Juan segura essa mão para passar pela porta. Lá dentro, a casa tem algo de lar, mas também algo de templo, e eles beliscam algumas sobras de almoço, reunidos em torno do altar doméstico que é toda mesa onde se partilha da água e do pão. Do telhado malfeito escoam às vezes alguns restos de chuva – cinco goteiras, fazendo repicar o fundo de cinco caldeirões de estanho –, mas esses caldeirões também têm algo de batismal e sagrado; quatro paredes para protegê--los das tempestades e do frio e dos patrões. Às vezes, Juan traz consigo um cesto de pedras, escolhidas pacientemente na margem do rio, e passa algumas últimas horas de sono pavimentando o chão de terra, como se viver no nível do solo não fosse suficiente. A mulher o observa da cama, com resignação seca; ela o vê suar, bufar e xingar, fincado de joelhos numa oração que ninguém ouve. Depois apagam a luz, ou melhor, deixam-na acesa, e se despem e se misturam com certa rudeza humana, certa precipitação, um medo de não se sabe o quê.

Um dia – uma noite –, ela murmura uma pequena beleza no ouvido de Juan. Outro, quando a coisa acabou ou parece ter acabado, avança uma mão para acariciar sua bochecha, sua cabeça, o peito ainda brilhando. Juan olha durante muito tempo a mão que deixou escapar aquela ternura. Se pensa alguma coisa, ele não diz. Na noite seguinte, ele chega tão bêbado que não pode se manter sobre as botas, e é a garota que tem de tirá-las, as botas, e a camisa manchada de vômito e de terra, e o cinto de corda, e é ela também que finalmente se empoleira em seu corpo para cavalgá-lo sem urgência, numa viagem silenciosa e lenta. Das profundezas de sua embriaguez, Juan vê o corpo da menina se curvando com uma fome própria, a boca entreaberta em algo que poderia ser um sorriso e o olhar se enchendo de algo, algo que não se sabe o que é, mas que brilha como o candeeiro que ela acende todas as noites, para guiá-lo no longo regresso para casa.

Às vezes, o Compadre está entre eles, um obstáculo imenso no centro de seu silêncio. Juan o vê de repente, sentado no tamborete vazio e comendo com os olhos as tortilhas que a menina prepara e também comendo a própria menina, que está de costas e finge não perceber nada. Nesses dias tudo fica mais complicado, o café é mais amargo e o quarto, menor e é mais áspero o toque de seus corpos, que se esbarram e se estorvam em todos os lugares. O chão de repente se torna infinito e ele entende que nunca terminará de pavimentá-lo, porque não há pedras suficientes no rio, não há pedras suficientes no mundo inteiro, para apagar a humildade de seu chão de terra. Ela passa o resto da manhã sentada numa velha cadeira de balanço, encastelada em seu silêncio, olhando para a luz empoeirada que entra pela janela. Quem sabe o que vê lá. O que imagina ou o que lembra. Talvez também veja o Compadre, Juan pensa enquanto pega o chapéu. Talvez seja por seu regresso que ela suspira quando suspira. Então, já da poeira da estrada, ele se vira para olhar o reflexo de seu rosto na janela. Os olhos da menina o atravessam como atravessam o vidro, sem se fixarem nele. Parece que ela acaricia o apoio de braço de sua cadeira de balanço, como se procurasse nele o calor da mão de um homem.

Durante o resto do dia, Juan procura quem lhe dê ocupação, com o chapéu pressionado no peito. Trabalha ou não trabalha sob o mesmo sol inclemente. Limpa os currais ou ara a terra ou conduz por seus barrancos o gado de algum proprietário que é, como todos os proprietários nos últimos tempos, também um revolucionário. Antes de voltar para casa, ele para no bar para beber um copo ou dois de aguardente, ainda com o Compadre sentado às suas costas ou ajudando-o a terminar os tragos. Lembra-se, de repente, daquele primeiro mescal que os dois meios-índios e meios-irmãos lhe deram para provar no *malpaís*, em tempos tão distantes que parece que têm de ser desenterrados. Pensa nisso, em cadáveres sendo desenterrados. Em homens que não estão completamente mortos ou completamente cobertos de terra.

E depois, o regresso para a casa. O regresso para a casa e nela o fantasma do Compadre e a moça esperando com seu candeeiro no alto. Escuta sua própria voz perguntando pelo Compadre, com o hálito pastoso de mescal. Seu nome quebrando o silêncio, pela primeira vez. Pergunta como se de repente tivesse decidido retomar sua busca, através da minúscula geografia da casa. Cada canto não varrido, cada xícara de barro, cada pilha de cobertores pode ser um lugar onde seu fantasma espreita. Quer saber se aquela era a cadeira de balanço onde o Compadre costumava se sentar. Que alimentos ele preferia, que bebidas, que lado da cama. Pergunta se às vezes ele também ficava absorto olhando pela janela, contemplando tudo e nada do outro lado do vidro. Se alguma vez nomeou a terra e a vida que deixara para trás, muitas léguas ao sul. Quais eram as coisas de que ele falava, os gestos que fazia e as coisas que tocava; e entre essas coisas está a menina, porque às vezes Juan a imagina assim, uma coisa a mais sobre a qual o Compadre deixava a mão apertada o tempo todo, como uma criança sufocando o brinquedo que mais ama. Era ela, a menina, o que o Compadre mais queria? O Compadre era o que a menina mais queria, o que ela mais quer ainda? Mas essas perguntas, talvez as únicas que importam, não chega a formulá-las nunca. E a menina resigna-se a responder a todas as outras com simplicidade e algum constrangimento.

Diz:

— Ele se sentava ali.

Ou então:

— Desse lado.

— Bebia mescal até cair de bêbado; ou melhor, bebia mescal até que eram os outros que caíam de bêbados e ele ria.

— Ele gostava de rir.

— Ele gostava de carne de cordeiro, quando havia.
— Ele gostava de matar.

E parece que ela vai falar outra coisa, mas não, morde o lábio e isso é tudo, ele gostava de matar, gostava de matar e só, a menina que continua limpando a louça com areia ou esfregando a mesa com o avental ou sentada naquela cadeira de balanço onde, se acreditarmos nas palavras dela, não era o Padrinho que se sentava.

Outro dia, embolados na cama – a mão dela detida numa carícia imóvel sobre sua mão; a cabeça deitada em seu peito –, ele pergunta como era. Como era o quê?, ela responde, talvez sabendo, mas ainda sem querer saber. Como era, repete ele, monótono. Como era isso. Como era o Compadre ali. Precisamente ali. Como era o Compadre naquele mesmo lugar. Na cama, entende-se. Sobre ela, debaixo dela, dentro dela. Atrás dela. A menina demora muito para responder. Seu corpo de repente parece muito distante, embora a carícia ainda persista, o abraço, sua melena derramada como uma água-viva negra em seu peito. Era diferente, admite por fim; mas diferente como? E diferente do quê? Era, ela responde. Como eu poderia dizer? Era, digamos, algo que acontecia por um tempo e depois não deixava nada. Como uma semente que cai no chão sem arar. Ela não sabe se se explica – não, não se explica. Trepava como um soldado, admite por fim. E depois, reconsiderando: trepava, às vezes, como um soldado, e outras vezes como um padre.

— Como um padre?
— Sim.

Naquela noite, ele não perguntará mais nada; mas no dia seguinte, um dia de café amargo e casa minúscula e cadeira de balanço em frente à janela, um dia em que volta com o hálito pastoso de mescal, voltará ao diálogo interrompido, como alguém que recupera a ponta de uma corda. Como trepa um soldado? Como trepa um padre? Ela reflete ou finge refletir. Diz que se reconhece os soldados porque quando começam têm uma coragem rápida, um certo começo feroz, como quem devora com fome atrasada, e que a fome às vezes dói, como dizer, uma dor que é sentida metade no corpo e metade em outro lugar; trepar com um soldado é, a princípio, como não estar, mal olham para você, como se o soldadinho trepasse com um de seus camaradas ou com seu próprio fuzil e pronto. Mas então, quando a coisa dura – às vezes, a coisa dura –, ou melhor, quando a coisa termina e começa aquele outro lado da trepada que não é trepar, mas simplesmente estar, os soldados podem se transformar em outra coisa. São, de repente, crianças, a quem a guerra devolve, nem que seja por um momento, aos braços de suas mães. Ela sabe que isso é, em última análise, o que os soldados pensam; embora se façam de valentões e deem vivas a isso ou aquilo, só pensam nas mães, embora muitas vezes só se deem conta no momento de morrer, quando a vida lhes escapa pelos poros e clamam delírios e impossíveis, é então que mais chamam suas mãezinhas, como crianças que se machucam de tanto brincar de guerra. É assim, mais ou menos, que um soldado trepa, primeiro como quem come e depois como quem chora, ou melhor, primeiro como quem mastiga e depois como quem mama.

    E como, se é que se pode saber, os padres trepam?

Aqui o rosto da menina azeda. Os padres, diz, trepam de outra forma, como se manuseia uma coisa santa, com cheiro de perfume e incenso e a prevenção de sabe-se lá que tipo de coisas, com um cuidado, com um deleite que, de tão limpo que é, acaba por ter lá no fundo algo muito sujo, algo que te apodrece por dentro, por mais que o padre em questão sorria e acaricie o topo de sua cabeça e reze, ao terminar, uma oração por ambos. Era assim que o Compadre trepava, às vezes como soldado, às vezes como padre; ou seja, às vezes como se ela fosse puta, às vezes como se fosse mãe e outras vezes como se fosse santa.

— Entendo — responde Juan à escuridão. Mas na realidade não entende. Entende tão pouco que, apenas alguns minutos depois, quando eles começam a se despir e seus corpos se esforçam para tomar o mesmo curso todas as noites, eles não vão mais conseguir. O erro talvez esteja lá, no próprio esforço; pela primeira vez entre eles o esforço de algo, a exigência de olhar as coisas de fora, a pequena impossibilidade de olharem para si mesmos de fora e do escuro. Seus corpos se perdendo na paisagem da pequena cama, destinados a não se encontrar mais ou a se encontrar com brutalidade ou falta de jeito. Nos gestos de Juan uma voracidade que não se sabe a quem pertence, ou se sabe sim, mas melhor não o dizer, não se lembrar; suas mãos que de repente têm algo de garra que se aferra à carne, como se elas também, as próprias mãos, estivessem presas pela vontade de outro. É assim que ele a toma aquela noite, com as mãos de outro, a boca de outro, o sexo de outro, e ao terminar ela mesma também parece outra e está muito longe e muito calada. Acampou entre eles um silêncio pesado e triste, de respirações que soam estranhas e vergonha de não se sabe o quê.

E então, de repente, ele ouve a menina soluçando. Começa a falar escudada pelo escuro, tão perto e tão longe de Juan. Sua voz está contando uma história. Nessa história há revolucionários que desfilam para cima e para baixo na rua, muito eretos nas selas de seus cavalos. Desfilam sem necessidade, apenas para que meninas casadoiras e não casadoiras possam assisti-los. Um desses homens é o Compadre. Uma dessas meninas é a menina. E no começo é assim, o Compadre que desfila com seus homens e elas que saem para vê-los, com roupa de domingo para jogar a guerra de joguete do amor. Entre todas as meninas, o Compadre olha justamente para ela. Ao passar a seu lado, toca cerimoniosamente a aba do chapéu e até o cavalo vira os olhos para olhá-la. Ela, claro, também olha para ele. Ele parece tão galante entre seus homens, com sua camisa suja e suas botas sujas, condecorado pela poeira da estrada. Não chegam a trocar uma única palavra, mas certamente o Compadre faz suas averiguações, e na noite seguinte ele está no corredor da casa, com o resto de um cigarro entre os lábios. Ele veio para roubá-la, e a menina lembra que quando ouviu seu cavalo trotar sobre as pedras do portal sentiu tristeza e alegria ao mesmo tempo. Mas depois o pai. Seu pai irrompendo na história. Sentado em sua cadeira de balanço, levantando-se com uma espingarda nas mãos. Há uma breve conversa entre os dois homens, que a menina não ouve ou da qual não se lembra. O que ela lembra é que a espingarda tremia nas mãos do pai e ele nem teve tempo de engatilhá-la. O Compadre devolveu o revólver à cartucheira no mesmo instante em que o corpo do pai desmoronava na cadeira de balanço. Suas mãos ficaram mortas ainda segurando a espingarda, tão firmemente que ele teve de ser enterrado com ela. O Compadre terminou de fumar o cigarro sem pressa e disse-lhe que naquela noite não tinha jeito, que tinha perdido o desejo, mas que mais tarde iria visitá-la de novo. Que ela devia estar pronta para isso e para tudo. Disse ainda que, se tivesse algum irmão que quisesse vingança, já sabia onde encontrá-lo: no coração da guerra. Mas a menina tinha apenas dois irmãos, que de homens não tinham nada além do bigode. Nem mesmo de arrancar a espingarda do cadáver do pai foram capazes. Então a guerra os levaria também, covardes e tudo, a morrer cada um em nome de um general diferente.

E ela ficou lá.

Ela está, ainda, lá, dentro e fora da história ao mesmo tempo, deitada na cama para onde o Compadre voltaria tantas vezes. Quando seu pai morreu e seus irmãos se acovardaram, ele nem precisou roubá-la. Limitava-se a passar por lá quando queria e quanto queria, como um homem que volta para o mesmo bar para ficar bêbado. O Compadre era um monstro. O Compadre, diz com a voz chapinhando nas lágrimas, era mau. Se ele soubesse quanto dano o Compadre tinha feito àquela terra e àquela casa. Atirou em homens que não o queriam nem bem nem mal, e enforcou camponeses que não se metiam com ninguém e incendiou igrejas só porque não gostava do que seu pároco pregava. Ela também, à sua maneira, havia sido queimada e baleada muitas vezes, naquela cama, sem que ele sequer lhe concedesse a graça de uma venda no rosto. Ela também, diz, é uma vítima da Revolução. Até que um dia, e esse dia chegou mais tarde do que cedo, o Compadre morreu. Ela viu? Não; mas soube disso na hora, sentiu isso aqui – e na escuridão, Juan não sabe se ela aponta para as entranhas, a cabeça ou o coração. E então, depois de um tempo, ela ouviu o trote de um cavalo nas pedras do portal, e a menina sentiu terror e ódio ao mesmo tempo. Era um forasteiro, que trazia o mesmo cavalo e seus mesmos modos e até certas semelhanças na compostura e no rosto. Viu-o desmontar, puxado pelo latido do cachorro, e por um momento temeu que fosse ele e que suas entranhas tivessem se equivocado. Mas então. Então o quê? Então você apareceu, diz a menina com a voz estrangulada pela lembrança. E depois se cala.

Por alguns instantes, Juan compartilha esse silêncio. Tenta imaginá-lo. O Compadre atirando num homem inocente, em centenas de homens inocentes. O Compadre violando uma menina. O Compadre, um malvado. Essas imagens lhe trazem alívio e medo ao mesmo tempo. O medo de ter percorrido um caminho que, afinal, não valia a pena; apenas o rastro de um vilão. O alívio de que, depois de tudo, esse caminho o tenha levado ao lugar onde ele está, naquela cama muito estreita, tocando a menina mais fundo do que o Compadre jamais pensou ser capaz.

— E como eu trepo? Como soldado ou como padre? — pergunta por fim.

A menina voltou. A menina, que estava tão longe, de repente sorriu. Está tão escuro que Juan nem consegue vislumbrar o pequeno retângulo da janela e ainda assim sabe disso: que a menina sorri. Sente seu sorriso a dois palmos de distância e ainda mais perto o voo de sua mão, que se aproxima até tocar seu rosto.

— Você não é assim — ouve aquele sorriso dizer. — Você é bom...

*

Às vezes, depois de trepar como um soldado ou como um padre, o Compadre caminhava até a janela. Ainda nu ou semivestido, mas sempre com o revólver na mão. Afastava a cortina com o cano da arma e olhava longamente para as sombras que espreitavam do outro lado. O que ele olhava? O que esperava? Isso a Viuvinha, que ainda não era a Viuvinha, não saberia dizer. Parecia esperar por alguém. Pelo menos era o que ele respondia, quando a menina perguntava: Estou esperando alguém. Alguém que tinha de chegar e que nunca chegou.

— Ele estava esperando por você? — pergunta a Viuvinha no escuro.

— Não sei.

— Acho que sim. Que ele estava esperando por você e que estava esperando para te matar.

— Talvez fosse eu que viesse matá-lo — responde Juan, e sua própria voz lhe parece estranha.

— Ah, não — diz ela com voz amarga. — Você não é dos que atiram. Você é mais daqueles que acolhem as balas.

E Juan se pergunta como teria recebido o Compadre. Afinal, ele teria sido capaz de atirar? Teria se ajoelhado aos seus pés, como mais um de seus discípulos?

Agora é Juan que se senta na cadeira de balanço. Ele que olha pela janela. Do outro lado do vidro ele vê cair neve, folhas secas, chuva, entardeceres. Vê o horizonte ardendo no crepúsculo e o mesmo fogo se abatendo nas costas dos homens na colheita e na semeadura. Também nas suas costas, na sua enxada, no seu chapéu. Ele vê a terra cuspindo espigas de milho e homens que as colhem e mulheres que as debulham. Vê passarem rebanhos famélicos, a caminho de suas manjedouras. Passa também o delegado do governo, um delegado diferente a cada ano, mas sempre o mesmo bigode e o mesmo terno da capital; agita a mão em sinal de cumprimento dentro do carro, sem nunca sair. Atrás daquele carro, na esteira de suas promessas, os camponeses correm. A terra, nossa terra, dizem. Toda aquela sujeira posta em suas roupas brancas, na forma de poeira que o carro do delegado deixa atrás de si. É coisa certa, diz a mão do delegado. É coisa certa, questão de dias, confirmam os jornais, os correios, os entendidos. Os especialistas estão medindo e remedindo a terra a ser distribuída; é muita terra, mas também são muitos homens e é preciso ter paciência; apenas mais duas semaninhas de espera. Será que eles, que foram capazes de derrubar tiranos e serem relevantes em tantas batalhas, não serão agora homens o suficiente para ter um pouquinho de paciência?

Viva a Revolução, respondem eles.

Viva a Revolução, suplicam.

Juan e a menina têm paciência, mas também muita fome. Vendem o cavalo do Compadre para arrendar um tiquinho de terra e alguns hectolitros de grãos. Um dia, quando o carro do delegado parar, terão terra suficiente para se perderem e não serem encontrados; mas no momento eles têm apenas isso, uma parcelinha de terra exausta em que algumas fileiras de milho germinam. Juan vê, da janela, as espigas ainda verdes. Vê o espantalho que se ergue desgrenhado entre elas, retorcido e solitário como um autêntico ser humano. Vê a si mesmo empunhando desajeitadamente a enxada, cavoucando a terra com uma esperança inverossímil, como quem sacode um cadáver. Houve um tempo em que aquela falta de jeito despertou o riso dos moradores, talvez até comemorassem um pouco. Agora já não desperta nada. Quando muito, certa sensação de inquietude; aquela produzida ao se contemplar um aleijado ocupado num gesto cotidiano, mas impossível. Ele se vê a si mesmo, inútil como um aleijado, e a garota lhe trazendo jarros de água, ancinhos, lenços molhados. Uma cesta de vime no fundo da qual definha o vestígio de um almoço. Ele se vê sozinho novamente, na hora do ângelus, acendendo um cigarro – um novo hábito, trazido sabe-se lá de onde – e olhando na direção de sua casa, e nessa casa sua janela, e nessa janela seu próprio rosto.

Vê também dessa janela coisas que ainda não são, mas que talvez cheguem a ser, por que não?, dentro de duas semanas. O delegado parando, enfim. O governo pousando os olhos, o dedo imenso, no cantinho do mundo que é seu povoado. Sua parcelinha crescendo até onde a vista alcança, tão vasta que só pode ser percorrida a cavalo, e para isso um cavalo, dois cavalos, os estábulos desmantelados postos de novo de pé e neles um cavalo para ele e outro cavalo para ela e uma dúzia de cavalos para os feitores. As fileiras de espigas inchando até estourar de grãos e a menina inchando também, o corpo magrinho da menina que parecia seco como a terra mas não, nem a mulher, nem a terra estavam desertas, floresce sua colheita e floresce também seu filho, algo para ver crescer diante da vida que se detém. Vê isto: a vida, que se detém. Seu filho já educado, com seu próprio cavalo e seus próprios motivos, dando ordens aqui e ali a cem, talvez duzentos capatazes. E sentados atrás do vidro da janela ela e ele, ainda ela e ele, velhos mas não, os olhos jovens e satisfeitos em ver crescer o mundo que construíram com as mãos.

Isso bastaria? Se esse fosse o destino que o aguardava desde o início, teria começado a viagem?

Ele vê tudo da janela: tudo, menos o Compadre. Ou seja, ele vê a ausência do Compadre em todas as partes. E essa ausência não é boa nem má: como ausência que é, não significa nada. Deve ser aceita sem repreensões, assim como a duração da noite ou a longitude do deserto não podem ser questionadas. O Compadre convertido numa pergunta ou em muitas perguntas e Juan sem uma única resposta. Às vezes, abre o livro e olha por muito tempo para seu retrato, com a mesma estranheza com que fita o horizonte. Recupera alguns fragmentos do passado, cenas que devem ser exumadas laboriosamente, como se viessem de outra vida ou tivessem acontecido com outra pessoa. Pensa em todos os passos que o levaram até aqui e se pergunta em que momento ele se desviou do caminho, se é que realmente se desviou; se é que alguma vez houve um caminho. Isso é a vida? Esse é o mundo que lhe corresponde, ou chegou a ele por acaso, como alguém que cai do penhasco acreditando que caminha? Vê o corpo do índio crucificado e uma catedral de pedra e uma fábrica de ferro purificada pela claridade do fogo. O Compadre, que às vezes parecia bom e às vezes mau, ou talvez fosse bom e mau ao mesmo tempo, capaz de incendiar as injustiças do mundo e de assassinar o pai da menina, com as mãos redentoras revirando sob suas roupas, dentro de seu corpo. Olha diante dele – a terra sem esperança e sem grãos; os camponeses sussurrando viva a Revolução, como quem chora – e se pergunta se este é o mundo perfeito que o Compadre esperava. Olha às suas costas – a cama com os cobertores revirados; a menina ajoelhada em frente ao forno para atiçar o fogo – e se pergunta se essa é a vida com que ele sonhava.

*

Um dia, o delegado do governo se detém. Sai do carro, cerimonioso. Traz consigo uma boa notícia que é, na verdade, um monte de papéis que quase ninguém na aldeia é capaz de ler. São mapas, números e escrituras que devem ser assinadas aqui e aqui. Mas não são apenas papéis. Esses papéis representam algo. Milhares e milhares de juntas de terra que a partir de hoje pertencem à prefeitura; tantos milhares que, ao ouvir, os camponeses levantam a cabeça ao mesmo tempo, como se não tivessem entendido bem. E não entenderam bem. Porque essas milhares de juntas não correspondem às terras irrigadas, nem às férteis planícies de terra boa, nem há em toda a sua extensão nem um córrego, nem um fiozinho de água que as fecunde. O Patrão, que desejava tudo, nunca desejara essa terra. Mais do que terra, é deserto: tiram-na do deserto e dão-na a eles. Mas nem o governo pode tirar do deserto o que é seu.

O delegado diz que entende seus motivos, enquanto estende a caneta para eles assinarem. Mais ainda: ele os entende muito bem. Têm direito, claro, de apresentar uma queixa por escrito. O governo está sempre disposto a ouvir seus camponeses, ou melhor, está disposto a ler o que aqueles que sabem escrever têm a dizer. Enquanto isso, ele lhes deixa aquele pedacinho de deserto, para que o mimem e cuidem dele e façam com ele o que um camponês faz com a terra. Para a resposta oficial, diz ele, para que o governo envie seus peritos, topógrafos e especialistas, é preciso esperar um pouco mais, talvez duas semanas de espera; mas homens corajosos como eles, homens que foram sangrando suas feridas por tantas colinas, não serão suficientemente homens, ah, para ter um pouquinho de paciência?

Alguns homens acabam por não ser suficientemente homens. Dizem viva a revolução pela última vez, põem o chapéu e tomam o caminho do norte. Juan os vê andar sem olhar para trás, com suas esteiras e sem suas esposas. Eles nunca voltam, ou voltam transfigurados, olhando para as coisas de uma estatura diferente, um lugar que parece ficar um pouco mais acima do que a vida de um homem alcança. Trazem consigo novas roupas e modos de autoridade. Máquinas estranhas que despedaçam algodão sem usar as mãos e que aram a terra sem a necessidade de bois. Pastas cheias de maços de papel verde, que, por mais leves que possam parecer, são na verdade muito pesados; talvez por representarem outra coisa, já que os papéis do delegado equivaliam a todo um deserto. No norte, dizem, o futuro está no norte, o que significa que eles permanecem presos ao passado. E nesse futuro não há mais Sete Cidades nem Treze Colônias, mas nada menos do que quarenta e oito, quarenta e oito estados, e cada um deles mais rico do que um país inteiro. Dizem que ali há esperança. Dizem que ali há trabalho. Dizem que ali as mulheres são mais fáceis e bonitas; mulheres com os cabelos dourados e os olhos azuis; mulheres com a pele tão branca que a gente cora só de olhar para elas, quanto mais tocá-las. Juan ouve arrebatado as histórias que esses emigrantes trazem consigo; relatos difíceis de entender, porque têm um sotaque diferente e até palavras novas, cultivadas muito longe desta terra.

Mais tarde, na cama muito estreita, abraçado ao corpo nu da menina, ele repetirá em voz alta algumas dessas histórias, talvez ampliadas por sua imaginação ou por sua esperança. Fala de destinos remotos onde aparentemente não há cidades de ouro, como ouvira uma vez, mas cidades de ferro, cidades de vidro, cidades feitas de luzes que brilham a noite toda, sem fumaça ou chama. Um mundo em que floresce um ouro que não se vê e não se toca, mas que de qualquer maneira é ouro e de qualquer maneira cresce, como nesta terra floresce o deserto.

A menina ouve-o falar desses lugares maravilhosos e distantes, ensombrecida por um pressentimento. Não diz nada. Adormece embalada por aqueles sonhos que, ela não sabe por quê, por trás das pálpebras fechadas, adquirem a consistência de um pesadelo. Juan não dorme. Em seu lado da cama, os pensamentos se sucedem tão depressa que ele se surpreende que ao seu lado a menina possa até fechar os olhos. Continua pensando no ouro, mas também em tudo que não é ouro, na terra sem fruto e na casa sem fruto, pensa na fome, nas tortilhas cada vez mais finas, e na carne cada vez menos carne e na fome cada vez mais longa, uma certeza que dura o dia todo e parte da noite. Agitar-se na cama no meio da noite e sentir a ausência do Compadre também no estômago. E contra esses pensamentos nada ou quase nada; apenas uma pequena e muito distante esperança. Juan que, para conseguir dormir, se esforça para recuperar o nome de alguns desses fabulosos reinos, como ele se lembra de tê-los ouvido nomear. Seus nomes repetidos como um antídoto ou um conjuro; como ovelhas pulando a cerca de sua insônia.

Arizona... Conéctica... Tecsas... Oclarroma... Niu Yorc... Luisiana...

Em seu sonho, o Compadre também está morto. Parece que se move, que está prestes a fazer ou dizer algo, mas não: é apenas o trabalho do vento que sacode suas roupas. Ele usa sua jaqueta de revolucionário, seu chapéu *charro*,[6] suas botas e suas esporas de ferro. De ferro também os pregos que o mantêm preso à trave. Os braços estendidos num abraço que não cessa, como um deus que exibe sua humanidade perante o mundo. Olha para seu rosto coberto de sangue. Olha para sua boca, aquela boca que nunca mais se abrirá, e dentro dela aquelas palavras com fio que nunca lhe ferirão os ouvidos. Olha para sua mão, transformada num ramo puro de ossos e ligamentos ressecados. Sua mão ainda pregada na cruz e também pregada no gesto de apontar o caminho para o norte.

Acontece antes de o galo cantar. Antes mesmo de a Viuvinha acordar para coar o café e esquentar as tortilhas. A janela ainda é um retângulo preto, escuridão dentro e fora da casa e Juan já de pé, sombra entre sombras, deslizando para fora da cama. Mãos procurando e tateando o livro, seu chapéu, o costal já provisionado para a viagem. Passos sem barulho, abafados pelo chão de terra – porque o chão nunca deixou de ser de terra; apenas algumas porções pavimentadas por uma grade de pontinhos brancos, como se Juan tivesse ficado em algum momento sem ouro ou esperança. Sob o bico do fogão, a lata enferrujada, e Juan que a abre e separa apenas um punhado de moedas antes de devolvê-la ao seu canto.

Juan na soleira.

Juan voltando-se por um momento para olhar uma última vez para o corpo da mulher adormecida, ou melhor, para o pedaço de escuridão onde a mulher talvez durma.

---
6. Chapéu de abas largas usado pelos mexicanos, em especial os *mariachis*. [N. T.]

Juan levantando a mão naquela escuridão, como se encobrisse uma despedida.

Juan empurrando furtivamente a porta da casa, que range com um barulho seco. Juan cravado no umbral por um tempo que parece imenso, prestando atenção aos ruídos da noite.

Lá fora, brilha a lua. Sua luz branqueia fracamente os campos arados, o cascalho da estrada, os muros caiados da aldeia. Atrás dele, as árvores do pomar projetavam sombras fantasmagóricas, como flechas que se dirigem e se cravam numa direção precisa. É para lá que Juan se dirige: para essa direção precisa. Enquanto caminha, parece sentir nas costas o peso de um olhar que já conhece, espiando-o das cortinas. Um olhar que, não por ser familiar, se torna mais leve. Ele sente esse olhar enquanto se afasta e enquanto o sol nasce atrás das montanhas e também muito mais tarde, quando numa curva da estrada o povoado, e com ele a casa, desaparecem.

No fundo de seu costal, embaralhado com o punhado de moedas de níquel, o livro do Pai, e entre as páginas fechadas, entre os desenhos ferozes do apóstolo, algumas passagens sublinhadas ou riscadas ou cercadas por um círculo de tinta, com tal ferocidade que o papel está rasgado em certos pontos. São, não podem ser outra coisa, as passagens favoritas do Pai. Lugares onde o olhar do Pai se deteve. Ideias que tocou, pelo menos por um instante, com a ponta de seus pensamentos.

Recorda: Teu desejo será para teu marido, e ele terá domínio sobre ti.

Recorda: Se vires entre os prisioneiros uma mulher bonita, se te juntares a ela e desejares torná-la tua esposa, tu a levarás para casa, rasparás sua cabeça e cortarás suas unhas, tirarás seu vestido de cativa, ela ficará em tua casa e chorará seu pai e sua mãe por um mês. Então podes te unir a ela. Se parares de gostar dela, lhe darás liberdade, mas não a venderás por dinheiro ou tirarás dela qualquer proveito, pois já a humilhaste.

Recorda: A mulher é mais amarga do que a morte, porque ela é um laço; seu coração é uma rede e seus braços são correntes. Aquele que agrada a Deus escapará dela, mas o pecador será aprisionado por ela.

Um aldeia da comarca, naquela mesma tarde, quando sua jornada mal havia começado. Está sentado numa das mesas, vasculhando meticulosamente um prato de ensopado. Antes perguntou ao garçom, um a um, o preço de todos os pratos e de todas as cervejas. O mais barato é o ensopado, respondeu o garçom, enquanto continuava a secar a louça. E foi ensopado, e cerveja da casa.

No início, quando ele ouve sua voz, leva um tempo para entender de onde ela vem. Num canto mal iluminado do bar, como que mumificado na sombra, espera um velho vestido com um poncho de lã. É um violonista cego, com o nada de seus olhos cravado na parede oposta. Um único movimento: a mão direita, que desliza para acariciar a barriga do violão.

— Para onde você está indo, rapaz? — grita, os olhos cegos cravados num lugar muito mais alto do que o rosto de Juan. — Aos Estados?

Juan afirma com a cabeça. Em seguida, retifica.

— Sim.

— Você é o *gachupín*, não é?

— Sim.
— Aquele que anda encostado com a Viuvinha do Compadre.
Juan não responde. Já terminou o ensopado e apressou a cerveja, mas ainda mexe na colher, como se estivesse à espera de alguma coisa.
— E me diga, rapaz, nunca teve medo de que o Compadre volte e meta três chumbos nas suas tripas?
Juan deixa cair a colher sobre a mesa. Levanta-se preguiçosamente, limpando a barba com o guardanapo. Ele fala de costas para o cego.
— O Compadre está morto.
— Ah, não, não, não... Morto, o Compadre não está, claro que não, não senhor... Eu o vi... sabe...? Eu o vi...
As mãos de Juan tremem enquanto ele deixa o meio peso sobre a mesa; enquanto põe o chapéu e empurra as portas do bar. Antes de partir, ainda tem tempo de ouvir, de ver mais uma vez, o velho que aponta para os olhos arrasados pelo branco.
— Com esses olhos, você entende...? Com esses olhos, eu o vejo...

XI

Tudo tranquilo, graças a Deus — Cavalgar uma cobra
Um candeeiro que se apaga — Cidades e estrelas
Puta que pariu — Segundo apóstolo do Reino
Quando digo digo, digo Diego
Uma viagem da noite para a noite

O trem nunca chega na hora. Isto é o que lhe dizem na última cidade: que se abasteça de paciência e tequila. Não tem para a tequila. Mas tem paciência, o dia todo pela frente para sentar-se num dos bancos da estação abandonada. Pelo menos parece abandonada. Não há ninguém nas plataformas, ninguém na bilheteria e ninguém na agência do telégrafo. Não há sequer maquinistas. Apenas os trilhos, brilhando ao sol como uma sutura de prata. Acima, as aspas de um moinho que roda. Uma caixa d'água enferrujada. Moscas que vêm e vão, e só seu chapéu para espantá-las. Acima de sua cabeça, um relógio parado nas cinco e quinze sabe-se lá de quando. E ele ali sentado, afugentando as moscas e o calor com o mesmo chapéu, esperando que a fumaça da locomotiva se levante no horizonte.

No entanto, não há fumaça. O barulho do trem, mas sem fumaça. O trem que aparece enfim, depois de uma curva da via, não muito rápido, mas tampouco devagar, sem chaminé e sem pressa. Um trem estranho, uma locomotiva estranha, uma chaminé que não está lá. Como esse trem avança? Levanta-se devagar, com o saco nas costas. Cada vez mais perto da via, sem saber se esse trem que não parece trem vai parar. Não para.

Passa devagar, mas nem tão devagar: se corresse um pouco, talvez pudesse alcançá-lo. E depois, sobre o teto dos vagões, os homens, as mulheres. Centenas de pessoas trepadas por todos os lados, como se tivessem chovido do céu, que o animam e apontam para ele com os braços estendidos.

— Ei! Vamos lá, cara! Pule agora!

Juan deixa passar um vagão, dois vagões, três vagões. Começa a correr para se emparelhar ao quarto, ao quinto. Acha que não vai conseguir, mas finalmente consegue, finalmente pula, a tempo de subir no último dos vagões, a última de suas peças. Ele aferrado à escadinha do último vagão de um trem sem chaminé e sem fumaça, mas com pessoas que o incentivam a subir. Lá em cima, dizem, há um lugar para ele.

Até então, não sentiu medo; saltou sem pensar nem medir consequências. É agora que ele sente pela primeira vez a magnitude de seus atos, as duas mãos que se aferram à vida enquanto as pernas ainda pendem, pedalando no ar. Sente o vento no rosto, a promessa da queda, os dormentes que se sucedem cada vez mais rápido, num piscar de olhos vertiginoso. Por fim, ele consegue subir a escada, sem olhar para baixo. No andar de cima o aguarda uma multidão de rostos que sorriem e aplaudem. São estranhos, aquelas mulheres, aqueles homens. Usam roupas que ele nunca viu antes, por toda parte cores estridentes e calças rasgadas ou meio rasgadas e bonés como de marinheiros em terra e camisas sem mangas e cheias de rabiscos, camisas cheias de desenhos, cheias de frases sem sentido ou com sentido obscuro, como se viessem disfarçadas de placas de loja ou lousas escolares. Quando o calor aperta, eles tiram as camisas e mostram suas peles rachadas, manchadas com mensagens mais abstrusas, mais desenhos rupestres e tribais que lembram um pouco a pele tatuada dos índios chichimecas.

    Alguém dá um assobio. Outra pessoa lhe dá tapinhas nas costas. Procuram um espaço vazio no teto do vagão e um rapaz lhe estende uma garrafa d'água, surpreendentemente leve.

    — Qual é que é, mano?

Também as palavras que proferem são obscuras, como se lessem uns para os outros as reivindicações de suas camisetas e torsos. Antes de responder, Juan toma um gole da garrafa de água muito leve. Um gole longo, sem necessidade, porque ele não sabe o que dizer. Ele, para fazer alguma coisa, também sorri.

    — E vocês?

    — Suave, mano, tudo tranquilo, graças a Deus... Tá tudo sussa.

A seu lado também está uma garota meio jovem e meio bonita, que o olha piscando, ofuscada pelo brilho do sol.

    — Você não é daqui, é?

    — Não. Sou de Castela.

    — De Castela? O que você é, *gachupín*?

    — Sim.

A menina troca com os outros alguns olhares de espanto.

    — Nossa, a crise pegou vocês de jeito também...

Outro homem lhe oferece um cigarro. Fala muito alto, para se impor ao barulho dos ferros e trilhos.

    — Véi, como cê subiu rápido... Pensei que cê tava caindo... que a Besta tava te esmagando.

    — A Besta?

    — É, bro. Que o trem tava te levando, pô.

Juan demora a responder. Sua mente está como encalhada na palavra "Besta", na palavra "bro". Mas, no fim, ele se confia à palavra trem, que é a única que ele entende ou acha que entende.

— É que eu achava que ele ia parar aqui — diz, apontando para a estação atrás dele.

— Ah, bom, não para... Parar aqui, não para nunca... Te informaram mal. E mais lá pra trás ficam os fiscais da ferrovia, que não te deixam embarcar, e lá na frente eles também ficam, então cê fez bem em subir aqui...

Depois, aproveitando-se da cumplicidade do cigarro, avisa a ele que das outras vezes precisa ter cuidado com a forma como salta. Nota-se que ele é novato nisso de pegar a Besta em movimento, e tem que ter cuidado. A Besta, diz ele, precisa ser respeitada. Olha: é muito simples. Cê tem que deixar as alças dos vagões baterem na tua mão, para ver qual a velocidade dele, porque isso tem que ser sentido, não apenas visto. Engana. Se ele achar que consegue, tem que correr uns vinte metros para pegar o ritmo, segurando numa alça. Quando já tiver um ritmo, precisa se deixar ir com os braços, levantar-se só com os braços, afastar as pernas das rodas, e só então apoiar nos degraus a perna que estiver na lateral do trem. Isso, explica, é muito importante: a perna que estiver do lado do trem, não a outra, pra que o teu corpo não vá contra o vagão e não te atrapalhe e te engula. Sacou?

— Sim.

— Cê pode crer em mim, que eu sou macaco velho e já tenho meus anos e minhas contas com a Besta, sabe...?

E então o homem aponta para a perna esquerda. O que resta da perna esquerda: uma coisa que termina no joelho e mais abaixo o puro nada, a calça oca, afantasmada, penteando o chão. Juan assente sem jeito. Talvez para afastar ou mitigar a descoberta, decide fazer uma pergunta. Ele se vira para outro homem que está sentado à sua esquerda, taciturno sob seu chapéu e bigode.

— O que estão levando?
— Que que cê tá falando, cara? Eu não tô levando nada.
— Eu estava me referindo aos vagões.
— Os vagões?
— Sim. O que eles carregam?

O cara dá de ombros.

— Pô, sei lá... Geralmente carregam produtos químicos ou minerais ou cimento ou coisas assim. Coisas assim. Alguns não levam nada.
— Estão vazios?
— Alguns.

Juan olha fixamente, por alguns instantes, para os olhos tranquilos do homem. Não entende, confessa por fim. Se eles não carregam nada, o que todo mundo está fazendo ali, empoleirado no teto? Se é perigoso embarcar no trem em movimento, por que o maquinista simplesmente não para? Os que o rodeiam olham-se em silêncio, sondando-se. Em seguida, caem na gargalhada.

— Ah...! Cê fez a gente rir, seu puto...

Ninguém lhe pergunta para onde vai. Todos vão para a mesma coisa: pro dólar, pro trabalho, pra ralação, pra grana. Todos vão para os Estados Unidos, que às vezes chamam de USA, e às vezes América, ou com os gringos, ou para o norte, ou até mesmo de nenhum modo, apenas apontam para o horizonte e isso basta. Falam da fronteira, de chegar à fronteira, como se a fronteira fosse um lugar, um destino em si mesmo e não apenas uma linha que se atravessa. Lá, do outro lado, está o dinheiro. Está a prosperidade. Está o futuro. E todos se dirigem para esse futuro, empoleirados no teto de um vagão que viaja vazio, num trem que não para.

Só que o trem não deve ser chamado de trem: isso Juan leva muito pouco tempo para aprender. Trens são os outros, aqueles em que as pessoas não viajam em cima, mas dentro dos vagões e onde é preciso pagar um bilhete e embarcar a uma hora precisa, ao som de um apito. Este trem não é um trem, mas a Besta. Chamam-lhe a Besta, explicam, porque sua voracidade é interminável. Um monstro que se alimenta apenas de carne centro-americana. Se você ouvir a Besta com atenção, lhe dizem, se ouvir os guinchos dos ferros e dos trilhos, poderá distinguir por baixo os gemidos dos homens e das mulheres que perderam a vida entre suas rodas. É isto que pode deixar alguém surdo: não o barulho estrondoso dos vagões, não o apito da locomotiva, não o furacão de vento nos túneis, mas aquele outro inferno que bate lá embaixo, aquelas vozes que continuam a pedir ajuda a quem já não pode prestá-la. Do seu canto, Juan ouve. Juan olha. Contempla a Besta pelo que ela é, uma imensa cobra que serpenteia entre as montanhas e a planície, com seus rugidos de besta insaciável; parece, sim, uma besta insaciável, uma imensa cobra, e eles as escamas, eles as erupções cutâneas, os tumores, as chagas que essa cobra sofre, feios como ela, sujos como ela, condenados a penar pelo deserto como ela. Parecem sempre a ponto de cair, sempre em movimento e sempre em busca de um lar que não chega, empoleirados desajeitadamente na vida enquanto são balançados pelo chocalhar dos trilhos e espancados pelo vento e às vezes até chicoteados pelos galhos mais baixos das árvores, que se deformam para varrer o teto. Com isso, com os galhos, é preciso ter muito cuidado, explicam, porque são muitos os que caem ou se machucam. Mas também há muitos que chegam de uma só vez e os que não recebem nada com a chegada. Ficam vagando ao longo da linha de fronteira como sonâmbulos ou fantasmas; como mortos condenados a contemplar a vida do outro lado, sem mãos para tocá-la. Esta é, em suma, a Besta: não só o trem, mas também as pessoas que nele entram, os perigos que os espreitam, o destino que nunca se alcança ou que não é alcançado de todo. A Besta é o itinerário, o trem que atravessa a desolação e também a desolação que esse trem atravessa, a viagem com suas paradas e pausas, com suas hesitações; as mulheres que se aglomeram nas margens dos trilhos para jogar frutas ou garrafas de água para eles e os narcos que vêm recolher sua colheita de mortos.

    Espremido em seu canto, o saco entre os joelhos, Juan contempla com o mesmo espanto o que acontece ao seu lado e o que acontece à distância. Vê quatro homens bigodudos, homens sérios que jogam cartas, alheios aos vaivéns da viagem, e uma cordilheira de ravinas estreitas em cujas muitas curvas e caminhos sinuosos a pressa do trem se amansa um pouco. Vê uma sucessão de barracos miseráveis que se desdobram para tocar a via e uma mulher a seu lado que embala uma criança, a criança balançada pela mãe e a mãe balançada pelo trajeto. Vê torres de metal que parecem suportar o céu e espirais de fumaça se amontoando no horizonte e fotografias gigantescas e coloridas na beira da estrada, para os homens olharem e olharem, e naquelas fotografias mulheres quase nuas e homens de terno que prometem coisas ao México e meninos sorridentes que bebem diretamente da garrafa uma espécie de petróleo pretíssimo. Vê homens que urinam no espaço entre os trens ou que se recostam em suas mochilas como travesseiros ou que prendem os cintos à grade do trem, para não cair se adormecerem. Vê a noite se derramando sobre o deserto e sobre os homens, meninos que fumam cigarros cujas brasas parecem pequenas cidades flutuando no horizonte e cidades flutuando no horizonte cujas luzes começam a florescer ao longe, como cigarros remotos. Rios de alcatrão preto, pontuados por luzes vermelhas que vão e luzes amarelas que vêm. Tudo isso ele olha com perplexidade, mas também com uma pitada de cansaço, como alguém que lê um livro em outro idioma; um livro que ele abriu mão de entender, pelo qual se deixa correr como um trem atravessa uma paisagem estrangeira.

Antes, em algum momento da tarde, quando a luz ainda mostrava onde terminava um corpo e começava o seguinte, Juan abriu o saco e extraiu o livro. Foi um momento de fraqueza, ou de nostalgia, ou de clarividência. Durante todo o caminho, ia se perguntando se aquele mundo misterioso que percorriam se parecia mais ou menos com o mundo que o Pai havia tentado criar e, cansado de perguntar a si mesmo, perguntou ao retrato. Também lhe fez outras perguntas, perguntas que não tinham nada a ver com o mundo em si, mas com a Viuvinha, mas o retrato não respondeu nada ou não foi capaz de ouvi-lo. Apenas as palavras de Deus, as palavras do Pai, sublinhadas ou riscadas ou cercadas por um círculo de tinta, com tanta ferocidade que o papel está rasgado em certos pontos. São, não podem ser outra coisa, as passagens favoritas do Pai. Lugares onde o olhar do Pai se deteve. Ideias que tocou, pelo menos por um instante, com a ponta de seus pensamentos.

Lê: Exorta os escravos a se sujeitarem a seus senhores, a agradá-los em tudo e a não serem respondões.

Lê: Servos, estai sujeitos com todo respeito aos vossos senhores; não só aos bons e afáveis, mas também aos rigorosos. Pois isto é louvável: que alguém por causa da consciência diante de Deus sofra moléstias, padecendo injustamente.

Lê: Por que nos enganastes, dizendo: Somos de muito longe de vós, quando habitais no meio de nós? A partir de agora sois amaldiçoados e não faltará entre vós o escravo que corte a madeira e leve a água para a casa do meu Deus.

Alguém, um homem que leva a metade da viagem falando sobre times de futebol e televisão a cabo e outros conceitos remotos, olha por cima de seu ombro para o retrato do Pai.

— Que lindo que ficou.

— Você o conhece? — Juan pergunta, tomado por uma última esperança.

— Se eu conheço ele?

— Sim.

Sob a aba do chapéu, um gesto de estranheza.

— Não é você?

— Não — responde Juan muito rápido, como se a pergunta ofendesse. — É o Compadre.

— Quem?

— O Patrão. O Padrinho. O Pai.
— Seu pai?
— O índio Juan.
— Um índio, cê tá falando?

O homem pega o livro com certa brusquidão. Juan reprime um gesto de resistência enquanto o sujeito olha para o retrato de longe e de perto, com os olhos torcidos num gesto de ceticismo. Depois, devolve-o com a mesma rudeza.

— Olha, de índio ele não tem nada. É clarinho como você. Parece com você.

— Não sou eu.

Mas volta a olhar para o retrato com atenção. Não é ele, claro, como poderia?, mas é verdade que também não parece um índio. Não sabe o que parece. Muito menos sabe como alguma vez pôde acreditar que se tratava de um índio. Há algo de extremamente impreciso em seus traços, algo que talvez tenha a ver com as cores da tarde que declina, ou com o papel surrado, ou com o desejo que às vezes os olhos têm de ver movimento em qualquer corpo imóvel, um tremor nas pálpebras dos mortos, a vida que regressa. Mas sensação ou não, seja por efeito da tarde, do papel ou da imaginação, o caso é que a expressão do retrato parece de fato estar se dirigindo para outro lugar, a meio caminho de alguma coisa, assim como as feições do adolescente ainda estão a meio caminho do homem que ele se tornará. Seus olhos, a curva da boca, o queixo cada vez mais afilado, a pele mais branca ou já completamente branca. Tudo tem certa impressão de liquidez, de pintura à água, de gesto escrito no reflexo daquela água, sujeito a tremores e transições; ao acidente de uma pedrinha que cai de repente, lançada pela mão desse mesmo adolescente, desbaratando num instante o rosto para compor na quietude outro distinto.

    Então é a noite que cai de repente e toda impressão desaparece. A noite no deserto cai assim, como a chama de um candeeiro que alguém sopra e se apaga.

As cores da tarde se vão e só restam os ruídos. Durante o dia, podem ser ouvidos sem realmente ser escutados, como uma música de fundo ou um céu em que ninguém repara. Mas à noite esses mesmos ruídos são preenchidos com o desejo de serem ouvidos, têm algo como um eco, raízes que crescem por dentro, e então se sente o tempo todo o chocalhar de cada um dos dormentes e o assovio do vento no rosto e esse tipo de ondear sem ondas, aquele rumor marítimo e mecânico ao mesmo tempo de mar sem margens e sem porto. Pode-se ver acima da cabeça o céu negro povoado de estrelas e abaixo a terra também negra e estrelada das cidades, sendo possível se impressionar com a magnitude de todas as coisas e com a escala pequena, quase de brinquedo, de seus próprios propósitos. Alguém boceja, ou se estica, ou se mexe um pouco, em sua cama de mochilas e cobertores, e esse movimento se multiplica e se propaga por toda parte, os corpos encaixados uns nos outros e conectados como os anéis de uma cobra que não se resigna à noite. O sonho não chega, e quando chega é uma multiplicação da vigília, e não se sabe onde começa o sonho e termina a memória, nem o toque de que corpo acolhe ou rejeita alguém, todos aqueles peitos que são como travesseiros e colos como ninhos e braços que te seguram como tocas ou armadilhas. E todos os corpos são iguais na noite, toda a sua carne irrigada pelo mesmo sangue, porque o chão fica à mesma distância para todos e porque o trem sacode todos por igual.

Durante o dia, os viajantes quase não falam. Procuram não se tocar. Mal se olham. Suas bocas fechadas parecem mastigar histórias que ninguém conhece ou jamais conhecerá, fragmentos do passado ou do futuro cuja amargura saboreiam em silêncio. São cem, duzentos, talvez trezentos migrantes cavalgando a mesma besta, e todos fazem isso sozinhos. Só de vez em quando é possível reconhecer a pequena comunhão doméstica de um homem que partilha seu cigarro ou sua garrafa de água. Uma criança que chora e um homem que lhe estende alguma bugiganga para distraí-lo do rigor da viagem. Uma voz que grita: Lá vem galho!, e depois os cem, duzentos, trezentos corpos que se flexionam ao mesmo tempo, com uma vontade unânime. A intempérie que se torna, por um instante, um pedaço de lar. De resto, ninguém fala, ninguém pergunta nada. Uma viagem sussa, mano, eles repetem como para si mesmos. Tudo sossegado, graças a Deus: pouco a pouco e com cuidado. Então a noite cai, e a fronteira dos corpos e das consciências parece borrar-se com as últimas luzes. Em meio aos ruídos dos trilhos e dormentes é possível ouvir, agora, palavras isoladas. Frases completas. Bocas fechadas que de repente se abrem como flores noturnas para compartilhar histórias muito longas que talvez ninguém ouça, como uma criança que conta a si mesma a história com a qual deveria adormecer. Essas histórias não têm rosto. São apenas murmúrios que viajam de um vulto a outro, da noite à noite. Podiam ser contadas tanto pelas pessoas quanto pela própria Besta. Juan ouve esses murmúrios durante o cochilo da viagem. Ou não exatamente Juan, porque

Juan não tem mais certeza de que ainda é Juan; o corpo de Juan e o corpo dos migrantes que se espremem contra o corpo de Juan passaram a ser uma única coisa. Suas vozes são espelhos ou apêndices ou embaixadoras da voz de Juan. Suas histórias são também uma só. E há, na realidade, apenas uma história, embora pareçam muitas; uma história que se repete e se multiplica de ponta a ponta do vagão, talvez de ponta a ponta do mundo. Pela primeira vez não falam de dólares ou de licenças de trabalho ou daquele amigo de um amigo que lhes dará guarida nos Estados Unidos, se Deus quiser, em apenas algumas semanas. Eles se contentam em falar de seu passado, ou seja, o canto remoto do mundo que os viu nascer. Em suas histórias, esse lugar parece o mesmo: uma cidade miserável num país miserável em que levavam uma vida miserável, mas na qual também eram, pelo menos por um tempo, felizes. E agora, na escuridão dessa terra selvagem, lembram-se dessa felicidade, que precisa da distância de um mundo inteiro para ser contemplada. Falam de quintais banhados pelo sol e de parques noturnos onde deram um primeiro beijo ou um primeiro pega de maconha. Falam de quadras onde sonharam em ser atletas gringos e de garagens onde sonhavam em ser *rockstars* gringos e de camas estreitas da adolescência onde sonharam com essa viagem, gringa também. Falam das *pupusas* de El Salvador, que em nenhum outro lugar do mundo são tão saborosas, e do *sancocho* panamenho e das *baleadas* hondurenhas e do *gallo pinto* da Nicarágua. Falam daquela casa que talvez nunca mais vejam e dos parentes que esperam lá dentro; irmãozinhos que precisam de roupas novas e mães que rezam por nosso retorno e pais que bebem um litro interminável de cerveja. Todas essas imagens estão cravadas na data de sua partida, como os mapas estão cravados em determinado tempo, num determinado canto do mundo.

Juan não acrescenta nem pergunta nada. Seus olhos estão convenientemente fechados e da escuridão de suas pálpebras ele se limita a ouvir em silêncio aquela vida unânime, incompreensível como todas as vidas. Pouco a pouco os migrantes vão ficando em silêncio ou dormindo, embalados pelo compasso da viagem. Juan abre os olhos e fita de novo seus rostos, ou pelo menos o que a noite deixa ver de seus rostos. São homens e mulheres que rejuvenesceram vinte anos e, à luz dos postes de iluminação, suas lembranças parecem coisas sólidas, reais, contra as quais poderiam recostar-se para dormir.

Por fim chega o amanhecer, ou são eles que chegam a uma região onde é sempre de manhã, o sol eternamente suspenso à beira do horizonte. A essa hora, as vozes dos migrantes há muito cessaram. Os primeiros raios acendem lampejos brilhantes nos ferros do trem e chegam a ofuscar o sono precário dos homens, que balançam embalados pela Besta. De repente, é impossível imaginar todos aqueles peregrinos confessando à noite seus medos, suas histórias. De novo o silêncio; de novo seus gestos endurecidos pelo cansaço e pela desconfiança. Juan tenta corresponder as vozes que ouviu aos corpos que se sacodem ao seu lado, sem sucesso. Sua cabeça ainda está cheia das histórias que ressoaram no cochilo do trem e que agora, recuperadas da escuridão, não se sabe mais se eram um sonho ou o que são. Mas então ele se lembra de que essas mesmas histórias foram feitas de uma carne estranha, de muitas palavras misteriosas e alheias, e ocorre-lhe pensar que um homem não pode sonhar com as coisas que ainda não conhece. A palavra televisor, a palavra *pollero*,[7] a palavra narco embaralhando-se incessantemente em sua cabeça, como cartas de baralho com sinais e desenhos indecifráveis.

Pouco depois chegam à cidade. Entrevista à distância, a estação parece uma catedral sem árvores, sem telhados ou deuses. A máquina começa a frear muito antes, num trilho que leva a uma espécie de cemitério de trens. Antes que a locomotiva pare completamente, os migrantes já estão pegando suas mochilas e descendo as escadas e pulando para as margens da pista, como marinheiros que não podem esperar seu barco atracar. Ao longe, dois homens de uniforme fumam um cigarro lento e preguiçoso. Olham para a multidão que se espalha pelas ruas mortas como quem contempla uma paisagem que se repete, um horizonte que nunca cessa. Seus cigarros demoram tanto tempo para ser consumidos quanto a multidão para se dissolver.

Juan pula com eles, sem saber para onde se dirige. Porque todos eles parecem estar indo para algum lugar, em direções precisas e opostas. Pulam cercas metálicas, atravessam trilhos, embarcam em vagões abandonados. Juan ronda os dormentes, sem saber que direção tomar. No momento em que se dá conta, as vias estão quase completamente vazias. Até o coxo foi embora, voando com as muletas de pau. A seu lado não há

---

7. *Polleros*, indivíduos que fazem o tráfico de pessoas na fronteira México/Estados Unidos, muitas vezes confundidos com os coiotes, que também executam esse traslado de emigrantes sem documentos. [N. T.]

ninguém ou quase ninguém. Uma mulher que tem atravessado sobre o peito o vulto de uma criança que chora. Dois meninos que se dão as mãos de uma maneira complicada e estranha, palmas que se chocam e os punhos que fazem sabe-se lá o que e as mãos que voam para cima, e depois se separam. Cinco jovens, quase meninas, que seguem um menino manchado de tatuagem em fila única. Cinco mulheres que não perdem de vista as costas de seu guia; que aceleram quando ele acelera e param quando ele para. E talvez isso, pensa Juan com clarividência, seja um *pollero*: alguém que abriga sob sua asa um punhado de *pollos*, franguinhos, criaturas ainda tenras, que as cria até que estejam prontas para alçar voo.

Mas voar para onde? Para onde vão esses tipos de pássaros e para onde ele mesmo irá? Sai para a rua, para fazer alguma coisa. Sente-se bêbado de incertezas e sono, ofuscado pelos primeiros raios de sol que surgem atrás de um horizonte de telhados e paredes de tijolos. Sobre os telhados crescem confusamente alguns postes de metal tortuosos, retorcidos, como se alguém tivesse plantado os edifícios com cactos de ferro. O que ele vê ao seu redor é, tem de ser, uma cidade, mas para ele parece apenas um enorme terreno baldio, um amontoado de cimento e sucata, o reverso enferrujado de algum tipo de sonho. A cidade tão parecida com uma fábrica em ruínas ou um crematório, uma fábrica que nada produz e não serve para nada; apenas para supurar fuligem e óleo e um ar queimado que não pode ser respirado, mesmo que se respire. Vê terrenos devolvidos à poeira do deserto e cercas que parecem de galinheiro e paredes feitas de blocos cinza e postes de madeira ou metal erguidos como patíbulos, com seus cabos e cordas rachando o céu. Vê alguns edifícios de altura implausível, como se o mundo, incapaz de continuar crescendo para o norte, tivesse sido forçado a crescer em direção ao céu. Vê passar a seu lado automóveis que fogem em todas as direções, automóveis que fogem, talvez, da própria cidade, tão rápido que parecem ser feitos apenas de ar e barulho. Porque não há pessoas, pelo menos ele não vê nenhuma: apenas automóveis que chegam e automóveis que partem e automóveis parados na beira da estrada, esperando, também, para sair com toda pressa. Juan também gostaria, talvez, de fugir para algum lugar, mas para onde? Mal consegue atravessar a rua; mal consegue discernir a lógica daqueles habitantes de ferro que assim que param já aceleram, que reclamam com suas buzinas e se esquivam e vociferam. Toda a sua cabeça cheia de ruídos, sitiada pelo estrondo com que fala a voz das máquinas, por esse clamor em que não resta um único vestígio humano. Das paredes dos edifícios também chegam todos os tipos de avisos e ensinamentos que, à sua maneira, também gritam e atravessam sua cabeça sem semear nenhuma ideia. Lê: Mercearia Conchita. Lê: Pemex. Lê: Experimente a nova Fanta. Lê, num disco vermelho, a palavra PARE em letras enormes, letras que parecem gritar acima do ronco dos motores, e Juan, obediente, para. Um automóvel se detém com ele para deixar assomar, por um momento, a cabeça de um homem. O primeiro gesto humano.

— Puta que pariu! — grita o homem, ou grita, talvez, o próprio carro, antes de se afastar com toda pressa.

Acontece justamente nesse instante. No exato momento em que ele sai com toda pressa da estrada, renunciando à ideia de chegar ao outro lado – Coca-Cola: Sinta o sabor, grita a parede vizinha. É, a princípio, apenas uma sensação: a certeza de ser observado. Ele se vira para encontrar os olhos do homem que, de fato, está olhando para ele. Sob a aba de seu boné, o olhar do homem tem algo como uma borda e algo como a sensação de aço. No entanto, aquele homem de ferro sorri para ele; um sorriso tão amplo e tão rígido que parece se debater entre a bondade e a ferocidade.

— Caralho, cara. Achei que cê não ia chegar — diz simplesmente.

Juan demora a responder. Nessa pausa, ele tem tempo para olhar nos olhos daquele homem que o conhece ou diz conhecê-lo. Suas feições estranhas e ao mesmo tempo familiares, como quem regressa à casa de infância. Uma casa da qual ele não se lembra.

— Quem é você?

— O cara que cê tá procurando, é claro que eu não sou — diz ele, e seu sorriso se intensifica, ou talvez se aprofunde.

— E quem eu estou procurando?

— Cê tá procurando o Papito, véi. Por que que cê tá me perguntando o que cê já sabe?

— Quer dizer Juan?

— Puta merda, que outro Papito cê conhece?

Juan olha nos olhos do homem. Seu sorriso, entalhado no rosto com uma faca. Seu boné, com a aba posta ao contrário, como se tivesse caído do céu. Suas roupas estranhas e descoordenadas, que lhe dão certo ar festivo, de jogral. Mas ele vê outras coisas também. Vê as muitas mortes do Pai, seus muitos rostos, seus infinitos sinais e pegadas, semeados ao longo do caminho como mudas de cobra. Vê o calabouço do Padrinho. Vê a fábrica em chamas do Patrão. O túmulo do Compadre. Vê a si mesmo, pequeno e quase ridículo, uma das muitas mariposas que orbitam em torno do fogo do Pai, quem sabe se para apagá-lo ou para se sacrificar em suas chamas. E por último vê apenas isto: o homem que olha para ele e espera uma resposta.

— Sim — admite por fim. — Acho que estou procurando o Papito.

— Eu já sabia — diz, ampliando o sorriso. — Eu ia ter te reconhecido em qualquer lugar. Cê tem os mesmos gestos que ele. Como um espelho, cara. Iguaizinhos. Cês são irmãos ou o quê?

— Algo assim.

Ele aprova com a cabeça, satisfeito.

— Bom, cê sabe o que ele me disse, o safado do teu irmão? Nada. Ou quase nada. Só que alguém tava pra vir e que se esse alguém viesse era pra ir atrás dele. Que eu ficasse de olho. Mas tenho certeza de que ele já te contou.

— Ele não me disse nada.

— Ah, Papito de merda! Cê já conhece ele. Sempre as palavras certas. Mas ele sabia que eu ia te encontrar, e então, pra que dizer mais? Mesmo que cê tenha demorado muito, seu filho da puta. Um tempo do caralho. Achei que cê não ia chegar nunca. Então vamos lá.

O homem começa a caminhar pela calçada. Juan o segue, um pouco afastado, sem saber se deve ficar atrás dele ou emparelhar o passo. Então, de repente, vê o homem parar de novo. Ele dá um tapa muito forte na testa, com tanta força que poderia ter se machucado.

— Porra, agora que eu percebi que não me apresentei. Todo mundo me chama de Navalha.

— Navalha — repete Juan, como se estivesse sonhando.

— Sim. Navalha. E você, qual que é o teu nome?

— Juan.
Navalha se volta com um brilho de desconfiança nos olhos.
— Nem fodendo que cê tem o mesmo nome que seu irmão.
— Somos filhos da mesma mãe e pais diferentes.
— Ah, entendi. E mesmo assim tão parecidos. Cara de um, focinho de outro, cês dois.
Reflete por um momento. Em seguida, cai na gargalhada sem motivo.
— Ah, cara! Por mais que eu tente e tente, não consigo imaginar como é que o pai do Papito podia ter sido. Que diabo de homem, o Papito. Dinamite pura. Parece que ele é um daqueles manos que nunca tiveram pai. Como se ele fosse desde o berço o pai dele mesmo, tá ligado?
Chegaram a um carro preto, estacionado ao lado da entrada da estação. Um carro muito grande, maior do que qualquer um que Juan tenha visto até agora. Ele abre a porta da frente e aponta para o assento vazio com um gesto que tem algo de educado e imperioso ao mesmo tempo. Juan hesita por um momento.
— Você vai me levar até o Papito?
Navalha toma Juan pelos ombros com familiaridade. Ainda tem a alegria do sorriso.
— Ai, véi. Tanta coisa pra te contar.

Ele se chamava Diego. Sempre fala de si mesmo assim, no passado. Pelo menos de certa parte de si mesmo. Do homem que foi antes de chegar aqui; antes de conhecer o Papito. Ele não é mais essa pessoa. Até seu nome ele mudou, o Papito. Porque naquela época ele se chamava Diego, ou Die, ou mesmo Dieguito, e o Papito decidiu que aquele nome não tinha *punch*. Ele não tava errado, claro, porque nesse negócio o marketing é tudo. Cê não tem apenas que poder: cê tem que mostrar que pode. Mesmo que cê não possa ou não possa de todo. Cê ia ter respeito por um Dieguito, cara?, pergunta Navalha, desviando o olhar por um momento da estrada. Cê ia se meter em negócios pesados com um Dieguito? Claro que não. E foi o Papito que escolheu isso de Navalha, embora ele nunca tenha tido uma, e sim um .38. Dos de tamborzinho. Quem, nestes tempos, puxa uma navalha? Quem tem confiança em chegar tão perto de alguém que não quer que você se aproxime? Mas isso não importa. Navalha é um bom nome. Um apelido que põe uma moral, tipo, que impõe, tá ligado? Mas ele pode chamá-lo como quiser. Pode me chamar de Navalha, diz Navalha. Ou, se preferir, pode me chamar só de Diego, diz Diego. Diego ou Navalha: entre amigos o lance do nome não importa. O fato é que ele deve tanto ao Papito, tantas coisas. Não só o nome, claro: deve a ele, como se diz, tudo. Quando o conheceu, seus assuntos estavam entre enrolados e enroladíssimos. Se eu te dissesse de onde eu venho, ele diz. E mais: ele vai dizer. Vem da própria merda. De um lugar tão sujo que a própria merda evitaria tocar se pudesse. É dali mesmo que vem. E ele, naquela época, mal sobrevivia dando seus pulos aqui e ali. A cabeça bem abaixada e as costas prontas para receber as pauladas. Digamos que se conformava com as cartas que lhe haviam sido dadas e que chegou a crer, além disso, que a vida consistia naquelas cartas e nada mais. Que apenas uma mão era dada. Que cada um recebe suas cartas e cê tem que jogar de qualquer jeito, sacou? Mas não é assim, claro. O Papito veio lhe ensinar que não é assim. Que o mundo está cheio de possibilidades e que o número de rodadas desse jogo é infinito. Sabe o que ele fez, no dia em que se conheceram? Mostrou-lhe um dólar. Simples assim:

uma nota de um dólar, surrada e velha como se tivesse sido maltratada pela máquina de lavar. Não o deixou tocá-la. Só foi passeando a nota na sua fuça, primeiro virada do lado do presidente e depois virada do lado da águia e da pirâmide. E desse lado tinha, como rola com todo dólar, aquela parada de *In God We Trust*. Cê sabe inglês, ou nem? Quer dizer: em Deus confiamos. E ele ficou de cara olhando aquelas letrinhas, porque na época ele não sabia se botava fé em Deus ou não. Também não sabe muito bem agora. O Papito bota fé? Não tem certeza. Ele bota fé em algo, sem dúvida. Pelo menos tem a força de quem bota mó fé em algo: nele mesmo, talvez. Se não acredita no Deus dos dólares, pelo menos acredita nos próprios dólares. *In Gold We Trust*. O fato é que o Papito lhe mostrou aquele dólar. Tá ligado o que é isso?, perguntou ele, com a nota tão próxima que ele podia sentir o cheiro de dinheiro. É um dólar, Navalha diz que Navalha respondeu. Ele negou com a cabeça. É um passaporte, disse. É um começo. É a porra do meu batismo. O primeiro dólar que ele ganhou ali, do outro lado do muro. Guardou a nota porque lembrava alguma coisa. O que lembrava? Isso o fazia se lembrar de seus tempos do começo, que foram muito duros, claro, mas também à sua própria maneira felizes. Tinha sido assim no início: um país estrangeiro e ele para conquistá-lo. Ele sozinho com seu dólar e ninguém mais para ajudá-lo. E com esse primeiro dólar ele ganhou outro, e depois deste, outro, e agora só Deus sabe o dinheiro que ele tem, o safado. No início, ele só tinha isso, Navalha diz que o Papito disse, manuseando a nota pela última vez; agora eu tenho o mundo. Durante um dia e uma noite inteiros, o Papito falou e falou. Enquanto o escutava, esqueceu que existia algo chamado sonho. Gostaria de se lembrar de suas palavras: lembrar-se delas com a mesma precisão com que se olha para uma fotografia. O que Navalha lembra é que o Papito primeiro lhe perguntou se ele gostava de ser lavador de carros; limpar a merda que os outros faziam em seus carros. Porque ele, naquela época, não tem vergonha de admitir, ele trabalhava exatamente assim, limpando carros. Mas o Papito não gostava disso. Limpar carros, disse, é para perdedores. Ele também lhe disse que tinha de descobrir quais eram suas metas e depois se perguntar quais eram os obstáculos que o separavam dessas metas. Ele hesitou. Por fim, respondeu que a resposta para as duas perguntas era a mesma: o dinheiro, a porra da grana. Disse isso, e o Papito aprovou com satisfação. Pode crê, assentiu. A meta era o dinheiro, e o obstáculo para alcançar sua meta também era o dinheiro. Agora ele estava finalmente começando a falar como um homem que respeitava os três Cs: Consciência, Convicção e Coragem. Até agora quem estava falando não era eu, Navalha diz que o Papito disse; quem falava era minha autocompaixão. Se eu estava no fracasso – porque o fracasso é isso, um lugar onde se está, mas onde sempre se pode deixar de estar –, era justamente por causa disso. Entendeu, mano? Se eu tava no fracasso, era porque eu acreditava que tava. Ele já era um perdedor dentro da cabeça! Somos o que acreditamos; o que fazemos os outros acreditarem. Foi o que ele lhe disse, com palavras mais exatas e mais bonitas, mas era isso. Ah, que memoráveis, as palavras do puto do Papito. Conhecia todas elas, as simples e as complexas, as que os políticos e os médicos sempre pronunciam. E gostava de repeti-las em grupos de três, palavras que começavam sempre com a mesma letra. Algumas ele esqueceu. O fracasso, ele se lembra, era problema dos três Ds: Distração, Deslocamento,

Descontrole. O caminho para o sucesso também tinha, curiosamente, três Ds: Definir, Desenrolar, Dar resultado. Mas também era possível seguir, se preferisse, os três Cs: Cabeça, Coração, Constância. Ele por acaso fazia alguma dessas coisas? Por acaso ele fazia mais do que enfiar a esponja no balde e esfregar, esfregar os para-brisas até que toda a merda fosse tirada deles? Ele era algo mais do que apenas a merda que limpava? Porque sempre ia ter pivetes para lavar os carros e sempre ia ter motoristas para esses carros: ele simplesmente tinha que decidir se queria ser o dono do carro ou o cara que o limpava. Simples assim. Ele queria saber a única coisa que o separava do sucesso, de se tornar o dono da porra do carro? O Papito perguntou-lhe, e ele balançou a cabeça afirmativamente muitas vezes. Estava como que enfeitiçado. A única coisa que te separa do sucesso, disse o Papito, é você mesmo. Ah, que foda. O que fazer nesse caso? O que fazer quando o problema de uma pessoa é ela mesma? Mas, segundo o Papito, não tinha problema. Estava tudo ali, dentro de sua cabeça, e você só tinha que tirar de lá. Era uma questão de pôr na mesa os três As, ou seja, Atitude, Aprendizado, Ação. E também, claro, os três Cs: Constância, Concentração, Confiança. Ele tinha Constância, Concentração, Confiança? O Papito falava assim, com muitas siglas, e fazia muitas perguntas que, bem, ele já sabia o que tinha de ser respondido. Mas digamos que no próprio fato de respondê-las já se dava um primeiro passo: como quem diz que se começava a andar apenas abrindo a boca para responder. Ele, pelo menos, fez isso. Ele respondeu às perguntas e foi começar a respondê-las e deixar o lava-jato e entrar no negócio das minas, dando uma mão pro Papito com as paradas dele. Porque naquela época ele ainda tava ocupado com o lance das meninas, trazendo e levando elas do México para os Estados Unidos. Daí, claro, vem o nome de Papito. Cê sabe o que é um papito, véi? Meu cu que cê sabe. Acho que o que mais dizem por aí é cafetão. E papito é um palavrão, sério, uma palavra bem suja, meio pesada, mas o Papito não tava nem aí. Outro cara ia ter ficado puto com o apelido. Como se tivesse ficado com raiva ou vergonha. Mas o Papito meio que estufava o peito quando lhe diziam: Papito. E ficamos nessa por um tempo, diz Navalha, meio a meio nos lucros, porque o negócio tava crescendo e o Papito precisava de um braço direito. Ele foi por algum tempo esse braço direito. Ele aprendeu tudo o que tem que saber sobre negócio, que na real não é muito, mas vale seu peso em ouro. Tudo consiste em procurar mercadorias que tenham os três Ms – Mulheres, Menores, Migrantes – e os três Bs – Boas, Bonitas, Baratas. E tudo para satisfazer os três Cs que explicam o sucesso de qualquer bisiness: Cliente, Cliente, Cliente. Sempre foi um fanfarrão, seu irmão. Essa gracinha, por exemplo, repetia o tempo todo: não se esqueça dos três Cs, moleque: Cliente, Cliente e Cliente. Ou: aplicar os três Ts, pirralho: Trabalho, Trabalho, Trabalho. Bom. O fato é que, num piscar de olhos, ele passou de lavar os carros a dirigi-los e, em seguida, enviar outra pessoa para dirigi-los. O que que cê acha? É tudo uma questão de vontade, de aproveitar as oportunidades, e ele as agarrou pelos chifres. A oportunidade é um trem que passa só uma vez, ou você pega ou ele passa por cima de você. A real é essa. Aqui ou você come ou é comido. Como sempre digo, diz Diego, e digo isso porque o Papito dizia primeiro, o homem tá condenado a ser livre. Este é o Papito. O safado saiu meio filósofo. Condenado a ser livre, dizia, e que não ponham a culpa na raça ou no bairro de merda onde cresceram. Porque todos nós demos um duro danado pra chegar até aqui. O próprio Papito tinha nascido num lugar de merda, assim lhe disse uma vez; embora quem, além de Juan, possa confirmar isso? Disse-lhe que tinha crescido num canto esquecido por Deus, bem no sul, onde nem a luz, nem a água potável chegavam. Num lugar que estava estagnado em outro tempo. É isso mesmo? Sem água, nem sequer luz? O puto do Papito cresceu assim tão lá embaixo? Dele a gente espera qualquer coisa. Tudo parece possível. É difícil botar fé até que ele teve uma infância. Enfim: é fato que nascemos todos na merda, diz Navalha. Mas têm os que lutam e os que se conformam. O Papito, claro, não é daqueles que se conformam. Um homem que se conforma não é um homem, mas uma merda de uma árvore. Ou uma pedra. Como era aquilo que o Papito dizia, sobre conformar-se? Os três Cs. Porra, ele não lembra. Não faz mal. A questão é a seguinte: nunca se conformar. Crescer sempre. Trabalhar pra caralho, porque isso, o trabalho, o esforço, a vontade, é o que distingue os homens das árvores e das pedras. O que os distingue dos animais de tiro, que se você lhes disser para correr, eles correm, e se você quiser que eles parem, eles param. Aí os comunistas chegam e explicam que é preciso dividir os dólares com eles. O que se ganhou com o suor do corpo, repartir com os preguiçosos e os mendigos. Ah! Por que eles não pedem para dividir o esforço? Quem se ocupa com isso, com o esforço? Será que ninguém vem pedir sua porção de esforço? Um dia – na verdade, uma noite; uma noite de muita erva e muita tequila – o Papito disse que também foi comunista por um tempo. Foi o que ele explicou: que foi muitas coisas antes de ser o que é agora, e que todas essas coisas o decepcionaram num grau ou noutro, mas que isso, o comunismo, o decepcionou mais do que qualquer outra coisa. A revolução! Se eles pusessem o mesmo empenho no trabalho do que em sua guerrinha de classes, os revolucionários, outro galo cantava, não é mesmo? Hoje, cada esfarrapado do México, talvez todo maltrapilho do mundo, culpa aquele que ganha uma boa grana. Por trazer a cabeça à tona, como se tivéssemos que nos afogar, como eles. Por chegar até onde o mérito e a vontade te levem: isso, se liga só, parece errado pra eles. E eles não querem seu pedido de desculpas, nem têm interesse em aprender com você. Tudo que eles querem é o seu dinheiro! Isso era o que o Papito dizia, e ele tinha mais razão do que um santo, o canalha. Com certeza cê entende essas paradas, véi, dá pra ver que cê é esperto só pelo teu olhar, cara, mas aqui é como se não entrasse na cabeça das pessoas. Como ninguém quer assumir, ninguém é responsável. Culpam a sorte. Culpam a pobreza dos pais ou a miséria da vizinhança. Culpam o governo. Ah, o governo! Meu cu que o governo é responsável por alguma coisa. Já quiseram ter tanto poder, esses caras. Não: aqui, que cada um carregue seu bocado de culpa. E cuidado para não confiar em ninguém. Porque o mundo é um lugar terrível, uma cópia do inferno: isso também ele aprendeu com o Papito. Os leões matam para comer, mas os homens matam por diversão. As pessoas sempre tentam te aniquilar, especialmente se você estiver no topo. Todos nós temos amigos que querem tudo que temos, diz Diego. Eles querem nosso dinheiro, negócio, casa, carro, esposa e cachorro. E esses são nossos amigos, nossos inimigos são piores! Entender isso não é uma questão de ser de direita ou de esquerda: é uma coisa de puro bom senso. De ter simplesmente olhos na cara. A questão é que este é o mundo em que vivemos: o verdadeiro inferno. E esta cidade, mais do que qualquer outra. Pode ser o caso de todas as fronteiras, reflete; um lugar onde o pior dos dois mundos vem para se acasalar. E ele viu o pior desses mundos. Ocorre-lhe pensar, por exemplo, na questão das menininhas. Porque talvez Juan já tenha ouvido falar disso. Mulheres mortas às centenas, aos milhares, como se uma epidemia de tempos antigos as engolisse. Uma praga que só atingiu as fêmeas, a maioria delas pobre, porque uma fêmea pobre é como se fosse fêmea duas vezes, não acha? Ah, essas pobres menininhas. Ele pensa tanto nelas. Porque ele pode viver do negócio das mulheres, tudo bem, e ele também pode ter às vezes forçado um pouco a barra com elas, pode ter descido o cacete nelas, para amaciá-las, mas todo mundo sabe que com as minas ele se comporta com decência. Ele não lhes pede o que não podem dar e algumas ganharam um bom dinheiro graças a ele: através de dança e de cama trouxeram seus filhinhos da América Central, ou até abriram seus pequenos negócios, quando já são veteranas. Mas a história das meninas assassinadas no deserto é realmente incompreensível. Imperdoável. Eles as pegam e jogam por aí, como se fossem lixo. Como casquinhas de lagosta, que são jogadas fora depois de apreciadas. Como o embrulho gorduroso de um taco, quando não tem mais taco. Igual: como casquinhas, como embrulhos, como lixo. Como se as mulheres não fossem mães, filhas e irmãs. E às vezes, claro, também putas. Tem que ter de tudo, né? O lance é que aqueles caras pegam muito pesado. Eles prendem as minas, estupram-nas por todos os orifícios que encontram, arrancam-lhes os mamilos a dentadas. Às vezes, eles não têm o mínimo respeito de enterrá-las. Deixam-nas ali mesmo, na poeira, para que o deserto se encarregue delas. E é realmente uma coisa incompreensível, porque até onde ele sabe os narcos sempre falaram bem claramente. Se eles te torturam antes de te matar, significa que eles precisavam extrair certas informações de você.

Se te dão um tiro na nuca, assim sem mais nem menos, querem te dar uma lição: uma lição para quem morre e outra para quem permanece vivo, dá pra entender. Se depois de te matar eles te enrolam num cobertor, isso significa que você era considerado com certa estima, talvez porque fosse um narco como eles, e um rival e tudo, e eles te respeitavam. Se arrancam seus olhos, isso significa que você traiu o cartel, por exemplo, como um cagueta pra polícia. Mas o que significa uma menininha morta, estuprada e abandonada no meio do deserto? Conta alguma história, aquele mamilo que foi arrancado com uma mordida e não existe mais? Este é o ponto, diz Diego: não há mensagem. Pelo menos, não uma mensagem que possamos entender. Cê tá vendo aquele morrinho ali no fundo, com aquela merda de anúncio pra que a gente leia a Bíblia? Bom, é ali que simplesmente ferram com elas, sabe-se lá por quê. Talvez os próprios assassinos não saibam. Porque os mexicanos não são apenas enigmáticos para os outros; nós também somos para nós mesmos. Nossa realidade, a realidade mexicana, entende-se, só vem à tona na festa, no álcool e na morte. Talvez por isso não haja nada mais alegre do que uma festa mexicana, nem nada mais triste. É isso que as meninas assassinadas são: o fim de uma festa e também o começo de um luto. Resumindo: o fato é que alguém põe elas pra dormir, ninguém sabe porquê. Ele, claro, tem suas teorias. Que teorias? Ah, talvez não seja grande coisa, ele não é um homem estudado como o Papito. Opinião é que nem cu: todo mundo tem. E minha opinião, diz Diego Navalha, isto é, o cu em que me sento para opinar, isto é, o trono de carne de onde a gente vê o mundo, é esta: tudo é culpa dos astecas. Cê tá ligado nos astecas, mano? Que pergunta, claro que cê tá ligado neles: um *gachupín* da lata sabe dessas coisas. Afinal, foram seus antepassados que deram um bom relato deles. Aqueles que queimaram suas cidades e demoliram seus templos e os massacraram com seus cães de caça. Limparam o país dos astecas: pelo menos até onde puderam. Que bárbaros os espanhóis daquela época! Agora chamam de genocídio, né? Que porra: que chamem como quiserem. Embora, pra dizer a verdade, ele não esteja muito convencido. Talvez o problema seja justamente o contrário: que seus antepassados, por pura preguiça, não levaram a limpeza bastante a sério. Porque é fato comprovado que, de uma forma ou de outra, os astecas sobreviveram. Mesmo com os cães e os conquistadores e as epidemias e as plantações de escravos, os astecas continuam aqui. E esses caras comiam carne humana. Enquanto na Europa se discutia se era mesmo o Sol que girava em torno da Terra, eles discutiam quais partes da carne humana eram as mais saborosas. Como cê tinha que cozinhar um torso humano pra fazer um bom pozole – porque o pozole, cê deve saber, era preparado naquela época com carne de homens, que outros homens comiam. Não é que passava pela cabeça deles que o Sol podia não girar: é que, de acordo com seu modo de ver, eram eles que o faziam girar com seus sacrifícios. Isso agora se chama cultura. Ah! Tudo é cultura, hoje. O que os astecas faziam também é. Talvez o problema seja precisamente este: que os espanhóis não terminaram o que começaram. Porque esses caras de hoje, os narcos, alguns narcos pelo menos, ainda carregam o índio dentro de si. O asteca dentro da carne deles tá apodrecendo, cara. Eles se levantam pensando naquelas coisas de magia negra que os astecas faziam. E as mulheres são seus sacrifícios. E o deserto, sua pirâmide. E eles, os filhos da puta dos narcos, seus sacerdotes. Um amigo lhe disse uma vez que um outro tinha dito que certos assassinos pagavam não sei quantos dólares para sacrificar uma virgem. Para pedir por seus negócios. Dá pra acreditar? Eles pedem à Santa Morte por suas coisas e sacrificam virgenzinhas puras a eles. Ah! Isso também é cultura? O que eles fazem para aquelas meninas pobres? É o que parece que é, para mim, diz Navalha: para sua rotina de sacrifícios. Porque se é mulher, queira ou não; mas ser homem, ser um macho de verdade, você tem que conquistar isso. E é assim que eles conquistam. Talvez as mulheres não sejam para eles nada mais do que isto: o dejeto, o lixo que fica depois de um trabalho. Esta cidade filha da puta está indo pro inferno. Esta cidade filha da puta é, de fato, o inferno. Talvez Juan não perceba, pelo menos não de cara, pelo menos não por trás do para-brisa do carro, mas a questão é que ela é. O verdadeiro inferno. E talvez a parada seja que, para existir o paraíso, tem que existir o inferno, um coladinho no outro. Talvez seja tão fácil quanto isto: se você quiser chegar ao paraíso dos Estados Unidos, primeiro tem que se bronzear por um tempinho nas chamas daqui. Descer até o fundo e depois subir até o topo. Porque isso das minas é só a ponta do iceberg, tá me entendendo? Para cada pedacinho de gelo que emerge acima da água tem uma pá de gelo que tá abaixo. As mulheres mortas que aparecem são apenas a pontinha de cima. Embaixo d'água há mulheres que também morrem, mas que não apareceram nem nunca aparecerão, porque o deserto é muito grande e a curiosidade humana, muito pequena. E ainda mais embaixo, coisas piores. E se essa pontinha de mulheres mortas já é uma coisa bem pesada, algo que abala alguém, imagina pensar no que fica nas profundezas. Porque uma coisa é despachar uma menininha que te põe chifre, meter a mão nela pra que aprenda na marra. Outra coisa é você se exceder e perder a mão ou mandar bala. Ou dar uma forcinha pra elas aqui, pra que possam trabalhar com a melhor coisa que têm, que é o seu corpo. Mas outra coisa bem diferente é o que acontece com essas pobres minas: isso realmente não dá pra entender. De qualquer maneira. O fato é que ele nunca chegou a discutir suas teorias com o Papito. O Papito não gostava de falar de coisas brutas. Dizia que era melhor pensar positivamente. Que você tinha que pensar grande, e não naqueles cadáveres pequenos. Agora lhe ocorre que talvez o Papito tenha acabado indo embora por causa disso. Cruzou a fronteira e nunca mais voltou porque percebeu que o inferno vale por um tempo e pronto. Sabe-se lá. Seja como for, um dia lhe disse: que estava prestes a partir e ele, prestes a herdar tudo. Herdar esse bisiness, sem greve ou sindicato, trabalhando só com mulheres, ou seja, só tinha vantagem. Só que, quando o Papito lhe disse que estava indo embora, a primeira coisa que sentiu não foi gratidão, mas muito medo. E olha que o Papito o advertira tantas vezes contra o medo: dizia que o medo era a desculpa dos fracos para não crescerem. Que as pessoas tinham medo da mudança, quando se deveria ter medo do que se mantém: só o que está disposto a mudar pode continuar vivendo. Que o melhor trabalho estava sempre à sua frente, a um passo de distância, e nunca atrás. O fato é que um dia o Papito foi embora. Foi então que ele contou de seu irmão, ou seja, falou dele. Foi a primeira e a última vez, pra dizer a verdade. Disse-lhe o que Juan já ouviu e nada mais do que isso: que o procurava havia muito tempo e que em breve o encontraria. Foi o que ele disse. Tinha de ajudá-lo a atravessar a fronteira, porque depois daquela linha o encontro o aguardava. Isso e nada mais. E é para isto que ele está lá: para ajudar Juan na travessia, que a cada ano está mais difícil. Eles farão isso o quanto antes. Amanhã mesmo, se necessário. Esta noite ele vai ficar no bar das minas e amanhã vamos ver o que vai rolar pra atravessar. Daí em diante, ele não sabe. Aí é com os dois. Só pode dizer que o Papito tem, lá em El Paso, e até além, no coração dos Estados Unidos, muitas empresas. Coisas de hotéis e investimentos de valores, ele acha. É uma coisa estranha, a coisa dos valores: ele nunca entendeu totalmente. Como é isso de fazer dinheiro com a simples imaginação. Ele não entende, mas respeita. Ele pode não ter sido o mais inteligente na escola, nem o primeiro a entender o que o professor disse, mas sabe algo que os outros não sabem: ele sabe aprender. Ele sabe se reinventar. Ele sabe descobrir suas metas e reconhecer os obstáculos que se opõem a essas metas e superar o medo que o impede de enfrentar esses obstáculos. Ele sabe uma caralhada de coisas, então. Ele sabe se adaptar. E tudo isso, diz Diego, ele deve ao seu irmão. Não se esqueça de lhe dizer quando o vir: que fez dele um novo homem, um homem que ele teria orgulho de reencontrar.

Juan assente. Assente o tempo todo. Mas realmente entende? Às vezes diria que sim, outras vezes parece estar ouvindo os delírios de um louco. Depois de um tempo, ele nem presta atenção nas palavras. Apenas a maneira como Navalha as pronuncia, como se as cuspisse ou elas queimassem em sua boca. Enquanto fala, ele agarra com firmeza aquele tipo de timão que guia o carro. Dos dois lados da estrada, Juan vê passar lanchonetes e quintais e barracos de chapas e lotes em ruínas, plantados na vala sem um plano preciso ou com um plano consagrado à loucura. Toda a cidade tem algo de caravana que está prestes a retomar a marcha; de acampamento improvisado com as ferramentas do deserto, que são a poeira e a incerteza e a preguiça.

Apenas os enormes cartazes publicitários que se levantam por toda parte parecem reais; apenas aquelas mulheres bonitas e aquelas praias paradisíacas e aqueles reclames de cores vivas e luminosas parecem reter algo humano, e foram construídos com algo que lembra o amor. Ao pé dos cartazes, como pesadelos engendrados à sombra desses mesmos sonhos, germinam favelas feitas de placas de zinco e pranchas de laminado. Juan não pode deixar de comparar sua miséria à humildade das casas de madeira e adobe que deixou ao sul. Ele se perguntava onde a vida era mais difícil; que mundo está mais próximo daquele com que o Pai sonhava.

Em algum momento, o horizonte é interrompido por uma colina de picos nus. A cidade escorrega ladeira abaixo, como se estivesse indecisa. Entre as rachaduras dos prédios e telhados, ele vê fragmentos de céu que se transformam lentamente até adquirirem a cor do sangue para, de repente, afundarem na escuridão. Como se a conversa tivesse durado um dia inteiro e fosse noite de novo. Ou como se nesta cidade nunca chegasse a amanhecer de todo e suas fronteiras se debatessem num crepúsculo sem fim, uma noite perpétua sem mais limites do que o deserto. É, em todo caso, noite. Aos poucos, ele vê luzes se acendendo ao seu redor, fogos sem chama nem fumaça queimando atrás das janelas, na proa dos carros, no topo dos postes. A cidade incendiada por uma claridade doentia que torna as sombras mais ameaçadoras, e por toda parte a miséria agachada em terrenos baldios e em barracos precários e em subúrbios que parecem apagados por algum tipo de eclipse. O deserto que abraça a cidade foi se apagando pouco a pouco, até não existir ou até adquirir a negrura do oceano, e à luz dos faróis seus limites parecem estreitas praias de poeira. Vê uma praça entregue à noite, apenas iluminada pelo brilho de um cigarro que vai e vem, embalado por uma mão anônima. Vê uma mulher que espera sob a poça de luz de um poste. Vê um vendedor ambulante cujo rosto só é visível quando é alcançado pelo brilho de um farol. Depois não vê nada. O carro deslizando pela artéria negra da estrada, afundando-se no deserto cada vez mais, e as luzes dos faróis revelando por um instante paredes de tijolos, e à sua frente corpos humanos, corpos que se movem ou conversam ou esperam quietos, rostos sombreados por suspeitas, intenções tortas. Na escuridão, todos os transeuntes parecem vítimas ou carrascos, seus olhos vagamente felinos brilhando apenas por um momento na negrura, cabeças que vêm remoendo crimes indescritíveis. Os becos convertidos em bocas ou pias ou ralos por onde a noite transita sem freios e todos os cantos como encruzilhadas onde algo está prestes a acontecer ou esse algo já está acontecendo, em cantos que nenhuma luz chega a tocar. E Navalha falando com a mesma tranquilidade, como se seu domínio fosse, precisamente, a noite, palavras que brotam da noite para iluminar por um instante as coisas que seu irmão pensava, as coisas que seu irmão dizia, as coisas que seu irmão fazia. Que bárbaro, seu irmão, diz aquela voz com contornos de pesadelo, quantas coisas sabia, quantas vezes o ouviu contar suas filosofias; contar, por exemplo, a vida daquelas pessoas de que o Papito tanto gostava, caras que tinham crescido na merda e tinham chegado aonde nenhum outro homem teria acreditado ser capaz. Você sabia que Einstein, o velho que mostra a língua nas fotos e inventou tantas coisas, foi reprovado em matemática no ensino médio? E que o cara que criou a Apple fez isso na garagem dos pais, que passava o tempo recolhendo garrafas vazias de Coca-Cola para ganhar cinco centavos por cada uma? Ah, que histórias, cara. São muito inspiradoras. O criador da empresa da maçãzinha, que hoje em dia está, como você vê, em todo lugar, coletando plásticos como um catador de lixo fodido. E seu irmão falava com ele sobre esse tipo de homem o tempo todo. Ele conhecia suas histórias e as coisas particulares de cada um, como alguém que aprende a vida e os milagres dos santos. Isso é o que diz Navalha, ou isso é o que diz a sombra de Navalha, o perfil na penumbra de Navalha, enquanto a luz dos faróis varre as valas e as esplanadas de poeira e as ruas já completamente desertas e, por último, uma imensa placa que arde com luz própria. Bar Calipso, diz a placa, e ao lado dela uma seta vermelha que pisca e aponta para o lugar exato onde o carro para.

Vamos lá, maninho, cê chegou, diz a boca de Navalha na sombra. Cê tá em casa.

XII

*Desdém das mulheres — Comer à mesa do Papito
Uma mulher em doze partes — Regresso a Tenochtitlán
Um homem bom — Coito entre duas cidades
Corpo à venda — A árvore das calcinhas
A menina morta se despe e depois se veste*

Sua casa é um imenso salão cheio de garçonetes ocupadas e homens bigodudos e vigorosos, que bebem garrafas de cerveja com os cotovelos apoiados no balcão. Não há luz e, ao mesmo tempo, há luz demais: um resplendor vulcânico, furioso, que pulsa na penumbra e avermelha a carne nua das mulheres que dançam. Porque há mulheres nuas por todo lado: mulheres que se encarapitam em barras de ferro que sobem até o teto. Essas barras parecem as grades de uma prisão. E as mulheres parecem amar aquelas barras, se contorcem, se esfregam, se enfurecem contra elas, lambem-nas com um deleite raivoso, enquanto os homens assobiam ou atiram notas ou simplesmente mexem a cabeça ao ritmo da música, transportados pela embriaguez ou pelo sonho. Não há orquestra e há, no entanto, música, uma *ranchera* alegre que vem tocando de algum lugar, rebotando contra as paredes de concreto.

*Amigo, qué te pasa, estás llorando
Seguro es por desdenes de mujeres
No hay golpe más mortal para los hombres*

Que el llanto y el desprecio de esos seres...[8]

Cheiro de suor, cheiro de álcool, cheiro de tabaco. Entre a bruma dos cigarros, Juan mal consegue seguir os passos de Navalha, que penetra com determinação por entre os frequentadores. Ao passarem, os homens respeitosamente levam a mão aos chapéus ou brindam ao ar com suas garrafas. Alguns olham para o próprio Juan com certo gesto de surpresa: depois lentamente voltam sua atenção para as mulheres que dançam, elétricas e sufocadas pelo calor.

> *Amigo, voy a darte un buen consejo*
> *Si quieres disfrutar de sus placeres*
> *Consigue una pistola si es que quieres*
> *O cómprate una daga si prefieres*
> *Y vuélvete asesino de mujeres*[9]

O espaço lembra um pouco o porão manicomial de uma prisão. Uma caverna sacudida pelo tremor de um fogo cerimonial e danças tribais. A adega de um castelo onde o que se envelhecia não eram vinhos e licores, mas seres humanos. É exatamente isso que parece, uma adega humana, farrapos de mulheres

---

8. Trecho da canção "Mátalas", composição de Manuel Eduardo Toscano: "Amigo, o que aconteceu, você está chorando/ com certeza é pelo desdém das mulheres/ Não há golpe mais mortal para os homens/ que o choro e o desprezo desses seres...". [N. T.]

9. "Amigo, vou te dar um bom conselho/ Se você quiser desfrutar de seus prazeres/ Consiga uma arma, se quiser/ Ou compre um punhal, se preferir/ E torne-se um assassino de mulheres." [N. T.]

amortalhadas pela atmosfera espessa e a maquiagem e a penumbra; dezenas de corpos que dançam violentos ou idiotizados ou sonâmbulos, esperando o momento de serem desarrolhados e revelados à luz do sol. Juan olha para aquela adega, aquela caverna, aquela prisão, e entende que se tivesse irrompido na soleira a cavalo — Fujam!, certamente teria gritado. Vamos lá, fujam! Não estão me ouvindo? Fujam! –, nenhuma dessas mulheres o teria seguido. Nenhuma teria abandonado sua barra. Não teriam feito isso porque não podem. Ou porque não querem. Porque não sabem. Porque entendem que tudo já está perdido ou, pelo contrário, têm medo de perder algo que ainda lhes pertence.

Mátalas
Con una sobredosis de ternura
Asfíxialas con besos y dulzuras
Contágialas de todas tus locuras[10]

Depois ele não pensa em mais nada. Limita-se a seguir Navalha até o outro extremo do salão, sem perguntas. Uma porta dos fundos. Um porteiro que assente de leve. Uma mulher dilacerada por algo que não parece só idade, curvada atrás de uma espécie de guarita. Uma escada que sobe para os quartos.

— Por aqui — diz Navalha.

Atrás dele, o coração da música, batendo cada vez mais longe.

---

10. "Mate-as/ Com uma overdose de ternura/ Asfixie-as com beijos e doçura/ Contagie-as com todas as suas loucuras." [N. T.]

Mátalas
Con flores, con canciones, no les falles
Que no hay una mujer en este mundo
Que pueda resistirse a los detalles... [11]

Um quarto, entre muitos quartos iguais. Uma cama, um espelho, um banheiro estreito. Um vaso em que flores amarelas definham. Uma sórdida natureza-morta, pendurada sobre a cabeceira da cama. Esta noite esse será seu quarto, diz Navalha. Agora acomode-se e descanse, pois amanhã saímos cedo e a viagem será difícil. Juan assente mecanicamente.

Então Navalha vai embora, ou parece que vai embora. Porque no exato momento em que já está no corredor, ainda segurando a porta, ele se lembra de voltar por um instante.

— Ah, véi, esqueci o mais importante. É que mais tarde, à noite, tenho um presente pra você — diz. — O biscoito preferido do Papito.

E antes que Juan possa perguntar o que ele quer dizer, Navalha fecha a porta.

Juan deitado na cama, com o livro do Pai nas mãos. Ele não olha para os desenhos: apenas para os versículos de caligrafia apinhada e miúda. Alguns foram sublinhados ou riscados ou cercados por um círculo de tinta, com tanta ferocidade que o papel está rasgado em certos pontos. São, não podem ser outra coisa, as passagens favoritas do Pai. Lugares onde o olhar do Pai se deteve. Ideias que

---

11. "Mate-as/ Com flores, com canções, não lhes falte/ Pois não há uma mulher neste mundo/ Que resista aos detalhes..." [N. T.]

tocou, pelo menos por um instante, com a ponta de seus pensamentos. Vira as páginas apressadamente, deixando seus olhos pularem de sublinhado em sublinhado. Seguiu os passos do Pai até esta cidade onde é sempre noite, até este quarto, até esta cama, e agora segue na esteira de sua leitura; deixa-se resvalar dentro do livro que sua mão segura, enquanto adormece.

Lê: Mas, se a acusação for verdadeira e as provas de virgindade não forem encontradas na menina, façam com que a jovem saia da casa do pai e seja apedrejada por toda a cidade até morrer.

Lê: Quando alguém faz uma promessa ao Senhor oferecendo uma pessoa, a estimativa de seu valor será a seguinte: o homem entre vinte e sessenta anos, quinhentos gramas de prata, de acordo com os pesos do santuário; a mulher, trezentos; o jovem entre os cinco e os vinte anos, se for menino, duzentos gramas, e se for menina, cem; entre um mês e cinco anos, se for menino, cinquenta gramas, e trinta gramas de prata, se for menina; De sessenta anos em diante, o homem, cento e cinquenta gramas, e a mulher, cinquenta.

Lê: E quando chegou à sua casa, ele pegou uma faca e segurou sua concubina, e a despedaçou cortando seus ossos em doze partes e as enviou por todo o território de Israel.

Mulheres mortas. O sonho está cheio delas. Seus corpos se estendem até onde a vista alcança, desgrenhados e sujos, como bonecas às quais faltam ou sobram pedaços. Uma pirâmide de cadáveres que sobe da lama da terra à lama do céu, semelhante em tudo a uma pirâmide asteca. Sobre as mulheres, sentado numa cadeira que lembra o trono de um deus menor, reina o

Papito. O sorriso do Papito. Sua mão se estendeu a Juan, num gesto de convite ou advertência.

— Venha — diz ele.

E então uma mão, sua mão, bate à porta.

Juan abre os olhos para a escuridão, sem despertar totalmente. Permanece assim por um tempo, à beira do sono. Está no trem, pensa a princípio. E depois: caí do trem, o trem passou por cima das minhas pernas, dos meus braços, da minha cabeça. Ele se surpreende por estar vivo, se é que essa escuridão não é a morte. Estou sonhando, ele pensa. Estou no carro de Navalha. Estou no deserto dos chichimecas. Sentado no lombo do meu cavalo. Nos braços da Viuvinha. Nos braços da minha esposa. Em seguida, ele distingue, fracamente contornado, o quadrilátero da janela e, do outro lado, as luzes amarelas e vermelhas dos carros que passam a toda pressa pela estrada. Muito mais devagar, as lembranças vão regressando a ele, em ondas imprecisas. Tateia a parede até encontrar algo que acaba por ser um interruptor e a luz da lâmpada se abate sobre ele como o flash de um disparo. Pouco a pouco, vai adquirindo uma consciência pegajosa e pesada de tudo ao seu redor. A lâmpada. O vaso onde as mesmas flores murchas definham. A cama, sua cama, imune às sacudidas do trem e ao trote de seu cavalo. Finalmente ele se lembra, ou decide que se lembra. Está tudo em paz. Apenas persiste o mesmo ruído rítmico, que não é a trepidação da Besta, mas uma mão que bate à sua porta.

Ele se levanta para abrir essa porta.

Do outro lado, vê uma mulher muito jovem. Uma menina cuja infância foi intensamente apagada, com batom muito vermelho e toques de maquiagem. Tem uma garrafa de tequila numa das mãos e dois copinhos na outra. Certa expressão de desamparo. Seus olhos brilham com uma luz que parece familiar e ao mesmo tempo remota.

— Posso entrar, papi?

Pode. Ela entra devagar, ainda hesitante, com a saia curta demais, o corpete da cor da carne e o balanceio de seus brincos baratos. Põe a garrafa e os copos na mesinha e depois se volta para ele com algo que não é determinação, mas quer ser.

— Não vem sentar?

Porque ela já está sentada na cama, na beira da cama, como se quisesse ocupar o menor espaço possível. Juan ainda está de pé, com a mão na maçaneta, olhando para as pernas nuas da menina. Suas mãozinhas, como se fossem feitas para segurar pinturas escolares. Seu pescoço branco. De certa forma, lembra as mulheres que viu anunciadas do trem, representadas em enormes cartazes em ambos os lados da pista; mulheres belíssimas, mas também um pouco desbotadas, castigadas pela intempérie.

— Me chamam de Loirinha — diz a Loirinha.

— Eu sou o Juan.

— Eu sei. Me disseram que você estaria me esperando.

Ainda demora alguns instantes para fechar a porta. Em seguida, senta-se ao lado da menina. Abre a garrafa e enche os dois copos. A menina aceita o dela em silêncio; suas mãos não chegam a se tocar. Ela nem está olhando para ele. Seus olhos acabam de descobrir o livro sobre a mesinha, aberto no desenho do Papito.

— Você o conhece?

A Loirinha está prestes a responder algo, mas no fim não diz nada. Mais uma vez cravou os olhos nele, com uma intensidade que poderia ser confundida com medo. Os olhos arregalados, e ao mesmo tempo temerosos, como se sondassem o interior de um poço. Juan leva alguns instantes para entender a intenção daquele olhar.

— Eu me pareço tanto assim com ele?

Ela acena levemente, sem terminar de pôr o copo nos lábios.

— O Navalha disse que vocês são irmãos.

— Meio-irmãos.

Bebem ao mesmo tempo de seus copos. Entre os dois se espalhou um silêncio que não é feito apenas de centímetros de colcha, mas de minutos ou séculos de distância.

— Foi ele quem te trouxe para cá, não foi? — Juan pergunta.

— Sim.

Juan toma outro trago, longo e retumbante, para decidir perguntar o que necessita perguntar.

— Ele te obrigou?

Ela nega com a cabeça, com tanta energia que quase transborda o copo. Não, ele não a obrigou. O Papito, quer dizer, seu irmão, quer dizer, seu meio-irmão, é um homem bom. Se ela está lá é porque é a vontade dela; quer deixar isso claro. Ela chegou à prostituição com seus cinco sentidos, sem que ninguém a forçasse. Estava procurando uma oportunidade para ganhar alguns pesos e o Papito lhe deu. Como isso poderia ser ruim?

— Você está aqui porque quer.

— Sim.

A menina toma mais um gole de sua tequila. É um longo gole, ponderado, com a duração necessária para decidir o que vai dizer a seguir.

— O Papito é um homem bom — repete.

A vida da menina compreende vinte e um anos – ou assim diz a própria menina, que por outro lado não aparenta mais do que dezoito – e demora para ser contada o tempo de esvaziar três copos de tequila. Às vezes ela fala de si mesma assim, na terceira pessoa, como se fosse uma história que pudesse ser melhor compreendida à distância ou de cima. Talvez por isso não se pareça exatamente com a vida de uma pessoa, mas com a crônica de um personagem que nunca existiu ou como o obituário de uma garota que já estivesse morta. Há, como em todas as histórias que Juan ouviu, certos ingredientes comuns. Ao sul, um povoado de nascimento no qual se foi pobre, com fome ou miserável. Ao norte, um sumidouro que traga tudo que toca, primeiro seu pai, depois a mãe; seus irmãos mais velhos e mais novos. Um dia, a força gravitacional daquele sumidouro acabou atingindo-a também. Ela estava com dezoito anos na época, embora pareça a Juan que quando a menina diz vinte e um quer dizer dezoito e quando diz dezoito quer dizer quinze. Antes de empreender a viagem, foi orientada a deixar em casa tudo que pudesse identificá-la, seja passaporte, cartão de biblioteca ou notas fiscais. Até os recibos de compras. Também lhe disseram para disfarçar o sotaque, porque, se não houvesse como descobrir de onde ela vinha, então não teriam para onde deportá-la. Ela seguiu esses conselhos à risca, e agora não há ninguém que acerte sua nacionalidade. Experimente se você não acredita em mim, papi, diz ela. Você não sabe? Muitas vezes os clientes tentam, e quase sempre fracassam. Guatemala, dizem-lhe. Salvador, Honduras. Até a Argentina já foi citada. E ela diz: Na-na-ni-na-não. Para você, papi, eu vou contar. Sou nicaraguense. Da própria Manágua. Mas só para você: para a polícia eu sou mexicana pura. Embora se você pensar nisso com atenção, ela diz olhando para o fundo do copo, o que é uma mexicana pura? O que é a pureza de algo, além da pureza da heroína ou a pureza dos cães de raça pura, que, aliás, quanto mais puros, mais cedo morrem? Enfim. Mandaram que ela não levasse nada e ela não levou nada. Nada além de algumas centenas de dólares nas meias, uma mala com uma muda limpa de roupa e um santinho da Virgem de Guadalupe. A Virgem com o rosto virado para cima, para que respirasse. E a viagem teve seus contratempos e suas pequenas tragédias, nem todos os que a acompanhavam tiveram a mesma sorte, mas graças a Deus nada lhe aconteceu, a Besta se comportou com ela, respeitou-a talvez porque ela estivesse orando muito à Virgem ou talvez – mas ela tem medo de pensar nisso – não tenha sido mais do que puro acaso. O fato é que ela chegou à fronteira em apenas dez ou doze dias, sã e salva e com a maior parte dos dólares ainda na meia esquerda. Mas no fim acabou que ela não tinha o suficiente para a passagem, porque as taxas de ano para ano foram mudando, nos últimos dezoito meses o preço dos coiotes ficou mais caro, é a lei da oferta e da procura, mana, disseram-lhe, isso é a América, isso é o livre mercado. Portanto, tentou escalar – sem sucesso – a cerca da fronteira, ajudada por dois rapazes que também não tinham como pagar o coiote. E então tentaram atravessar o rio Bravo nadando – com sucesso, de certa forma, porque ela não chegou a alcançar a outra margem, mas também não se afogou, como aconteceu com um dos meninos. Foi nesse momento, encharcada até os ossos e tremendo de frio, que ela decidiu desistir do sonho, ou de certa parte do sonho, e se estabeleceu aqui mesmo. Nessa cidade que dá o beijo fronteiriço com El Paso e desse beijo, desse tipo de encontro, conversa ou coito entre as duas cidades, nada de bom nasce. Uma cidade que tem nome de cavalheiro, mas à qual corresponderia melhor o nome de uma menina assassinada, e há tantas para escolher. É claro que, naquela época, ela não sabia nada sobre esta cidade, nada sobre as mulheres assassinadas e nada, na verdade, sobre quase nenhuma outra coisa. O pior da pobreza, diz a menina, é que não se tem só os bolsos vazios: também a cabeça. Saber certas coisas custa dinheiro. E ela não tinha nada, não sabia nada, apenas o que os comerciais anunciavam, que a Coca-Cola é a faísca da vida e no McDonald's você desfruta de momentos deliciosos por muito pouco; que Vicente Fox é a mudança que combina com você e Felipe Calderón quer contagiá-lo com sua paixão pelo México e você sabe que Peña Nieto vai cumprir a palavra. Porque a publicidade, diz a menina, não custa nada. Pode ser que seja a única coisa gratuita neste mundo. Enfim. Que ela chegou a esta cidade de cujo nome ela não quer se lembrar com muito pouco, com as poucas centenas de dólares e com o endereço de uma amiga de sua cunhada escrito no verso de um panfleto. Que a amiga da cunhada a acolheu como soube ou pôde. Que no dia seguinte essa mesma mulher conseguiu um emprego para ela numa *maquiladora*[12] na cidade. Porque entre as poucas coisas que ela sabia estava costurar. Ali, naquela espécie de estábulo, estufa ou catedral gigantesca, havia só mulheres, todas

---

12. *Maquiladora* é o nome dado às empresas responsáveis pelo processo de transformação de um produto, que só será finalizado em outro país e por outra companhia. Em alguns países essas indústrias têm uma menor carga tributária e baixo custo de produção. [N. T.]

debruçadas sobre máquinas de costura, metralhando retalhos de lona amarela. Lá dentro havia tanta luz que lá fora parecia sempre noite. Uma luz muito branca, como de posto de gasolina de rodovia. Ou de sala de espera de hospital. Ou de vitrine de lanchonete que abre vinte e quatro horas por dia. A *maquiladora* funcionava, de fato, vinte e quatro horas por dia, e lá dentro você podia almoçar e tomar banho e até se exercitar numa espécie de academia. Quando ganhasse o suficiente, a menina dizia a si mesma, cruzaria a fronteira. Isso, ganhar o suficiente, ainda levaria alguns meses, porque o salário era, digamos, entre baixo e muito baixo, mas a amiga de sua cunhada disse que de jeito nenhum, que elas não podiam reclamar, ainda mais considerando como as coisas andavam. A menina, que nada sabia, no entanto soube algo, ou intuiu algo, ou melhor, acreditou de forma cega e irracional em algo, de um jeito que ela mesma não saberia sustentar com argumentos. Ela sabia que as coisas sempre foram ruins. E que continuariam ruins. E que os pobres também continuariam a encontrar razões para não reclamar. Ela era pobre e, respeitando sua própria teoria, não reclamava. Além disso, do que reclamar, se afinal havia gratificações trimestrais para os empregados e acordos trabalhistas, recitava a amiga da cunhada, enfurecida; havia premiação por presença e premiação por desempenho, funcionário do mês, funcionário da semana, previdência social, lavagem gratuita do uniforme de trabalho; te faziam um seguro de vida enquanto você vivia e pagavam seu enterro se, Deus te livre, você morresse. Para a menina era o suficiente, porque a menina ia embora. Mas entre sair e não sair, entre metralhar retalhos de lona amarela naquele estábulo, catedral ou estufa, enquanto dividia um colchão num quarto compartilhado em seu apartamento compartilhado, enquanto essas coisas aconteciam, diz ela, outras também aconteciam às quais ela não deu, no início, importância. Eram pequenas notas na imprensa, entre a crônica cotidiana e a seção de horóscopo. Eram cartazes colados nos toldos e postes de luz, e neles os rostos e nomes de garotinhas muito jovens. Garotinhas que não tinham idade. Idade para quê? O que ela, a menina, sabe? Idade para andarem sozinhas, para andarem perdidas; para andarem, enfim, todas borradinhas numa foto em preto e branco, como se surpresas com seu próprio desaparecimento. É verdade que com o tempo apareciam todas ou quase todas, as pobres, desgrenhadas e sujas de pó e sangue, esquecidas nos terrenos baldios de Lomas de Poleo ou nos lixões de Santa Elena ou nas encostas de Cerro Bola, sob uma inscrição gigantesca escrita com rejunte de cal que dizia LEIA A BÍBLIA. Assim, no imperativo: leia a Bíblia. Era lá que elas apareciam, e o jornal lhes dedicava o mesmo espaço pequeno, chamando-lhes agora cadáver feminino, e nos dias seguintes à nota de imprensa alguém, piedoso ou pragmático, ia retirando os cartazes com aquelas fotos que pareciam ser de primeira comunhão. Outras vezes apareciam outros corpos que ninguém identificava ou reclamava, mulheres pelas quais ninguém tinha pendurado cartazes, e depois a notinha na imprensa era ainda menor. Que terrível, mana, eu dizia para a amiga de minha cunhada, diz a menina, embora talvez seja justo dizer que àquela altura ela já não era tanto amiga da cunhada quanto amiga sua. Amiga da menina. O quê?, perguntava ela, ainda sem entender. Esse lance dessas pobres meninas. E ela, a amiga da menina, fazia um gesto com o que tinha na mão, por exemplo, um retalhinho de lona amarela, fazia aquele gesto e dizia que era triste, claro, óbvio que dava tristeza, mas que aquelas meninas não eram meninas; que a maioria estava, de fato, perdida. A menina não entendia: claro que estão perdidas, mana, você não viu os cartazes? Mas a amiga da cunhada, a amiga da menina, não queria dizer isso. Ela queria dizer que trabalhavam na putaria, você entende ou não entende? Que usavam drogas ou vendiam drogas ou ambas as coisas. Que andavam sozinhas à noite ou em más companhias ou tentando os homens em bares à beira da estrada. Que eram dessas que pagavam a viagem vendendo o próprio corpo – e ao dizer isso, vendendo o próprio corpo, a amiga da cunhada da menina tocava nos seios. Ah, a menina diz que a menina respondeu. Só isso. E então ficou muito tempo pensando nas fotografias que tinha visto nos cartazes, que pareciam de primeira comunhão ou, no máximo, de festa de quinze anos. E por alguns dias ela ficou pensando nisso, em suas primeiras comunhões, onde e como suas festas de quinze anos teriam sido celebradas, e o quanto seus pais teriam sofrido com a má vida que suas filhas tinham levado.

Palavra por palavra, gole por gole, a menina sorveu até o último fundinho do copo. Agora o enche novamente. A segunda tequila chega e com ela vem a parte mais pesada de sua história. Porque a *maquiladora* onde a menina trabalhava até podia ter acordos trabalhistas, e prêmios de assiduidade, e prêmios de desempenho, funcionário do mês, funcionário da semana, previdência social, lavagem gratuita do uniforme de trabalho, mas também tinha uma política muito rigorosa de pontualidade. Se você se atrasava, nem que fosse por um minuto, não entrava mais. Dois minutos. Foi esse o tanto que atrasou a amiga da cunhada, que já era, naquela época, amiga da menina. Seria assim, pelo menos, que a menina se lembraria dela: sua amiga, e não da cunhada. Foi assim que ela se fossilizou em sua memória: na madrugada de certo verão daquele ano. Passavam-se dois minutos da meia-noite: isso ela pode afirmar com certeza. Dois minutos de atraso e não a deixaram entrar. Era o que a menina sabia e o que diria mais tarde à polícia, quando às oito da manhã voltou para casa e não a viu mais. Na verdade, não contou logo à polícia, primeiro porque ficou algumas horas esperando, e depois porque a polícia mexicana tinha seus procedimentos e seus protocolos. Era preciso esperar tantas horas, dias inteiros, antes de apresentar a queixa. Quantas horas, quantos dias? A menina não se lembra. O que ela lembra é que o delegado que a atendeu foi muito educado, muito cortês, afastou a cadeira quando ela se sentou e até perguntou como ela queria o café. Ela o pediu com leite vaporizado porque ouvira dizer que era elegante pedir assim, com leite vaporizado, embora nem gostasse de leite e só um pouco de café; mas é que estava abrandada pelas lágrimas e com a determinação de agradar aos policiais em tudo. Não sei quantos por cento das garotinhas desaparecidas – é assim que as chamou, "garotinhas" – reaparecem por conta própria depois de setenta e duas horas. Assim disse o delegado. A menina não se lembra do número: era uma porcentagem alta. E a outra porcentagem?, perguntou, com a xicrinha tremendo na mão. O delegado levantou as sobrancelhas. Algum tempo depois, telefonaram-lhe para dizer que a amiga pertencia à pequena porcentagem, não à outra. Não era algo que se pudesse esperar, disseram: pelo menos não pelas estatísticas. Houve investigações. Houve testemunhas que disseram ter visto um carro preto que parou na entrada da *maquiladora*, e também uma motocicleta branca, e um carro que tendia bastante para pistache amarelo. Houve uma pequena nota de imprensa. Houve cartazes com uma foto borrada. A amiga de sua cunhada tinha dezenove anos e na única fotografia que guardava dela, sorria e piscava para a câmara. Era assim que os vizinhos a viam, multiplicada e encolhida e mimeografada pelos postes e marquises da cidade. Uma tarde, depois de afixar uma dúzia de cartazes num quarteirão longe de casa, ouviu a conversa de dois rapazes que tinham parado para olhar um dos cartazes. Aquela fotografia em que a amiga piscava. Não ouviu ou não se lembra de ter ouvido o que o primeiro disse. Mas o segundo respondeu: das que vendem o corpo e, quando disse isso, tocou nas bolas. Então ela caiu no choro e os rapazes perguntaram se ela precisava de ajuda e ela respondeu que não precisava de ajuda, que ninguém ali precisava de ajuda. Não chorou, no entanto, quando a polícia ligou para ela. O reconhecimento do cadáver não foi tão difícil quanto ela imaginava: àquela altura, já tinha tido tempo de ler muito sobre as perdidas que se perderam naquela cidade. Sabia o que esperar. Sabia de mutilações rituais, de mamilos arrancados a dentadas, de estupros violentos, de cadáveres femininos – como eram chamados – que apareciam com os braços contraídos, como se abraçassem o ar; como se ainda estivessem abraçando o último homem com quem treparam. Em posições ginecológicas, diziam os especialistas, o que significava que a coisa nunca acabava, que mesmo mortas parecia que elas continuavam trepando. O fato é que lá dentro, posta a questão entre muitas aspas, o assassino ou os assassinos respeitaram sua amiga. Até certo ponto, pelo menos. A morte da assassinada teria ocorrido por estrangulamento, com certeza no mesmo dia do sequestro. Havia sido estuprada, sim, mas apenas vaginalmente; por mais que explorassem o reto, não acharam sinais de fricção, rasgamento ou dilatação. Isso, a ausência de estupro anal, deixou o legista muito perplexo. O *modus operandi*, disse ele com um suspiro, parecia ter mudado. Mas ela, a menina, não se interessava pelo *modus operandi*. Durante as últimas semanas tinha lido tudo que caía em suas mãos sobre a onda de feminicídios, seja na imprensa ou na internet – porque sua *maquiladora*, além de pagar o enterro se, Deus te livre, você morresse, também reservava um espaço para suas funcionárias; para que ligassem para suas famílias ou jogassem paciência ou o que quisessem. Ela ficou sabendo o quanto se podia saber sobre o assunto, o que não era muito. Ficou sabendo que a culpa era de um *serial killer* que se apoiava em outros *serial killers*, imitadores, na teoria, mas igualmente letais na prática. Ficou sabendo que a culpa era do patriarcado. A culpa era do excesso: excesso de mulheres e excesso de deserto. A culpa era dos gringos, que cruzavam a fronteira como quem vai a um safári, caçadores dispostos a recolher sua colheita de mulheres. A culpa era dos mexicanos, que já não acreditavam na Virgem de Guadalupe, ou não com o vigor de outrora. A culpa era do governo. A culpa era dos narcos. A culpa era do narcoestado. A culpa era das mulheres, que andavam sozinhas. A culpa era das mulheres, que andavam com más companhias. A culpa era das mulheres, que eram bonitas. A culpa era dos ritos xamânicos e da magia negra e dos astecas. A culpa era viver assim, a meio caminho entre a cidade e o deserto, o México e os Estados

Unidos, o Inferno e o Paraíso, naquele terreno indeciso entre algo e nada. A culpa era dos valores, ou da ausência dos valores. A culpa era da pobreza. A culpa era do deserto. Foi o que a menina leu, leu e leu, como antes havia lido outros comerciais, outras propagandas, outros cartazes e panfletos eleitorais e outdoors. Mandou tudo para o inferno. A *maquiladora* também: à puta que pariu. Como amiga mais próxima da falecida – ela, amiga mais próxima da amiga da cunhada? –, ela recebeu algum dinheiro. Com esse dinheiro comprou aquilo que tinha vindo comprar. Os preços tinham subido de novo – é a lei da oferta e da procura, mana, é o livre mercado – mas, de qualquer forma, ela conseguiu, desta vez sim conseguiu, e no momento de entregar o dinheiro ao coiote, a menina, que até então nada sabia, no entanto soube algo, ou intuiu algo, ou melhor, acreditou de forma cega e irracional em algo, de um jeito que ela mesma não saberia sustentar com argumentos: que a culpa de a morte de sua amiga ter sido tão barata é que ela estava pagando tão caro por aquela passagem.
O fim da história está no fundo do terceiro copo de tequila. A menina crava os olhos nele antes de beber. A menina que de repente volta a falar na terceira pessoa, como se fosse a vida de outra. A morte de outra. A morte de uma daquelas mulherzinhas mortas. Foi justo nesse dia, diz a menina com uma voz extraordinariamente grave. Justo aquele coiote. Aquele deserto. A menina estava num grupo de vinte ou trinta migrantes, todas mulheres, então todas sozinhas, como se diz, e o coiote tinha prometido passá-las aos Estados Unidos por um lugar que carece de vigilância. Não havia sequer uma cerca fronteiriça: apenas o deserto. E elas estavam andando

por aquele deserto, vendo a poeira e as matas despovoadas de grama e as ossadas de reses brilhando ao sol, quando chegaram à árvore. Era uma arvorezinha desgrenhada e triste, esgotada pela sede. Em seus galhos sem folhas balançavam trapos brancos, vermelhos e pretos, inocentes como guirlandas de verbena; como as últimas celebrações de uma romaria realizada no inferno. Alguém, talvez ela mesma, notou que os trapos eram, na verdade, calcinhas de mulheres, jogadas entre os galhos. Em seguida, ouviram um guincho vindo do mato e outro guincho respondendo do lado oposto. O coiote se deteve junto à árvore e virou-se para as meninas com um assomo de sorriso.

— Sabem de uma coisa, meninas? Vamos parar aqui um momentinho.

Viram que emergiam da vegetação rasteira, usando suas balaclavas pretas. Não eram mais do que cinco, mas tinham armas automáticas e modos de militares. Ao se aproximarem, o coiote as alertou para não resistirem. Que se pedissem dinheiro lhes dessem dinheiro, sem esquecer um único tostão, e que se lhes pedissem para se despirem, que se despissem. Àquela altura, eles já estavam entre elas, olhando-as dos buracos brancos de suas balaclavas pretas. Pediram-lhes dinheiro e elas deram. Ordenaram-lhes que se despissem e elas se despiram. Eram apenas cinco, repete a menina, estendendo os cinco dedos da mão direita, e elas eram muitas, já disse que umas vinte, talvez trinta mulheres, mas com as pausas e as demoras necessárias, depois de muitos tragos de cerveja e muitos momentos de atividade e descanso, conseguiram foder todas elas. Entre elas, havia bonitas e não tão bonitas, velhas e meninas ou quase meninas, mas os homens procuraram não fazer distinções. Treparam com elas a princípio entusiasmados e depois com crescente indiferença, com um esforço cada vez mais visível, poderia até dizer que por vezes com algum sofrimento, soltando bufos que não pareciam de prazer, mas de angústia. A menina se lembra dos pingos de suor que encharcavam suas balaclavas e que acabavam derramando, como uma salivada de cera derretida, nas costas nuas das mulheres. Procediam como um exército cumprindo ordens vindas de cima; soldados que tomam a colina que seu oficial lhes indica, embora pouco se importem com seus oficiais e com a colina. Elas eram a colina. E aquele era um dia muito quente, em que as mulheres gemiam sob o peso do corpo. Eles também gemiam, ansiosos e exigentes, xingando, murmurando alguns palavrões que não se sabia se derramavam contra as migrantes ou contra si mesmos, contra seu trabalho de merda, contra o maldito deserto. Havia uma velhinha que era só pele e ossos, e com ela não fizeram muito mais do que passar um pouco a mão, amaciá-la com um par de investidas relutantes, e então gritaram para ela se vestir. Com a menina se divertiram talvez um pouco mais do que o necessário, bem acima do que lhe correspondia, pela matemática dos tempos e dos corpos. Ela era muito jovem naquela época, dezoito anos, repete a menina, que depois de tudo é agora que parece ter dezoito, e eles a selaram e cavalgaram com um pouco mais de excitação, pode-se dizer que compensaram com ela o quanto lhes custou comer algumas das outras, velhas ou feias ou feiíssimas, e a menina lembra que naquele momento, esmagada contra o chão, podia sentir a realidade multiplicada ou acentuada, o toque e a temperatura do pau deles inchando por dentro, mas também a aspereza exata de uma pedrinha contra sua bochecha, o cheiro de cada grama, a coreografia silenciosa de um pássaro que fazia crá-crá no céu, indiferente a tudo e a todos, e enquanto tomava consciência de partes de si que até então não haviam sido suas e que desde então lhe pareceram para sempre de outra. Sentiu que essa outra estava prestes a morrer. Sentiu que era a amiga da cunhada, morrendo de novo. Ela morreu ali, diz a menina. Deixaram-na naquele cantinho do deserto, estirada na poeira, sangrando enquanto as outras se vestiam com urgência e voltavam para a fila. Agora vamos passá-las, ouviu a voz do coiote dizer, tinham lhes prometido a travessia e iam atravessá-las, porque eram homens de palavra, homens cumpridores, entendem ou não entendem? Mas antes mandaram as mulheres jogarem as calcinhas na árvore, sem fazer distinções, e penduraram da mesma forma a tanguinha de uma menina, as calcinhas coalhadas de sangue e as calçolas da velha, grandes e cheias de bordados como uma toalha de mesa de época. Quem sabe por que fizeram isso: talvez para eles aquela arvorezinha significasse alguma coisa, afinal. Ela tinha umas calcinhas com a caricatura de um dinossauro, que também penduraram num dos galhos, e até onde ela sabe ainda devem estar penduradas na mesma árvore, o tiranossauro desbotando-se ao sol. Sentiu que o mesmo sol também a estava dissolvendo, que a estava apagando contra o chão, e não conseguiu se levantar para voltar à linha, embora tenha tentado com todas as forças. Viu as mulheres se afastarem, curvadas pelo peso do silêncio, e um dos homens ficou olhando para a poça de sangue que crescia sobre a poeira.

Recolheram-na numa caminhonete que apareceu de repente, como se tivesse saído do nada. Lembra-se de que num dos lados alguém havia escrito em letras cor-de-rosa: Igreja do Amor. E naquela caminhonete lhe aplicaram uns algodões e umas gotas de iodo que queimavam como o sol, um sol minúsculo que ainda a pegava lá dentro, e naquele momento ela não era ela, mas a amiga da menina, e não se sentia numa caminhonete e sim na maca do necrotério, enquanto procuravam em seu reto sinais de fricção, rasgamento ou dilatação; o *modus operandi* parece ter mudado, dizia o legista com um suspiro, e depois tirava as luvas de borracha e perguntava como ela gostava do café. E ela pensava em todas essas coisas muito rapidamente, enquanto a caminhonete tremia nas trilhas de terra, com aquele tipo de clarividência que aqueles que estão prestes a morrer têm. Só que ela não morreu. Não morreu porque já estava morta. Morta e tudo a deixaram à beira da estrada, bem perto de onde começara sua jornada, e morta e sangrando ainda avançou alguns passos por um solar em ruínas, salpicado de sucata e bitucas de cigarro e latas de cerveja amassadas. Viu dois catadores passando por ela com suas carretas de mendigos, dois homens enegrecidos pelo sol que a encararam por alguns segundos, com os rostos de concentração com que sondavam o valor dos canos de cobre e das placas de alumínio. Mas ela valia menos e então eles foram embora. Ela acha que se lembra que logo depois uma mulher lhe trouxe algo para comer e beber, bem como algumas pomadas e ataduras. Perguntou se ela tinha o cartão da previdência social e a moça morta disse que não, e a mulher se limitou a esboçar um sorriso mirrado, envergonhada. Os hospitais eram muito caros, disse, mas ela ia ver que, com a pomada e os curativos, logo ia ficar boa. Não morra, filhinha, disse antes de partir para sempre, e a menina não disse nada, porque teria sido muito trabalhoso explicar-lhe que ela já estava morta. Passou-se um tempo indefinido, em que a dor foi diminuindo pouco a pouco para se tornar fome, e para acalmá-la ela teve de fuçar no fundo das latas de lixo até encontrar papéis encerados que continham os últimos vestígios de um taco, de um pastel, de uma *quesadilla* já sem queijo. Então ela viu um carro parar e na janela o rosto de um senhor elegante e bem vestido que a observava por trás da névoa de seu cigarro. Esse homem perguntou se ela precisava de ajuda.

O Papito, repete a menina, é um homem bom.

Nos primeiros dias não trabalhou: apenas convalesceu num dos quartos do Bar Calipso. Num quarto que poderia perfeitamente ser esse. De sua janela, ela observava as meninas indo e vindo, cada uma pendurada no braço de um cliente diferente, e olhava para elas com curiosidade e vergonha. Não se lembra de ter feito mais nada. Só de olhar para as meninas e assistir a desenhos animados que passavam na TV. Beber um monte de refrigerante gelado, dar colheradas em potes enormes de sorvete. Comia e bebia o que o Papito lhe trazia; deixava-se curar com algodões cirúrgicos e vestir-se com roupas que ficavam muito grandes nela. Agradecia com os lábios ou com o pensamento. Algumas noites, ela ouvia os ofegos das meninas rebotando das paredes contíguas e sentia algo que a encharcava da umidade do medo e da umidade do desejo ao mesmo tempo. Se comporte e fique boa logo, Loirinha, dizia-lhe o Papito toda vez que vinha trazer-lhe sorvete e Coca-Colas. Porque no primeiro dia ele tinha perguntado como se chamava, e ela não hesitou. Eu sou a Loirinha, disse a menina, embora ela, veja só, não seja nem remotamente loira; disse isso apenas porque era assim que a amiga de sua cunhada era chamada. Agora eu sou a Loirinha, diz a Loirinha. Depois, quando já estava boa, morta mas boa de novo, o Papito voltou. Naquela noite, em vez de vesti-la, começou a despi-la sem pressa. Tocou nela onde os homens a haviam tocado e perguntou se doía. Não, não doía. Também não doeu da forma como o Papito fez da primeira vez, com gestos firmes e delicados ao mesmo tempo, de um oleiro que conhece os segredos da carne e do barro. Ela era esse barro, e o Papito, as mãos do Papito, a torneavam pacientes, iam explicando como ela deveria se situar, que movimentos esperavam dela, que gemidos, que silêncios, que palavras. Isso foi, a princípio, tudo: muitos desenhos animados e muitas Coca-Colas e muitos potes de sorvete e todas as noites as mãos do Papito, as lições do Papito, o prazer levemente rouco do Papito quando entrava nela. Era uma coisa estranha, trepar com o Papito: às vezes parecia que trepava com um padre e às vezes com um soldado. Ela não sabe se ele, Juan, consegue entender isso. Posso, Juan responde simplesmente. Bom. O fato é que um dia ele chegou acompanhado de outro homem e mesmo assim as coisas não mudaram muito. A menina lembra-se do Papito olhando de sua cadeira, contando as notas como alguém desfiando um rosário, e na cama o homem já nu, que afinal não fazia coisas diferentes ou mais terríveis do que aquelas que o Papito lhe fizera primeiro. E quando a coisa acabou – porque a coisa, se você pensar friamente, nunca dura muito tempo; nunca é tão terrível como os outros pintam –, o Papito separou um punhado daquelas notas e lhe deu e disse a ela que tinha sido uma boa menina. Que tinha aprendido rapidamente, que tinha futuro no negócio e que fosse comprar roupas, joias, perfumes ou o que quisesse. Porque o Papito sempre foi assim, sempre se comportou decentemente com ela. É assim que se lembra dele: como aquele homem elegante e bonito que uma vez assomou a cabeça pela janela do carro. O único que não quis que ela morresse certo dia de verão. O que vem a seguir não tem importância. O que vem a seguir, diz a moça morta, é um trabalho como outro qualquer, e até onde ela pode julgar, muito mais seguro que atravessar a fronteira sozinha ou morar sozinha nesta cidade dos infernos. Porque ninguém nunca a obrigou a nada: ela quer deixar isso bem claro. Ela não é uma vítima, nem o Papito um malvado: se ela está na putaria é por vontade própria, porque ela gosta do dinheiro que ganha com a dança e a cama e porque o que mais ela poderia fazer neste mundo? Às vezes, é claro, algumas coisas ruins ou não totalmente boas acontecem no negócio, mas que culpa tem o Papito? É verdade que há certos clientes com quem ela preferiria não ter relações. Homens que acreditam que são seus donos por aquela meia hora que pagam, que elas são algo como uma casa alugada ou um quarto de hotel ou um armário minúsculo e podem ocupá-las como quiserem. E também é verdade que algumas das meninas estão trancadas na casa, porque são idiotas e se meteram na putaria sem vê-la chegar, e agora se arrependem. Mas ela não é nenhuma idiota. Ela chegou aqui com seus cinco sentidos, e cuidado para não chamá-la de vítima, vítima do quê? Vítimas são as meninas que chegaram ao Calipso enganadas por namorados que diziam amá-las e vítimas são aquelas outras que foram estupradas ao pé da árvore das calcinhas em troca de nada; vítimas são as meninas que ainda acreditam nas promessas dos homens; vítimas são seu pai e sua mãe, que nunca mais voltaram, e também aqueles que voltaram e não souberam o que fazer com o que aprenderam. Vítimas são os milhões de mulheres e homens que morrem de asco nesta cidade de merda. Vítima é a Loirinha: a verdadeira. Vítima, diz a menina morta enquanto deixa o copo de tequila três vezes vazio na mesa de cabeceira, são as meninas mortas que ainda se acreditam vivas, como se a vida consistisse apenas em engolir o ar para depois cuspi-lo. Mas ela, do que poderia ser vítima?, com suas economias para os caprichos, e suas segundas-feiras de folga, e sua cerveja grátis; ela não, de modo algum. E antes de terminar de falar, ela já se pôs de pé e está levantando a camiseta e desabotoando o corpete, porque com tanta conversa já ficou muito tarde, diz ela, e neste trabalho, como em qualquer outro, há prazos a cumprir.

Juan olha para a roupa que desliza em silêncio até o chão. Olha para a boca grosseiramente pintada de vermelho, como uma ferida já para sempre aberta. Olha para seus seios minúsculos, olha para seus quadris estreitos, o sexo atrozmente pelado, a carne branca e trêmula que de repente se revela à luz da lâmpada. Olha para seu corpo de boneca de porcelana que espera; aquele corpo que o Pai montou tantas vezes, como um cavalo.

— Não — ele diz então, e sua própria voz soa estranha.

A menina morta pisca, confusa, seu gesto encalhado a meio caminho entre a entrega e a perplexidade. Um corpo que deixou de ser sensual, mas já não sabe o que ser; que é, de novo, o corpo de uma menina que se arrepia de vergonha e frio. Ela tenta recompor a voz, em busca de um aprumo que parece ter fugido.

— Você não gosta de mim, papi? Quer que eu chame alguma das meninas?

Mas Juan nega de novo. Não, ele não quer que ela chame outra das meninas. Não quer companhia. Não quer nada. Apenas dormir. É isto que ele diz: só precisa dormir um pouco.

E então, como a menina ainda está de pé, esperando uma explicação, Juan começa a falar apressadamente de muitas coisas. Fala de fidelidade. Fale de compromisso. Fala do desejo de voltar para casa. Fala de uma mulher que o espera em algum lugar, de uma mulher que ele não esqueceu, e não sabe se está se referindo à própria esposa, ou à viuvinha abandonada, ou a uma mulher indígena que olha com horror para o confinamento de seus companheiros numa das jaulas de Diego da Adaga; uma menina que continua olhando com horror para o seu próprio confinamento, muitas léguas ao sul.

— Entendo — diz a menina, com o gesto de quem não entende, mas faz o que é treinada para fazer: respeitar a vontade dos homens.

Mas ela não vai se vestir. Pelo menos ainda não. O que a moça morta vai fazer é se aproximar um pouco mais de Juan e avançar, bem devagar, uma das mãos minúsculas para acariciar seu rosto.

— Você não se parece tanto com ele — diz.

Diz isso com uma voz nova, em que não se sabe se há gratidão ou condenação ou apenas surpresa.

E assim termina tudo. Ou não exatamente assim. Há, ainda, o longo processo de se abaixar para pegar suas roupas, o longo processo de se vestir, o processo ainda mais longo de calçar os saltos e arrumar seu vestido em silêncio. E enquanto isso Juan, ainda sentado na cama. Juan olhando para ela. Juan sabendo talvez que nunca mais a verá. E a imagina, por um instante, novamente nua, novamente morta, abandonada na imensidão do deserto. Imagina seu corpo espancado, humilhado e mutilado, iluminado primeiro pelo brilho de faróis se afastando e depois pela leveza da lua. Imagina um novo dia amanhecendo sobre seu corpo morto. Imagina o que o tempo, o que a lentidão do deserto é capaz de fazer com toda aquela carne murcha. E então imagina dias ou semanas, eternidades de sol e vento, e de repente a casualidade de um homem que anda pelos caminhos de Cerro Bola e encontra, mal enterrada ou não enterrada em absoluto, uma mão ou o que resta de uma mão saindo da areia para pedir o que ninguém mais pode lhe dar. E se até lá não for tarde demais, se os abutres ou vermes ainda não tiveram tido tempo de saquear sua carne; se seu rosto ainda não foi derretido ou cavado por vermes ou cegado pela areia, ele sabe muito bem o que aquele homem encontrará à sua frente. Olhos que mesmo da terra conseguem olhar de forma opaca e terrível, como se olham as coisas terríveis que aconteceram e as coisas ainda mais terríveis que estão prestes a acontecer; olhos dos quais toda a vontade e toda a beleza evaporaram, que viram o horror e estão cheios dele e, portanto, são insuportáveis de olhar, ou que talvez tenham visto o horror e por isso mesmo estejam vazios e esse vazio seja ainda mais insuportável. Olhos que já não refletem nada, que são o que resta da compaixão quando a fé é apagada; da liberdade quando a justiça é subtraída; da vontade quando carece de mãos e voz. A esperança menos a esperança.

XIII

Uma tubulação que a merda evitaria tocar, se pudesse
Deus e o Papito sabem — Última muda de serpente
O deserto vai te libertar
O interior de uma mochila e o interior de um pensamento
Uma cicatriz na terra — Parada de peregrinos
In Gold We Trust — Beber água, comer pão
Um velho discurso num novo púlpito
Comunhão e excomunhão
Caminhar para o norte, caminhar para o sul
Um sonho sem sonho
Mulheres fáceis, mulheres bonitas — I JUAN TO BELIEVE
O início da viagem — É assim que o mundo acaba
É assim que o mundo acaba — É assim que o mundo acaba
Não com uma explosão, mas com um gemido

O muro não é um muro. Só uma cerca de placas de metal enferrujadas e meio corroídas pela intempérie; uma cicatriz que sutura o deserto em duas desolações iguais. Do outro lado está o futuro, disse Navalha ainda de dentro do carro, o sonho dos Estados Unidos, mas esse sonho não parece muito diferente da realidade que eles deixam para trás. Também ele tem uma espécie de pesadelo que se propaga em todas as direções, um oceano de poeira e colinas nuas em que a vontade humana parece ser abolida até ser reduzida a nada.

    Eles param num ponto qualquer da fronteira. Só que não é um ponto qualquer. Ao pé da cerca, meio escondida por arbustos e uma pilha de pneus velhos, distingue-se a boca escura de um bueiro que liga o deserto ao deserto. Juan espreita cautelosamente. Da negrura vem um bocejo de águas pútridas. Atrás dele, Navalha sorri com algum desconforto. Sim; esse é o caminho que o levará ao Papito. Juan hesita por um momento e depois desliza para dentro. O cano tem metade da altura de um homem. Para entrar nele, é preciso se abaixar e quase rastejar por suas paredes manchadas de lama e merda. É isso que Juan está fazendo agora: deixando-se resvalar por dentro, como um excremento lutando para desaparecer da face da terra.

Uma tubulação que a própria merda evitaria tocar se pudesse, lembra.

Navalha não faz menção alguma de segui-lo. Quase não faz nada além de se agachar e ficar na boca do bueiro. Estende-lhe uma mochila preta muito pesada, que Juan pega com esforço.

Ele não vai acompanhá-lo? Ah, não, responde Navalha, nunca apagando o sorriso. Infelizmente o caminho dele termina ali. Não fez nem mais nem menos do que o Papito lhe pediu: levá-lo à fronteira. A partir daí, o negócio é com ele. Há certos caminhos, diz, que é preciso percorrer sozinho. Certas viagens às quais ninguém pode nos acompanhar. Esta, continua com uma voz que o eco da tubulação torna ameaçadora, é uma dessas viagens. O Papito disse a ele e até repetiu com muita clareza: o irmão tinha de encontrar seu rastro sozinho, sem mais ajuda do que o estritamente necessário. Foi isso que Navalha fez: o estritamente necessário e talvez até um pequeno acréscimo. E agora cabe a ele fazer o resto.

Antes de ir embora, ele ainda dá umas últimas instruções. Porque do outro lado desse cano não estão os Estados Unidos:

pelo menos ainda não. Antes, deve chegar a uma espécie de terra de ninguém, protegida por arames farpados e alambrados de espinho. Às vezes há, naquela terra sem dono, patrulhas da imigração que percorrem a faixa em jipes ou de bicicleta. Helicópteros do exército que varrem a escuridão com seus holofotes. E, se isso acontecer, ele terá de esperar, pelo menos até a mudança de turno. Porque há sempre, em algum momento, uma mudança de turno: um momento em que até os policiais de imigração fazem uma pausa ou mastigam seus sanduíches ou bebem suas cervejas. Um instante em que deixam a noite tomar conta da noite. Esse será seu momento. Ele terá de andar correndo pela faixa de escuridão, chapinhar entre as águas e os juncos, esfregar-se na areia. Do outro lado encontrará a boca de outra tubulação, treliçada com barras tão grossas quanto o pulso de um homem. Mas nem mesmo essas barras serão capazes de detê-lo. Bastará sacudi-las um pouco para descobrir que foram cuidadosamente limadas por outros homens que percorreram o mesmo caminho antes dele. Uma grade que pode ser removida e reposta sem esforço, inofensiva como a tampa de uma garrafa de cerveja. Do outro lado, desta vez, ele encontrará aquele sonho que o espera desde sempre. Só assim ele será livre: tão livre quanto um homem que foge pelo deserto pode ser.

O que vem a seguir? Isso, só Deus e o Papito sabem.

No sonho, o Papito não é o Papito. Ele usa um paletó azul, cuidadosamente passado. Uma gravata vermelha. Uma voz, sua voz, tão distinta, ou talvez a mesma voz gritando novas palavras; palavras que Juan nunca ouviu até o momento. Não se alça mais sobre uma pirâmide de mulheres mortas. As mortas continuam mortas, isso de alguma forma Juan sabe, mas não estão mais ali, ou pelo menos ele não é capaz de vê-las. Apenas um imenso estrado que centenas, talvez milhares, de homens levam sobre as costas, quase esmagados por seu peso. Esses homens o animam. Gritam. Aplaudem. E ele levanta o polegar, um único dedo que se eleva acima da cabeça deles e de suas esperanças. O sorriso do Pai. O polegar estendido para Juan, num gesto de convite ou de advertência.

— *Come here* — diz.

E quando ouve aquela voz saltando das paredes da tubulação, Juan acorda, ou pensa que acorda.

Passa o resto da noite acordado, apenas um vulto muito silencioso e muito parado na boca do cano. Ouve o ronco dos motores que vêm e vão e vê refletores que repassam pacientemente a geometria imóvel da cerca fronteiriça e ouve vozes que o vento afasta ou aproxima. Depois não ouve, não vê nada. Apenas o chiado de sua própria respiração. Apenas o latejar de seu próprio pulso, suas próprias vísceras, o zumbido do silêncio em seus ouvidos. Passa o tempo, ou algo que Juan acha que deve ser o tempo: um vago senso de oportunidade, de urgência, de vertigem. É, talvez, a mudança de turno de que Navalha lhe falou. Ou talvez o silêncio que antecede o desastre. Quando finalmente salta para a terra, a princípio o faz de olhos fechados. Sente que cada um de seus movimentos é acompanhado por ruídos e guizos; que seus braços e pernas e sua mochila pesam como pedras. No alto brilha uma lua anêmica, moribunda, que se deixa resvalar pelo metal da cerca e pela terra encharcada.

Vê se concretizarem os pesadelos com os quais não sonha à sua frente; vê guaritas de cimento que o perseguem e vê sombras em movimento, que na verdade são placas de ferro detidas pela vontade humana, e imagina que se perpetram no escuro, repetidas vezes, os muitos perigos que o esperam: a polícia de imigração que lhe diz alto lá, que o detém, que talvez atire. Mas ninguém lhe diz alto lá, ninguém o detém, ninguém atira. O resto da viagem é exatamente como Navalha imaginou. Juan correndo pela faixa da escuridão; Juan chapinhando entre as águas e os juncos; Juan esfregando-se na areia. Do outro lado, a boca de um cano, treliçada com barras tão grossas quanto o pulso de um homem. Mas nem mesmo essas barras serão capazes de detê-lo. Basta sacudi-las um pouco para descobrir que foram cuidadosamente limadas por outros homens que percorreram o mesmo caminho antes dele; quem sabe até o próprio Papito. Uma grade que pode ser removida e reposta sem esforço, inofensiva como a tampa de uma garrafa de cerveja. Outro cano, cinquenta metros, talvez cem metros de angústia horizontal, e do outro lado, desta vez sim, a liberdade; aquele sonho que o espera desde sempre, tão ilimitado e terrível quanto só o deserto pode ser. Juan está livre. Juan está livre e corre. O corpo de Juan, a sombra de Juan, sombra entre sombras, enfim correndo e enfim livre, uma esperança que cavalga ao longo do canal sem orlas da noite; cavalga sem cavalo, mas ainda cavalga.

Dentro da mochila: uma garrafa de água, um sanduíche enrolado em papel-alumínio, um cobertor xadrez. Um maço de notas, amassadas até formar uma bola plana – *In God We Trust*, diz cada uma dessas notas. Uma bússola que aponta rigorosamente para o norte, com uma obstinação de que só as máquinas são capazes. Atrás dele, a luz repentina do amanhecer, erguendo-se com a brusquidão de um relâmpago que golpeasse a terra. À sua frente, a imensidão do deserto, tão vazio que o olhar e a imaginação se deixam resvalar até o limite do horizonte, sem encontrar um pedaço de realidade a que se agarrar.

O tempo é algo que se caminha, recorda. O passado é algo que se afasta e o futuro, algo que se aproxima, e o presente, algo que você tenta agarrar com as mãos sem conseguir. Terra, poeira e céu: isso é tudo quanto existe.

Vê tudo quanto existe.

Caminha sobre a terra, embora todas as coisas que acontecem o façam no céu. Vê, na terra sempre idêntica a si mesma, a sombra de uma nuvem, a sombra de um pássaro. Um bando de corvos que compõem uma flecha ou a ideia de uma flecha.

Vê o entardecer, o amanhecer e o entardecer novamente. Amanheceres e ocasos que em sua memória também parecem paisagens imóveis, estações de um itinerário que deve ser atravessado como se atravessa uma lembrança.

À noite, o fogo gelado que arde nas estrelas, tão próximas que quase poderiam ser tocadas com os dedos, e, embaixo, a terra escura que outro Juan antes do próprio Juan pisou.

Vê ao longe o brilho azulado dos relâmpagos, que atingem o horizonte sem fazer barulho, e vê as sombras desoladas dos coiotes e das estrelas que queimam por um instante e depois se apagam e outras tão brilhantes que parecem crateras que se comunicam com o fogo do outro mundo. Vê tudo isso e vê ainda mais, mas não a luz de nenhuma casa. Como se os gringos também fossem intrusos em sua própria terra e em vez de habitá-la vivessem se esquivando dela, espantados com sua imensidão ou com sua própria insignificância.

Vê sua própria insignificância. O cheiro da realidade é o cheiro da pedra aquecida pelo sol e o cheiro de seu próprio corpo assando na pedra e, além disso, nada.

Vê o nada. Os picos nus castigados pelo sol e pelo vento de manhã à noite, sem o consolo de uma sombra, uma árvore despedaçada, um cacto raquítico. A resistência que a natureza opõe a ser atravessada, a ser compreendida, e nessa resistência o rosto do Pai.

Progride para o norte como se guiado por um instinto obscuro, sem fazer planos ou medir consequências, sem racionar comida ou água ou decidir o que fará quando encontrá-lo. Só isto importa: encontrá-lo. Quer esvaziar a cabeça como se esvazia, gole a gole, o cantil que um viajante leva consigo para o deserto. Ele é esse viajante e é também esse cantil, a garrafa de água que carrega na mochila, cada vez menos pesada. Ele é esse viajante e esse cantil e também o Pai.

Tudo é mais simples do que acreditamos, dissera Diego da Adaga. O amanhã vem, o ontem se vai; é nisso que tudo se resume. Os selvagens, que têm vinte e cinco palavras para nomear suas flechas, não precisaram de uma única para nomear aquela coisa tão essencial, tão assombrosa: o tempo.

A terra pulsa ao seu redor, vertiginosa como a paisagem de um sonho. Todo o peso da humanidade está em suas memórias, cada vez menores no horizonte infinito. Pensamentos que se desvanecem passo a passo, como quem vai se despindo de roupas pesadas demais. Tudo desaparece. Tudo menos as mulheres, que de alguma forma permanecem. As mulheres mortas, de novo. O segredo que envolve seu desaparecimento, impenetrável e terrível, como um deserto que sua memória não poderá atravessar, uma cerca que sua memória não poderá pular, uma fronteira que sua consciência também nunca pulará. As mulheres mortas e também as vivas, encerradas naquela outra prisão de música muito alta e dormitórios minúsculos. Se foi o Papito que ergueu aquela prisão sem grades, se foi ele quem aceitou, tolerou ou mesmo inspirou esse algo que ele viu acontecer em seu interior, então o quê? Mas não foi o Papito, diz, não pode ter sido ele. Como poderia? Ele, que vinha pejado de tantos sonhos lindos, não teria sido capaz de fazê-lo. Ou se o fez foi pelas razões certas, perseguindo fins que hoje já não são discerníveis; não para encerrar, não para punir, não para atormentar toda aquela carne murcha. Apenas Navalha pode ter feito isso. São homens como Navalha que lançam por terra os propósitos mais lúcidos: são os perdedores, pensa, são os emuladores, os mercenários; são os estúpidos, os satélites, os cegos, os medíocres, os iluminados que não brilham com luz própria, mas se limitam a refletir, como a lua, o brilho do sol.

Vê o brilho do sol. Pensa no peso daquele sol em sua cabeça, um fardo que nunca acaba de se aliviar. Pensa no peso de sua mochila. Pensa no peso da garrafa de água, cada vez mais leve nas costas e mais pesada na consciência.

Vê marcas de pneus que vão de um lado a outro no meio da poeira, marcas que se cruzam e se afastam e voltam a se juntar, como se coreografadas por um louco, e pássaros que sobrevoam-no pacientemente, esperando, talvez, que ele morra, mas ele não vai morrer, não senhor, ele vai terminar até a última gota de água e lamber a aspereza do papel-alumínio em que o sanduíche está envolto e também vai tirar a camiseta e amarrá-la na cabeça, como um chapéu, um turbante ou uma mortalha, mas o que não vai é morrer, isso nem se fala.

Vê o papel-alumínio em que o sanduíche estava embrulhado, vazio.

Vê a garrafa de água sem água, a casca vazia do que alguma vez foi uma garrafa de água. A garrafa abandonada num ponto qualquer do caminho, como se abandona um propósito.

Vê a fome, uma terra que chega até onde a vista pode alcançar.

Vê a sede, uma paisagem de contornos ásperos e direções concêntricas, como uma agulhada batendo em suas têmporas.

Vê sua própria sombra, agigantada nos alvoreceres e crepúsculos e atenuada pelo fervor do meio-dia.

Vê a sombra de seu cavalo morto.

Vê a morte. Diante dele a morte, e o que importa? Será esta a última das mil mortes que o aguardam?

Lentamente, ele se deixa vencer sobre o solo, como se também ele tivesse se convertido num punhado de pedras. Procura a mochila, em busca do impossível, um último gole de água onde não pode haver nenhuma, água com a qual encher aquela boca que é toda língua e areia. Encontra apenas um punhado de migalhas de pão e o livro do Pai. Deitado na poeira, ele abre o livro. Ele se esforça para ler, ofuscado pelo sol. Não olha para os desenhos: apenas para os versículos de caligrafia apinhada e miúda. Alguns foram sublinhados ou riscados ou rodeados por um círculo de tinta, com tal ferocidade que o papel está rasgado em certos pontos. São, não podem ser outra coisa, as passagens favoritas do Pai. Lugares onde o olhar do Pai se detém. Ideias que tocou, pelo menos por um instante, com a ponta de seus pensamentos. Passa as páginas atropeladamente, deixando que seus olhos saltem de sublinhado em sublinhado. Seguiu os passos do Pai até aqui e agora segue na esteira de sua leitura, deixando-se resvalar para dentro do livro que sua mão segura.

Lê: A vós não é dado saber o tempo e o momento que o Pai fixou.

Lê: Porque considero que os sofrimentos deste mundo não são dignos de ser comparados com a glória vindoura que deve ser manifestada em nós.

Lê: E eu lhe disse: Até quando, Senhor? E Ele respondeu: Até que as cidades fiquem devastadas e sem habitantes, e as casas sem moradores, e a terra tornada deserta.

Lê: Apresentai vosso próprio corpo como um sacrifício vivo, santo, agradável a Deus.

Lê: Dura é esta palavra. Quem pode ouvi-la?

Enquanto lê; enquanto seus lábios secos e rachados se separam para repetir as palavras do Pai, passam nuvens, estrelas e entardeceres, faz-se noite e dia e noite de novo. O céu pisca e a cada piscar novas palavras são marcadas, rascunhadas até fazer a folha sangrar.

Lê: Se um cego liderar outro cego, ambos cairão no buraco.

Lê: Eu, Javé, falei; assim farei a toda esta multidão perversa que se reuniu contra mim; neste deserto serão consumidos, e aí morrerão.

Lê: Despojai-vos do velho homem e vesti-vos do novo homem.

Lê: Coisa horrenda é cair nas mãos do Deus vivo!

Lê: Certamente virei em breve.

*

A princípio, parece uma segunda fronteira: uma cicatriz negra que costura o deserto em duas desolações iguais. Mas passo a passo – os passos de um viajante que não está seguro de que pode seguir em frente; um viajante que arrasta consigo o peso do sol e o peso da sede e o peso da memória – essa fronteira começa a se converter em outra coisa. Não há cercas, tubulações de encanamento, muros ou arame farpado, nem guaritas de cimento. Apenas uma estrada escura que ao longe parece derreter-se e retorcer-se, deformada pelo tormento do calor. Mais alguns passos e Juan é capaz de distinguir os pontinhos que a percorrem, pequenos como formigas, sem fazer barulho. Mais passos e então, pouco a pouco, o barulho: o rumor monótono das ondas que vêm quebrar numa praia sem mar, um zumbido que cresce, que se intensifica, que já é o ronco de um carro ou de muitos carros que viajam pelas costas do deserto.

Juan deveria pedir ajuda, mas não há um único ser humano a quem se dirigir. Só máquinas que atravessam a poeira, estrondosas e instantâneas; máquinas que querem passar o mínimo de tempo possível neste inferno.

Alguns carros se dirigem para o norte.
Outros carros se dirigem para o sul.
Juan permanece algum tempo cravado à beira da estrada. Depois toma o caminho do norte.

A primeira coisa que ele vê é uma espécie de torre estreita, na qual piscam alguns dígitos vermelhos. No alto, uma palavra incompreensível e o desenho de uma concha não muito diferente daquelas que os peregrinos usam em suas capas ou em seus chapéus. Essa concha é um sinal? Ao lado da torre uma construção estranha, que é toda de telhado e quase nenhuma parede. Alguns carros parados na sombra daquele teto. Um homem sai de um dos carros para esticar uma mangueira e outro se dirige a uma espécie de cantina feita de luz e vidro. A porta aberta. Essa porta aberta é um sinal? Claramente desenhada no alcatrão do chão, uma seta branca que aponta para o lugar aonde aquele homem se dirige. Essa flecha, de novo, é um sinal?

Lá dentro há tanta luz que lá fora parece sempre noite. Ao vê-lo entrar, todos levantam os olhos para olhá-lo. O garçom, as famílias que comem e bebem nas mesas, a menina de pele trigueira que varre meticulosamente o chão. Olham para ele porque sabem que vem de muito longe. Ou porque está enfarinhado de suor e poeira. Porque carrega consigo o deserto. O garçom está se dirigindo a ele, num idioma impossível. Não deixa de olhar para suas mãos sujas, sua camiseta suja. Diz coisas ou parece dizer coisas e depois espera uma resposta. Juan murmura com esforço algo que não pode ser compreendido; algo que o garçom poderia não entender, mesmo que falasse sua língua. Sua boca ressequida é um vestígio do deserto e a cabeça dá voltas e ele tem de segurar a barra para evitar cair no chão.

— O senhor está bem?

A menina está de repente ao seu lado, ainda empunhando a vassoura como um peregrino empunha seu cajado.

— Água — diz Juan.
— Pão — diz Juan.

E depois, fazendo um último esforço:

— Por favor.

A menina assente. Traduz suas palavras para o garçom, que continua a olhá-lo com uma expressão grave. Mas não parece disposto a encher nenhum copo ou servir qualquer pão. Limita-se a fazer outra pergunta, que a princípio a garota reluta em traduzir.

— O senhor tem dinheiro? — pergunta por fim, olhando para a ponta da vassoura.

— Dinheiro — murmura Juan.

— Dinheiro — repete o garçom, com uma boca que não parece feita para proferir essa palavra. — *Dollars*.

— Dólares — diz a menina.

— Dólares — repete Juan, como um eco.

Vasculha a mochila. Lá dentro encontra o cobertor xadrez. Os últimos pedaços de papel-alumínio. A bússola que continua a apontar para norte, rigorosa, com uma obstinação de que só as máquinas são capazes. Enfim, o maço de notas, amassadas e inúteis como o papel-alumínio. Ele vai dispondo-as, uma a uma, sobre o balcão.

In Gold We Trust.
In Gold We Trust.
In Gold We Trust.

O garçom pega uma das notas. Ele a examina contra a luz, como se não tivesse certeza do que essa nota significa. Depois, guarda-a e devolve-lhe o resto, sem olhá-lo nos olhos.

A menina sorri pela primeira vez.

— Venha comigo. Vou preparar uma mesa para o senhor.

*

Juan come pão e bebe água. Come pão de muitos sabores e formas e uma água preta e doce, que borbulha por um instante em sua boca. Um sanduíche grande, redondo, que ele mal consegue segurar com as duas mãos. Pede mais água, mais pão. Pede para saciar sua fome; deixar sua sede para trás de uma vez por todas. A menina traduz suas palavras. Leva suas notas uma a uma. Leva e traz pratos cheios e logo vazios. Mais garrafas de vidro, mais sanduíches redondos – mais pão com sabor de carne, queijo, cebola; mais água que continua crepitando seu sabor impossível. O último dólar e a última garrafa e o último sanduíche e depois nada; a fome e a sede que finalmente são saciadas e Juan que parece ter olhos para olhar pela primeira vez para o mundo ao seu redor. Sobre a mesa, um amontoado de guardanapos amassados e migalhas de pão. Ao seu redor, homens e mulheres que o examinam com rostos severos ou perplexos. Atrás, acima da cabeça deles, uma estranha caixa, na qual se combinam sons, cores e luzes. Aquela caixa como uma janela atrás da qual paisagens em constante mudança se sucedem. Um homem que beija uma mulher. Uma criança que morde um sanduíche. Um homem que nos olha nos olhos, com uma alcachofra preta na mão. Juan afunda naquele quadrado de realidade, até esquecer tudo que existe. Um carro que atravessa o deserto. Uma mulher quase nua, que sorri para você e para mim, para todos nós. Um exército de homens com capacetes, mas sem armas, que correm pela grama para disputar uma espécie de bexiga muito apreciada. Em algum momento, Juan desvia o olhar, incomodado pela vertigem. Ao seu redor, os homens, as mulheres, as crianças cansaram de olhar para ele, e também eles voltaram os olhos, como ímãs, para aquela janela aberta para o impossível. Mas Juan já não olha para aquela janela aberta para o impossível. Contenta-se em examinar seus rostos, seu gesto de concentração remota. As bocas entreabertas. Os olhos arrebatados pelo azul da tela. Sua expressão de orfandade ou de desterro, de crianças que veem o fogo arder pela primeira vez.

E depois, por fim, a voz do Pai.
 Sabe que a voz lhe pertence muito antes de olhar para ele. Uma voz que Juan não ouviu até agora e que reconhece imediatamente, com a certeza com que reconhecemos nossa própria imagem esculpida num espelho. É isto a janela aberta para o impossível: um espelho negro para o qual todos olham extasiados, com assombro oracular. E nesse espelho, enfim, a voz do Pai. Embora clame novas palavras, a voz do Pai. Embora o próprio Pai já não se assemelhe plenamente ao Pai, a voz do Pai. Costurado àquela voz, o rosto do Pai. A mão direita do Pai, levantando-se sem parar no ar, como um titereiro que sabe controlar a vontade de seus fantoches. Usa um paletó azul, cuidadosamente passado. Uma gravata vermelha. Seu sorriso, o sorriso do Pai, tão amplo e tão rígido que parece se debater entre a bondade e a ferocidade. Seus gestos são brincalhões e terríveis ao mesmo tempo, como um bufão que imita seu senhor ou como um rei momo ao qual se obedece de brincadeira, mas ainda assim se obedece. Apoia-se num estrado que tem algo de pedestal de estátua, de trono sagrado, de púlpito. Ao seu redor, centenas, talvez milhares de homens e mulheres o aplaudem furiosamente, segurando cartazes azuis. Gritam. Aplaudem. E ele levanta o polegar, um único dedo que se eleva acima de suas esperanças. Seu polegar estendido para o mundo, num gesto de convite ou advertência. Atrás daquele

polegar, seus olhos. Os olhos do Pai. Olhos que permanecem perpetuamente abertos, como se carecessem de pálpebras. Como se carecessem, também, de olhar, se é que isso é possível. O que esses olhos estão procurando? Não se voltam para a multidão que o aplaude. Não olham para os cartazes que eles seguram. Só olham para a frente, sempre para a frente, como se o Pai pudesse ver tudo que ainda não aconteceu, exceto em sua imaginação; como se pudesse perfurar o vidro que o separa da lanchonete e contemplar cada um de seus filhos, em cada um dos lares da América. E aqui, deste lado do vidro, esses filhos paralisados no ato de morder seus sanduíches ou apressar seus copos de cerveja ou terminar uma frase, o garçom que para de esfregar copos, o homem do chapéu que respeitosamente tira o chapéu, a menina que para de comer seu prato de sobremesa. A garota mestiça que levanta os olhos com resignação, o queixo apoiado na borda da vassoura.

— Quem é? — Juan pergunta, como se fosse para si mesmo.

— O imbecil do pai da América — responde a menina, sem desviar o olhar.

E o imbecil do pai dos Estados Unidos está falando. Acima do clamor de seus súditos, afinal, o pai fala. Juan sabe entender suas palavras?, pergunta a garota. Sabe o que diz aquele pai?

A garota diz que o pai diz que eles estão vivendo tempos difíceis.

Diz que lá fora os aguarda um terrível inimigo e que lá dentro também estão acontecendo alguns eventos terríveis.

Diz que algumas coisas já estão mudando e muitas outras terão de mudar.

Diz que o inimigo espreita de seus países de merda; de países que a merda evitaria tocar, se pudesse.

Diz: Nunca mais voltará a se ocultar em nossa terra quem louva a democracia com os lábios e a morde no fundo do coração.

Diz: A América vem em primeiro lugar.

Diz: América para os americanos.

Diz: Vamos tornar a América grande de novo.

Isso é o que diz o pai. Isso é o que diz o bufão. Isso é o que diz o rei momo do carnaval que nunca acaba; ou pelo menos é o que a menina diz que o pai diz. A menina que traduz cautelosamente, com a voz quase estrangulada e a mão direita ainda empunhando a vassoura. Diz que o pai diz que vai lhes contar uma história. Diz que o pai diz que vai ler um poema. Querem que eu leia esse poema? *Does anybody wanna hear it again? You sure? Are you sure?* Eles têm certeza, gritam e cantam seu nome com uma convicção que quase assusta, e ele vai dedicar esse poema à patrulha de fronteira *for doing such an incredible job.* Porque na fronteira, diz, certas coisas terríveis estão acontecendo, e eles devem ser astutos; eles devem estar à altura. *So here it is: "The Snake". It's called "The Snake",* diz o pai. O poema chama-se "A serpente", diz a menina. O pai da América segura um pedaço de papel amassado. O pai da América lê o papel amassado em que o poema está escrito. E no poema há, como seria de esperar, uma serpente. A serpente, como costuma acontecer nesses casos, é má. A serpente maligna está quase morta de frio e uma mulher a caminho do trabalho a encontra agonizando no campo. A mulher chora de compaixão e tristeza, quer cuidar dela, da serpente maligna, quer levá-la para sua casa, a serpente maligna, e a serpente maligna implora, *take me in oh tender woman, take me in for heaven's sake, take me in oh tender woman*, a menina diz que o pai diz que a serpente malvada diz. O fato é que a mulher a pega no colo e a cobre com seu manto, embora ela seja sua inimiga natural, e a leva para dentro de sua cabana. Acende o fogo da lareira para ela. Limpa sua pele rachada pelo frio. Derrama em sua língua – sua bífida língua de serpente – alguns goles de leite e mel. A partir daí a menina fica atordoada, gagueja, o poema se acelera e ela não tem tempo de traduzir tudo que o Pai diz; há versos dos quais só consegue traduzir certas palavras – "lareira"; "leite"; "mel" – e outros que ela repete sem sequer traduzir. No entanto, Juan não precisa ouvi-la, não precisa de palavras porque todas elas são um eco de outras palavras que ele já ouviu antes, basta que ele olhe o Pai nos olhos, a mão direita erguendo-se como um cajado ou um cetro ou uma espada, o púlpito de onde ele arenga suas hostes imóveis, e enquanto isso a serpente que lentamente revive dentro daquele poema que ele não está ouvindo, a mulher que beija a serpente, que a estreita contra o peito – *take me in oh tender woman, take me in for heaven's sake, take me in oh tender woman, said the vicious snake* –, e depois a surpresa que para Juan já não é uma surpresa, a surpresa que na verdade não é surpresa para ninguém, nem mesmo para os homens e as mulheres e as crianças que vieram ouvir o Pai; a serpente malvada que em vez de dizer obrigada prefere dar na mulher uma mordida maligna. E depois da mordida, a agonia; a mulher que se contorce no chão e em seus estertores ainda tem tempo de perguntar por que ela a mordeu, pelo amor de Deus, por que justamente ela, que tanto a ajudou, e depois o sorriso do réptil, o sorriso do Pai, o sorriso de seus súditos. *Oh, shut up, silly woman!*, diz a serpente pela boca do Pai. Você sabia bem quem eu era quando me deixou entrar!

The inmigrants!, diz o papai da América, afastando de si o papel em que o poema está escrito.

The border!, diz.

Mexico!, diz.

E depois o rugido. O mundo que o Pai construiu com suas mãos clamando como um só homem – até as mulheres, até mesmo as crianças impostando, também, a voz daquele único homem –, os súditos que se levantam e gritam, não dizem nada, apenas gritam, e Juan entende que se o latido é a voz do cão e o trino a voz do pássaro, então esta é a palavra original do homem, esta é a semente da voz humana: um uivo de raiva que não significa nada, um grito de guerra que rebota dentro e também fora da caixa, o garçom que aprova com a cabeça, o homem sem chapéu que desanimadamente bate palmas no ar, a família que retorna à sua conversa interrompida ou aos seus sanduíches redondos ou às suas cervejas como se nada tivesse acontecido. Só a menina continua parada no gesto de varrer e não varrer, o olhar como que fossilizado, os olhos arregalados, e nos olhos da menina os olhos de Juan, e nos olhos de Juan os olhos da menina, que parecem transbordar e perfurar a escuridão da caixa cujas cores de repente desbotam, uma rendição à negrura em que não há surpresa, mas apenas a constatação de algo que já se sabe e nem por isso é menos intolerável. Não olha para a caixa. Não olha para a vassoura que está segurando. Só olha para ele. Dentro dele. Quem sabe se através dele. Olha de uma maneira terrível, como se olham as coisas terríveis que aconteceram e as coisas ainda mais terríveis que estão prestes a acontecer; olhos dos quais toda a vontade e

toda a beleza evaporaram, que viram o horror e estão cheios dele
e, portanto, são insuportáveis de olhar, ou que talvez tenham
visto o horror e por isso mesmo estejam vazios e esse vazio seja
ainda mais insuportável. Olhos que já não refletem nada, que são
o que resta da compaixão quando a fé é apagada; da liberdade
quando a justiça é subtraída; da vontade quando carece de mãos
e voz. A esperança menos a esperança.

Nos fundos do restaurante, um corredor estreito. No fim do
corredor, duas portas. Atrás de uma das portas, uma fileira de
mictórios. Duas latrinas brancas e brilhantes, guarnecidas por
portas. Juan abraçado a uma dessas latrinas, abraçado e de joelhos, como um monarca que reza diante do trono no qual nunca
mais se sentará ou como um homem que revela seu segredo a
uma fossa. Seus cabelos caem em cascata, salpicados pelo grude
amarelado do vômito. Porque Juan vomita. Vomita a comunhão da água e do pão; vomita o deserto e vomita a estrada e as
coisas que viu e as palavras que ouviu. Sua mão repousa sobre
a porta, e sobre essa porta, ampliadas ou distorcidas pela vertigem, imagens como as que são gestadas no ventre de certas
cavernas; rabiscos e desenhos confusos traçados com assombro infantil e números e datas impossíveis, insultos, aniversários, rubricas, esquemas de homens rígidos como espantalhos
amarrados a pênis de proporções monstruosas, cartografias de
continentes improváveis, alfabetos primitivos, bárbaros conjuros dedicados ao sol ou à chuva ou à caça. Nomes de letras
retorcidas e ilegíveis, nomes cujo único propósito parece o de
não ser lidos, não ser reconhecidos, não ser compreendidos.
Só esses hieróglifos parecem trazer a Juan algum conforto; só

neles parece encontrar um vestígio de fé ou humanidade, um lembrete de que algo chamado humanidade existe, florescendo num deserto de azulejos polidos e espelhos que multiplicam seu sofrimento em todas as direções; o esforço imenso de rejeitar um mundo.

Juan vomita um mundo e, quando termina, enxágua a cabeça sob o jorro de uma pia batismal branca.

E então, de repente, seu rosto. No espelho, o eco de seu próprio rosto: um rosto que ele havia esquecido quase por completo. Vê o cabelo gotejando e a barba limpa apenas pela metade. Vê os lábios rachados e a pele iluminada pelo sol e os olhos que têm algo de feminino ou do que Juan entende como feminino; um olhar que é puro couro, o oco, a sombra, o traço de um olhar; um invólucro vazio de vontade e esperança. Um rosto que não é o do Pai, que não se assemelha em nada ao Pai. E do fundo do espelho, aquele rosto desconhecido o olha com assombro e alguma ternura.

Juan sentado no chão do asfalto, na porta da lanchonete. Juan esperando à beira da estrada. Juan esperando à beira do deserto.

O que está esperando?

Máquinas que atravessam a poeira, estrondosas e instantâneas; máquinas que querem passar o mínimo de tempo possível neste inferno.

Um carro, dois carros que se detêm ao seu lado para beber de longas mangueiras pretas, como cavalos sedentos. Primeiro se detêm e depois bebem e depois vão embora.

Alguns se dirigem para o norte.

Outros se dirigem para o sul.

Juan sentado no mesmo ponto, dono apenas de sua mochila e de seu pedaço de chão.

O dia e a noite, sem passar pelo pôr do sol. A noite no deserto cai assim, como a chama de um candeeiro que alguém sopra e se apaga.

Os carros já não são carros. Apenas a noite e nela pares de luzes amarelas quando se aproximam e vermelhas quando se afastam.

Algumas luzes se dirigem para o norte.

Outras se dirigem para o sul.

Juan tenta dormir e acaba adormecendo.

Em seu sonho não há sonho algum. Em seu sonho não há Pais crucificados nem Pais que pontificam nem Pais que matam nem Pais que reinam. Não há cruzes nem sinais nem flechas. Em seu sonho não há nada, a princípio. Só a escuridão da noite; a mesma escuridão na frente e atrás de suas pálpebras. Apenas seu próprio corpo, andando às cegas no leito daquela escuridão. E então, de repente, uma luz que brilha, como uma estrela. Juan, ou aquela sombra de Juan que é Juan quando sonha, caminhando em direção a essa luz, em direção à casa que se delineia por trás daquela luz. Uma casa que poderia ser a imagem do lar se algo chamado lar existisse. A menina, uma menina sem rosto ou com todos os rostos, esperando com seu candeeiro na mão, sua luz como uma mão que espera estendida no escuro. Juan se confia a essa mão para passar pela porta.

A noite e o dia, sem passar pela aurora. O sol no deserto chega assim, como um fogo que de repente cai sobre a terra para incendiar o mundo.

Juan acorda, ainda dono de sua mochila, de seu pedacinho de chão. Alguém deixou ao seu lado um punhado de moedas espalhadas. Uma nota de cinco dólares, fixada no chão com uma pedra. Juan olha durante muito tempo para o rosto impresso. Em seguida, recolhe cuidadosamente a pedra e a enfia no bolso.

Uma rajada de vento e a nota que se afasta, lentamente no início. A nota tragada pela imensidão do deserto.

Então ele o vê, na beira da estrada. Um menino com longos cabelos pretos, com uma imensa mochila nos pés. A pele trigueira e a camiseta encharcada de suor. As botas quase completamente desgastadas pela mordida da areia e do pó. Contempla a estrada com a expectativa com que um pescador contempla o curso de um rio. Tem o braço estendido em direção aos carros que passam, e no final desse braço o punho cerrado e o polegar levantado, como se imitasse o gesto do Pai. Seu polegar estendido em direção ao mundo, num sinal de convite ou de advertência.

Juan se posta a seu lado.

Ei, ele se contenta em dizer, depois de meditar por muito tempo quais serão suas primeiras palavras.

Ei, responde o menino, sem se preocupar em afastar a mão ou os olhos da estrada.

Juan pergunta o que ele faz, e o garoto diz que espera.

Juan pergunta o que ele espera, e o garoto diz que espera, é claro, que alguém o leve.

Para onde você quer ir?, pergunta Juan, e só agora o garoto parece tomar um tempo para considerar sua pergunta.

— Para lá — diz por fim, apontando para o norte —; para a frente, mano, sempre para a frente. Para trás, só para ganhar impulso.

Juan afirma com a cabeça sem surpresa, como se estivesse esperando sua resposta. Mas depois pergunta.
— Por quê?
— Por que o quê?
— Por que você está indo para lá?
O menino levanta o olhar da estrada pela primeira vez.
— E por que não?
Juan não responde nada. Essa resposta, ou essa falta de resposta, faz com que o menino considere a sua mais lentamente. Diz:
— Dizem que ali há futuro.
Diz:
— Dizem que ali há trabalho.
Diz:
— Dizem que ali as mulheres são mais fáceis e mais bonitas.
— Entendo — diz Juan.
Mas o rapaz ainda fala mais um pouco sobre aquelas mulheres fáceis e bonitas que vai encontrar no norte. Mulheres com os cabelos dourados e os olhos azuis. Mulheres com a pele tão branca que a gente cora só de olhar para elas, amigo; que depois de muito tempo ainda levam gravadas na bunda e nos seios as cinco silhuetas vermelhas de seus cinco dedos. Mulheres que vão para a universidade e carregam maletas de couro e participam de reuniões de trabalho e falam muito bem e muito profissionalmente, mas depois na cama não querem mais chupar seu pau. Que você as fode como autênticas cachorras. A essas mulheres ele se refere, diz o rapaz, enquanto acomoda a mochila no porta-malas do carro que acabou de parar; enquanto cumprimenta o motorista e abre a porta e deixa que o ventre daquela máquina o engula.

— Você não vai subir, mano? — pergunta o menino, já sentado lá dentro.

Juan reflete por um momento que parece muito longo.

— Não — diz ele.

Não, repete-se muito tempo depois, como um eco, ao rastro de poeira que o carro deixou para trás.

Depois volta a vista para a estrada.

Alguns carros vão para o norte.

Outros carros vão para o sul.

Juan pega a estrada do sul.

Ele mal percorreu cem ou duzentos passos quando ouve a voz da mulher. Ei, você, grita essa voz, do outro lado da estrada. Então ele a vê: uma caminhonete caindo aos pedaços, suja, parada na vala. O braço da mulher despencando pela janela aberta. Seu cabelo palhiço, recolhido num coque improvisado. A aba vermelha do boné. Seus óculos escuros.

— Para onde você vai? — pergunta a mulher, sem se preocupar em afastar o cigarro pendurado no canto da boca.

— Estou voltando para casa — diz Juan.

— E onde fica isso?

Juan aponta para o sul. É um gesto débil, hesitante. Um gesto que é quase uma interrogação ou uma súplica.

— México, é? — diz a mulher.

— Sim.

— Suba.

Juan hesita por um momento. Olha para a caminhonete de novo. Seu focinho apontando rigorosamente para o norte, com uma obstinação de que só as bússolas são capazes.

— Você também vai para o México?

— Não — responde a mulher, jogando a bituca de cigarro.

— Não vou para o México.

E depois, como se nisso não houvesse contradição alguma, repete:

— Suba.

Essa mulher é louca, Juan pensa, ou Juan começa a pensar, porque antes que ele possa dar forma a esse pensamento, algo o impede. De repente, ele reparou em suas roupas. Veste uma camiseta preta de manga curta, rubricada com rabiscos brancos que, ao longe, parecem não significar nada. Mas, passo a passo, esses traços caprichosos começam a se tornar outra coisa; de repente ele distingue a silhueta de um cacto branco que se ergue no deserto negro de sua couraça, e sobre esse cacto o desenho de um chapéu *charro* semelhante ao que o Compadre usava em seus tempos de revolucionário; um chapéu que parece suspenso no ar, como uma nave espacial ou um pássaro surpreendido em pleno voo. Abaixo, algumas letras misteriosas:

I JUAN TO BELIEVE.

Juan olha para essas quatro palavras durante muito tempo. As quatro letras que compõem a palavra Juan.

I JUAN TO BELIEVE.

Por trás de seus óculos escuros, os olhos da mulher compõem uma expressão que Juan não é capaz de decifrar. Sua voz de repente convertida num sussurro.

— Suba — implora.

A dúvida se prolonga apenas por um instante. E nesse instante ele tem tempo para entender que a mulher não pretende levá-lo de volta: que a máquina que ela dirige, como todas as máquinas, é projetada para sempre seguir em frente.

Mais adiante se estende um páramo pontilhado de arbustos esparsos e depois um punhado de cabanas que vêm beijar a estrada e ainda mais tarde outra vez o mesmo páramo, os mesmos arbustos, o céu que no horizonte vai adquirindo a cor da areia. O México às suas costas, o México cada vez mais ao sul, e Juan ainda sem fazer perguntas. Juan que suspendeu toda vontade e se limita a assistir à sua própria viagem como quem segue o curso de um sonho. Uma viagem que não vai devolvê-lo a nenhum lar, ou talvez sim, pensa a princípio, mas a um lar que ele ainda não conhece: um lar que ninguém conheceu até agora. Depois não pensa em nada. Só deixa que o ar do deserto o fustigue na cara e vê ranchos, carros, cercas passarem com a consciência entorpecida, como quem vê nuvens fluindo no céu.

Não há, aliás, nenhuma nuvem no céu. Apenas sinais azuis providos de nomes e números e setas, muitas setas que apontam para a frente, sempre para a frente. Por trás dos óculos escuros, os olhos da mulher poderiam estar cravados na direção que essas flechas apontam. Em algum ponto que se perfila no horizonte ou talvez no próprio horizonte.

A certa altura, Juan se cansa de olhar para a paisagem e olha para ela. Olha o que os óculos deixam ver de seu rosto e o que as roupas deixam ver de seu corpo. Olha para o desenho de seus lábios, semelhante talvez a outros lábios que conheceu. Olha para as mãos que seguram com firmeza o volante, esfoladas por sabe-se lá que tipo de toque. Olha para a camiseta manchada pela poeira da estrada – I JUAN TO BELIEVE, repete – e as pernas nuas que de vez em quando se tensionam para acionar pedais secretos. Ela também parece vir de muito longe. Venho de muito longe, de repente começa a dizer, como se respondesse à pergunta que Juan ainda não ousou fazer. Não olha para ele em nenhum momento. Tem os olhos cravados na estrada e é a ela a quem parece se dirigir. De onde?, pergunta Juan por fim, e a mulher faz um gesto vago que também parece destinado ao asfalto, à paisagem que atravessa o para-brisa. Muito longe. Muito longe, repete. E tem viajado todo este tempo, acrescenta com voz rouca: pode-se dizer que viaja desde sempre. Desde o início.

— Desde o início de quê?
— Desde o início da viagem.
— Entendo.

Só então a mulher se volta para Juan. Sorri. Parece que sorri. Ele a examina a partir da profundidade cega de seus óculos escuros.

—Sim? Você realmente entende?

Juan sustenta por um tempo aquele olhar sem pupilas nem pálpebras. Um tempo cheio de inscrições azuis que relampejam por um momento nas lentes dos óculos, de terrenos branqueados pelo sol, de arbustos exaurindo-se nas valas, que a velocidade transforma num único borrão de cor parda. E também um tempo cheio de si mesmo, do minúsculo reflexo de seu próprio rosto nos óculos dela.

— Para onde vamos?
— Você queria ir para casa, não? — responde ela, voltando sua atenção para a estrada. — Bem, é isso que estamos fazendo. Indo para casa.
— Para casa.

— Sim. Para casa.
— E onde está essa casa?
— Perto — diz. — Muito perto.
Juan não parece satisfeito.
— Quanto falta? — insiste, e há um certo tom impaciente em sua voz; como uma criança que exige o fim da viagem. — Duas semanas?
A mulher voltou a sorrir.
— Hoje mesmo estaremos em casa.

Essa casa poderia estar em qualquer lugar, diz a mulher. Por exemplo, aqui. Este poderia ser o lugar: um lugar tão bom para se deter como qualquer outro. Eles veem passar um punhado de cabanas dispersas e naves forradas com chapas de metal e jardins delimitados com sebes e portões de ferro. Uma fileira de árvores plantadas à beira da estrada, sustentando a miragem de que mesmo no deserto a vida é possível. Sua casa, repete a mulher, poderia ser uma destas. Este, seu jardim. Este, seu bairro. Truth or Consequences, aponta para um letreiro de metal que preside a entrada da aldeia, e ao passar a mulher o lê em voz alta, numa voz que pode ser ao mesmo tempo admiração e reprovação. Truth or Consequences, quer dizer: Verdade ou Consequências. Um vilarejo que se chama Verdade ou Consequências, pode acreditar nisso? Que verdade pode ser encontrada aqui, que consequências? Houve um tempo em que esse lugar se chamava Hot Springs, explica a mulher. Isso há muito tempo. Sessenta, talvez setenta anos? Um dia, simplesmente decidiram mudar o nome. Não foi tão simples assim. Havia naquela época nos Estados Unidos um programa de rádio chamado assim, Verdade ou Consequências. Era um programa ridículo, ou um programa que agora, a mulher reflete, passado o tempo, parece ridículo. Havia concorrentes e prêmios e um repertório de perguntas impossíveis. Quando os concorrentes não sabiam responder a nenhuma dessas perguntas – e nunca sabiam; a piada do programa era justamente essa, que encontrar a verdade nunca era possível – havia consequências. As consequências eram desafios ou provas ou tarefas que também, então, na época em que transmitiam o programa, eram ridículos. Às vezes, os competidores se humilhavam para ganhar dinheiro e outras vezes, na maioria das vezes, eles se humilhavam e não ganhavam nada. Isso, a mulher raciocina, é a América: era então e é agora. O fato é que em algum momento o locutor anunciou que o próximo programa seria transmitido a partir da primeira cidade do país que mudasse seu nome pelo nome do programa. Hot Springs, ou seja, Truth or Consequences, ganhou o prêmio. Venderam a verdade de seu nome – embora, por outro lado, que tipo de verdade há num nome –, e o fizeram em troca de algo. Ela, a mulher, não tem certeza do que é esse algo. De certa forma, talvez tenha sido um bom negócio para todos. Há muitas Hot Springs nos Estados Unidos – a mulher chegou a contar nove –, mas apenas uma Truth or Consequences. Seja como for, o programa não é transmitido faz muitos anos e Truth or Consequences ainda se chama Truth or Consequences. O futuro, diz a mulher, o lugar onde viveremos o resto de nossas vidas, poderia se parecer com este. Um lugar no qual as palavras já não significam nada. Um mundo no qual não reste nada de verdadeiro: apenas suas consequências. E eles poderiam fazer parte desse mundo, diz, apenas desligando o motor do carro agora. Simples assim. Poderíamos simplesmente parar aqui, diz, sem desacelerar em nenhum momento; poderíamos, repete, e continua dirigindo.

Poderíamos parar aqui também, diz a mulher. Para nos enraizarmos neste lugar como em qualquer outro. Em Cuchillo. Em Los Lunas. Em Bosquecito. Em algumas dessas cidades que ainda guardam a memória de outro mundo: Doña Ana, Las Cruces, Rincón, Oasis. Caballo, Polvadera, La Joya, Escondida. A viagem poderia terminar aqui, ela diz mais uma vez: no interior de um nome. Em outro tempo ou na memória de outro tempo. Sabia que justamente por essa terra, quem sabe se sob o mesmo pavimento da estrada, uma vez já passou o Caminho Real de Terra Adentro? Ligava a Cidade do México a Santa Fé e era a coisa mais próxima que os espanhóis já tiveram de uma rodovia. É por isso que El Paso se chama El Paso: porque precisamente por aí é que se passava. Não sabia? Pois agora sabe. Os homens não têm memória, mas os nomes sim. Às vezes, ela brinca de se lembrar do que não pode ser lembrado. Lembra-se desta terra quando ainda a percorriam aqueles conquistadores, que ela imagina cobertos com suas couraças e costeiros, com seus sabres dentados, com seus arcabuzes e seus odres de pólvora, com seus cães e com suas esposas e com suas tropas de mulas, com as roupas sujas e a cabeça cheia de experiências cunhadas em outro mundo. Homens que iam de noite em noite com suas lamparinas e suas lanternas e suas tochas, sustentando no fogo daquelas tochas a memória de outra terra. Essa memória estava prestes a incendiar o mundo. Porque é uma convenção acreditar que os espanhóis eram a luz e os selvagens a escuridão, diz a mulher, e quilômetro a quilômetro sua voz foi se tornando mais séria até ter seu próprio peso, lançar sua própria sombra, ser mais uma coisa entre todas as coisas; é uma convenção, repete, dizer que eles tinham os olhos abertos e os índios não viam o mundo ou mal o viam, mas talvez seja exatamente o contrário. Talvez o mundo seja feito para ser visto assim, nas trevas, para ser habitado e amado e compreendido às cegas, mal vislumbrado à luz de fogueiras e sonhos. O fato é que os espanhóis trouxeram sua luz. Uma luz que talvez não fosse totalmente luz. Um fogo que atenuava as sombras e talvez com isso também atenuasse a esperança, os sonhos que eles sonhavam; cada vez mais luz e cada vez menos espaço para sonhar, luz na frente e atrás das pálpebras. Talvez iluminados por esse resplendor tenham visto algo que os índios não tinham visto, mas também deixaram de ver muitas outras coisas que os índios já tinham visto, ouvido ou compreendido, com a clarividência que só a penumbra oferece. Um novo sol para revelar que as cavernas onde pintavam seus bisões e seus rabiscos e seus deuses não eram o ventre da terra, que a terra não tinha de fato nenhum ventre; que a própria terra que eles adoravam não era uma mãe, mas um inimigo, um obstáculo, um limite. Vieram, enfim, com seus sacerdotes e com suas mercadorias e seus livros e suas certezas, vieram construir presídios e pousadas e ermidas e ranchos e quartéis de soldados. Digamos que ela, a mulher, se lembre disso. Digamos que ela também esteve lá. Que sua viagem começou desde o início e esse começo remonta àquele momento. Que habitou o mundo quando este ainda era jovem, como quem diz recém-assado; quando tudo ainda era possível. Fala de homens forjados em outros continentes, amamentados pelo leite de outras terras, estragados pelo sol e pelo cansaço e pelo naufrágio de seus ossos no pó; fala – e Juan estremece ao ouvi-la – de homens e mulheres que deixaram tudo em troca de nada, ou em troca de algo que não importava, ou em troca de algo que importava, mas não para si mesmos, não para eles, para quem, então?, a mulher se pergunta com sua voz recém-estreada. Homens que viveram apenas para que Las Cruces se chamasse Las Cruces em vez de The Crosses. E agora os dois poderiam, enfim, seguir a rota que esses homens cavaram com suas caravanas. Poderiam, por que não?, ficar na própria Santa Fé, que já deve ter sido um lugar importante, um destino pelo qual valia a pena sofrer mil e quinhentas milhas de desolação, vertigem e bolhas. Esse poderia ser seu destino, o lugar para construir uma nova casa: Santa Fé. Um nome curioso para um começo. Um nome curioso para uma cidade, se pensarmos bem. Tais eram, naqueles tempos, os nomes que as pessoas escolhiam para batizar os lugares onde iam nascer e morrer: nomes de santos, nomes de lendas, nomes de sonhos. Isso é tudo que resta deles. Nomes que falam de um tempo em que os homens não viam rios, serras, cânions, planícies, mas patronos protetores e virgens compassivas e desígnios divinos. Talvez o fato de esses nomes não terem se perdido tenha sua importância ou nos ofereça algum tipo de lição: a mulher não tem certeza. Afinal, um nome nos protege de algo? Dá algum calor, oferece algum tipo de conforto, tem algum tipo de tato? Não saberia dizer. O fato é que os homens, naquela época, ainda acreditavam nas coisas. Coisas que poderiam ser verdadeiras ou falsas, tanto faz, mas que afinal eram tão reais quanto o chão em que pisavam. Mais real do que chamar um desfiladeiro rochoso de

Rock Canyon; do que chamar uma colina em forma de elefante de Elephant Butte ou de Nova York uma cidade que estava destinada a substituir a Inglaterra. Os espanhóis vieram com suas espadas, seus cavalos, seus cães e seus odres de pólvora, mas vieram, acima de tudo, com suas palavras. Essas palavras feriram mais do que qualquer outro tipo de ferro. Porque sem dúvida essas terras, muito antes disso, tiveram outros nomes. Quem se lembra hoje desses nomes? A quem interessa como um apache olhava para o mundo quando o olhava? O que importam também, por outro lado, os olhos daqueles primeiros colonos que se abriram e se fecharam nessas terras, que viram sob seu sol ou sob suas estrelas sonhos, esperanças ou pesadelos? Só nos resta isto: suas palavras. A pele que eles deram ao mundo. De Hot Springs resta tudo, menos o nome. De todos esses povoadinhos não resta nada além disso. Resta Socorro, embora muitos não saibam que é uma forma de pedir ajuda. Resta Lemitar, que soa como espanhol, diz a mulher, embora que me parta um raio se eu mesma tiver uma ideia remota do que isso significa. Resta San Antonio, embora talvez ninguém mais adore Santo Antônio ou qualquer outro santo: embora já nem as igrejas ofereçam um consolo ou um refúgio para rezar. Rezar a quem? Rezar por quê? Poderiam, enfim, parar aqui, diz a mulher, sem diminuir a velocidade em momento algum, sem virar o volante ou pisar no freio: podiam instalar-se no interior de uma crença. Parece ter ouvido falar que muito perto, a poucos quilômetros de distância, a missão de San Miguel ainda está de pé. O primeiro edifício que se construiu nesta terra. Porque o primeiro edifício que se construiu nesta terra foi, você vê, uma igreja. Qual será o último? Onde eles parariam, se parassem?

*

Ou poderíamos parar onde ninguém nunca parou. Parar, por que não?, neste deserto. Em nenhuma casa, em nenhum povoado. Nós seríamos esse povoado. O deserto, diz a mulher, seria nossa casa. A morte, nosso reino. Juan consegue vê-lo, o deserto? Ele se estende dos dois lados da estrada, como uma praia sem oceano e sem barcos. Os antigos conquistadores também se lembraram de dar um nome a esse pedaço de nada. Chamaram-no Jornada del Muerto, porque certamente um homem, ou muitos homens, morreram tentando atravessá-lo. Mas teve de haver um primeiro morto: alguém que fez com que Jornada del Muerto se chamasse Jornada del Muerto. Não conhecemos seu nome: apenas seu sofrimento. A lembrança de seu sofrimento. Podiam parar aqui e penar pelos rumos pelos quais ele penou. Eles seriam os herdeiros de sua sede. Os últimos mortos de Jornada del Muerto. E talvez essa morte deliberada, essa recusa em seguir em frente, fosse a metáfora de algo. O símbolo de algo. Morreriam rodeados de vida, porque aqui também, neste inferno, há um lugar para a vida. De alguma forma, chegam sorvos de água suficientes para que arbustos e espinhos criem raízes. Mas houve um tempo, diz a mulher com aquela voz que de instante a instante se torna mais grave e remota, um tempo, diz, em que nem mesmo aquela versão diminuída da vida era possível. Não sabia? Foi há setenta e cinco anos; outro dia, diz. Pouco antes disso o deserto teve, por um momento, mais vida do que nunca. Vieram de todos os lugares: homens e mulheres que serraram tábuas e ergueram muros e construíram casas, abrigos, postos de observação e bunkers onde nunca tinha havido nada antes. Eram homens de ciência. Traziam consigo seus caminhões, suas matemáticas e seus propósitos. Traziam também seus nomes. Traziam garrafas de Coca-Cola e cigarros Lucky Strike e dispensadores de ketchup Heinz e chicletes Bazooka e preservativos Durex. Traziam seus pesadelos, seus sonhos, suas certezas. Habitaram esta terra por um instante para destruí-la por décadas. Eram, sem dúvida, homens de boas intenções. Eram as melhores mentes de sua geração, e eu, diz a mulher, pude vê-los brilhar e se apagar diante de meus olhos. Porque eu também estava lá. Estamos, de fato, agora mesmo ali, ao seu lado – faz setenta e cinco anos, repete a mulher; outro dia. São homens de ciência, mas também são soldados e também são profetas e também são crianças. Sonharam com armas além do alcance de nossa imaginação; com armas tão letais que ao vê-las nascer o mundo pode e deve envelhecer num instante. São, à sua maneira retorcida, também deuses, porque é necessário ser terrível, diz, é necessário ser em certo sentido um Deus, uma versão diminuída de Deus, um propósito de Deus feito carne, para chegar tão longe apenas com a força de seus números e suas mãos nuas. Nós os vemos construir uma torre de ferro de trinta metros de altura. Nós os vemos calcular, discutir, sonhar. Nós os vemos acreditar – e esta talvez seja, diz a mulher, a última vez que a humanidade acreditará em alguma coisa. Nós os vemos criar. Eles estão prestes a dar à luz um menino terrível e bonito, como eles. Um filho feito para e por e contra a carne. Essa criança se chama Trinity, porque alguém ouviu esse nome num determinado poema de um certo poeta, e não sei quem já disse que a poesia vai salvar o mundo. Mas para salvar o mundo, dizem os homens de ciência, dizem os soldados, os profetas, as crianças, devemos primeiro destruí-lo. É o que eles estão prestes a fazer agora. Nós os acompanhamos – Juan não pode vê-los, ali mesmo, a poucos metros da estrada? – enquanto eles sobem laboriosamente seu filho até o topo da torre e depois se afastam. Refugiam-se em seus parapeitos e põem os óculos de sol, o protetor solar, os capacetes e os tampões auriculares, os trajes térmicos. Antes, como as crianças que são, fizeram suas conjecturas e suas apostas. Querem adivinhar o quão alta a voz de seu primogênito vai soar. Há quem diga que essa voz não soará em absoluto, que o plutônio cairá estéril na areia – plutônio no valor de bilhões de dólares –, e também há quem diga que se levantará muitos decibéis, dez, cem, mil quilotons. Algums até dizem que sua voz ensurdecerá o mundo, que aniquilará todo o estado do Novo México; que levará à ignição da atmosfera e com isso à destruição da Terra. Mas não é preciso ter medo, dizem os especialistas, porque essa possibilidade – a destruição do mundo – é uma possibilidade remota e desprezível. Desprezível, esclarece a mulher, não significa impossível. Significa exatamente o que diz: que é um risco insignificante. Um risco que vale a pena correr. E finalmente chegam o dia e a hora precisos, chega o momento escolhido e o mundo, afinal, não é destruído. Ou talvez sim, de certa forma, seja destruído. Talvez os segundos, dias e anos que vêm a partir de então não sejam mais do que isso: uma prorrogação. O filho falará, finalmente, com uma voz nem tão baixa nem tão alta como se poderia supor – dezoito quilotons, dirá a estimativa oficial – e depois haverá abraços, louvores e aplausos. Haverá também um longo silêncio. Mas antes disso há muitas outras coisas. Há dez milhões de graus por um décimo de segundo, diz a mulher. Há uma cratera de três metros de profundidade e mais de trezentos de largura. Há uma onda de choque que pode ser percebida a cento e sessenta quilômetros de distância: o vento do progresso, que não cessou de soprar desde então; que ainda entra pela janela aberta para tocar o cabelo e a camiseta da mulher. Há uma luz maior do que a de oito sóis e um cogumelo de doze quilômetros de altura. Toda a vida, a exígua vida do deserto, destruída num raio de oitocentos metros. Várias toneladas de areia ejetada, vaporizada e cristalizada. Há uma luz tão intensa que pode ser vista, dizem, em El Paso e Albuquerque – Juan não pode vê-la brilhar agora, refletida nos óculos escuros da mulher? –, como se depois de séculos ou milênios de indiferença Deus tivesse decidido tirar uma fotografia de nós. Essa luz não tem uma cor precisa, ou melhor, passa por muitas cores, do branco ao roxo, do cinza ao azul, ao amarelo, ao verde, luzes nunca vistas iluminando a planície, cada colina e cada fenda, e os cientistas, os soldados, os profetas, as crianças, veem o mundo à luz dessa luz e talvez não gostem do que veem, ou gostam demais; gostam o suficiente para trazer essas cores para Hiroshima e Nagasaki, para as Ilhas Marshall, para Novaya Zemlya. Eles veem essa luz por um instante e não podem mais esquecê-la. Irão repeti-la sempre e para sempre, em abrigos secretos e nem tão secretos, na atmosfera ou ao nível do solo, nas profundezas da terra e nas profundezas do mar. Uma luz tão ofuscante que ao lado dela a luz que os espanhóis traziam consigo não passava de uma simples fogueira, um irmãozinho de fogo, mal podendo ferir a noite. E agora uma dessas crianças profetas, que talvez já sinta, intua ou saiba o que está prestes a acontecer, diz: Eu me transformei em morte, no destruidor de mundos. Outro acrescenta: É um pequeno passo para a vida, mas um grande passo para a morte. E uma última voz: Agora todos nós, senhores, somos filhos da puta. São, claro: cientistas e crianças, profetas e soldados e também filhos da puta. Acabaram de ver como a primeira vítima da bomba foi sua própria terra, o país de seus criadores, como uma criança que ao se levantar derruba a casa dos pais com uma bofetada, e talvez agora entendam que o que estão iluminando não é uma dádiva, mas um castigo que acabará abatendo-se sobre todos sem distinção, sobre negros e brancos, sobre inimigos e aliados e indiferentes, uma bomba democrática e por trás dela a carne da humanidade ferida por igual, sem discriminação ou anistia. Esses homens, os filhos desses homens, os filhos dos filhos desses homens, estão prestes a aprender novas palavras: "estrôncio", "radiação nuclear", "nêutrons", "chuva ácida". As mãos da mulher crispando-se cada vez com mais força no volante, como se ela não estivesse dirigindo um carro, mas o destino da humanidade como um todo. "Átomo", "reação em cadeia", "urânio-235", "fusão", "fissão". Lerão folhetos fornecidos por seus governos nos quais se explica, com instruções confortáveis e vinhetas coloridas, o que fazer em caso de alerta nuclear, porque em caso de alerta nuclear, eles dizem ou sugerem ou insinuam nas entrelinhas desses folhetos, a onda de choque chega a ser tão forte que qualquer objeto insignificante, digamos um lápis, pode atravessar todo o nosso corpo como estilhaços. Em caso de alerta nuclear, é preciso abrir as janelas para que seus vidros quebrados não nos matem. Em caso de alerta nuclear, é preciso estar a cinco metros de profundidade para que o clarão da deflagração não nos derreta as órbitas oculares. Então, no caso de um alerta nuclear, diz o folheto, temos de nos livrar de todos os objetos que acumulamos acreditando que facilitariam nossa vida, porque eles podem se voltar contra nós. Em caso de alerta nuclear, precisamos de um bunker. Em caso de alerta nuclear, precisamos rezar. Mas já dissemos, lembra a mulher, que o homem já parou de rezar. Pelo menos não é a Deus que ele ora. Então, no caso de um alerta nuclear, só há uma coisa que o homem pode fazer: morrer, e esse também é o destino que os esperaria se ela parasse o carro aqui e agora, para morrer finalmente – mas ela não vai parar o carro; ainda não vai interromper a viagem. É isso que diz a mulher, e sua voz parece cada vez mais dolorosa e mais humana. Uma voz que se torna independente da máquina que dirige; que é muito mais do que a vontade de ferro. E agora o caminho continua, essa voz está dizendo, porque esses pais prolíficos ainda estão para dar à luz filhos mais atrozes: netos e bisnetos engendrados para acariciar um raio cada vez mais amplo – um raio que talvez possa coincidir, diz a mulher, com o raio da terra. Novas gerações de filhos sem memória educados para serem cada vez mais benevolentes com as coisas e mais implacáveis com o homem; bombas destinadas a destruir a vida onde quer que ela se encontre e, no entanto, respeitar nossas casas, nossas catedrais, nossas estradas. É assim que o mundo acaba, diz. É assim que o mundo acaba, repete. É assim que o mundo acaba. Um futuro em que reinarão os objetos: os livros que escrevemos, as máquinas que nos deram ou tiraram nossos empregos, nossos satélites, nossas casas de campo, nossos brinquedos, nossas escolas. Um futuro com espaço para as nossas obras, mas não para nós. Talvez fosse isso que procurávamos, desde o início da viagem: um mundo sem nós. As coisas sem seus nomes. Os nomes sem sua memória. Nenhuma verdade, nenhuma consequência. E essa bomba definitiva, a filha de todas as bombas, ainda não explodiu. Ou talvez sim, reconhece a mulher depois de um silêncio cheio de poeira e asfalto. Talvez já tenha explodido, de forma diferente do que esperávamos; talvez exploda, de fato, todos os dias, numa explosão sem chamas, sem ruído e sem esperança. Rezamos tanto às coisas, nos ajoelhamos tantas vezes diante de nossas máquinas, diante de nossos bens, de nossas telas; derramamos tanto suor e tanto sangue por elas que agora só nos resta isto: morrer em seu nome. A religião do capital sobrevivendo a seus crentes. As estradas sobrevivendo aos seus viajantes. As fronteiras sobrevivendo aos seus emigrantes. O futuro poderia ser assim, diz a mulher, e sua voz tem algo como o eco de muitas vozes que Juan ouviu; uma voz que reúne sofrimentos conhecidos e outros por conhecer, mas que, de qualquer forma, se faz ouvir, em todo caso se eleva sem se resignar ao silêncio. Este poderia ser o futuro. Este, diz, é o presente. E bastaria tão pouco para chegar lá: já estamos, de fato, tão próximos. Bastaria virar um pouco o volante, apenas alguns centímetros, e o futuro que nos espera, diz, seria o deserto. Ou simplesmente continuar em frente, sempre em frente, mais rápido, cada vez mais rápido, e mais cedo ou mais tarde o deserto chegaria, de novo. Ou nos determos num ponto qualquer e nos recusarmos a seguir em frente e, claro, o deserto também. Todos os caminhos parecem ir para o deserto. Todos os caminhos são, talvez, o deserto. No entanto, diz a mulher. No entanto. No entanto estamos aqui. De alguma forma, continuamos nossa viagem como se houvesse alguma esperança. E quem sabe, diz, se a própria viagem não é essa esperança.

A mulher continua a falar de alternativas para esse caminho que os espera. Fala de estradas secundárias e trilhas de terra e até trilhas que só podem ser percorridas a cavalo; de estradas que não vão exatamente para o norte, mas talvez ao noroeste ou ao nordeste, um pouco mais à esquerda ou à direita. Fala de desvios em que parece que se retrocede, mas na realidade, de alguma forma, se avança. Fala de postos de gasolina onde é possível parar por um momento para reprogramar ou questionar ou abolir a rota. Mas, a essa altura, Juan já parou de ouvi-la. Não está mais lá. Só tem olhos para o horizonte e ouvidos para ouvir o silêncio desta terra, sua vastidão sem limites. Olha ao redor para confirmar quão lentamente as palavras da mulher se consumaram: como a única coisa que está à frente é, de fato, o deserto. Terra, poeira e céu: isso é tudo quanto existe. Vê torres metálicas que sustentam cabos que transportam luzes e sons para ninguém. Vê uma longa faixa de asfalto governada por máquinas que ninguém parece dirigir, máquinas que avançam guiadas por seus próprios propósitos. Vê o horizonte vazio de seres humanos, como se eles já tivessem chegado ao epicentro daquela explosão que tinha de chegar e finalmente chegou. Esse é o mundo que os espera de agora em diante, diz Juan a si mesmo, intimidado e clarividente, um mundo feito por coisas e para as coisas; um mundo que deve ser olhado, nomeado e criado de novo. Assim acontecerá por quilômetros ou séculos, compreende; assim acontecerá, enfim, para sempre – será que o tempo acaba, alguma vez? É isso que ele pensa. A ideia da eternidade, contida num único instante de seus pensamentos. Mas o instante passa e a eternidade termina e Juan acaba se voltando para a mulher. Como não o fazer, se de repente sua mão, a mão direita da mulher, começou a falar mais alto do que suas palavras. Essa mão que parece ganhar vida, que de repente se levanta para tirar os óculos escuros como quem retira uma venda; como quem retira, dos olhos do próprio Juan, outra venda. E depois o rosto da mulher, nu pela primeira vez. Os olhos da mulher, abertos. Seu olhar. Juan que reconhece esse olhar e ao mesmo tempo não, de forma alguma; os mesmos olhos, mas não os mesmos. Olhos que refletem tudo, que são o que resta da fé quando a compaixão é adicionada; da liberdade quando a justiça é acrescentada; da vontade quando dispõe de mãos e voz. O belo e o terrível, nesses olhos; o horror e também a esperança, enfim juntos. Um olhar que se dirige ao ontem e ao amanhã, sem necessidade de virar a cabeça; que contempla no retrovisor as ruínas que restam às suas costas e no para-brisa o destino que os aguarda. E também a Juan, claro; nos olhos da mulher os olhos de Juan, e nos olhos de Juan os olhos da mulher, que parecem transbordar e perfurar até alcançar algum tipo de revelação comum. Ou talvez nenhum mistério, nenhuma revelação. Só isto: a certeza de estarem viajando juntos. A convicção de não querer voltar atrás e, ao mesmo tempo, a promessa de não seguir adiante; não a qualquer preço. Diante deles, a solidão do deserto, como uma resposta imensa ou um adiamento ou uma refutação dessa esperança. Embora, afinal, quem sabe se o deserto está realmente vazio. Quem pode ter certeza de que o deserto é um verdadeiro deserto. Juan de repente se lembra das palavras da mulher: de alguma forma chegam aqui sorvos de água suficientes para que arbustos e espinhos criem raízes. Foi o que disse. E agora Juan olha com algo semelhante à fé para aqueles arbustos, aqueles espinhos. De quando em quando, uma árvore hesitante. Um matagal de grama amarela. Por toda parte, Juan pode vê-la pela janela, arquipélagos dessa planta que chamam de governadora, porque ela faz exatamente isto, governa os confins de que a vontade humana abdica. Há, também, redemoinhos de espinhos que não precisam nem mesmo de raízes: que vivem na deriva incessante da areia e da poeira, como os pássaros se sustentam no céu. Juan vê tudo isso e muito mais. Ele vê a vida à espreita no minúsculo. A vida que regressa depois da explosão; que talvez nunca tenha partido. E de repente, no meio da terra amarela, naquele horizonte sem sustentação ou resistência, um pontinho branco que de instante a instante cresce no horizonte. Um pontinho branco que é, que aos poucos vai se convertendo numa casa, plantada na beira da estrada. É uma casa comum, em nada diferente de qualquer outra, e ao lado dela, esperando no umbral, um pontinho preto que é na verdade uma figura humana, homem ou mulher, tanto faz, não importa, um ser humano em todo caso, um ser vertical com uma cabeça para pensar e uma boca para falar, com dois braços para fazer e desfazer e duas pernas para andar para trás ou para a frente, conforme convir. Um irmão futuro que simplesmente espera sentado à porta de sua casa; seu corpo cada vez mais concreto na abstração do deserto.

 E então, só então, o carro se detém.

AGRADECIMENTOS

A primeira vez que pensei no índio Juan foi em 2009, durante minhas aulas na Universidade Complutense de Madri com os professores Alfonso Lacadena e José Luis de Rojas. Naquela época, nada mais era do que o projeto de uma história moderadamente longa, pela qual recebi uma residência artística no México. Como muitas vezes acontece no meu caso, durante a bolsa escrevi apenas algumas páginas do projeto em questão: em vez disso, consegui terminar *Los que duermen*, que se tornaria meu primeiro livro de contos. Não voltaria a me lembrar de minha tentativa frustrada até outra residência muitos anos depois, em 2016, na Academia da Espanha em Roma, onde, é claro, eu estava com uma bolsa de estudos para escrever outra coisa.

O estado atual de *Nem mesmo os mortos* deve muito à escritora Sara Barquinero, que confiou neste livro mesmo quando eu próprio não confiava. Seus conselhos foram vitais, tanto durante o processo de documentação quanto durante a própria escrita: ela deu carne a Juan, existência à sua esposa e um pouco mais de fundamento conceitual às suas aventuras. Também não quero esquecer a inestimável ajuda prestada pela The International Writers' House em Graz, que me deu espaço e, acima de tudo, tempo para escrever alguns dos capítulos deste romance. À dramaturga e romancista Natascha Gangl devo o maravilhoso discurso de Donald Trump e a serpente; a Auxiliadora Ruiz Sánchez, o empréstimo de certos livros essenciais; a Andrés del Arenal, responsável pela livraria Juan Rulfo, um punhado de bons conselhos; ao professor David Bowles, a tradução ao náuatle do *incipit*; a Juan Soto Ivars – e também a Walter Benjamin, claro –, a escolha do título. Daniel Herrera e Daniela Suárez, com o convite para a Universidade de Long Beach em 2018, fizeram mais por este romance do que alguma vez sonharam, e me apresentaram a informantes valiosos, como Leydi Ahumada ou Erika Tapia. Riki Blanco deu um rosto ao meu livro – e já são três; eu diria que as discussões intermináveis sobre o formato da faca e a cor do fundo acabaram valendo a pena. Agradeço também à equipe da Sexto Piso, que mais uma vez confiou em minha literatura. Não tive a oportunidade de conversar com o jornalista Óscar Martínez, mas sim de ler seu portentoso *Los migrantes que no importan*, cheio de depoimentos reais que se infiltraram em diferentes momentos deste romance. Também não conheço pessoalmente o professor Johannes Schneider, com quem contraí uma dívida que nunca poderei pagar. A professora de numismática María Teresa Muñoz Serrulla me deu algumas chaves para resolver o pequeno erro histórico que ocorre nos primeiros capítulos, mas acabei perseverando em meu erro, pois naquela época eu já amava mais meu romance e menos as moedas. Além disso, como em todos os meus projetos, foi decisiva a leitura de profissionais e amigos como Andrea Palaudarias, Víctor Balcells, Guillermo Aguirre, Daniel Arija, Ángel García Galiano, Alfonso Muñoz Corcuera, Ella Sher, Samir Mendoza, Lucía Martínez

Pardo, Mercedes Bárcena e Emilio Gómez, e as conversas com Viridiana Carrillo, Eduardo Ruiz Sosa, Florencia Sabaté, Desirée Rubio de Marzo, Javier Vicedo, Laura Jahn Scotte, Cristina Morales, María Laura Padrón, Edgar Straehle, María Zaragoza, Carla Martínez Nyman, Montxo Armendáriz, Puy Oria, Melca Pérez, Zita Arenillas, Meritxell Joan, Helena Ruiz, Silvia Pérez, Alejandro López e Muriel Cuadros. E obrigado, mais uma vez, a Marta Jiménez, a quem também devo essas leituras e essas conversas, e ao mesmo tempo muito mais do que essas leituras e essas conversas.

FONTES
Fakt e Heldane Text
PAPEL
Avena
IMPRESSÃO
Lis Gráfica